Mort au Cachemire

Romans de
M. M. KAYE
aux Éditions Albin Michel

*Pavillons lointains*

*Zanzibar*

*L'Ombre de la lune*

*Mort au Cachemire*

En préparation :

*Mort à Berlin*

*Mort à Zanzibar*

*Mort au Kenya*

*Mort à Chypre*

M. M. Kaye

# Mort au Cachemire

ROMAN

*Traduit de l'anglais par*
HENRIETTE RAIN

Albin Michel

*Édition originale anglaise :*

DEATH IN KASHMIR

Penguin Books.

*Traduction française :*

22, rue Huyghens, 75014 Paris



ISBN 2-226-02874-9

Pour Goff

et la merveilleuse vallée
avec tout mon amour.

*« Qui n'a pas entendu parler de la Vallée du Cachemire... ? »*

THOMAS MOORE, *Lalla Rockh*

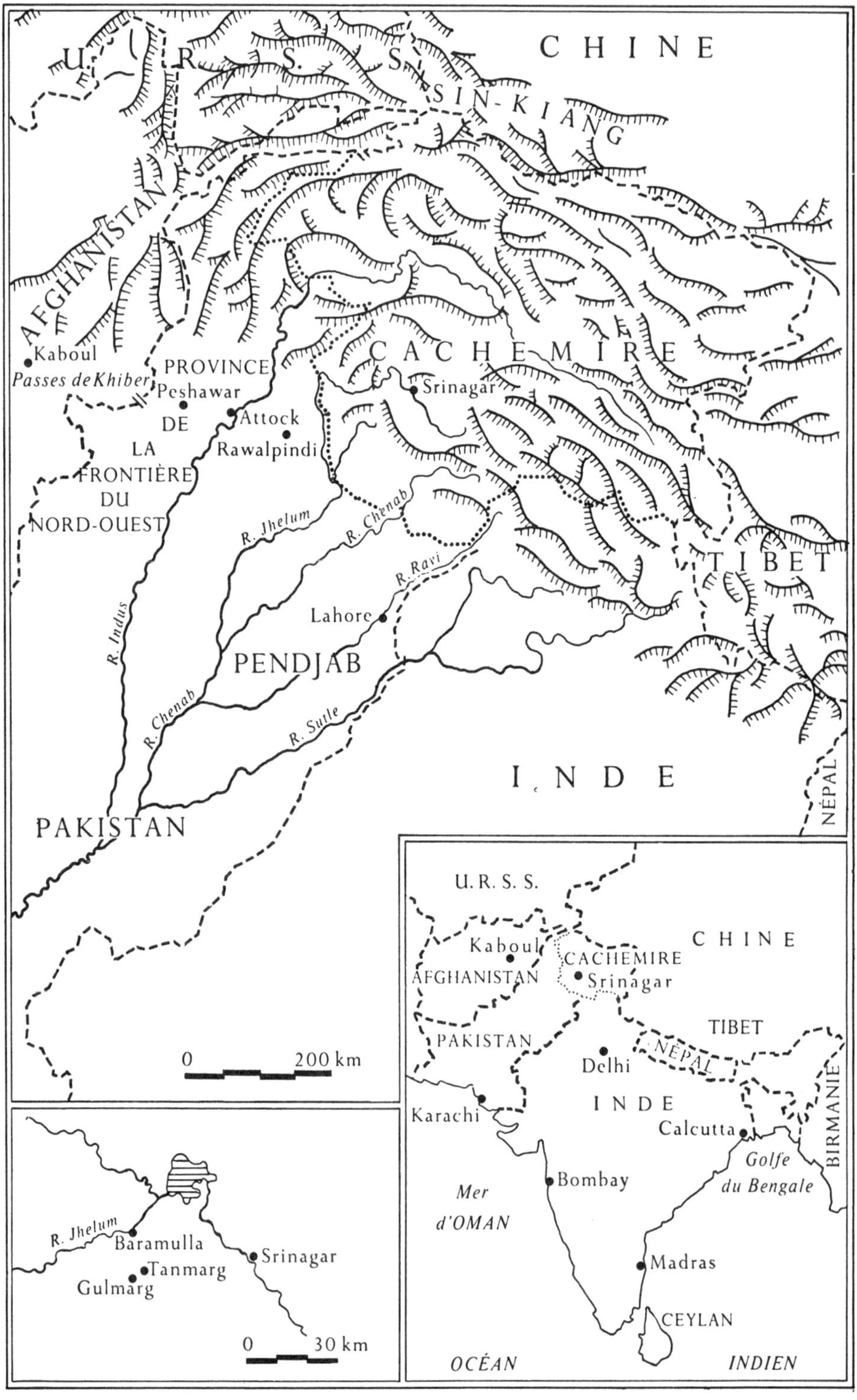
CHINE
U. R. S. S.
SIN-KIANG
AFGHANISTAN
CACHEMIRE
Kaboul
Passes de Khiber
PROVINCE
DE
LA
FRONTIÈRE
DU
NORD-OUEST
Peshawar
Attock
Rawalpindi
Srinagar
R. Jhelum
R. Chenab
R. Ravi
Lahore
TIBET
R. Indus
PENDJAB
R. Chenab
R. Sutle
INDE
NÉPAL
PAKISTAN
0
200 km
R. Jhelum
Baramulla
Tanmarg
Gulmarg
Srinagar
0
30 km
U. R. S. S.
CHINE
Kaboul
CACHEMIRE
AFGHANISTAN
Srinagar
TIBET
PAKISTAN
NÉPAL
Delhi
INDE
Karachi
Calcutta
BIRMANIE
Golfe
du Bengale
Bombay
Mer
d'OMAN
Madras
CEYLAN
OCÉAN
INDIEN

## *Note de l'auteur*

Lorsque je me suis lancée dans les romans policiers, je m'étais fixé d'écrire un minimum de deux mille mots par jour, à l'exception du dimanche. Si j'arrivais à dépasser ce nombre de mots, j'affectais cet excédent à une journée où je savais qu'une inévitable tâche officielle, ou une obligation mondaine, m'empêcherait de travailler. Ainsi ne perdais-je de vue ni la longueur de chaque chapitre ni celle de l'ensemble du livre. A la fin de chaque journée de travail, j'ajoutais à côté de la date le nombre de mots écrits et celui de ceux jugés dignes d'être conservés. C'est la raison pour laquelle je connais le jour exact de ma première rencontre avec mon futur mari, Goff Hamilton, alors lieutenant au célèbre « Frontier Force Regiment », le Corps des Guides.

C'était un lundi matin, le 2 juin 1941, et j'habitais à ce moment-là à Srinagar, capitale du Cachemire, l'un des plus beaux pays du monde. Goff, venu y passer une courte permission pour pêcher, avait apporté une lettre qu'il avait promis à un ami commun de me remettre en main propre. Je présume que j'ai écrit quelque chose ce jour-là puisque j'étais attelée à ma tâche quotidienne lorsqu'il arriva, mais rien n'en est conservé. Aucun écrit n'apparaît non plus à côté des nombreux jours qui suivirent sur mon agenda.

Le manuscrit s'arrête là, en plein milieu d'un chapitre. En effet, être mariée, avoir deux enfants, travailler pour le W.V.S.[1], et aussi pour un magazine de propagande, ne laissait pas de temps libre pour écrire des romans. L'angoisse perpétuelle que Goff ne revienne pas vivant de Birmanie n'en laissait pas davantage. Ce fut seulement après la guerre et le départ des Anglais de l'Inde, lorsque le *Raj*[1] ne fut plus qu'un souvenir, que je me rappelai mes aptitudes à écrire. Goff, les enfants et moi

1. W.V.S. : Service des volontaires féminines. *(N.d.T.)*

vivions alors à Glasgow dans un cantonnement de l'armée et avions du mal à joindre les deux bouts ; je décidai qu'il était grand temps que je contribue aux ressources de la famille.

Je ressortis donc le vieux cahier d'écolier tout écorné sur lequel j'avais commencé un livre intitulé provisoirement *Il y a clair de lune cette nuit,* et je relus les deux chapitres et demi écrits au cours de ce lointain printemps au Cachemire.

Ils ne me parurent pas trop mauvais, aussi je choisis de les situer aux derniers mois du *Raj* plutôt qu'au cours de la première année de la guerre. Une fois terminé, j'envoyai, non sans émoi, le manuscrit à une firme d'agents littéraires très connus à Londres auxquels il plut, fort heureusement pour moi. Je fus convoquée à Londres où l'on me remit aux mains de l'un des agents, un certain Mr Scott que l'on considérait comme le plus compétent pour juger de mon ouvrage car « il s'y connaissait un peu sur l'Inde ». Il se trouva que c'était le Paul Scott qui avait déjà écrit trois livres se passant en Inde et écrirait plus tard *The Raj Quartet* et *Staying-on.* Il devint, par la suite, l'un de mes grands amis, ce qui prouve que la chance me souriait ce jour-là. J'espère qu'elle continuera et que mes lecteurs aimeront cette histoire d'un monde qui n'est plus et d'un pays qui demeure beau au-delà de toute expression, malgré l'infatigable acharnement mis par l'humanité à détruire ce qui est beau.

1. *Raj :* temps du règne et de la suprématie de la Compagnie des Indes orientales et des Anglais en Inde. *(N.d.T.)*

# *Première partie*

# *GULMARG*

« Les cimes blanches gardent les passes comme
[au temps jadis,
Le vent balaie les étendues de Khorasan
Mais ni toi ni moi n'irons plus là-bas. »

Laurence HOPE, *Yasin Khan.*

# 1

Sarah ne put jamais, par la suite, déterminer exactement ce qui l'avait éveillée : le clair de lune ou ce bruit infime. A l'exception de la petite lueur tremblotante mais réconfortante d'un feu qui se meurt, sa chambre était obscure lorsqu'elle s'était endormie. Maintenant, une lumière froide et miroitante l'envahissait. Sarah se sentit soudain pleinement consciente... et l'oreille aux aguets.

Ce bruit n'était guère plus qu'un souffle et venait d'au-delà des cloisons de pitchpin rugueux qui divisaient en chambres cette aile isolée d'un hôtel empli de coins et de recoins. Un léger grattement irrégulier que seul le profond silence glacé du clair de lune rendait perceptible.

Ce doit être un rat, pensa Sarah avec un léger soupir de soulagement. C'était ridicule qu'une raison aussi futile l'ait tirée brusquement de son sommeil pour la laisser pleinement éveillée et les nerfs à fleur de peau. Elle ne devait plus les contrôler complètement. Peut-être l'altitude y était-elle pour quelque chose ? Après tout, l'hôtel se trouvait situé à plus de deux mille mètres et Mrs Matthews avait dit...

Mrs Matthews ! Le cours désordonné des pensées de Sarah s'arrêta brusquement, lui faisant mal comme si elle avait buté dans l'obscurité contre un mur en pierre.

Comment se faisait-il qu'en s'éveillant au milieu de cette nuit froide elle ait pu, même pendant quelques minutes, oublier Mrs Matthews ?

Moins d'une semaine auparavant, au début de janvier, Sarah Parrish et une trentaine de fanatiques du ski étaient venus de tous les coins de l'Inde jusqu'à Gulmarg, cet ensemble de chalets situés dans une verte cuvette au milieu des montagnes de Pir Panjal, à plus de mille mètres au-dessus de la fameuse « vallée du Cachemire ». Leur but : participer à ce qui serait, pour la majorité d'entre eux, la dernière réunion du Ski Club de l'Inde. Car l'on était en 1947 et la date de l'indépendance de l'Inde — la fin du *Raj* et le départ des Britanniques — avait été fixée à l'année suivante.

Entouré de tous côtés par des montagnes, le magnifique Cachemire faisait partie des États princiers semi-indépendants. Selon les traités, ils constituaient des « protectorats » du gouvernement de l'Inde, dirigés par des princes héréditaires : maharajahs, nababs, rajahs, ranas, « conseillés » par un résident anglais. Avec ses hautes montagnes, cet État était d'accès difficile, mais depuis des siècles on le considérait comme un refuge idéal lorsque les fortes chaleurs envahissaient les plaines brûlantes. A l'époque des Grands Mogols, on faisait le voyage à dos d'éléphant, à cheval ou en palanquin.

Imitant les Mogols, les Britanniques en avaient fait leur lieu de séjour préféré. L'État ne leur permettant ni d'acheter ni de posséder des propriétés au Cachemire, ils avaient pris l'habitude de passer leurs vacances sur des house-boats ancrés sur les lacs, ou sous des tentes au milieu des pins et des cèdres déodoras, ou bien encore dans les chalets à louer du Gulmarg, une cuvette d'herbe au milieu des montagnes surplombant la vallée principale. Une cuvette qu'un Britannique atteint du mal du pays (probablement un Écossais) avait transformée en une série de terrains de golf, recouverts en hiver et au début du printemps d'une épaisse couche de neige.

Tous les ans, au cours de l'hiver, le Ski Club de l'Inde se réunissait une ou plusieurs fois à Gulmarg. En ces occasions, on ouvrait l'hôtel biscornu et cerné par les neiges pour recevoir les membres du Club et leurs invités. Cette année ne faisait pas exception, et tous ceux qui avaient pu se rendre libres étaient venus. Un temps parfait contribua à l'ambiance gaie de la rencontre jusqu'à ce que la tragédie surgisse avec une brusquerie indécente.

La charmante et aimable Mrs Matthews aux cheveux gris avait été trouvée morte au milieu des grosses pierres couvertes de neige, proches du départ de la Piste Bleue.

On ne s'était guère aperçu de son absence que la veille, en fin d'après-midi, au moment où les skieurs éparpillés sur les pentes proches, ou descendant des pistes de Khilanmarg surplombant la pinède, se dirigeaient vers les lumières accueillantes de l'hôtel. Même à ce moment-là, on avait supposé qu'elle se trouvait dans sa chambre.

Elle y était désormais. On l'y avait ramenée et étendue sur le lit. Non sans un petit frisson, Sarah se demandait si la chaleur relative de la petite chambre lambrissée de pitchpin avait suffi à défiger la raideur de ces membres gelés et contorsionnés.

En apportant du bois à l'hôtel, un coolie terrifié avait trébuché sur cette silhouette étendue dans le crépuscule, et Sarah l'avait vue lorsqu'on la ramenait. Des bras et des jambes emmêlés d'une manière grotesque que l'on ne pouvait ni plier ni remettre dans une position normale.

Sarah avait aimé Mrs Matthews. Qui ne l'aurait aimée ? Le spectacle inattendu de ce corps rigide lui avait provoqué des tremblements et des nausées tels que l'idée même de la nourriture lui était insupportable. Elle était allée se coucher de bonne heure, sans dîner, et avait mis beaucoup de temps à s'endormir. Maintenant, elle se trouvait subitement éveillée, sans grand espoir de se rendormir tant que sa chambre serait baignée par le clair de lune et que ce petit grattement lui taperait sur les nerfs.

Curieux la présence de rats ici en hiver, avec cette neige qui couvrait le sol depuis des mois et ces chalets vides et éparpillés. N'avait-elle pas lu quelque part que les rats ne supportaient pas les grands froids ? Peut-être ceux du Cachemire étaient-ils différents... Sarah se tournait et se retournait dans son lit, se demandant, non sans irritation, pourquoi diable elle n'avait pas tiré les rideaux. Au moment de se coucher, l'idée d'être étendue à regarder la neige et le ciel nocturne semblait plaisante, mais elle aurait dû se douter que, tôt ou tard, la lune brillerait sur la véranda et atteindrait la fenêtre de sa chambre.

Au début de la soirée, l'atmosphère de sa petite chambre lui avait semblé si confinée en comparaison de l'air vif de la nuit qu'elle avait entrouvert la fenêtre de sa salle de bains et laissé ouverte la porte de communication. Mais les bûches qui brûlaient un peu plus tôt n'étaient plus qu'une poignée de cendres, rendant la pièce très froide.

La perspective de sortir du lit pour tirer les rideaux et fermer la fenêtre de la salle de bains n'avait rien d'attirant, et Sarah frissonna. Cependant, elle avait non seulement froid, mais encore commençait-elle à avoir faim et à regretter son dîner. Il y avait une boîte de gâteaux secs dans sa salle de bains : elle pourrait aller en chercher quelques-uns et fermer fenêtre et rideaux en même temps. A contrecœur, elle tendit la main vers le manteau de fourrure qui lui tenait lieu de couverture supplémentaire, le posa sur ses épaules et se glissa hors du lit. Ses pantoufles en mouton parurent glacées à ses orteils recroquevillés, mais elles ne firent aucun bruit tandis qu'elle traversait la pièce pour se rendre jusqu'à la salle de bains.

Dans cette aile de l'hôtel, les petites suites aux cloisons de bois étaient toutes semblables et se composaient d'une chambre avec lit et chaises, et d'une salle de bains étroite et primitive dont la porte arrière s'ouvrait sur deux ou trois marches basses en bois. Celles-ci conduisaient à un sentier emprunté par les seuls domestiques de l'hôtel dont les attributions consistaient à nettoyer les sanitaires et à apporter l'eau chaude pour les petites baignoires métalliques.

Sarah ne se donna même pas la peine d'allumer, car la fenêtre ouverte permettait à la lueur froide de la lunc, reflétée par la neige, d'éclairer suffisamment la salle de bains pour se diriger. Mais elle n'avait pas fait deux pas qu'elle s'arrêta brusquement pour écouter ce bruit infime qu'elle avait pris pour le grignotement d'un rat. Plus net maintenant, il ne pouvait sûrement pas provenir d'un rat, car ceux-ci ne grignotent pas le métal. Sarah resta complètement immobile, retint son souffle et se força à écouter. Tiens, le voici encore ! Léger au point que si sa porte et sa fenêtre n'avaient pas été ouvertes, elle ne l'aurait jamais entendu. Un crissement de lime sur du métal.

Cette fois-ci, le bruit suspect fut suivi de la légère vibration d'un châssis de fenêtre, bien qu'il n'y eût pas un souffle de vent. Et soudain, elle comprit. Avec d'infinies précautions, quelqu'un essayait d'ouvrir une fenêtre par le dehors en limant le loqueteau. Non pas la sienne, car elle était ouverte. Mais alors, laquelle ?

A sa gauche, la chambre était vide. Puisque celle qui la suivait immédiatement était occupée par le commandant McKay du Service de santé indien, qui se vantait de dormir la fenêtre ouverte par tous les temps, il ne pouvait s'agir de ces deux pièces. A sa droite se trouvait Miss Rushton, une fille d'environ vingt-cinq ans et, entre sa chambre et celle occupée par un certain colonel Gidney, gisait le cadavre de Mrs Matthews.

Sarah frissonna à la pensée de cette pièce fermée et de cette présence silencieuse. Elle serra les dents pour les empêcher de claquer et, collée au mur, elle avança avec précaution jusqu'à ce qu'elle puisse jeter un coup d'œil de biais à travers sa fenêtre à moitié ouverte. Une grande zone d'ombre s'étendait sur le chemin et la pente juste en dessous, mais plus loin, la neige étincelait sous le clair de lune, aussi put-elle voir nettement les marches branlantes menant à la salle de bains de Janet Rushton.

Quelqu'un se tenait juste au-delà de ces marches, une silhouette sans forme dont les mains, se détachant en ombres chinoises sur le bois décoloré par les intempéries, s'affairaient sur la fenêtre de Miss Rushton. Elle put aussi apercevoir sur le rebord un objet métallique brillant au clair de lune. Une pince-monseigneur, peut-être ? Ou un levier improvisé ?

La première réaction de Sarah fut de rage pure. Mrs Matthews n'était pas morte depuis douze heures que déjà quelque coolie du village à l'esprit macabre, ou un domestique malhonnête, essayait d'entrer par effraction pour voler les effets de la défunte ! Car, bien sûr, c'était de cela qu'il s'agissait, et le voleur en puissance s'était trompé de fenêtre puisque Janet Rushton, la jeune fille de la chambre voisine, ne portait aucun bijou et ne paraissait avoir rien d'autre qu'une tenue de ski de rechange et un pantalon. Il était donc tout à fait improbable qu'un voleur d'occasion se soit donné la peine d'essayer de crocheter le loqueteau de sa fenêtre. Surtout quand elle, Sarah, une victime visiblement plus intéressante, avait obligeamment laissé sa fenêtre ouverte.

Persuadée que ce serait suffisant pour faire fuir le cambrioleur, elle décida de crier et de donner des coups sur la fenêtre. Mais lorsqu'elle ouvrit la bouche, la silhouette tourna la tête et son cri resta au fond de sa gorge : la forme humaine aperçue n'avait pas de visage...

L'espace d'un instant, Sarah crut que son cœur s'arrêtait de battre. Puis elle comprit qu'elle regardait une personne portant un masque : un capuchon d'étoffe sombre couvrant complètement tête et cou, et percé de deux trous pour les yeux. Presque en même temps, elle s'aperçut que l'objet posé sur le rebord de la fenêtre, tout près des mains, était un revolver. Et tout d'un coup, la peur la saisit ; une peur qu'elle n'avait jamais éprouvée au cours de ses vingt-deux ans en ce monde.

Il ne s'agissait pas d'un simple vol. Aucun chapardeur du pays ne porterait un masque ni une arme. Et puis, pourquoi ces précautions pour une morte ? La chambre de Miss Rushton *devait* donc être son objectif...

A tout petits pas, Sarah s'écarta de la fenêtre et regagna sa chambre. Son souffle était haletant comme si elle venait de courir, et il lui semblait que dans le silence on pouvait entendre les battements de son cœur comme ceux d'un tambour. Janet Rushton... elle devait avertir Janet Rushton... Ses doigts glacés tâtonnèrent sur la poignée de la véranda, puis parvinrent à l'ouvrir. Il ne faut pas que je coure : je dois marcher calmement, sans bruit... Elle se força à ouvrir la porte lentement et silencieusement.

L'étroite véranda en bois qui entourait cette aile était éclairée par la lune. Au-delà, un océan de neige brillait, telle de l'argenterie bien polie, marbrée par la masse sombre du bâtiment principal de l'hôtel. En face, le sol descendait en pente jusqu'au terrain plus ou moins uni du golf et du *maidan* [1] au-delà duquel il remontait jusqu'aux ombres noir d'encre des forêts de cèdres déodoras pour déboucher sur la clarté froide du ciel nocturne.

Un peu plus tôt, il avait neigé pendant une demi-heure. Une épaisse couche couvrait les balustrades de la véranda, et des cristaux poudraient les planches d'un mince tapis qui crissa sous les pantoufles de Sarah. Le petit bruit suspect prenait un aspect terrifiant dans le calme glacé de ce monde endormi et silencieux : « Assez fort pour éveiller les morts... » La phrase lui vint involontairement en mémoire, et l'image qu'elle évoqua n'atténua nullement la tension de Sarah.

Elle atteignit la porte de Janet Rushton et en tourna la poignée. Elle s'aperçut alors que la chambre était verrouillée. Ou bien Miss Rushton était déjà éveillée, ou bien elle avait le sommeil extrêmement léger, car Sarah entendit un rapide froissement venant de l'intérieur, évoquant quelqu'un qui se mettrait brusquement sur son séant. Elle frappa doucement, mais de manière insistante, sur la porte en bois rustique et n'obtint pas davantage de réponse. Comme si le bruit avait provoqué cette chute, une masse de neige se détacha du toit et

1. *Maidan :* espace découvert proche d'une ville — terrain militaire pour l'exercice. *(N.d.A.)*

tomba avec une sorte de soupir sur les balustrades, bruit qui fit battre à nouveau le cœur de Sarah. Prise d'une crise de panique, elle s'empara de la poignée et la secoua vigoureusement.

Un mouvement rapide se fit entendre dans la chambre et, au bout d'un moment, une voix murmura comme dans un souffle : « Qui est là ?

— Moi... Sarah Parrish ! Ouvrez la porte. Vite, dépêchez-vous ! »

Elle entendit tirer un verrou, une clé tourner dans la serrure et la porte fut entrebâillée, projetant une ligne obscure dans la véranda éclairée par la lune. Bizarrement tendue et essoufflée, la voix de Janet Rushton demanda : « Que se passe-t-il ? Que voulez-vous ?

— Chut ! supplia Sarah. Ne faites pas de bruit ! Quelqu'un essaie de forcer la fenêtre de votre salle de bains. Il faut que vous sortiez immédiatement. Il peut déjà y être. Je l'ai vu... »

Janet Rushton se taisait toujours et, l'exaspération s'ajoutant soudain à la panique, Sarah poussa de toutes ses forces la porte entrouverte et franchit le seuil de la pièce.

Une main saisit son bras et attira brusquement Sarah dans l'obscurité ; elle entendit la porte se fermer derrière elle et le grincement du verrou remis en place. « Ne bougez pas ! » murmura une voix tout contre elle. Une voix qu'elle n'aurait jamais reconnue comme appartenant à Miss Rushton, toujours gaie et sociable. Une seconde plus tard, quelque chose de froid et de dur fut appuyé contre son cou. Un objet sur lequel on ne pouvait se méprendre. Un petit rond de métal glacé.

Devenue raide sous l'effet du choc, Sarah resta complètement immobile tandis que, dans l'obscurité, une main experte se promenait le long de son corps. Elle entendit un léger hoquet, presque de soulagement, puis : « Maintenant, dites-moi ce que vous voulez », murmuré non sans rudesse.

Sarah humecta de sa langue ses lèvres sèches : « Je vous l'ai dit. Quelqu'un essaie d'entrer par votre fenêtre de salle de bains. Pour l'amour du ciel, cessez de faire l'idiote et partons d'ici. »

Le glacial rond métallique ne bougea pas, mais pendant l'instant de silence qui suivit, un bruit léger et non identifiable provint de l'extérieur du bâtiment, et soudain la pression sur le cou de Sarah se relâcha. Un rapide mouvement dans l'ombre et Sarah se trouva seule. Elle entendit s'ouvrir une porte et quelqu'un trébucher contre une chaise dans la salle de bains; Sarah se tourna pour chercher à tâtons le commutateur sur lequel elle appuya.

La lumière jaune et crue de l'ampoule lui révéla les mêmes cloisons de bois et le même mobilier médiocre que dans sa chambre. La lumière éclaira l'étroit lit en désordre, fit étinceler des patins laissés par terre, briller les skis appuyés au placard et miroiter vicieusement le canon de l'arme dans la main de Janet Rushton...

Clignant sous l'action de la brusque lumière, les yeux de Sarah montèrent lentement du petit revolver jusqu'au visage de la fille qui la surveillait depuis la porte de la salle de bains.

Janet Rushton était une jolie femme à l'allure sportive dont la beauté résidait plutôt dans un teint éclatant et d'abondants cheveux blonds bouclés que dans des traits réguliers. Mais il ne restait aucune trace de cette beauté dans le visage qui fixait Sarah par-dessus le petit revolver brillant. Devenus durs, les yeux bleus restaient fixes dans un visage blanc et hagard que la peur et le désespoir rendaient presque méconnaissable.

Elle s'avança dans la pièce, fermant de sa main libre la porte derrière elle sans détourner son regard de celui de Sarah et dit doucement : « Il y avait bien quelqu'un là : le loqueteau a été limé et il y a des traces sur la neige. Mais cet intrus a dû nous entendre et partir. Que s'est-il passé ? Qui était-ce ?

— Comment voulez-vous que je le sache ? » demanda Sarah avec emportement. Elle avait été plus secouée moralement qu'elle ne l'aurait cru et, en la quittant, la panique faisait place à la colère : « J'étais allée chercher des biscuits dans ma salle de bains et j'ai entendu un bruit dehors. Je l'avais déjà entendu et j'avais pensé tout d'abord qu'il s'agissait d'un rat; mais c'était quelqu'un qui essayait d'ouvrir votre fenêtre et...

— Qui était-ce ? interrompit Miss Rushton en un bref murmure.

— Je viens de vous le dire : je n'en ai aucune idée !

— Un homme ou une femme ?

— Quoi, un... » Sarah s'arrêta net, les sourcils froncés et, après un moment de réflexion, dit lentement : « Un homme, je suppose. Je ne le sais pas vraiment.

— Vous ne le savez pas ? Mais c'est absurde ! Il fait presque aussi clair dehors qu'en plein jour.

— Oui, c'est exact. Mais, vous savez, il — enfin cet être — était dans l'ombre et tout près du mur. De toute manière, il ne m'est pas venu à l'idée que ce pourrait être une femme. J'ai pensé que c'était un coolie, ou un voleur d'hôtel qui voulait cambrioler la chambre de Mrs Matthews et s'était trompé de fenêtre.

— Pourquoi avez-vous pensé cela ? » Le soupçon perçait sous la brusquerie de la question.

« Qu'aurais-je dû penser d'autre ? demanda d'un ton sec Sarah exaspérée. Il n'y a pas grande chance d'avoir des ennuis si la moitié des affaires appartenant à Mrs Matthews est volée, car il est probable que personne ne saura ce qui manque. Vous n'allez pas me faire croire que n'importe quel vulgaire cambrioleur se donnerait la peine de forcer votre fenêtre alors que la mienne est déjà ouverte. Bien sûr j'ai pensé que cet individu était intéressé par la chambre de Mrs Matthews ! J'étais sur le point de crier pour lui faire peur lorsque... lorsque... » Sarah frissonna si violemment que ses dents s'entrechoquèrent.

« Lorsque quoi ? Pourquoi n'avez-vous pas crié ?

— Il... l'individu... a tourné la tête et il était sans visage. » Sarah se remit à trembler. « Je veux dire, cette personne portait une cagoule ajustée, percée de deux trous pour les yeux, et tenait une arme. J'ai compris alors qu'il ne pouvait s'agir d'un simple petit voleur et j'ai été prise de panique. Je n'ai pensé qu'à une seule chose : vous faire quitter votre chambre avant que cette créature n'y entre et... », conclut impétueusement Sarah, car la colère et l'exaspération la dominaient à nouveau « tout ce que j'ai reçu pour ma peine a été un revolver appuyé sur ma nuque ! »

Janet Rushton poussa un profond soupir et laissa tomber le revolver dans la poche de l'anorak qu'elle portait sur son pyjama. Elle dit d'un ton vague : « Je... je suis désolée. C'était stupide de ma part. Je crains d'avoir perdu la tête. Mais je... vous m'avez surprise. Ce pays me rend nerveuse... spécialement dans un hôtel. Je me sens plus tranquille avec un revolver et je...

— Allons donc, interrompit rapidement Sarah. Vous n'êtes pas du genre nerveux ; je vous ai vue skier. Il y a dans cette histoire quelque chose de bizarre que je n'aime pas. Que se passe-t-il ? »

Le rose monta lentement au visage de Miss Rushton, puis

disparut, le laissant encore plus pâle qu'auparavant, si possible. Sarah fut soudain prise de remords : cette fille semblait si épuisée et si désespérée. Sa colère s'évanouit devant ce visage anxieux et elle se mit à sourire de manière inattendue : « Excusez-moi. Je n'avais pas l'intention d'être désagréable, ni acariâtre, et je ne veux pas me mêler de ce qui ne me regarde pas, mais je commence à penser que vous avez des ennuis. Est-ce exact ? Si vous avez besoin d'aide, je suis là. J'ai un giron pour y pleurer, un tube d'aspirine et un flacon de sels dans ma chambre. Vous n'avez qu'à choisir ; la maison ne cherche qu'à vous plaire. »

Elle fut soulagée de voir un sourire sur le visage tendu de Miss Rushton : « Vous êtes vraiment gentille, surtout après ma façon hystérique de vous accueillir », reconnut Janet d'une voix devenue plus normale. « Merci d'être venue. Je m'excuse vivement de vous avoir traitée de la sorte, mais voyez-vous... j'ai été très soucieuse ces derniers temps. Oh ! Une histoire purement personnelle, mais... je crois que je me suis laissé dominer par mes nerfs. J'étais à moitié endormie en sortant de mon lit et je n'ai pas compris qu'il s'agissait de vous lorsque vous avait fait irruption dans ma chambre obscure. C'était un peu effrayant, vous savez. Je... je me demande ce que vous devez penser de moi. »

Sa voix parut soudain défaillir ; elle gagna en quelques enjambées nerveuses la chaise la plus proche et s'y laissa tomber brusquement, comme si ses jambes ne pouvaient plus la supporter. Elle prit une cigarette du paquet sur la table proche et, d'un regard vague, se mit à chercher du feu autour d'elle.

Sarah lui tendit la boîte d'allumettes posée sur la cheminée et dit d'un ton léger : « Vous mentez très mal, savez-vous. Mais, si c'est là votre histoire, tenez-vous-y. Je vais ranimer le feu et rester près de vous le temps que vous fumiez cette cigarette. Ensuite, si vous vous sentez mieux, je retournerai dans ma chambre. »

Elle se mit à empiler, sur les braises encore chaudes, petit bois et pommes de pin pris dans le coffre et souffla pour les faire prendre, tandis que Miss Rushton allumait sa cigarette d'une main tremblante, puis la fumait en silence.

Sarah ajouta au feu quelques bûches de cèdre odoriférantes et s'assit sur ses talons : « Voilà, cela flambera magnifiquement dans un instant. Quel dommage que nous n'ayons pas de bouilloire : j'aimerais bavarder une tasse de thé à la main. »

Janet ne fit aucun commentaire. Elle avait examiné Sarah avec attention tandis qu'elle préparait et allumait le feu. Elle écrasa son mégot dans le cendrier, se leva et alla jusqu'à la cheminée où elle s'appuya, le regard baissé sur les flammes brillantes. Puis elle demanda brusquement : « Pourquoi avez-vous pensé que je mentais ? »

Sarah s'adossa au bras d'un fauteuil et leva les yeux vers elle avec un sourire désarmant : « Je ne pensais pas : je savais.

— Que voulez-vous dire ?

— Vous désirez vraiment être renseignée ?

— Bien sûr.

— Eh bien, je ne suis pas absolument stupide et, comme vous me l'avez fait remarquer, il fait presque aussi clair dehors qu'en plein jour... et vous m'avez longuement regardée par la porte entrebâillée ! A moitié endormie, mon œil ! Vous saviez exactement qui était la personne dans le cou de laquelle vous enfonciez ce revolver et... je suis curieuse. Voilà tout. »

Le pâle visage au-dessus d'elle rougit d'une manière pénible à la lueur des flammes dansantes et Sarah dit, d'un ton contrit : « J'ai été impolie, excusez-moi. Vous n'êtes en rien obligée de me dire ce que vous ne voulez pas. Si vous vous sentez mieux maintenant, je vais retourner me coucher. Cette histoire devrait au moins faire rire tout le monde au petit déjeuner ! »

Elle se leva et tendit la main : « Bonne nuit ! »

Le regard de Janet Rushton alla de la main tendue au visage de Sarah ; elle se tourna pour approcher le petit fauteuil recouvert de chintz, s'assit, et dit d'une voix haletante : « Ne partez pas encore... je vous en prie ! Je... je vous serais très reconnaissante de rester un peu plus longtemps. Parlez-moi... parlez-moi jusqu'à ce que je me sente un peu moins traumatisée. Vous n'imaginez pas ce que serait le soulagement de rester assise à écouter quelqu'un au lieu d'être seule et de penser à... En outre, après cette histoire de voleur, je n'ai absolument pas envie de dormir. Alors, si vous pouviez rester un petit moment...

— Bien sûr », acquiesça Sarah d'un ton joyeux. Elle reprit sa place par terre et noua ses bras autour de ses genoux : « De quoi aimeriez-vous que je vous parle ?

— De vous, je pense. » La voix de Janet, qui s'était faite

nettement moins forte, reprit son ton normal et Sarah éleva automatiquement la sienne pour se mettre au diapason.

« L'histoire de ma vie ? *Moi* par moi-même. Le sujet préféré de l'humanité tout entière ! Bien. Je crains que ce ne soit guère excitant, mais vous l'aurez telle qu'elle s'est passée. Voyons... Pour commencer, comme la plupart d'entre nous, je suis un mélange de sang anglais, irlandais, écossais et gallois, ce que de nos jours on appelle " britannique " pour simplifier. Mais entre tous les lieux possibles, je suis née au Caire parce que papa était diplomate et qu'à l'époque, il y était en poste avec maman. J'ai même un vague souvenir d'avoir fait le tour des Pyramides, assise face à ma mère sur le dos d'un chameau. Je devais avoir environ trois ans et... mais peut-être connaissez-vous l'Égypte ?

— Pas encore. Mais cela fait partie des pays que j'ai toujours désiré visiter depuis que l'on m'a parlé à l'école primaire du tombeau de Toutânkhamon.

— J'ai bien l'intention d'y retourner un jour afin de voir tout ce que j'ai manqué. Je me souviens bien mieux de Rome parce que j'étais plus âgée lorsque papa y travaillait et je n'ai pas complètement oublié mon italien — pas plus que les autres langues apprises dans les diverses écoles fréquentées par les " enfants des Affaires étrangères ". C'était une existence merveilleuse pour une petite fille. Je n'en connais pas de préférable et je souhaite seulement... Au fond, je ne pense pas qu'aucun des endroits dont je me souviens soit semblable à ce qu'il était avant la guerre. Exactement comme Vienne après la Première Guerre mondiale !... » Sarah soupira et laissa tomber son menton sur ses mains jointes autour de ses genoux.

« Vous avez eu de la chance, observa Janet. Mon père appartenait à l'armée des Indes, aussi comme la plupart des " enfants du *Raj* ", mes frères et moi avons été expédiés très jeunes en métropole pour y faire notre éducation. Beaucoup plus tôt dans le cas de Tony, John et Jamie que dans le mien. Ensuite, nous ne voyions nos parents que tous les deux ans jusqu'à la fin de notre scolarité où nous revînmes ici. N'avez-vous jamais été pensionnaire en Angleterre ?

— Si, mais seulement à partir de mes quatorze ans. Et ceci parce que... Eh bien ! mes parents furent envoyés en Amérique et m'emmenèrent avec eux comme à l'accoutumée. Mais c'était... c'était l'année où éclata la guerre. Nous avions passé nos vacances en Angleterre cet été-là et nous partîmes par l'*Athenia* au début de septembre.

— L'*Athenia?* Mais ce bateau n'a-t-il pas été... ? » Janet s'arrêta brusquement et Sarah hocha la tête.

« Oui, il a été torpillé le lendemain de la déclaration de guerre et... et mes parents ont coulé avec lui. Il n'y avait pas assez de canots de sauvetage. »

Une bûche éclata en projetant une pluie d'étincelles. Le feu se mit à éclairer et à craquer joyeusement.

« Je suis désolée », dit Janet.

Sarah poussa un soupir :

« Moi aussi. C'était un gâchis inutile. Ils étaient tous deux si... Bien, c'est la raison pour laquelle j'ai terminé mes études dans un pensionnat du Hampshire. Papa s'était débrouillé pour me faire monter dans un canot de sauvetage avec un groupe d'autres enfants et nous sommes tous rentrés saufs, mais avec le mal de mer, en Angleterre. J'y fus recueillie par mes grands-parents et, par la suite, envoyée à l'école où avait été ma grand-mère. Nous fûmes bombardés deux fois lorsque j'y étais ; après la première fois, on nous installa dans deux ailes d'un château imposant. Lorsque celui-ci fut démoli aussi, on nous mit dans un ensemble de chalets Nissen où il faisait beaucoup plus chaud. Dès que j'ai eu dix-sept ans, je suis partie pour m'engager dans la W.R.A.F. [1]. J'ai été démobilisée l'année dernière. Comme je voulais connaître notre empire en voie de disparition avant qu'il ne s'écroulât pour de bon, j'ai sauté sur l'occasion lorsque tante Alice a suggéré que je vienne passer quelques mois chez elle à Peshawar.

— Qu'est-ce qui vous a fait venir à Gulmarg ?

— Le ski, bien sûr ! Quoi d'autre ? Avant guerre, nous allions toujours skier pour les vacances d'hiver et de printemps. Je n'avais pas cinq ans que je recevais ma première paire de skis. Aussi lorsque les Creed m'ont parlé de cette rencontre ici et m'ont proposé de m'emmener en voiture, je n'ai pas pu résister. Je craignais d'avoir oublié la pratique du ski, mais, Dieu merci, cela doit faire partie de ce que l'on n'oublie pas, comme de monter à bicyclette.

— Qui sont vos oncle et tante ?

— Les Addington. Tante Alice est la sœur aînée de ma mère

1. W.R.A.F. : corps des auxiliaires féminines de l'armée de l'air. *(N.d.T.)*

et, pour l'instant, l'oncle Jack commande le régiment de Peshawar. Vous avez dû les rencontrer.

— Oui, répondit lentement Janet, ils sont montés ici l'année dernière. Je me demandais pourquoi votre nom me disait quelque chose : c'était à cause de votre oncle, bien sûr. Je me suis trouvée à côté de lui à un dîner et il a parlé de vous. Il me semble que vous avez fait une belle guerre.

— Pas plus que les autres auxiliaires des Services féminins. » Sarah se mit à rire : « C'est simplement que l'oncle Jack aime à vanter sa famille. Il ne s'est pas mal débrouillé lui-même en obtenant une DSO avec palme après Alamein, et une autre en Birmanie. Je n'ai eu que la médaille ordinaire.

— Plus le rang d'officier en un temps record », observa Janet d'un air pensif.

Sarah rougit violemment : « Eh bien... oui. Et puisque ceci termine plus ou moins notre émission " Radio Parrish ", je ferais mieux de m'en aller. C'est-à-dire si vous vous sentez un peu moins traumatisée par ce qui vient de se passer.

— Je pense que je le suis, reconnut Janet, mais si vous acceptez de rester un peu plus longtemps, j'aimerais vous expliquer quelque chose. Je ne crois pas que je le devrais, mais étant donné les circonstances, cela vaut mieux que de laisser libre cours à votre curiosité et, éventuellement, de faire rire tout le monde au petit déjeuner avec l'aventure de cette nuit. En outre, Dieu sait si j'ai besoin d'aide... vous aviez raison à ce point de vue-là. »

Sarah lui lança un regard étonné et, abandonnant son intention de partir, s'installa avec un curieux mélange d'attente et d'appréhension. Mais Janet ne semblait pas pressée de commencer. Elle tourna la tête et promena autour d'elle un regard inquisiteur, comme si elle voulait s'assurer qu'il n'y avait pas de tiers dans la pièce. Suivant ceux de Janet, les yeux de Sarah s'attardèrent sur la porte conduisant à la salle de bains obscure contre laquelle les skis de bois poli projetaient des ombres allongées. Aux fenêtres pendaient de lourds rideaux, immobiles et lisses à la clarté du feu, et un abat-jour en parchemin peint projetait un cercle d'ombre sur le plafond lambrissé. Dans la petite pièce, le silence se fit soudain oppressant et Sarah eut l'idée subite, troublante, que la nuit froide et silencieuse ainsi que les congères avaient rampé jusqu'aux murs extérieurs pour écouter.

Les flammes chuchotaient et clignotaient dans le silence, et une goutte produite par l'humidité tomba dans la cheminée en sifflant sur les bûches brillantes.

Miss Rushton se leva avec une certaine raideur et se dirigea vers la porte de la salle de bains qu'elle ouvrit pour appuyer sur le commutateur. Elle la referma et resta un moment debout à la regarder pensivement. Sarah se rappela que la porte de sa salle de bains était seulement fermée du côté chambre par un loquet, alors que l'autre côté avait un verrou. Janet Rushton mit le loquet en place et revint s'asseoir.

« Je vais vous raconter cette histoire, dit-elle doucement, parce que... Eh bien, en partie parce qu'il faut que je justifie mon attitude et que je suis trop épuisée pour inventer un mensonge crédible. Et en partie parce que au cas où il m'arriverait quelque chose, j'aimerais que quelqu'un soit au courant. »

Elle s'arrêta comme si tout était expliqué et Sarah dit brusquement : « Que voulez-vous dire ? Que peut-il vous arriver ?

— Mourir... comme cousine Hilda.

— *Cousine Hilda ?...* Oh ! Vous voulez dire Mrs Matthews ? J'avais oublié qu'elle était l'une de vos parentes, ce n'est pas étonnant que vous soyez troublée. Cette histoire est horrible, mais elle ne doit pas vous donner des idées morbides. Après tout, c'était un accident qui n'a aucune raison de se reproduire.

— Ce n'était pas un accident, dit Janet d'un ton tranquille mais définitif.

— Que diable voulez-vous dire ?

— Que Mrs Matthews a été assassinée. »

La nuit, le silence et les sinistres congères semblaient se rapprocher encore et respirer tout autour de l'aile isolée de l'hôtel sombre : les petites flammes qui bruissaient sur les bûches de cèdre murmuraient : ...assassinée... assassinée... assassinée.

« Mais c'est ridicule, s'exclama Sarah d'un ton indigné. Le commandant McKay, qui est médecin, a dit qu'il s'agissait d'un accident. A son avis, elle avait glissé sur la neige et s'était fracassé le crâne sur les rochers en tombant. »

Et pourtant, d'une manière inexplicable, elle ne croyait pas à ce qu'elle disait. A l'encontre de tout jugement et de tout raisonnement équilibré, l'incroyable déclaration de Janet Rushton était convaincante.

« Je sais ce que l'on a dit, mais on se trompe. Je sais qu'elle a été assassinée. A vrai dire, nous craignions un tel événement depuis quelque temps.

— *Nous ?*

— Mrs Matthews et moi.

— Mais... mais... Oh ! Je sais qu'elle était votre cousine, mais franchement, Janet !

— A la vérité, nous n'étions nullement parentes. Il ne s'agissait que d'un camouflage. »

Sarah se mit rapidement debout. « Je crois, dit-elle d'un ton neutre, que vous avez trop... trop d'imagination. »

Janet Rushton émit un petit sourire forcé : « Pourquoi n'avoir pas dit que je dramatise ? C'était ce que vous pensiez, n'est-ce pas ? Non, je ne dramatise pas. Je souhaiterais de tout mon cœur que ce soit le cas ! » Sa voix se brisa sur le dernier mot et les doigts de ses mains jointes se tordirent d'un geste convulsif. « Excusez-moi, je pensais que vous vouliez m'aider. Mais je comprends très bien que tout ceci vous paraisse tiré par les cheveux et grand-guignolesque. Si cela peut vous consoler, à moi aussi cela paraît saugrenu, je me demande même comment j'ai pu m'attendre à ce que vous y croyiez. J'aurais dû avoir plus de bon sens.

— Mais j'y... je veux dire, je ne peux pas... Oh ! Zut », soupira Sarah d'un air désespéré tout en s'effondrant par terre une fois de plus. « C'est moi qui aurais dû m'excuser et non vous. Croyez-le, je suis vraiment désolée. Je suppose que j'ai imaginé un instant que vous vous moquiez de moi et j'ai réagi pour vous montrer que je ne me laissais pas faire. Puis-je changer et vous demander de me convaincre ? Je vous en prie, Janet, croyez-moi. »

L'essai de sourire de Janet ne fut pas très réussi, mais le hochement de tête l'accompagnant satisfit Sarah qui lui sourit amicalement. Cette petite anicroche avait réveillé le sens de la prudence chez la plus âgée des deux jeunes filles, car elle resta silencieuse pendant un certain temps, assise sans bouger et apparemment à l'écoute. Pourtant, dans la mesure où Sarah pouvait entendre, aucun bruit ne provenait de l'extérieur, et, à l'intérieur, on ne percevait que le grésillement des flammes accompagné, de temps à autre, d'un craquement de bûche. Néanmoins, Miss Rushton continuait à écouter et, au bout d'un moment, elle se leva, alla jusqu'à la porte extérieure, éteignit et, tirant le verrou de sa main gauche, ouvrit la porte. Sarah remarqua que sa main droite restait cachée dans sa poche et y tenait le petit revolver.

La clarté lunaire qui inondait la véranda avait diminué maintenant que la lune était plus haut dans le ciel, mais la longue véranda poudrée de neige, avec son feston de stalactites brillantes, était silencieuse et vide. Les seules traces visibles étaient les empreintes de pas de Sarah.

L'espace de quelques instants, Janet se tint sur le seuil, regardant autour d'elle et écoutant. Puis, elle fit un pas en arrière, ferma la porte qu'elle verrouilla et alluma. Après avoir vérifié la fermeture de la fenêtre et s'être assurée que les rideaux étaient bien tirés, elle regarda Sarah et dit très doucement : « Cela ne vous contrarie pas si j'ouvre la radio ? Cousine Hilda et moi le faisions toujours lorsque nous parlions dans une pièce où l'on pouvait surprendre notre conversation, aussi ai-je repéré tous les postes alentour ; je sais que l'un d'eux diffuse des échanges de conversation à cette heure-ci — ou tout au moins quelque chose qui y ressemble. Je n'ai pas la moindre idée du lieu de l'émission, ni de la langue que l'on y parle mais les voix couvrent mieux que la musique. Donc, si cela ne vous fait rien... »

Elle se baissa pour sortir un petit poste de la commode et, le posant dessus, le brancha sur l'émetteur voulu. Il en sortit un bavardage de voix excitées qui aurait fait honneur à une famille de pêcheurs napolitains en train de se disputer.

Bien que trop faible pour gêner le sommeil des autres pensionnaires de l'hôtel, le volume de la radio était plus que suffisant pour empêcher quelqu'un se trouvant à l'extérieur de distinguer les voix assourdies de Miss Rushton et de sa visiteuse du méli-mélo des bavardages et des craquements incessants du transistor.

« Je vois ce que vous voulez dire », commenta Sarah en se mettant automatiquement à un diapason plus bas que celui des invisibles interlocuteurs. « Continuez à me raconter ce que vous aviez commencé, je suis tout ouïe. »

Janet regagna sa chaise, se pencha en avant, les coudes sur les genoux pour chauffer ses mains et dit prudemment, comme si elle choisissait ses mots : « Vous devez avoir entendu parler du Service secret, quoique j'imagine qu'il ne vous est jamais venu à l'esprit que des individus aussi quelconques que cousine Hilda — Mrs Matthews — et moi-même puissions en faire partie. Non ! » Sarah venait de faire un mouvement d'étonnement et donnait l'impression qu'elle allait parler : « Laissez-moi finir. Des gens comme nous, comme moi, ne sont que du menu fretin. Notre tâche consiste à recueillir des renseignements : les bribes de rumeurs, de conversations, de potins qui, isolés, peuvent paraître sans intérêt, mais lorsqu'ils sont ajoutés à un certain nombre de petits détails découverts par d'autres peuvent signifier beaucoup. Donc, il y a quelques mois le Service pour lequel nous travaillons à découvert un... » Elle s'arrêta, cherchant visiblement un mot qui ne la compromettrait pas trop et finalement en choisit un plutôt ambigu : « une piste... »

# 2

Assise auprès du feu, ses mains d'écolière sage tendues aux flammes, Janet Rushton se mit à raconter, d'une voix soigneusement contrôlée pour n'être entendue que de Sarah, comment elle avait été envoyée au Cachemire pour prendre contact et ordres auprès d'une certaine Mrs Matthews. Afin d'éviter les commentaires que déclencherait une célibataire vivant seule, Janet serait présentée comme une parente de Mrs Matthews ; ainsi le petit house-boat sur le lac Dâl proche de Srinagar, qui avait été loué au nom de Janet, pourrait être ancré à côté de celui, beaucoup plus vaste, de Mrs Matthews. Elle révéla comment toutes deux avaient découvert avec horreur la raison pour laquelle on les avait envoyées là : en fait, c'était comme le sommet d'un iceberg dont personne n'avait soupçonné encore la présence mortelle...

Elles n'étaient pas à même de régler une telle situation, aussi l'énormité de la menace cachée les avait-elle obligées à faire parvenir les détails de leurs découvertes à un supérieur ; cependant, leur consigne leur défendait formellement de quitter l'État sans l'autorisation de leur Service. Étant donné qu'aucun des divers agents cachemiriens qu'elles connaissaient n'était assez important pour qu'on lui confiât des renseignements aussi dangereux, Mrs Matthews avait envoyé l'équivalent d'un sérieux S.O.S. Ce faisant, elle savait parfaitement que ce ne serait pas facile pour un Anglais, ou même pour un Cachemirien, de venir à Srinagar et d'entrer en contact avec elles sans être remarqué et sans donner prise à jaser car, à ce moment-là, l'année serait presque terminée.

Les hordes d'estivants étaient parties depuis longtemps ; Janet et elle n'avaient réussi à prolonger leur séjour que grâce à leur talent d'aquarellistes et au fait que novembre est le plus beau mois dans la vallée. C'est l'époque où la limite des neiges descend jusqu'aux forêts, où les chênes d'Inde prennent toutes les couleurs du rouge, allant du vermillon au pourpre, et où les saules, les peupliers et les marronniers flamboient en jaune et en or.

En tant que peintres, ce changement annuel du paysage leur avait fourni un prétexte inattaquable pour rester, alors que tout le monde était parti. Leur talent leur avait auparavant donné une raison admirable pour aller en voiture, à cheval, à pied, ou être emmenées en *shikara*[1] jusqu'à n'importe quel endroit désiré. Cette activité artistique leur avait aussi permis d'engager des conversations à bâtons rompus avec d'innombrables étrangers qui s'arrêtaient pour les regarder peindre, leur poser des questions, leur donner des conseils et, finalement, s'accroupissaient près d'elles pour bavarder. Selon Janet, cet état de choses n'avait pas été sans incidence dans le choix des deux femmes pour cette mission.

Ce fut au cours de cette époque où les feuilles finissent de tomber que Mrs Matthews avait expédié son S.O.S. et s'était mise à attendre l'aide qui ne pourrait être longue à arriver, assurait-elle à l'anxieuse Janet. Mais quatre jours plus tard, dans la *Civil and Military Gazette,* l'un des quotidiens les plus connus d'Inde, un entrefilet mentionnait le décès accidentel d'un certain commandant Brett qui était tombé de son wagon de l'Express de la Frontière, en route vers Rawalpindi : « On ne croit pas à de la malveillance et la police est persuadée que la malheureuse victime au milieu de la nuit et à moitié endormie, a ouvert la porte donnant sur la voie en la prenant pour celle des toilettes... »

Il était évident que l'accident n'avait pas été considéré comme assez important pour mériter la première page, mais seulement celle des faits divers. Mais, d'après Janet, Mrs Matthews avait lu et relu l'article, l'air spécialement choqué et contrarié.

« Je ne l'avais jamais vue ainsi auparavant. Elle était toujours si calme et d'humeur égale... même aux pires moments. Je lui ai demandé s'il s'agissait d'un ami, mais elle m'avait répondu que non ; elle l'avait rencontré une seule fois : il était dans la pièce lorsqu'on lui avait donné ses ordres de mission. Mais elle ne pouvait s'empêcher de se demander s'il n'était pas en route pour les rejoindre, car elle ne croyait pas à la thèse de l'acci-

1. *Shikara :* bateau à fond plat surmonté d'une toile servant de parasol. *(N.d.A.)*

dent. Il n'était pas du genre à faire une erreur aussi stupide.

— Mais sûrement, si la police... ? commença Sarah, haletante.

— Si l'un... des nôtres meurt d'un accident, nous laissons aller les choses. Officiellement tout au moins. Évidemment, cela paraît dénué de pitié, mais c'est beaucoup plus prudent que de poser des tas de questions qui ne peuvent conduire qu'à des réponses embarrassantes. Cousine Hil... Mrs Matthews... disait qu'il ne fallait pas s'inquiéter parce que si *c'était* bien celui que nous attendions, quelqu'un d'autre serait envoyé à sa place. Mais... mais moi je m'inquiétais. Malgré moi, je pensais que s'il ne s'agissait pas d'un accident et s'il avait été tué pour l'empêcher de venir ici, alors... alors ceux qui avaient agi ainsi pouvaient connaître notre existence. Et si quelque chose nous arrivait, personne ne serait jamais mis au courant de ce que... ce que nous savions. »

Après la chute des dernières feuilles et la formation des premières glaces sur les lacs, les deux femmes avaient abandonné leurs house-boats pour s'installer à l'hôtel Nedou à Srinagar, afin d'y attendre avec une angoisse croissante une réponse à leur urgent appel à l'aide. Elles ne savaient que trop bien que chaque journée qui s'écoulait augmentait le danger pour quiconque y répondrait, car à cette saison de l'année, aucun voyageur dans son bon sens n'entreprendrait le trajet long, froid et souvent hasardeux le long des routes de montagne sinueuses qui conduisaient à la vallée. Pas à moins d'avoir une très bonne raison d'agir ainsi, une raison qui saute aux yeux ou soit facilement explicable. Bien que, même dans ce cas, un gibier aussi rare soit susceptible d'être visible.

Sans provoquer d'étonnement, une raison de ce genre justifiait la présence de Mrs Matthews et de sa jeune cousine dans l'hôtel presque vide où, à l'exception des suites occupées à titre permanent par de vieux retraités, seules quelques chambres restaient à la disposition de visiteurs occasionnels. Cette raison était l'enthousiasme des deux femmes pour le ski.

Comme leur goût pour l'aquarelle, ce fanatisme pour le ski était entré en ligne de compte aux yeux de leurs employeurs ; et Gulmarg, la petite station estivale qui était devenue l'un des centres de sport pour le *Raj*, et le principal lieu de réunion du Ski Club de l'Inde, pouvait être aisément atteint depuis Srinagar — un trajet en voiture d'environ quarante kilomètres jusqu'au village de Tanmarg au pied des montagnes, puis une montée de près de sept kilomètres, à dos de mulet, sur le sentier raide et pierreux qui zigzague à travers la forêt pour amener le visiteur à la cuvette de Gulmarg, au creux de la grande crête de l'Apharwat.

Les deux femmes avaient amené leurs skis avec elles et chacun dans l'hôtel sut rapidement qu'elles avaient pratiqué en Europe avant la guerre et, à plusieurs occasions depuis, à des réunions du Ski Club à Gulmarg chaque fois qu'un nombre suffisant de membres avait permis l'ouverture de l'hôtel pour une dizaine de jours ou plus. « Personne ne vient skier ici tout seul, expliqua Janet, car cela ne vaut pas la peine d'ouvrir pour deux ou trois clients. Et le ski dans la vallée n'est guère sportif. »

Deux jours après leur installation à l'hôtel de Srinagar, alors qu'elles commençaient à s'inquiéter sérieusement de l'absence de réponse à leur S.O.S., une violente tempête de neige venue du nord avait fermé les cols, la route de Banihal, celles de Murree et de Abbottabad dans la vallée, et empêché les avions de franchir les montagnes pour atterrir sur l'aéroport encore rudimentaire de Srinagar. Les lignes de téléphone, de télégraphe, ainsi que les poteaux électriques étaient tombés sous l'action combinée du vent et de la neige, plongeant le Cachemire dans l'obscurité et l'isolant du monde extérieur pendant plus d'une semaine. Et même une fois la tempête passée, le ciel demeura sombre et menaçant, avec des nuages cachant les hauts sommets ; le champ d'aviation resta couvert d'amoncellements de neige de trois à six mètres d'épaisseur et la ville enfouie dans la neige, tandis que les avalanches menaçaient les équipes de coolies qui travaillaient à dégager la route sinuant à travers les montagnes jusqu'à Baramulla. On ne pouvait même pas essayer de déblayer la route de Banihal qui dut rester fermée pendant plusieurs semaines.

Le premier véhicule qui réussit à passer amena les sacs postaux ; Janet et Mrs Matthews se rendirent à ski jusqu'à la poste sur le Bund pour chercher leur courrier. Elles s'étaient aussi portées volontaires pour ramener celui de l'hôtel, et ce fut seulement après avoir fait la distribution qu'elles eurent le temps d'ouvrir leur propre courrier qui consistait principalement en cartes de Noël. Le reste n'avait d'intérêt que pour le destinataire, mais une enveloppe — non timbrée comme le sont les circulaires — contenait un catalogue de Noël de dix pages publié pour le compte d'un magasin très connu de Rawalpindi.

Mrs Matthews, à laquelle il était adressé, lui jeta un coup d'œil et le laissa ouvert sur la table de sa chambre jusqu'à la fin de la journée, là où la femme de chambre et n'importe quel domestique de l'hôtel appelé par son service à entrer dans la pièce — sans compter les pensionnaires qui venaient occasionnellement prendre un verre ou bavarder — avaient toutes facilités de le voir et de le feuilleter s'ils le souhaitaient. Mais, plus tard, lorsque la majorité des pensionnaires fut au lit et que les rideaux eurent été tirés, elle sortit de sa petite bibliothèque de voyage, dont elle ne se séparait jamais, le livre de Stella Gibbon *Cold Comfort Farm* et s'en servit pour décoder le message que contenait le catalogue de Noël.

« Elle m'en parla le lendemain matin tandis que nous skiions sur le Takht. L'homme qui était tombé de l'Express de la Frontière *était bien* en route pour venir nous voir. Mais cela ne voulait pas nécessairement dire que l'ennemi avait fait un lien entre lui et nous, aussi devions-nous ne pas nous inquiéter. Quelqu'un d'autre viendrait dès que possible et se ferait connaître de la manière habituelle. Cousine Hilda pensait qu'il devrait arriver ce jour-là, car si la voiture postale était passée, cela signifiait que la route de Murree à Baramulla était praticable. A en juger d'après la date de l'enveloppe, le catalogue avait été posté à Rawalpindi juste une semaine auparavant. L'envoyé du Service avait visiblement été bloqué par la neige dans un *Dâk Bungalow*[1] situé sur le trajet. »

Janet se tut et resta silencieuse un moment à fixer les flammes d'un air morne jusqu'à ce que Sarah murmurât d'un ton mal assuré : « N'est-il pas venu ? »

Janet arracha ses pensées des sentiers peu agréables où elles erraient et répondit : « Oui, il est venu. Il se nommait Ajit Dulab et était l'un des meilleurs fusils du pays. Et l'un des meilleurs joueurs de polo aussi. Il devait monter ici sous le prétexte de chasser le léopard des neiges. Le mauvais temps contraint généralement ceux-ci à descendre à basse altitude. L'État a installé Ajit Dulab dans l'un des logis destinés aux invités du maharajah, et un fonctionnaire organisa un cocktail en

1. *Dâk Bungalow :* relais de poste. *(N.d.T.)*

son honneur auquel nous avons tous été conviés. Bref, il s'est arrangé pour rencontrer cousine Hilda sous le prétexte de prendre une leçon de ski, et elle lui a tout raconté. Le lendemain, il a déclaré que le temps était trop mauvais pour chasser, aussi a-t-il acheté deux peaux de léopard des neiges sur le Bund et est-il parti.

— Mais alors, de quoi vous tourmentez-vous ? Ce n'est plus votre problème, maintenant, mais le sien.

— Il n'est jamais revenu, dit Janet en un chuchotement rauque.

— Vous voulez dire... vous voulez dire qu'il a été *assassiné ?* hoqueta Sarah.

— Je ne sais pas ! Ce peut avoir été un accident ou simplement de la malchance. Cette route est facilement dangereuse ; les voitures, les autocars et les camions versent parfois dans le fossé. En de nombreux endroits, la montagne tombe à pic sur plusieurs centaines de mètres dans la gorge où coule la rivière, et personne n'en ressort vivant. Apparemment, la voiture de Ajit Dulab a été balayée par une avalanche. »

Sarah poussa un soupir de soulagement : « Alors, ce *devait* être un accident !

— Bien sûr, mais les avalanches peuvent être volontairement déclenchées et quelqu'un peut l'avoir attendu dans ce but... Si seulement nous avions eu la certitude qu'il s'agissait d'un accident, nous nous serions senties... eh bien, mieux, je suppose. Mais nous n'étions pas sûres. Nous n'avons même pas su ensuite si quelqu'un d'autre avait été envoyé ou non. Peut-être le messager suivant n'a-t-il pas atteint son but comme... comme les deux autres.

— Voulez-vous dire que vous avez dû rester ici à attendre sans pouvoir agir ? demanda Sarah étonnée. N'avez-vous pas de poste émetteur ou récepteur, ou quelque chose de ce genre ? J'aurais cru... »

Janet l'interrompit sèchement : « Non seulement les petits postes émetteurs portatifs fonctionnent mal en montagne, mais encore les transmissions peuvent être captées par des indésirables. Et, pis encore, repérées ! En un rien de temps, on aurait su que quelqu'un transmettait des messages codés depuis la vallée et la chasse aurait commencé... et le gibier aurait été capturé !

— Oui, je vois. Mais vous auriez sûrement pu téléphoner ? »

Sarah était intéressée par cet aperçu des mécanismes de

l'espionnage, mais intriguée par la lenteur et la mise au point : « Les lignes étaient sûrement réparées à ce moment-là. Ou bien, pourquoi ne pas avoir envoyé simplement un télégramme ?

— En Inde ? » Le ton de Janet était méprisant. « Depuis combien de temps êtes-vous ici ?

— Seulement un peu plus d'un mois. Pourquoi ?

— Eh bien, sachez qu'il n'existe aucun téléphone sûr en Inde, et encore moins au Cachemire ! Le vice-roi, le directeur des Services secrets et une ou deux grosses légumes possèdent une ligne privée, mais personne d'autre n'y a accès. Les appels téléphoniques passent par d'innombrables standards et peuvent être captés et enregistrés presque partout par n'importe qui, même un gosse. Quant aux télégrammes, ils circulent de main en main et tout le monde les lit — souvenez-vous de Kim !

— Mais s'ils étaient codés ? »

Janet répondit d'un ton impatient : « Il n'y a rien de tel que les codes pour vendre la mèche, parce que à l'exception des messages très brefs qui semblent avoir un sens quelconque, ils éveillent attention et curiosité, et aussi les soupçons sur l'expéditeur et le destinataire. Dans notre métier, personne n'écrit rien. A moins que… » Elle hésita et, l'espace d'un instant, son regard sembla quitter Sarah et se tourner vers l'intérieur, sur quelque image troublante que ses paroles avaient éloignée. Elle termina sa phrase sur un ton tout à fait différent et presque inaudible : « … à moins que nous ne *soyons obligés* de le faire… s'il y en a le temps. »

Un autre frisson parcourut Sarah qui dit avec une pointe d'acidité : « Mais le message reçu par Mrs Matthews à Srinagar devait être codé. Le catalogue de Noël.

— C'est exact. Mais puisqu'il est arrivé par la poste, la tempête l'a retardé pendant de nombreux jours comme l'homme venu nous voir. Et personne, à l'exception de la destinataire, n'aurait pu y trouver autre chose que ce qui y était écrit, ou même comprendre qu'il s'y trouvait un message. Parce que seule cette destinataire possédait la clé. Différente à chaque fois ! C'est presque le seul code au monde qui soit impossible à déchiffrer parce que rien n'est écrit et l'on y emploie des chiffres, les mots se trouvant dans un autre livre. Mais malheureusement, il ne peut servir que pour de courts messages parce que, justement, il *ne s'agit que* de chiffres. Et ce que nous avions à dire nécessitait beaucoup de mots et d'explications.

— Tout ceci me paraît affreusement compliqué.

— Pire encore que marcher sur une corde raide au-dessus du Niagara, j'imagine, ou bien trouver son chemin dans le désert de Gobi. A la fin, nous avons reçu un message à peu près par la même voie que le précédent. Nous devions monter à Gulmarg pour la réunion du Ski Club, et l'agent qui prendrait contact avec nous serait un skieur. Le message indiquait aussi comment le rencontrer à l'insu des autres. »

L'idée leur semblait bonne. De l'avis de Janet, faire du ski à Gulmarg était une raison bien préférable pour venir au Cachemire en hiver que d'essayer de chasser le léopard des neiges. Mais le court message se terminait par un seul mot redoutable qui, dans leur mini-dictionnaire, signifiait : « Attention... vous avez été visiblement repérées ! » Cela avait profondément secoué Janet car, malgré les soupçons éveillés par la mort des deux agents, elle s'était persuadée que la seconde provenait d'un authentique accident. Même si la première n'en était pas un, il n'existait aucune raison de supposer que les tueurs se posaient des questions sur l'identité de la personne que la victime allait rejoindre. Et voici que maintenant, un seul petit mot avait tout détruit...

« J'étais si sûre que nous étions en sécurité, murmura Janet. Je ne croyais pas possible que l'on soupçonne une veuve entre deux âges, aimant les potins, la peinture, le tricot, prendre son petit café avec des amis et participer à des tournois de whist. Je ne croyais pas davantage que l'on soupçonnerait une fille qui jouait au golf et au tennis, sortait pour aller dessiner, danser, pique-niquer avec de jeunes officiers en permission. Mais je suppose que nous avons dû commettre une erreur à un moment quelconque... ou bien quelqu'un a trahi : ceci... ceci arrive parfois. »

Sa voix craqua et s'éteignit ; elle se mit à avaler nerveusement, comme si sa bouche était devenue subitement sèche. Encore une fois son regard traqué se promena rapidement et furtivement à travers la petite chambre — allant de la radio grésillante aux portes fermées et aux fenêtres où les rideaux fanés pendaient, toujours immobiles. Lorsqu'elle parla à nouveau, ce fut pour chuchoter :

« Après l'arrivée de ce message, j'étais effrayée... terriblement effrayée. Mais non pas Mrs Matthews qui, au contraire, se révéla extraordinaire. Elle redoubla de précautions. Elle emmenait partout une arme avec elle et m'obligea à faire de même. Elle veillait tous les soirs à la fermeture de nos portes et fenêtres et à ne jamais nous servir les premières de boisson et de nourriture. A ce moment-là, j'aurais tout donné au monde pour partir. Cependant nous devions attendre celui qui devait nous retrouver ici. Il le *fallait* absolument. Mais il n'est toujours pas venu et cousine Hilda est morte ; j'ai peur... j'ai peur ! »

Sarah tendit une main rassurante et dit, dans un effort de bon sens et de calme qu'elle était loin d'éprouver : « Allons, vous savez bien qu'il n'en est rien. C'est juste un peu d'hystérie. »

Janet sursauta sur sa chaise et dit sur un ton de colère : « Vous ne me croyez pas ! Vous pensez que je suis folle ou que je fabule, n'est-ce pas ? N'est-ce pas exact ?

— A vrai dire, non, dit lentement Sarah. Bien que Dieu seul sache pourquoi. Mais je crois que vous dramatisez un peu. Le commandant McKay est médecin militaire ; lui-même et le docteur Leonard considèrent le décès de Mrs Matthews comme accidentel. Après tout, ce *peut* être seulement un accident malheureux. »

Le rire de Janet Rushton ne fut pas agréable à entendre lorsqu'elle écarta de son genou la main de Sarah :

« Écoutez-moi, pauvre innocente : je vous accorde que je suis effrayée, mais je ne suis pas stupide. Mes nerfs ont peut-être craqué un peu, mais non pas mon cerveau — pas encore ! Je vous ai déjà dit que Mrs Matthews portait une arme. Eh bien, il n'y en avait pas sur son cadavre et il ne pouvait exister qu'une seule raison pour la lui ôter. Le meurtre devait ressembler à un accident et si l'on avait trouvé un revolver chargé sur elle, l'esprit le plus obtus aurait eu des doutes ; en outre cela aurait soulevé des masses de questions gênantes. Les gens, même s'il s'agit de veuves d'un certain âge, ne se promènent avec un revolver chargé que s'ils ont quelque chose à craindre.

— Ne pourrait-il être tombé dans la neige au moment de la chute de Mrs Matthews ? Ou peut-être le coolie qui a trouvé le corps l'a-t-il volé ?

— Elle portait son revolver dans un petit holster sous son bras, comme moi dans la journée, et quelqu'un doit l'avoir fouillée. Dans de telles circonstances, aucun coolie n'aurait touché un cadavre de peur d'être accusé d'avoir joué un rôle dans ce décès. Et même en supposant qu'un coolie ait essayé de la voler, supposez-vous un seul instant qu'il se serait donné la peine d'ôter aussi le holster ? Il aurait été relativement facile de s'emparer de l'arme, mais beaucoup plus compliqué d'ôter le holster de la bretelle. Ou le holster a été coupé, ou son anorak a été ôté, puis remis, ce qui a seulement pu être exécuté lorsque le corps était encore chaud, car après elle...

— Je sais, dit rapidement Sarah, j'ai vu lorsqu'on la ramenait. Mais comment savez-vous que le revolver n'était pas sur elle lorsqu'on l'a trouvée ? Le commandant McKay a pu le prendre.

— Parce que... » Une fois de plus la voix de Janet était à peine audible et elle ne put s'empêcher de frissonner : « Parce que je l'ai trouvée vers quatre heures de l'après-midi. Avant le coolie.

— *Vous !*

— Oui. Je... je m'inquiétais. Je ne l'avais pas vue depuis le dîner, la veille au soir. Lorsque j'avais été dans sa chambre après le petit déjeuner, elle l'avait déjà quittée et le valet m'a dit qu'elle était partie avec le groupe se rendant à Khilanmarg. Ce fut seulement lorsque vous-même, Reggie Craddock et les jumeaux Coply êtes revenus de bonne heure de Khilan en disant que vous ne l'aviez pas vue que j'ai commencé à m'inquiéter pour de bon. Je suis partie à sa recherche. Je ne sais pas pourquoi je me suis dirigée tout droit vers la ravine... peut-être parce que Reggie nous avait prévenus que la neige y était dangereuse et j'ai craint que... » Janet laissa sa phrase inachevée, puis termina brusquement : « De toute manière, je l'ai trouvée.

— Mais... mais cela a dû avoir lieu longtemps avant le passage du coolie. Pourquoi n'être allée chercher personne ?

— A quoi bon ? Elle était morte, et morte depuis plusieurs heures. Même moi, je m'en rendis compte. En outre, je ne pouvais me permettre que mon nom soit associé à cette affaire, aussi suis-je retournée à l'hôtel par un autre chemin et n'ai rien dit. A ce moment-là, il s'était mis à neiger à nouveau et je savais que mes traces seraient recouvertes. »

Sarah demanda brusquement : « Qu'allez-vous faire maintenant ? Pourquoi n'allez-vous pas trouver la police ?

— La *police,* dit Janet d'un ton méprisant. Bien sûr que je ne le peux pas ! Que dirais-je ? Dévoiler les résultats de mois de travail et d'organisation et tout gâcher à la onzième heure ? Ou dire que *j'ai l'impression* que ce n'est pas un accident — pour que l'on me traite d'hystérique ? Non. Je n'ai rien d'autre à faire qu'attendre.

— *Attendre ?* répéta Sarah incrédule. Attendre quoi, pour l'amour du ciel ?

— Je vous l'ai dit. Nous devons rencontrer quelqu'un ici. Je ne peux pas partir avant qu'il n'arrive. Mrs Matthews est morte, mais je suis au courant de tout ce qu'elle savait. Et je dois passer les renseignements à qui de droit. Après cela, comme vous l'avez dit, ce sont les oignons de quelqu'un d'autre et non plus les nôtres — ou plutôt les miens. »

Sarah aurait voulu demander : « Et s'il ne venait pas ? » mais s'arrêta à temps : c'était là une remarque cruelle et inutile en présence d'une fille en proie à la peur et au désespoir. Elle dit à la place : « Pourquoi ne courez-vous pas le risque, pour une fois, de consigner par écrit ce que vous savez — tout au moins la partie importante — et de le poster ? Oui, je *sais* bien ce que vous m'avez dit : les agents de votre Service n'écrivent rien parce que les lettres peuvent s'égarer ou être volées, et les messages chiffrés décodés. Mais il semble aussi, termina-t-elle d'un ton tranchant, que les agents peuvent être tués !

— Oui, répondit lentement Janet, les agents peuvent être tués. C'est la raison pour laquelle je ne vous croyais pas lorsque vous avez frappé à ma porte ce soir. Je pensais que c'était un piège et que vous étiez venue me tuer.

— Quoi ? Vous imaginiez une chose pareille ?

— Pourquoi pas ? Si on vous avait dit un peu plus tôt que je suis un agent du Service secret, l'auriez-vous cru ?

— Eh bien...

— Bien sûr que vous ne l'auriez pas cru, parce que je ne corresponds pas à votre idée d'un agent secret.

— Oui, je suppose que vous devez avoir raison. Ce n'est pas étonnant que vous ayez appuyé un revolver sur ma nuque ! Je pensais que vous étiez devenue folle, ou que c'était moi.

— Je sais, dit Janet d'un air las. J'ai alors compris que si vous n'étiez pas... l'un d'*entre eux,* j'avais commis un acte qui serait terriblement difficile à expliquer. Mais je devais le faire parce que l'autre risque était encore plus grave.

— Que voulez-vous dire ? Quel autre risque ?

— Si vous aviez été l'un d'entre eux et que j'aie hésité sur votre identité, je n'aurais pas eu une seconde chance. Il était préférable d'avoir à subir de nombreuses questions embarrassantes et d'inventer des mensonges plutôt que de courir un risque mortel. Vous savez, ma vie n'est pas seule en jeu. Il s'agit d'une affaire beaucoup plus importante. Maintenant que Mrs Matthews est morte, je suis la seule au courant. Je n'ai jamais été davantage qu'un second violon pour elle. Tous mes ordres venaient de Mrs Matthews. Mais maintenant, je suis livrée à moi-même et je dois rester en vie. *Je le dois.* Je ne peux pas la laisser tomber. Je ne peux accepter que tous nos efforts soient vains. »

La voix passionnée, en même temps que fatiguée, se cassa bizarrement sur le dernier mot. Après une pause, Sarah demanda, non sans curiosité : « Qu'est-ce qui vous a fait décider que l'on pouvait compter sur moi ? »

Janet sourit d'un air triste : « En partie l'intuition, je suppose ; mais surtout un simple calcul.

— Je ne comprends pas.

— C'est pourtant simple. Vous ne portiez aucune arme et vous m'aviez dit la vérité — quelqu'un *était bien* derrière la fenêtre ; quelqu'un qui devait s'y trouver depuis un certain temps, car le loqueteau était très nettement limé. Alors, si vous n'aviez pas été loyale, vous ne m'auriez pas avertie.

— Oh ! je ne sais pas. » Sarah souriait. « J'aurais pu envoyer là cette personne pour servir de leurre.

— J'y ai pensé aussi. On apprend à réfléchir dans ce métier. Mais cela n'apportait pas grand-chose. Si vous aviez envoyé quelqu'un derrière cette fenêtre, cela aurait seulement été à titre d'alibi : une excuse pour entrer ou me faire sortir si j'avais refusé d'ouvrir la porte. Votre raisonnement aurait pu être le suivant : avant de vous laisser entrer, je me serais précipitée sur la fenêtre de la salle de bains pour vérifier vos dires et alors, convaincue de votre bonne foi à la vue du leurre, je vous aurais ouvert la porte.

— Alors, qu'est-ce qui vous a fait penser... ? commença Sarah.

— Je ne suis pas allée d'abord jusqu'à la fenêtre, interrompit Janet, je me suis assurée que vous n'aviez pas d'arme sur vous ;

au moment où j'ai atteint la fenêtre, celui qui était là nous avait entendues et était parti. Il m'est alors venu à l'idée qu'il pouvait s'agir d'une sorte de machination : non pour me tuer, mais pour gagner ma confiance. Mais, dans ce cas, cela aurait été pour votre leurre un acte tout à fait superfétatoire de faire un travail dangereux, long et glacial sur ma fenêtre dans l'unique but de fournir un alibi, alors que se manifester brièvement aurait pu donner le même résultat.

— Je comprends. » Sarah frissonna. « Vous paraissez avoir tout envisagé. Et — pour vous rassurer — on peut compter sur moi, vous savez.

— Je le sais. » La voix de Janet eut une inflexion bizarre. Elle détourna ses yeux fatigués et traqués de la contemplation des bûches embrasées et lança à Sarah un long regard curieusement spéculateur.

Les bûches tombèrent les unes sur les autres avec fracas dans un subit jaillissement d'étincelles. Sarah se leva avec lenteur et demanda : « Que voulez-vous que je fasse ? »

L'apparence tendue et aux aguets du visage de Janet Rushton se relâcha un peu : « Vous n'êtes sûrement pas stupide.

— Pas spécialement. Vous ne m'auriez pas raconté tout cela à seule fin de m'empêcher de bavarder au petit déjeuner. Si cela avait été votre seul but, vous vous seriez réfugiée dans des mensonges compliqués. Vous avez soupesé le pour et le contre, tandis que je vous racontais ma vie. Je suis persuadée que vous auriez très bien pu me concocter une histoire convaincante mais vous avez décidé de me dire la vérité. Il doit y avoir une raison.

— Oui, il y en a une : je suis... je suis désespérée. Je me trouve acculée et donc obligée de courir ma chance.

— Et vous la courez avec moi, c'est bien ça ?

— Oui. Vous semblez être douée d'une certaine intelligence et vous n'auriez pu réussir aussi bien dans la W.R.A.F. ni être une aussi bonne skieuse, si vous n'aviez pas autant de courage physique. J'ai besoin d'aide, acceptez-vous de m'en apporter ? »

Sarah tendit la main : « Tope là », dit-elle d'un ton grave. Puis elle sourit.

Les doigts froids et tendus de l'autre jeune fille serrèrent très fort ceux de Sarah : « Merci », dit Janet avec une visible gratitude et, se levant, elle alla jusqu'à la table, ouvrit le tiroir et, sortant une enveloppe et un stylo, revint avec jusqu'à Sarah.

« Si j'ai de la chance, vous pouvez n'avoir rien à faire et je le souhaite de tout cœur ! Mais... au cas où... j'aimerais avoir votre adresse sur cette enveloppe et savoir que si jamais vous la recevez, vous ferez quelque chose à ce propos. Je ne sais pas exactement quoi, mais je devrai laisser cela à votre discrétion, et j'ai le sentiment que vous ne vous déroberez pas.

— J'essaierai. Mais pourquoi *mon* nom ? Sûrement...

— Je n'ose pas en mettre un autre. Je n'ose pas. Parce que cela pourrait trahir cette personne. Pour vous, c'est différent. Vous n'êtes pas des nôtres et vous ne savez rien. Vous êtes seulement une fille rencontrée en skiant, il est donc possible que cette enveloppe vous parvienne sans encombre s'il... s'il m'arrive quelque chose.

— Il ne vous arrivera rien », dit fermement Sarah. Elle prit l'enveloppe tendue et remarqua qu'elle était cachetée. Elle n'était pas vide, mais ne contenait pas grand-chose — sûrement pas plus qu'une, ou à la rigueur deux feuilles de papier à lettres mince. S'emparant du stylo, elle griffonna ses nom et adresse sur cette enveloppe et la rendit.

Janet resta un moment à soupeser pensivement l'enveloppe, et lorsqu'elle parla à nouveau, ce fut si doucement que Sarah put à peine saisir les mots et eut l'impression qu'elle se parlait plutôt à elle-même :

« Le problème maintenant va être de mettre ceci en sûreté sans qu'il y ait quelqu'un aux alentours, ce qui ne sera pas facile si je suis surveillée. A moins que... Oui, cela pourrait marcher. Si je l'emportais avec moi demain. » Elle hocha brièvement la tête, comme si elle confirmait un plan, et fourra l'enveloppe cachetée dans sa poche. « Et maintenant, dit Janet de sa voix normale, je crois que vous feriez mieux de retourner dans votre chambre.

— Êtes-vous absolument sûre que vous vous sentez bien ? demanda Sarah mal à l'aise. Après tout, cette fenêtre est ouverte maintenant et même un enfant manœuvrerait facilement le loquet de la porte. Je peux rester si vous le voulez. Supposez qu'il... que la personne quelle qu'elle soit... revienne ?

— Ne vous inquiétez pas. Personne ne se risquera à essayer une seconde fois cette nuit. Les lumières allumées suffiront à avertir que je suis éveillée et sur mes gardes. Je laisserai la salle de bains éclairée et coincerai une chaise sous la poignée de la porte.

— Bon, si vous êtes certaine que cela vous convient ainsi, dit Sarah d'un air dubitatif. Mais promettez-moi que si vous entendez des bruits suspects, vous tambourinerez au mur et hurlerez.

— Promis. » Janet esquissa un pâle sourire.

Elle alla jusqu'à la porte et, tirant le verrou, l'ouvrit avec précaution, puis jeta un rapide coup d'œil de part et d'autre de la véranda avant de revenir près de Sarah : « C'était chic de votre part d'être venue, dit-elle gauchement. Je... je ne sais pas comment vous remercier.

— C'est ridicule. C'était écrit que je devais venir. Prédestination... ou je ne sais comment cela s'appelle. Le destin, je suppose. Bonne nuit, ma chère. »

La porte se referma doucement derrière Sarah et, une fois de plus, elle entendit le déclic de la clé dans la serrure et le grincement assourdi des verrous remis en place. Quelques secondes plus tard, la radio s'arrêtait et la nuit redevint silencieuse.

Le dos à la porte, Sarah resta un moment à regarder autour d'elle. Après la chaleur relative de la chambre avec son feu allumé, la véranda était une caverne glacée et sombre qui s'étendait vide devant des portes fermées et des fenêtres aux volets clos. La neige blanche et brillante s'amoncelait autour des murs en bois, très épaisse sur les toits bas, et cachait les angles aigus des bâtiments en dessinant de doux contours sur un fond de ciel glacial.

Très loin, au-delà du *marg*[1], un arbre craqua comme un coup de pistolet, là où la sève gelait sous sa rude écorce. Le bruit léger fit faiblement écho dans la cuvette du *marg* endormi et Sarah, qui se dirigeait vers sa propre porte, s'arrêta brusquement. Mais ce n'était pas ce faible son qui en était la cause.

La lune était maintenant plus haut dans le ciel et la moitié de la véranda se trouvait dans l'ombre. Seule une mince trace de lumière blanche demeurait au bord, ourlée par les contours de la balustrade. Mais grâce à la lumière réfléchie par l'étendue de neige au-delà, Sarah put clairement voir, sur la mince couche de

1. *Marg :* prairie. Dans ce cas précis toutes les pelouses des trois terrains de golf étaient appelées collectivement *marg* et le terrain de polo : *maidan.*

flocons répandue sur la véranda, les empreintes de ses pantoufles bordées de fourrure.

Or, il y avait maintenant une autre série d'empreintes sur ce fragile tapis pâle. Les empreintes de quelqu'un qui avait traversé la véranda déserte sur la pointe des pieds pour s'arrêter devant la porte de Janet Rushton...

# 3

La vue de ces empreintes de pas choqua Sarah plus que tout ce que Janet lui avait raconté ; aussi tandis qu'elle les fixait se sentit-elle comme arrachée, brusquement et violemment, d'un monde de chimères pour être propulsée dans une réalité à vous glacer le sang. Il aurait été inexact de dire qu'elle n'avait pas cru Janet, mais elle avait consciemment attribué à ses dires une certaine exagération découlant des effets du chagrin, de la peur et du choc. Et puis, soudain, pour elle tout était devenu réel. Parce que la preuve était là, sous ses yeux.

Sa première réaction instinctive fut de prévenir Janet. Mais lorsqu'elle étendit la main pour frapper encore une fois à cette porte, elle s'arrêta net et alla à nouveau regarder ces empreintes révélatrices. Il était clair que leur auteur n'était pas resté longtemps à écouter ; ce qui signifiait que l'on ne pouvait rien entendre et que l'inconnu avait été obligé de se retirer bredouille. Et puisque Janet soupçonnait que l'on essaierait d'écouter aux portes et s'était méfiée — et aussi, de l'avis de Sarah, parce qu'elle en avait assez supporté pour cette nuit-là ! —, il n'y avait aucun intérêt à faire une seconde fois irruption chez elle pour lui dire qu'elle ne s'était pas trompée.

En revanche, elle pouvait, elle-même, faire quelque chose de beaucoup plus utile : suivre la trace des pas et découvrir où elle menait ! Mais de l'endroit même où elle se trouvait, elle vit que l'on était entré dans la véranda par les trois marches de pierre situées à l'extrémité et que l'on en était ressorti de la même manière. La possibilité demeurait que l'auteur de ces pas fût encore aux aguets dans l'ombre projetée par l'hôtel afin de voir si quelqu'un se mettrait à sa recherche. Cette éventualité parut trop effrayante à Sarah pour y faire face, aussi s'enfuit-elle jusqu'à sa chambre qu'elle verrouilla à double tour.

Après les alertes et le remue-ménage de l'heure qui venait de s'écouler, Sarah ne s'attendait pas à se rendormir. Mais vint alors à son aide la discipline personnelle, acquise au cours des années de guerre, où elle avait appris à profiter de la moindre occasion pour dormir un peu entre les raids aériens, les départs et les retours des avions de la base.

Les yeux déjà fermés et à moitié endormie, il lui vint à l'esprit que la seconde série de pas, comme les siens, provenait d'une femme…

Au petit déjeuner du lendemain matin, Reggie Craddock, le secrétaire du Ski Club, fit une déclaration.

Il commença par une brève allusion à la mort tragique de Mrs Matthews et à sa mise en garde préalable à propos de l'insécurité de la Piste Bleue pour y skier. Le dégel d'un ruisseau avait fait fondre la neige par endroits, puis du verglas s'était formé rendant la piste très dangereuse. Pour rien au monde, il ne fallait skier sur la piste, ou à côté, au cours des quatre jours que durerait encore la rencontre de printemps. Celui qui serait surpris à le faire se verrait immédiatement retirer sa carte de membre du Club. Il ajouta que le corps de Mrs Matthews serait transporté le jour même à Srinagar pour les funérailles. Il s'assit ensuite avec un visible soulagement tandis qu'un murmure s'élevait autour des tables.

Sarah jeta à travers la salle à manger un coup d'œil à Janet Rushton dont la chevelure blonde brillait sous le soleil matinal qui entrait à flots par les vitres ourlées de neige. Son visage ne portait aucune trace de sa panique nocturne. Sarah remarqua qu'elle portait un manteau de tweed sombre et qu'une jupe remplaçait son habituelle tenue de ski ; elle en déduisit qu'elle accompagnerait le cercueil de sa prétendue cousine à Srinagar et assisterait aux funérailles. Pour l'instant, elle parlait avec Hugo Creed, un grand homme jovial et solidement bâti qu'une rencontre fâcheuse avec un arbre de la Piste Rouge empêchait momentanément de skier.

Janet lui avait manifesté sa pitié et le commandant Creed avait répondu quelque chose qui l'avait visiblement amusée, car son rire traversa la pièce. A l'entendre, Sarah fut tentée de se demander si les événements de la nuit précédente n'avaient pas été un cauchemar particulièrement animé, ou le fruit d'une imagination fiévreuse. Mais s'il était possible de faire la part de l'exagération dans l'histoire de Janet, l'on ne pouvait oublier les empreintes révélatrices, si nettes, sur le sol poudré de neige de la véranda.

Plus tard dans la matinée, lorsqu'elle se rendait à la poste afin d'y déposer une lettre pour sa tante Alice, Sarah s'était retournée plus d'une fois, hantée par l'idée désagréable qu'on la suivait. Mais, à part quelques lointaines silhouettes trébuchant sur les pentes situées en dessous de l'hôtel, l'étendue étincelante du *marg* recouvert de neige était vide et brillante sous le soleil qui faisait fondre la neige où ses skis pataugeaient. Les skieurs étaient moins nombreux qu'à l'accoutumée, car plusieurs des membres les plus âgés avaient accompagné Janet à Srinagar d'où ils reviendraient après un déjeuner à l'hôtel Nedou.

A son retour de la poste, elle aperçut les Creed en train de regarder un cours de débutants. Elle avait fait leur connaissance à Peshawar, et ils l'avaient emmenée en voiture au Cachemire. Malgré une sérieuse différence d'âge, Mrs Creed (baptisée Antonia, mais « Fudge » pour ses nombreuses relations) était devenue une grande amie.

« Salut Hugo ! dit Sarah en s'arrêtant près d'eux. Pourquoi Fudge ne vous promène-t-elle pas en fauteuil roulant ? Je vous croyais sur un lit de douleur.

— Pas tout à fait, mon enfant. » Ébloui par le soleil, Hugo ferma les yeux. « Je n'ai pas de fracture, rien de ce genre, simplement des contusions. Je suis raide comme du bois et Fudge m'a massé avec des flacons entiers d'embrocation, si bien que j'empeste. On me sent à cinq cents mètres, mais ma souplesse revient d'heure en heure. »

De la main, il écarta la neige fondant sur le banc où il était assis afin de faire de la place à Sarah :

« Venez vous asseoir. Je ne connais pas de passe-temps plus réconfortant que de regarder les autres s'efforcer de rester en position verticale, tout en glissant sur une pente de neige avec un mètre quatre-vingts de planche attaché à leurs bottes.

— Tais-toi, Hugo ! supplia Fudge. Ne riez pas, Sarah, vous ne feriez que l'encourager. Tiens, voici le commandant McKay. Reggie dit qu'il ne sera jamais un bon skieur, mais il essaie et passe des journées entières sur les pentes proches. Le pauvre type a l'air furieux et crache de la neige.

— Et probablement quelques dents aussi, dit Hugo l'air intéressé. Avais-je cette apparence lorsque j'apprenais à skier, Fudge ?

— Pire, bien pire. On aurait cru voir Henri VIII faisant le grand écart.

— Cette comparaison m'offense, dit Hugo avec dignité. De toute manière, tu dois te tromper de roi. C'est certainement Henri, mais pas huit. Cinq, je pense. Ou celui, quel qu'il soit, que Laurence Olivier vient de faire connaître au public. A l'époque, beaucoup de gens trouvaient qu'il me ressemblait : “ Mon vieux Laurence, disaient-ils. Ou est-ce Hugo ? ” Cela devenait gênant. Arrêtez de glousser, Sarah, cela ne vous va pas.

— Excusez-moi (Sarah riait encore), mais je me suis souvent demandé qui vous me rappeliez, et c'est Henri VIII, bien sûr.

— Là, triompha Fudge. Je l'avais bien dit. Merci, Sarah !

— C'est une vraie conspiration, soupira Hugo, mais je vous pardonne, Sarah : vous êtes si jolie. Quand je me serai débarrassé de ma mégère, puis-je espérer que vous prendrez la place ? Aucune stabilité d'emploi garantie, évidemment.

— J'y réfléchirai, promit Sarah. Venez-vous tous les deux à Khilanmarg demain ?

— Moi, j'y vais, dit Fudge. Hugo n'en sera pas capable malheureusement, mais je l'abandonne pour la nuit. Je ne manquerais pour rien au monde ma dernière occasion de passer une nuit au refuge.

— On reconnaît bien les épouses dévouées. Renoncerait-elle à ses distractions égoïstes pour rester et masser mes articulations craquantes avec encore plus d'embrocation ? Bien sûr que non ! Elle m'abandonne et se précipite pour aller skier avec des anguilles sous roche telles que ce vieux Reggie. Salut Reggie, vous recensez vos troupes pour le refuge demain ?

— Oui », répondit Reggie Craddock qui gravissait la pente en haletant, ses skis glissant et dérapant sur la neige fondante. « Au diable ce soleil. Ce sacré endroit est un véritable marécage. Si ce dégel continue, adieu nos quatre derniers jours de ski.

— Peu importe, le réconforta Hugo. Vous pourrez toujours vous amuser à faire du toboggan sur les pentes avec les plateaux à thé de l'hôtel. Voilà une distraction saine et bien masculine. Qui va au refuge, demain ? »

Le refuge se trouvait sur les pentes de Khilanmarg, un haut plateau surplombant la cuvette de Gulmarg, là où les arbres et les forêts s'arrêtent au pied de l'Apharwat, une grande crête de montagne dénudée, fissurée de ravins, dominant encore de près de cinq mille mètres. Khilanmarg, la Prairie des Chèvres, mérite bien son nom car, en été, elle fournit aux troupeaux de chèvres et de moutons un lieu pour paître. En hiver, la neige la transforme en un terrain de ski parfait, aussi cela faisait-il partie des habitudes des membres du Ski Club de monter en groupe à Khilanmarg et de passer la nuit au refuge. Ils disposaient ainsi de plus de temps pour skier le lendemain puisqu'ils évitaient la longue montée par les sentiers de forêt depuis Gulmarg, cinq cents mètres plus bas.

Reggie dit : « Il y aura presque foule pour passer la nuit et quelques-uns monteront pour la journée. Quatorze personnes coucheront au refuge, si je ne me trompe. Voyons : Sarah que voici, Fudge bien sûr, et les jumeaux Coply. Et aussi Mir Khan, Ian Kelly, et ces deux types de Calcutta — comment s'appellent-ils ? Thingummy et quelque chose.

— Thinley et Sommerville, s'empressa de corriger Fudge.

— Oui, c'est ça. Et moi-même, évidemment, Meril Forbes, la petite Curtis et enfin Helen et Johnnie Warrender. Je pense que c'est tout.

— Oh Seigneur, Helen vient-elle vraiment ?

— C'est ce qu'elle a dit. Pourquoi ?

— Rien, mais...

— Meuh !..., interrompit Hugo.

— Je n'allais rien dire ! protesta Fudge avec indignation.

— J'en suis sûr : je sais combien tu chéris Helen.

— Qui est vache maintenant ? Meuh ! toi-même ! Mais je ne prétendrai pas qu'elle ne m'exaspère pas. Elle ressemble à... à...

— Tout à fait, dit Hugo. A des miettes de biscotte dans un lit. Tu n'as rien à ajouter ? »

Sarah, qui avait compté sur ses doigts, dit soudain : « Mais cela fait treize et non quatorze. Il faut que vous dénichiez quelqu'un d'autre, Reggie. Vous ne pouvez emmener là-haut un groupe de treize, cela porterait malheur.

— Cela faisait quatorze lorsque j'ai établi la liste. Je dois avoir oublié quelqu'un.

— Moi, dit tristement Hugo.

— Bien sûr. Zut !

— Ne vous excusez pas. » Hugo fit un geste gracieux de la main.

— Je n'y comptais pas. Je me demandais seulement qui je pourrais dénicher pour vous remplacer.

— C'est impossible, il n'y a qu'un Hugo et l'on ne trouve pas de pièces détachées dans ce pays. Je suis un modèle exclusif.

— Je préférerais que vous ne parliez pas autant. » Reggie était irrité. « Je n'arrive pas à réfléchir lorsque vous bavardez. Pensez-vous que nous obtiendrons que Tomlin prenne votre place ?

— Il s'est foulé le poignet.

— Quelle déveine ! Et Stevenson ?

— Il arbitre la course des débutants demain.

— Ah bon ! J'espère que nous trouverons quelqu'un. De toute manière, moi je ne suis pas superstitieux et si Fudge et Sarah ne signalent pas le fait, je ne pense pas que les autres compteront les participants. Pour conjurer le mauvais sort, Sarah peut toujours croiser ses doigts et porter des gris-gris autour de son cou.

— Cela me paraît plein de bon sens, approuva Hugo. Un jugement de Salomon. Si on accepte de croire que certaines choses apportent la malchance, l'on doit être aussi capable de croire que d'autres portent chance.

— Voici le gong annonçant le déjeuner, dit Reggie, j'y vais. Grand Dieu, regardez McKay ! Fichtre, quelle gamelle ! C'est étonnant qu'il ne se casse pas la figure. A-t-il fait cela toute la matinée ?

— Sans arrêt. C'est le mouvement perpétuel, cet homme. S'il continue, il réussira sûrement à se casser quelque chose et, en même temps, une très bonne paire de skis. Nous aurons alors le loisir de rire tout notre content et vous pourrez interdire de skier sur les pentes voisines de l'hôtel.

— Lorsque l'on sait que Mrs Matthews est enterrée aujourd'hui, je ne trouve pas cette remarque du meilleur goût. » Le ton de voix de Reggie était glacial.

« Oh ! Seigneur, je m'excuse un million de fois. Emmène-moi déjeuner, Fudge, avant que je mette davantage les pieds dans le plat. Venez-vous Sarah ? »

Le reste du jour se passa sans incident et, en regardant le visage de Janet Rushton au cours du dîner, Sarah pensa qu'elle était ou bien une actrice remarquable, ou bien que le choc de la découverte du corps de Mrs Matthews avait agi exagérément sur ses nerfs.

Cette nuit-là, aucun bruit bizarre ne passa la cloison de bois de sa chambre, mais Sarah fut incapable de dormir. Le silence mortel de la nuit précédente était maintenant rompu par le chœur des gouttes de neige fondante. Elles tombaient du toit avec un bruit monotone et régulier, piquant la neige amoncelée sur la balustrade de la véranda de petits trous noirs bordés de glace. Il y avait aussi une brise, légère mais gênante, qui soupirait et murmurait le long des vérandas obscures, sous les gouttières pleines de neige, puis s'infiltrait à travers la forêt de cèdres déodoras, derrière l'hôtel, avec un bruit de vagues lointaines.

Une heure ou deux après minuit, la brise mourut et la gelée passa un doigt silencieux sur les toits, arrêtant le dégel et couvrant de nouvelles stalactites chaque gouttière et chaque rebord. Le silence envahit le *marg* et Sarah s'endormit enfin. Un coup discret sur sa porte l'éveilla : c'était l'heure de son thé.

Bulaki, son valet, qui était originaire de la vallée, lui raconta qu'il avait neigé au petit matin et que les domestiques cachemiriens de l'hôtel avaient annoncé du mauvais temps. Il paraissait gelé et malheureux, et son visage sombre, bleu, rétréci et affligé ressemblait à celui d'un singe. Tout en claquant des dents, il demanda s'il était toujours dans les intentions de la Miss Sahib de passer la nuit prochaine au refuge de Khilanmarg, et lorsqu'il reçut la réponse affirmative il annonça d'un air sombre qu'il n'en sortirait rien de bon.

D'après Bulaki, le refuge était humide et peu sûr. C'était aussi un lieu de mauvaise augure : le premier refuge ne s'était-il pas éboulé sous une avalanche avec trois jeunes sahibs à l'intérieur ? Lui-même connaissait un homme qui avait aidé à dégager les corps et... Sarah coupa court à cette conversation et répéta son intention de passer la nuit au refuge de Khilanmarg, demandant à l'homme de préparer ce qui lui serait nécessaire tandis qu'elle prendrait son petit déjeuner.

Vingt minutes plus tard, elle traversa la véranda couverte de neige poudreuse et descendit la colline jusqu'à la salle à manger située en dessous de l'aile où elle couchait. Les bâtiments constituant l'hôtel étaient dispersés au sommet et sur les pentes d'une petite colline qui s'élevait au centre de la cuvette de Gulmarg, la Prairie des Roses. Une cuvette qui, en été, se transforme en un grand terrain de golf vert, entouré de forêts de pins, de cèdres déodoras et de châtaigniers et parsemé d'innombrables petits chalets qui lui donnent l'aspect d'un camp minier dans un film de cow-boys.

Malgré la prédiction de Bulaki, ce fut une superbe matinée. Le soleil n'avait pas encore atteint la cuvette de Gulmarg, mais il éclairait le sommet des montagnes qui l'entouraient et faisait étinceler le Sunrise Peak. On expédia le petit déjeuner et, tout de suite après, la vingtaine de membres du Ski Club chargèrent leurs sacs à dos de sandwiches et de Thermos et, une fois leurs skis attachés, se mirent en route pour la longue montée qui, à travers les forêts de pins, aboutissait aux champs de neige de Khilanmarg.

La journée avait été trop courte et lorsque s'allongèrent les ombres du soir, le froid s'abattit sur les champs de neige ; ceux des skieurs qui devaient retourner à l'hôtel burent les dernières gouttes de thé de leur Thermos, mangèrent les dernières miettes de gâteau et fixèrent leurs skis pour la descente du retour. Une à une leurs petites silhouettes se détachèrent en ombres chinoises sur la neige teintée de rose, comme rapetissées par la masse de l'Apharwat dominant les pentes douces de Khilanmarg. Elles foncèrent à travers les dénivellations étincelantes, puis disparurent dans l'ombre des bois de pins.

Sarah, qui avait skié sur le Christmas Gully avec Ian Kelly et les jumeaux Coply, s'arrêta au bord du Gully pour contempler le miracle toujours renouvelé du coucher de soleil : « N'est-ce pas merveilleux ? » Son ton exprimait du ravissement.

Une voix de femme dit derrière elle : « Oui, c'est beau ! Un peu irréel comme un changement de décor au théâtre. »

Sarah se retourna brusquement pour voir Janet Rushton appuyée sur ses bâtons de ski au bord du Gully. Elle baissait les yeux vers de petites lumières qui pailletaient la lointaine cuvette d'ombres pourprées qui était Gulmarg.

« Tiens, Janet ! dit Sarah surprise. Je ne savais pas que vous deviez monter passer la nuit ici. Je suppose que vous avez pris la place de Hugo, le quatorzième larron ?

— Oui, je n'ai pas pu résister. Je n'avais pas l'intention de rester, mais Reggie a insisté, disant que les skieurs seraient pris de frousse s'ils découvraient qu'ils étaient treize. Une histoire idiote, quoi ! De toute manière, ses efforts étaient sans objet.

— Mais, restez-vous ?

— Oui, je l'ai promis. En outre... il est trop tard maintenant. Les autres sont partis et cela ne ferait que déclencher des commentaires si j'insistais pour aller les rejoindre seule.

— Quoi ? Qu'est-il arrivé ?

— Pas grand-chose si ce n'est qu'Evadne Curtis a attrapé mal au ventre, ou froid aux pieds, ou je ne sais plus quoi, et j'ai appris qu'elle avait décidé de rentrer finalement à l'hôtel. Ces deux types, Thinley et... j'ai oublié le nom de l'autre, sont redescendus avec elle. Elle vient de la même partie du monde qu'eux et il semble qu'ils soient rivaux pour obtenir sa main. Alors, évidemment, aucun des deux ne la laissera en tête à tête avec l'autre. C'est tout à fait compréhensible, mais cela signifie que nous sommes seulement onze maintenant et je n'aurais pas eu besoin de remplacer Hugo. Bon... tant pis ! »

Sarah se sentit prise d'un certain soulagement. Elle avait regardé les petites silhouettes sombres des skieurs regagner l'hôtel à travers les bois de pins non sans un pressentiment qu'elle se refusait à analyser. Elle le comprenait maintenant : ce sentiment provenait de la peur que quelque part plus bas, dans l'obscurité envahissante, la mort guettât Janet, la mort marchant à pas feutrés sur la neige poudreuse de la véranda, ou tapie dans l'ombre de la Piste Bleue. Mais Janet n'y serait pas. Elle était ici, en sécurité, bien au-dessus des ombres des arbres noirs et des cloisons en bois de l'hôtel. Ici dans un monde propre, froid et gelé. En sécurité...

Le soulagement fit rire tout haut Sarah : « Venez, faisons une course jusqu'au refuge ! »

C'était une bonne skieuse, mais Janet en était une excellente. Elle prit la tête sans effort et arriva au refuge dans un éclaboussement de neige, au moins soixante secondes avant Sarah. Celle-ci la trouva adossée au coin le plus éloigné, secouant la neige de sa tenue de ski. Le regard fixé sur la sombre dépression en dessous d'elles, son visage paraissait une fois de plus tendu et anxieux dans la lumière déclinante.

Elle dit brusquement, à mi-voix : « Je n'aurais pas dû rester en haut, le risque est trop grand. C'est de la folie. J'aurais mieux fait de rentrer avec les autres.

— *Risque?* répéta Sarah d'une voix cassante. Que voulez-vous dire ? Quel risque y a-t-il à rester ici ?

— Il ne s'agit pas de cela. C'est... Oh ! C'est peut-être sans importance. » Elle se tourna pour jeter un coup d'œil à la montagne qui s'élevait en pente raide au-dessus du refuge, puis au ciel clair semé d'étoiles, et ajouta avec une apparente inconséquence : « De toute manière, il y a clair de lune cette nuit. »

De sombres silhouettes confondues les dépassèrent à toute allure en une rafale de neige et s'effondrèrent emmêlées en un tas, juste devant la porte. « Ôtez vos skis de mes cheveux, Alec ! demanda Ian Kelly d'un ton péremptoire. Où sont les skieurs, Sarah ?

— Certains sont déjà là. Tiens, Reggie ! D'où venez-vous ? »

Reggie Craddock et ses deux compagnons, un grand Indien élancé au profil de médaille et Meril Forbes, une fille mince aux cheveux blond-roux, avec des yeux pâles et un visage parsemé de taches de son, rejoignirent le groupe par l'autre côté du refuge.

« Du sommet de Gujar Gully, dit Reggie en détachant ses skis. Au fait, vous vous connaissez tous, je pense. Miss Forbes et Mir — je ne me souviens pas de tous vos noms, Mir ? »

Le grand Indien se mit à rire : « Un suffit. Mais nous nous sommes tous déjà rencontrés.

— En ce qui me concerne, de manière très douloureuse, dit Ian Kelly. J'ai carambolé contre Mir qui descendait la Piste Rouge il y a deux ans, et j'ai encore des bleus. Où avez-vous appris à skier, Mir ? Ici ?

— Non, en Autriche, puis en Italie. Je n'avais pas skié ici avant cette année. La neige y est bonne.

— La meilleure du monde ! » acquiesça le loyal secrétaire du Ski Club qu'était Reggie Craddock. « A propos, j'ai envie de faire une expédition jusqu'aux Frozen Lakes demain matin. Départ à 5 heures 30. Qui m'accompagne ? Vous, Janet ?

— Non merci, c'est un trop grand effort. J'ai envie de paresser, pour une fois.

— J'irai, dit Mir Khan, et Ian aussi. Cela lui fera du bien, il grossit. Il y a deux ans, c'était une gazelle, que dis-je, un faon !

— Ah ! jeunesse ! jeunesse ! soupira Mr Kelly. J'étais jeune alors — dix-neuf ans au moins. Bon, je vais me torturer. Viendrez-vous, Sarah ?

— J'y réfléchirai. Janet, allons voir si quelqu'un a allumé les lampes et si le poêle marche. Je suis gelée. »

L'intérieur du refuge était divisé en trois parties : une pièce commune sur laquelle s'ouvraient, à gauche, un dortoir pour les hommes et, à droite, un pour les femmes. Une double rangée de couchettes s'étendait sur trois des murs de chacun des dortoirs : quatorze couchettes par pièce et trois supplémentaires dans la salle de séjour en cas de besoin. Mais le temps où le refuge était complet n'existait plus et Reggie Craddock avait été à la fois surpris et heureux de rassembler le petit groupe de skieurs qui, maintenant, remplaçaient les trente et un de jadis.

Fudge Creed, qui faisait sécher des chaussettes devant le poêle, accueillit Sarah et Janet avec enthousiasme et baissa la voix pour murmurer fiévreusement : « Mes très chères ! Grâce au ciel, vous voici ! Je ne pensais pas connaître aussi peu de monde. Je ne crois pas qu'il y ait ici un seul de mes semblables que je puisse appeler par son prénom et encore moins par son surnom ! »

Janet éclata de rire, ce qui la fit paraître plus jeune et moins inquiète : « Helen, je suppose ! Où est-elle ?

— A côté, à faire farter ses skis.

— Je pensais bien avoir entendu des voix féminines du côté des hommes lorsque nous sommes entrées. Tout à fait blâmable !

— Chut ! prévint Sarah, voici votre petite copine. » Ce ne fut pas Helen Warrender qui entra, mais Meril Forbes : une jeune femme falote dans tous les sens du terme. Malgré l'abondance de ses taches de rousseur, elle aurait pu être jolie sans son air de chien battu. Malheureusement pour elle, Meril était orpheline et n'avait comme seule parente et tutrice qu'une vieille tante autoritaire qui vivait de manière plus ou moins permanente au Cachemire. Si jamais elle avait possédé caractère et volonté, ils auraient été depuis longtemps annihilés par la personnalité de sa tante. En effet, Lady Candera appartenait à cette catégorie de vieilles dames dominatrices qui utilisent leur franc-parler au point d'être impolies, afin de régner sur les autres et d'être craintes et respectées en conséquence.

« Bonjour, Meril », dit Janet assise par terre devant le poêle pour ôter ses bottes. « Je suis contente de constater que vous avez pu finalement venir à cette réunion. Il m'avait semblé entendre dire que vous ne pourriez pas vous libérer.

Qu'est-il arrivé ? Tante Ena a-t-elle été touchée par la grâce ? »

Le visage de Meril rougit légèrement sous ses taches de rousseur. « Quelque chose de ce genre. Elle avait d'abord dit qu'il n'en était pas question et puis, soudain, elle a changé d'avis.

— A votre place, j'occirais la vieille peste à coups de hâchoir, conseilla Janet d'une voix suave. Aucun tribunal ne vous condamnerait. L'ennui avec vous, Meril, c'est que vous êtes trop bonne. Vous devriez vous saouler une bonne fois et aller déclamer la Déclaration d'Indépendance à votre vieille tante. »

Meril Forbes sourit d'un air triste : « Elle a été très bonne à mon égard, vous savez. Sans elle, j'aurais été complètement seule. Oui, elle a fait beaucoup pour moi.

— Si c'est là ce que vous pensez, tant mieux ! » Janet se leva. « A votre avis, qu'aurons-nous pour dîner ? Je n'ai mangé que quelques sandwiches depuis mon petit déjeuner.

— Je peux vous le dire. » Fudge semblait contente d'elle. « Un bouillon de mouton et du ragoût. Très bons tous les deux, c'est moi qui les ai faits. Et autant de café qu'il vous plaira : moi encore. L'hôtel a envoyé des gâteaux au citron. Que croyiez-vous que je faisais tandis que vous batifoliez toutes les trois sur les pentes avec vos petits amis ? Je faisais la cuisine, voilà !

— Merci ! Je craignais que cela ne retombe sur moi. Venez, allons sans tarder faire un sort à ce repas. »

Les autres skieurs étaient déjà rassemblés autour du poêle de la pièce commune et sirotaient doucement un mélange inquiétant de rhum chaud, de citron et de mystérieux ingrédients « produits et manufacturés » par Johnnie Warrender.

« Ah !... les filles ! » s'exclama Johnnie en agitant un verre fumant. « Venez prendre un pot, mes chéries. Exactement ce qu'il vous faut pour lutter contre le froid. On appelle cela un “ Hell's Belle ”, c'est bien choisi. » Johnnie se mit à rire bruyamment ; il était évident qu'il était déjà à moitié ivre, état qui ne lui était pas inhabituel. Sarah accepta un verre et s'installa au fond de la pièce où elle se mit à siroter lentement, tout en observant avec intérêt ses compagnons ; en particulier Helen, l'épouse de Johnnie, qui parlait avec Mir Khan et Reggie Craddock.

Les autres femmes étaient en pantalons et tricots comme les hommes. Seule Helen Warrender avait apporté des vêtements plus habillés : une robe de lainage aux manches courtes d'un vert émeraude très vif, élégamment drapée et décolletée très bas. Ses jambes étaient gainées de soie, et des boucles de strass ornaient ses souliers verts. Une paire de grands clips en strass assortis à ses boucles d'oreilles garnissaient l'encolure de sa robe.

Comme Meril, cette femme aurait pu être jolie, peut-être même belle, si son expression ne l'avait pas défigurée : celle d'un ennui et d'un mécontentement permanents qu'aucun maquillage adroit ne pouvait cacher. L'usage abusif du rouge à lèvres ne réussissait pas à déguiser l'amertume de la bouche maussade, ni l'affaissement des commissures. Le vernis à ongles écarlate qu'elle affectionnait accentuait encore plus l'agitation nerveuse de ses mains allumant ses cigarettes l'une après l'autre, pour les jeter à moitié fumées.

A tout prendre, décida Sarah, Mrs Warrender mettait une note stridente et incongrue dans l'ambiance sans façon et décontractée du refuge. Une note aussi artificielle et déplacée que les bijoux de strass qui scintillaient dans la lumière brumeuse des lampes à kérosène.

Il régnait dans la pièce une forte chaleur irradiée par le poêle rustique qui, ajoutée à la fumée des cigarettes, aux bavardages des convives et aux vapeurs du « Hell's Belle » de Johnnie, se combinaient pour endormir Sarah. Aussi, dès que possible après le repas, bien qu'il fût à peine neuf heures, se retira-t-elle en bâillant pour gagner sa couchette.

Les autres ne tardèrent pas à imiter son exemple car ils s'étaient levés tôt et la journée avait été longue et fatigante, quoique d'une fatigue saine. En outre, le meilleur moment pour skier le lendemain serait avant le petit déjeuner, avec une neige encore craquante et sèche après le gel de la nuit. A dix heures, la dernière lampe à huile était éteinte, le refuge calme et plongé dans l'obscurité.

Il devait être environ une heure avant minuit lorsque Sarah s'éveilla, car la lune s'élevait au-dessus de Khilanmarg et sa clarté froide, avivée par les étendues de neige brillante, donnait au refuge une étrange luminosité. Elle resta immobile une minute ou deux à contempler les contours peu familiers et sombres de l'étroite pièce avec sa rangée de couchettes à peine visibles, et à écouter les ronflements rythmés venant de l'autre côté de la cloison où Reggie Craddock devait dormir sur le dos. Un souffle de vent vagabond, venant de l'Apharwat, se glissa en frémissant sous l'avant-toit et, plus bas, dans la forêt de pins, le bruit de la neige fit craquer une branche avec un bruit sec.

Un moment plus tard, ce bruit lointain se répéta quelque part dans le refuge. Et, soudain, l'obscurité diminua et Sarah s'aperçut que les contours du petit poêle métallique, estompés moins d'un instant auparavant, étaient devenus nets. Au bout d'une seconde, elle en comprit la raison : quelqu'un avait ouvert la porte du refuge.

Elle resta immobile à écouter. Mais il n'y eut pas d'autre bruit que le grincement des gonds et elle se mit doucement sur son séant pour scruter la pièce par-dessus le bord de sa couchette.

On ne pouvait entrer dans le refuge que par la salle de séjour. Mais la porte de communication avec le dortoir des femmes était ouverte, comme l'était aussi celle sur l'extérieur, car le clair de lune inondait la pièce. A sa faveur, Sarah put voir que la masse ronflant légèrement sur la couchette voisine était Meril Forbes.

La couchette suivante, celle de Janet, était vide et la lumière réfléchie par la porte ouverte montrait les couvertures retournées et faisait luire faiblement les parois du petit poêle. Et soudain, à sa grande horreur, Sarah se souvint des empreintes de pas sur la véranda déserte et de la manière dont la lumière faisait briller le canon du petit revolver dans la main de Janet Rushton...

Elle quitta immédiatement sa couchette et mit ses bottes de ski. S'emparant de son anorak, elle le mit sur ses épaules, alla jusqu'à la porte, traversa la salle de séjour et regarda dehors. Quelque chose bougea contre le mur du refuge et lorsqu'une ombre obscurcit le reflet brillant de la neige, elle dit : « Janet ! » en un hoquet de soulagement.

L'ombre s'arrêta brusquement et la voix de Janet murmura d'un ton sec : « Sarah ! Que diable faites-vous ici ? Rentrez tout de suite avant d'attraper une pneumonie !

— J'ai entendu la porte craquer lorsque vous êtes sortie, expliqua Sarah en claquant des dents. Cela m'a éveillée et quand j'ai regardé depuis ma couchette et ne vous ai pas vue, j'ai eu peur que quelque chose ne vous soit arrivé. »

Elle enfila ses bras dans les manches tortillées de son anorak qu'elle boutonna tout en s'avançant sur la neige. Prise d'une arrière-pensée, elle se tourna pour fermer tout doucement la porte : il n'était pas nécessaire d'éveiller les autres. Les gonds grincèrent légèrement et le loquet se remit en place avec un petit déclic.

Appuyée au mur, Janet fixait ses skis. Elle était complètement habillée ; un bonnet de ski foncé couvrait ses boucles blondes et une écharpe de laine épaisse entourait son cou. Elle chantonnait doucement tout en serrant ses courroies un vieil air que Sarah avait entendu jouer en Angleterre pendant la guerre, à la radio ou au cours de soirées dansantes :

*Le clair de lune et la lune,*
*Et tout air gai et joli joué pour vous,*
*Ont été créés pour vous.*
*L'été et le printemps,*
*Et cette alliance d'or*
*Ont été créés seulement pour vous.*

chantait Miss Rushton.

Elle attacha la dernière courroie et se redressa, mit des moufles bordées de fourrure puis ramassa ses bâtons de ski. A la faveur du clair de lune, Sarah vit ses yeux étinceler et elle parut à nouveau jeune et gaie, comme si un poids lui avait été ôté des épaules.

« Que faites-vous? demanda Sarah. Qu'est-il arrivé, Janet? Où allez-vous? » Son chuchotement se faisait plus vif dans le silence.

« Chut! Vous allez réveiller les autres. Venez ici. » La neige crissa, tandis qu'elles s'écartaient de l'ombre du refuge pour se placer dans la clarté lunaire.

« Il est venu, Sarah. Il est enfin venu. Maintenant, tout se passera bien et demain, je pourrai quitter ces horribles montagnes et être à nouveau libre. Regardez là-bas! »

Elle prit le bras de Sarah et désigna d'un doigt ganté l'endroit où, beaucoup plus bas, le clair de lune baignait la cuvette de Gulmarg d'une lumière laiteuse.

« Quoi, susurra Sarah. Je ne vois rien.

— Là, au milieu des arbres, à gauche du Gap. »

A l'extrémité de Gulmarg, émergeant du sommet des arbres que la clarté lunaire rendait gris fer, un point lumineux brillait comme une minuscule étoile rouge dans un ciel d'orage. Un tout petit signe de chaleur dans l'immensité du monde de lumière froide qui s'étendait devant elles.

« J'aperçois un point lumineux, est-ce cela? Une lumière rouge.

— Oui, c'est ça. Nous l'attendons depuis des jours et des jours. Depuis que nous sommes arrivées ici, l'une ou l'autre de nous deux montait la garde toutes les nuits, et je commençais à penser que ce signal ne viendrait jamais. C'est en partie la raison qui m'a fait décider de rester ici pour la nuit — pour tenter ma chance. Je savais que si la lumière apparaissait, je l'apercevrais aussi bien que de ma chambre à l'hôtel. Peut-être même mieux.

— Mais qu'allez-vous faire? Vous ne pouvez descendre maintenant.

— Bien sûr que si. Je suis une bonne skieuse. Peut-être la meilleure d'entre nous. Je suis capable d'être en bas en moins d'une demi-heure.

— Ne soyez pas stupide ! » Elles chuchotaient, mais la voix de Sarah monta dangereusement : « Vous ne trouverez jamais votre chemin à travers la forêt dans la nuit.

— Chut! Vous allez réveiller quelqu'un. Je ne compte pas passer par là, mais par la colline du slalom et la Piste Bleue. Reggie Craddock l'a fait en dix minutes, et moi je réussirai à le faire en huit. Après, je couperai à travers le *marg*. Disons, vingt minutes tout au plus.

— Janet, vous êtes folle, vous ne pouvez pas faire cela! Et vous ne *pouvez* emprunter la Piste Bleue. Vous avez entendu ce qu'a dit Reggie et... et... »

Janet rit doucement, ce qui produisit une légère buée dans l'air calme. « Ne prenez pas cet air horrifié, Sarah; tout se passera bien. Je resterai au bord de la piste et je connais le chemin comme ma poche. Ne vous inquiétez pas : à cette heure de la nuit, il n'y aura pas un assassin pour m'attendre là en bas, et je serai revenue bien avant le matin. Si je n'y suis pas... si je suis retardée, je retournerai directement à l'hôtel et prétendrai que je me suis levée tôt pour redescendre. Vous voudrez bien le dire aux autres, si je ne suis pas revenue à temps.

— Je ne peux pas vous laisser aller ainsi. Quelque chose, n'importe quoi, est susceptible d'arriver! Si vous voulez bien attendre une minute, le temps de prendre mes skis et de mettre quelques vêtements, je viendrai avec vous.

— Non. Vous êtes une chic fille, Sarah, mais vous n'êtes pas une assez bonne skieuse. Vous risquez un accident sur cette piste et cela me retarderait. » Elle sourit du visage anxieux de Sarah : « Tout ira bien, croyez-moi. Regardez. »

Elle sortit de sa poche d'anorak son petit revolver. L'espace d'un instant, le clair de lune fit étinceler le métal, puis Janet enfonça l'arme dans sa poche dont elle tira la fermeture Éclair.

« Vous n'avez tout de même pas transporté ça dans votre poche toute la journée ? » demanda Sarah qui, contrairement à toute logique, était choquée.

« Non, pas dans ma poche, dans le holster, ici... » Janet tapota son aisselle gauche. « Et puis, j'ai compris à la dernière minute qu'à cette heure de la nuit personne ne remarquerait une bosse dans ma tenue de ski, alors je l'ai ôté du holster pour le mettre dans ma poche où il est plus facile à atteindre. Non pas que j'en aurai besoin cette nuit. Ni jamais, je l'espère. Mais je dois transporter tout avec moi parce que je n'ose rien laisser derrière. Je crains toujours qu'une personne bien intentionnée du genre Meril ne se mette à poser des tas de questions. »

Sarah demanda à brûle-pourpoint : « Janet, que retirez-vous de ce que vous faites ? »

Janet s'arrêta et, sous la clarté lunaire, son visage devint soudain sérieux et pensif. Au bout d'un moment, elle dit lentement : « Rien de ce pourquoi la plupart des gens travaillent. Ni la fortune ni le succès. Une certaine excitation, peut-être, mais le plus souvent la peur. Une peur à être malade, glacée, à avoir la tête vide et les jambes molles.

— Alors, pourquoi ?...

— Mon père était un illustre soldat. Comme l'étaient mes grand-père et arrière-grand-père. Nous sommes une famille de militaires. Mon frère aîné a été tué sur la frontière en 36, John est mort en Italie et Jamie dans un camp de prisonniers japonais. Je suis la seule survivante et c'est là ma façon de combattre. Chacun doit faire ce qu'il peut. Ce n'est pas suffisant d'être patriote. »

Sarah se souvint tout à coup d'une autre Anglaise, morte depuis longtemps face à un peloton d'exécution allemand, et dont Janet Rushton avait involontairement cité la phrase immortelle : « *Le patriotisme n'est pas suffisant.* »

Elle tendit la main : « Bonne chance, Janet !

— Merci. Vous avez été formidable, Sarah, et je vous en suis extrêmement reconnaissante. Je voudrais pouvoir vous montrer à quel point. »

Sarah lui sourit amicalement : « Pour une fille raisonnable, vous dites beaucoup de choses qui ne le sont pas. Prenez soin de vous.

— Certainement, je vous le promets. Ne vous inquiétez pas. »

Elle se pencha en avant et eut un geste tout à fait inattendu : elle déposa un baiser rapide sur la joue froide de Sarah. Une forte poussée sur ses bâtons de ski, un glissement rapide sur la neige et, l'instant suivant, elle était partie — silhouette indistincte et fuyante dans le clair de lune, s'amenuisant sur les longues pentes de neige pour se fondre dans l'obscurité de la forêt. Une ombre sans substance.

Sarah se détourna avec un petit frisson et regagna le refuge, consciente subitement du froid intense qui engourdissait ses mains et ses pieds et glaçait ses joues. Janet avait raison, pensa-t-elle, je vais attraper une pneumonie et ce sera bien fait pour moi !

La lune éclairant obliquement l'épaisse neige sur le toit la faisait ressembler à du satin blanc sous lequel les murs en rondins paraissaient noirs comme de l'encre. La nuit était si calme que Sarah entendit, tel un murmure dans une pièce vide, le lointain et faible grondement du tonnerre sur la chaîne de montagnes du Nanga Parbat, de l'autre côté de la vallée. Elle n'avait pas fait deux pas de plus vers le refuge lorsqu'elle entendit un autre bruit ; un bruit qui demeurerait en elle et hanterait ses rêves pendant de longues nuits à venir. Le grincement des gonds d'une porte.

Sarah s'arrêta brusquement et regarda. Figée sur place par la vue de la porte qu'elle avait fermée si peu de temps auparavant. Quelqu'un avait dû l'ouvrir tout doucement pendant qu'elle parlait avec Janet et, maintenant, la refermait lentement et avec beaucoup de précaution ; elle entendit ensuite le léger déclic du loquet qui reprenait sa place. Debout dans le clair de lune glacial, elle attendit un long moment avant d'oser bouger. Avec un frisson qui n'avait rien à voir avec la température de la nuit, elle se souvint de la phrase confiante de Janet quelques instants auparavant en évoquant la Piste Bleue : « *A cette heure de la nuit, il n'y aura pas un assassin pour m'attendre là en bas.* »

Peut-être que non. Peut-être parce qu'un assassin était ici à attendre. Tout près d'elle sous le linceul de neige du petit refuge sombre du Khilanmarg.

# 4

Sarah ne put s'endormir avant que le son assourdissant du réveil de Reggie Craddock eût annoncé qu'il était cinq heures. Des bruits de l'autre côté de la cloison révélèrent alors le lever dénué d'enthousiasme de MM. Craddock, Kelly et Khan (le reste du groupe étant réfractaire aux joies du ski du petit matin).

Recroquevillée et transie sous les couvertures de son étroite couchette, elle était restée éveillée pendant des heures à subir le grondement monotone des ronflements dans la pièce voisine et la respiration enchifrenée de Meril Forbes. Et elle revoyait indéfiniment cette porte se refermer subrepticement.

Quelqu'un s'était tenu là à surveiller et à écouter. S'il ne s'était agi que d'un dormeur comme elle, tiré de son sommeil, il aurait sûrement appelé. Dans cette vive clarté, il était impossible de ne pas voir Janet et elle, et non moins impossible de ne pas les reconnaître ; et quiconque croyant entendre des voix et ayant décidé de voir ce qu'il en était les aurait saluées. En outre... Sarah se remit à frissonner en pensant à cette porte que l'on fermait si lentement, si doucement...

Ils étaient onze dans le refuge, Janet et elle comprises. Mais elle ne pouvait se permettre d'éliminer aucun des neuf autres. En effet, le temps qu'elle prenne son courage à deux mains et réintègre le refuge, celui qui avait fermé la porte avait eu tout loisir de se glisser sans bruit dans sa propre couchette.

Sarah repassa dans son esprit ce qu'elle savait des skieurs rassemblés dans le refuge.

Tout d'abord Reggie Craddock, le secrétaire du Club : un petit homme trapu, frisant la quarantaine, qui possédait des filatures de coton et que la passion des sports d'hiver dévorait. Il avait fait la guerre dans un régiment indien et venait seulement d'être démobilisé. Né en Inde où il avait passé la majeure partie de son existence, il était très connu d'un bout à l'autre du pays. Dans ces conditions, il paraissait improbable que Mr Craddock, de Craddock et Cie, ancien officier du régiment de Grenadiers de Bombay, soit mêlé à des activités subversives et à des meurtres.

Et Ian Kelly ? Elle le connaissait un peu mieux car ce garçon aimait à parler de lui, spécialement aux jolies filles — et Miss Parrish était très jolie. Rien dans les propos de Ian ne donnait à penser qu'il soit susceptible d'être impliqué d'une manière quelconque dans une affaire d'espionnage. Tout d'abord, il n'avait pas quitté Sarah au cours de la journée où Mrs Matthews avait été tuée, il ne pouvait donc pas avoir accompli le crime lui-même. En outre, au cours de la dernière année de la guerre, il avait obtenu la croix de guerre et été trois fois nommé dans le communiqué. Ceci semblait écarter la possibilité qu'il travaillât comme espion au service de l'étranger.

Johnnie Warrender... Elle savait fort peu de choses sur Johnnie Warrender, à part que sa femme était exaspérante et que, apparemment, il jouait — ou avait joué — au polo. Il lui faudrait interroger Fudge à son propos. Il semblait plutôt sympathique : nerveux et agité, approchant des quarante ans, du genre libéral et à tu et à toi avec tout le monde. Il paraissait porté sur la boisson, car pas un soir ne se passait sans que Johnnie ne soit d' « humeur joviale » comme il se qualifiait lui-même. A la fin du mois, sa note de bar devait atteindre quatre chiffres de la monnaie locale.

Mir Khan. Une autre inconnue du problème. Ian Kelly avait présenté Mir Khan à Sarah le jour de son arrivée à Gulmarg, mais ils n'avaient guère conversé. C'était un ami de Reggie Craddock, et celui-ci semblait l'admirer énormément. Mais Sarah ne savait quelle part de cette admiration provenait de ce que Mir pouvait toujours dépasser Reggie en ski et avait la réputation d'être l'un des meilleurs fusils de l'Inde. Elle n'ignorait pas, en effet, que la considération de ses compatriotes pour les compétences sportives était de nature à modifier leur jugement.

Outre ses qualités d'excellent skieur et de non moins excellent chasseur, Mir avait beaucoup de charme et une kyrielle de noms qui prouvaient son origine princière. Il venait de chasser le léopard des neiges au-delà de Gilgit et, en route vers le sud, il s'était arrêté à Gulmarg pour la rencontre du Ski Club. Mais qu'il fût très populaire, charmant et amical ne permettait pas de supposer qu'il n'était pas également anti-britannique.

Après tout, pensa Sarah en se tournant et se retournant dans l'obscurité, c'est *son* pays et nous sommes le *Raj Blanc* — les conquérants, même si nous sommes sur le point de partir. Était-ce Mir Khan qui se tenait près de la porte dans l'obscurité ? Où se trouvait-il le jour de la mort de Mrs Matthews ? Pour autant qu'elle pouvait s'en souvenir, sur les pentes au-delà de Khilan avec Reggie Craddock et d'autres skieurs. Elle ajouta tout de même un point d'interrogation mental au nom de Mir Khan...

Il ne restait plus que les jumeaux Coply. Joyeux, charmants, débordants de gentillesse, ils étaient arrivés en Inde à l'âge tendre de dix-huit ans, quelques mois avant que la chute d'une bombe atomique sur Hiroshima termine la Deuxième Guerre mondiale. A leur profond mécontentement, ils n'avaient pris part à aucun service actif et c'était leur dernière permission en Inde avant de partir rejoindre leur régiment en Palestine.

Sarah les aurait écartés des suspects possibles si deux faits ne l'avaient un peu troublée dans les circonstances actuelles. Du sang russe coulait dans leurs veines et ils avaient été skier seuls le jour de l'assassinat de Mrs Matthews. Leur père, pour l'instant général dans l'armée indienne, avait épousé une Russe blanche et les jumeaux étaient bilingues. Sarah avait fait connaissance de Nadia Coply à Peshawar et, avec la cruauté de la jeunesse, l'avait étiquetée comme étant grasse et poseuse.

C'était Nadia, une femme de caractère, qui avait décidé de prénommer les jumeaux Boris et Alexis, mais le temps et l'école anglaise avaient transformé leurs prénoms en Bonzo et Alec, ce qu'ils étaient restés. Si on pouvait l'en croire, Nadia devait avoir appartenu à la vieille noblesse russe, car elle aimait raconter avec force détails que, petite fille et « si belle », elle s'asseyait sur les genoux du tsar qui lui donnait des bonbons pris dans une bonbonnière incrustée de joyaux. Une femme ayant ces antécédents pouvait difficilement éprouver d'autres sentiments que de l'inimitié vis-à-vis des communistes. Cependant... les jumeaux avaient du sang russe et s'étaient trouvés seuls la majeure partie du fatal jeudi.

Sarah n'arrêtait pas de s'agiter dans l'obscurité. Si seulement on pouvait savoir l'heure exacte de la mort de Mrs Matthews. Mais personne n'en était sûr. Le froid intense avait des réactions inattendues sur les cadavres, et les médecins eux-mêmes étaient incapables de se prononcer. Ils pensaient qu'elle avait dû mourir quatre ou cinq heures avant que son corps soit ramené à l'hôtel, à dix-neuf heures. Mais Janet l'avait trouvée aux alentours de seize heures et elle était déjà raide, car la jeune fille avait dit... En frissonnant, Sarah écarta ses pensées de ce corps gelé et contorsionné.

Les jumeaux Coply ne *pouvaient* pas être coupables : ils étaient si jeunes ! Et pourtant... et pourtant ? Sarah se souvenait de photos de prisonniers allemands prises peu après la défaite française. Des garçons blonds, de vingt ans à peine, qui avaient mitraillé des femmes et des enfants et avaient jeté des bombes sur des réfugiés sans défense. Non, la jeunesse n'était décidément plus un alibi à l'heure actuelle.

Et les femmes ? — car c'étaient des traces de pieds féminins que Sarah avait vues, bien qu'elle fût convaincue que la créature sans visage, en train de limer le loquet de la fenêtre de Janet, était un homme. Fudge pouvait être éliminée immédiatement. Meril n'en aurait pas le cran ; et bien qu'allergique comme elle l'était à Helen Warrender, Sarah ne réussissait pas à croire que cette femme résolument élégante et parlant constamment de « gens bien » participerait à un acte aussi répréhensible aux yeux de la société qu'un meurtre.

Reggie Craddock, Ian Kelly, Johnnie Warrender, Mir Khan, les jumeaux Coply, Fudge, Meril Forbes et Helen. L'un de ceux-ci. L'esprit fatigué de Sarah les passait en revue l'un après l'autre, en une procession sans fin jusqu'à ce que la sonnette du réveil de Reggie rompe l'envoûtement maléfique de la nuit. Elle s'endormit enfin et rêva de Janet, impuissante et prise de panique, poursuivie le long de vérandas sombres et interminables par des silhouettes sans visage.

L'odeur du bacon brûlé et le bruit amical de la bouilloire l'éveillèrent. Encore fatiguée et tendue, elle apprit que les autres skieurs étaient partis pour profiter de la neige du petit matin. Tous sauf Meril Forbes qui préparait le petit déjeuner avec énergie et incompétence. Aucun signe de Janet.

« Mrs Creed a dit de vous laisser dormir », dit Meril en essayant en vain de chasser la fumée venant de la poêle abandonnée. « Elle a bien tenté de vous réveiller, mais vous sembliez si profondément endormie qu'elle a trouvé préférable de ne pas insister. Ils sont allés skier dans le Gully ; tous sauf Reggie. Et Mir, je suppose.

— Qui *ils ?* demanda Sarah en fronçant le nez à la fumée de la poêle.

— Oh ! Tout le reste du groupe », dit Meril d'un ton vague.

Se souvenant de la requête exprimée par Janet en la quittant, Sarah ne souhaitait pas poser de questions à son sujet ; puisque Meril n'avait pas parlé d'elle, il y avait toutes chances qu'elle soit revenue à temps et que son absence n'ait pas été remarquée. Elle était probablement en train de skier avec les autres. Sarah s'habilla en frissonnant dans le froid et sortit.

Le sommet de l'Apharwat cachait encore le soleil dont la lumière réfléchie éclairait magnifiquement les champs de neige. Le ciel était d'un pâle ton de turquoise délavée sur lequel les cimes des montagnes découpaient des formes violettes. Des bois de pins en dessous du *marg* s'élevait, tout droit dans l'air calme, le mince plumet de fumée d'un feu de bûcheron. Mais malgré la clarté radieuse de l'aurore, le froid sans un souffle de vent oppressait et procurait une étrange sensation de menace et de malaise. Et Sarah, regardant la vallée lointaine, vit que la grande chaîne du Nanga Parbat était voilée par un long nuage gris-brun qui barrait l'horizon d'est en ouest et colorait le ciel d'une menaçante tache jaune. Puis un éclair zébra le milieu du nuage, et elle entendit, répercuté par les montagnes, le grondement encore faible d'un orage lointain.

La voix anxieuse et épuisée de Meril Forbes s'exclamant : « Oh ! zut, j'ai encore laissé brûler le bacon ! » ramena Sarah au sens de ses devoirs. Elle proposa ses services d'aide-cuisinière qui furent acceptés avec reconnaissance. On ne pouvait plus faire grand-chose en ce qui concernait le bacon, aussi entreprit-elle de faire griller des toasts et de préparer une grande quantité de café. Mais la pensée de Janet la tracassait et elle décida immédiatement de se renseigner d'une manière indirecte, aussi demanda-t-elle d'un ton insouciant : « Qui s'occupe de Bonzo et d'Alec ? Je suppose que Reggie ne les a pas emmenés avec lui ?

— Je t'en fiche ! dit Meril en remuant bruyamment tasses et soucoupes à l'autre bout de la pièce. Ils ne valent pas plus sur des skis qu'un couple de marsouins. Pis même ! Non, ils sont allés avec les autres à Christmas Gully pour s'entraîner à se casser la figure. Ils sont partis il y a à peu près une heure et s'ils ne reviennent pas bientôt, je crois que nous pourrons commencer notre petit déjeuner sans eux. N'est-ce pas votre avis aussi ? S'ils sont allés jusqu'aux Frozen Lakes les autres ne seront pas de retour avant plusieurs heures. »

Un brusque crissement de neige dehors et une voix joyeuse annonça : « Le skieur a regagné ses foyers ! Sarah, ma belle, vous êtes paresseuse comme une couleuvre et une honte pour votre pays. Pourquoi n'êtes-vous pas venue avec nous au lieu de rester à vous vautrer dans votre couchette ?

— Je suis allergique au lever matinal, dit Sarah d'un ton ferme. Que faites-vous ici, Ian ? Nous ne vous attendions pas avant plusieurs heures. Où avez-vous laissé les autres ?

— Je les ai abandonnés à leur propre sort. Nous avions décidé d'aller séparément. Je pense que le vieux Reggie doit être en train de patauger quelque part derrière l'Apharwat ; quant à Mir, il est allé à Mary's Shoulder où il voulait s'entraîner aux christianias ou à quelque chose de ce genre. Moi, au bout de deux heures, j'en ai eu assez de flâner en admirant le lever du soleil, aussi ai-je décidé de rentrer pour vous admirer, vous et le bacon.

— Oh ! ciel... le bacon est brûlé, hélas ! dit Meril l'air coupable. Mais si vous voulez un œuf à la coque. » Elle alla jusqu'à la porte regarder dehors : « Voici les autres qui arrivent. Où est Janet, Ian ? A-t-elle été aux Lakes avec Reggie, ou bien a-t-elle suivi Mir ?

— Ni l'un ni l'autre. Elle n'est pas venue avec nous. Vous oubliez que nous avons été arrachés de nos douillettes couchettes à l'heure insensée de cinq heures du matin. Elle a dû accompagner les autres. »

Meril parut intriguée : « Mais non. Je veux dire, elle n'était plus au refuge lorsqu'ils sont partis et nous avons pensé qu'elle avait décidé d'aller avec vous.

— Eh bien, elle ne l'a pas fait, dit Ian d'une voix ferme. Et si je peux me permettre de remettre la conversation sur le sujet de la nourriture, en pensant qu'un œuf me suffit, ma chère Meril, vous commettez une erreur de jugement. Il m'en faut au moins six. »

Meril dit d'un ton inquiet : « Mais si Janet n'était pas avec vous... »

Sarah l'interrompit vivement : « Elle doit être partie plus tôt, de son côté. Il me semble qu'elle a parlé hier soir d'aller finalement prendre son petit déjeuner à l'hôtel ; elle voulait probablement assister à la course des débutants ce matin. »

L'arrivée des jumeaux Coply, couverts de neige en raison de leurs chutes fréquentes, accompagnés de Fudge et des Warrender, mit un terme à la conversation. Une demi-heure plus tard, lorsqu'ils faisaient la vaisselle du petit déjeuner apparut Reggie Craddock qui avait abandonné son excursion aux Frozen Lakes en raison du temps incertain. Aucun signe de Mir Khan, probablement absorbé par son entraînement aux christianias à Mary's Shoulder.

Reggie prit rapidement son petit déjeuner et regarda sa montre : « Il est encore très tôt, annonça-t-il, aussi je suggère que nous redescendions pour faire rebrousser chemin à ceux qui devaient monter ici skier pour la journée. Je n'aime pas du tout l'aspect de ces nuages. Un vilain orage se prépare et je sens qu'il sera ici plus tôt que nous ne le pensons. Je ne tiens nullement à ce que des gens soient coincés au refuge par le mauvais temps. Qu'en dites-vous, Johnnie ? »

Johnnie Warrender se rendit nonchalamment jusqu'à la porte et regarda l'autre versant de la vallée au-dessus de Gulmarg, là où le ciel s'obscurcissait au-dessus de la barre de nuages cachant la chaîne du Nanga Parbat. Le soleil brillait, encore serein, mais l'étrange tache jaune sale s'étendait rapidement sur le ciel bleu, et l'on entendait de sinistres grondements.

« Vous avez peut-être raison », concéda Johnnie qui, à la lumière matinale, paraissait fatigué et de mauvaise humeur. Ses yeux étaient cernés et il s'était coupé en se rasant. « Personnellement, je ne pense pas que l'orage soit ici avant plusieurs heures, si même il vient. Il passera peut-être par la vallée, nous évitant complètement. Cependant, cela donne certainement l'impression que quelque chose de mauvais se prépare là-haut, aussi je suppose qu'il est préférable de jouer la sécurité. »

Ils avaient déjà roulé leurs sacs de couchage et les divers accessoires que les coolies descendraient, préparé leurs sacs à dos et fixé leurs skis lorsque Reggie Craddock demanda : « Où est Janet ?

— Partie en avant, dit Ian Kelly. Et Mir ?

— Oh ! Mir est tout à fait capable de se débrouiller seul. Je ne l'ai aperçu nulle part en revenant, aussi est-il probablement redescendu. Si tel n'était pas le cas, je vais laisser un papier sur la porte pour lui dire que nous sommes partis. Allons, il vaut mieux nous en aller maintenant si nous voulons empêcher les autres de monter. Nous descendrons par la Piste Rouge. Vous deux, dit-il en s'adressant aux Coply, feriez mieux de vous en tenir strictement à la piste. Je ne veux pas que vous couriez le risque de vous casser la figure dans la première moitié du trajet. Nous vous donnons un quart d'heure d'avance. Allez-y ! »

Les jumeaux émirent des protestations indignées mais Reggie demeura inflexible. Fudge s'offrit à les accompagner pour voir s'ils descendaient sans encombre et, après un instant d'hésitation, Helen Warrender décida de se joindre aussi à eux. Ce n'était pas une excellente skieuse et elle n'aimait pas aller vite, sauf en terrain découvert.

Quinze minutes après leur départ, Reggie arrima d'un coup sec son sac sur son dos et se mit à descendre la pente avec Sarah, Ian, Johnnie Warrender et Meril à sa suite. Ils s'ouvrirent en éventail une fois arrivés à la crête de Slalom Hill et chacun suivit son propre chemin, fonçant sur la surface brillante et craquante comme un vol d'hirondelles. Ils se trouvèrent bientôt au milieu des grands troncs d'arbres, faisant des embardées et des oscillations sur la piste tracée sous les branches lourdes de neige des pins et des cèdres déodoras.

Non loin des premières maisons, la Piste Rouge et la Piste Bleue se rejoignent au « Mauvais Coin », appelé probablement ainsi en raison de l'arrivée fréquente et simultanée en cet endroit de skieurs venant à toute vitesse de directions différentes.

Sarah dégringola la piste en courbe, fit avec brio un christiania et émergea dans la partie droite, au-dessus du croisement des pistes, à peine un mètre en avant de Ian Kelly ; elle stoppa brusquement en un grand poudroiement de neige.

Elle vit Ian faire un large écart pour l'éviter, passer en trombe et aboutir sur un tronc d'arbre, skis et bâtons pêle-mêle, tout en lâchant une bordée de jurons. Elle entendit Reggie hurler avec indignation derrière elle tandis qu'il stoppait net à environ un mètre à sa gauche, les autres immobilisés derrière lui sur la pente. Mais elle ne bougea pas. Ses yeux fixes, aux pupilles dilatées, ne quittaient pas les jumeaux Coply qui se tenaient devant elle, à l'intersection des deux pistcs.

Penché en avant, Alec détachait frénétiquement les courroies de ses skis, tandis que Bonzo, les mains en porte-voix, criait quelque chose d'inintelligible pour ceux qui se trouvaient plus haut que lui, puis désignait le bas de la pente.

« Que diable !... » dit Reggie brutalement. Il appuya fortement sur ses bâtons et fila sur la piste ; les autres le suivirent à l'exception de Sarah qui resta sur place, paralysée par le soudain pressentiment d'une catastrophe. Ce fut seulement lorsqu'elle entendit Ian jurer dans le sous-bois et vit Reggie et les autres skieurs rejoindre les jumeaux qu'elle se força à les suivre.

Quand elle les atteignit, Alec avait réussi à se débarrasser de son second ski et courait sur la Piste Bleue en glissant et en trébuchant sur la surface dangereuse, tandis que Meril disait d'une voix aiguë et cassée qui rappelait un vieux phonographe :

« Mais on a enlevé Mrs Matthews... je sais qu'on l'a enlevée. Elle ne peut plus être encore ici. On l'a emportée ! »

Sarah jeta un regard à la silhouette étendue au pied de la pente glacée, en dessous d'eux, tache sombre sur la blancheur de la neige, et se mit à descendre à toute allure. Elle entendit le cri d'avertissement de Reggie et le hurlement de Meril, puis Alec la saisit et ils tombèrent ensemble au milieu des blocs de pierre couverts de neige, à côté de cette autre forme humaine absolument immobile.

C'était Janet, bien sûr. Sarah savait que ce serait elle. Peut-être même le savait-elle inconsciemment depuis le moment où elle s'était éveillée dans le refuge, les paupières lourdes de sommeil et malade d'appréhension, pour s'apercevoir que Janet n'était pas revenue. En gesticulant dans la neige, les jumeaux Coply n'avaient fait que confirmer ce qu'elle craignait d'apprendre.

Sarah tendit la main pour toucher Janet. Elle était étendue sur le côté en une attitude de confiance étrange, comme si elle dormait. Jambes pliées, bras le long du corps, mains encore agrippées aux bâtons. Une petite flaque rouge tachait la neige sous sa tête et ses yeux bleus étaient ouverts. Il n'y avait aucune trace de surprise ou d'horreur sur son visage, mais plutôt une légère expression de mépris : comme si elle s'était attendue à la mort et l'avait bafouée.

Sarah prit conscience de la présence de Reggie Craddock jurant violemment à mi-voix, des sanglots hystériques de Meril et des bras de Fudge l'enserrant pour l'écarter du spectacle :

« Venez Sarah. Ne regardez pas, ma chère. Nous ne pouvons plus rien pour elle : elle est morte. »

D'une secousse, Sarah se libéra et se leva. Au cours de ces quelques premières minutes, elle avait vu tout ce qu'elle voulait voir, et l'avait vérifié lorsqu'elle avait posé sa main sur la poche de la tenue de ski de Janet toute poudrée de neige.

L'étroite glissière métallique était fermée, mais le revolver avait disparu. On transporta le mince corps tout raidi jusqu'à l'hôtel sur la colline où, par pitié pour Miss Parrish, on le déposa dans la chambre vide d'une aile inoccupée. Ce fut seulement plus tard que Sarah apprit par Frances, l'épouse du Dr Leonard qui avait aidé son mari à déshabiller la jeune morte, que l'on n'avait rien trouvé d'anormal sur elle. Le commandant McKay et le Dr Leonard s'étaient livrés ensemble à un examen minutieux du cadavre pour éliminer toute possibilité de malveillance. Cela signifiait donc que non seulement le revolver, mais encore le holster et sa bretelle avaient été ôtés, car leur découverte aurait suscité la curiosité et de nombreux commentaires.

# 5

« Où allez-vous, Sarah ? » La voix de Ian paraissait aussi joyeuse qu'à l'accoutumée.

« Dehors », répondit brièvement Sarah. Elle mit ses moufles et, après avoir ramassé ses bâtons de ski, quitta le hall surchauffé de l'hôtel pour affronter le froid d'un après-midi qui commençait à s'assombrir.

« Alors je vous accompagne afin de veiller sur vous.

— Non merci, Ian, dit Sarah en le laissant fixer ses skis. Je ne fais que traverser le *marg* et je préfère y aller seule, si cela ne vous fait rien. »

Elle passa ses poignets dans les courroies de ses bâtons tandis que Ian attachait la dernière fixation. Il se leva après avoir secoué la neige de ses genoux.

« Ne soyez pas stupide, Sarah. Je sais que cette histoire vous a donné un coup, mais il n'y a aucune raison de vous conduire de manière déraisonnable. Un sacré orage se prépare et cela n'arrangera rien que vous vous perdiez. S'il faut absolument que vous alliez vous balader sur le *marg,* laissez-moi au moins vous accompagner.

— Mais je ne veux pas de vous, Ian. Ne vous inquiétez pas, je ne me perdrai pas. Je vous verrai à l'heure du thé et... merci pour votre aide. »

Elle s'en alla en glissant rapidement sur le sentier neigeux, gagna de la vitesse avec la pente, et disparut au détour d'une colline, laissant Ian Kelly murmurer des gros mots, puis retourner d'un air maussade vers l'hôtel et le groupe de skieurs déprimés en train de discuter au salon de la dernière tragédie.

En bas de la pente, Sarah inclina vers la droite, contourna la colline et continua jusqu'au bout de la Piste Rouge, puis pénétra dans la forêt.

Le ciel était maintenant complètement couvert, et bien qu'il fût à peine deux heures de l'après-midi, le jour s'assombrissait comme à l'approche du crépuscule. Le vent soufflait par petites rafales sur le *marg* découvert, mais dans la forêt, sous les branches chargées de neige, l'air était froid et calme tandis que Sarah cherchait son chemin avec précaution à travers les troncs, pour atteindre bientôt le croisement des deux pistes où les jumeaux s'étaient arrêtés ce matin. Écartant la neige d'une souche, elle détacha ses skis et s'assit face à la descente de la Piste Bleue. Le menton appuyé sur sa main, elle se mit à réfléchir profondément.

Elle ne pouvait avoir qu'une certitude. Janet, comme Mrs Matthews, avait été assassinée. Elle n'avait pas cru un seul instant aux conclusions du médecin : décès accidentel dû à une chute à grande vitesse au cours de laquelle la tête avait heurté un rocher. Elle était certaine que le coup fatal avait été délibérément infligé. Comme dans le cas de Mrs Matthews, la preuve en était l'absence du revolver.

Une question se posait : *comment?* Sarah se remémora une fois de plus sa conversation avec Janet, au clair de lune, devant le refuge de Khilanmarg. Une fois encore, il lui sembla entendre Janet, pleine de confiance, rire en disant à voix basse : « Ne prenez pas cet air horrifié, Sarah, tout se passera bien. Je resterai au bord de la piste et je connais le chemin comme ma poche. Ne vous inquiétez pas : à cette heure de la nuit, il n'y aura pas un assassin pour m'attendre là-bas. »

*Le bord de la piste...*

Sarah se leva et, portant ses skis, remonta la Piste Bleue en restant de côté, sous les arbres. Elle traversa assez rapidement la piste et, moins d'une minute plus tard, trouva ce qu'elle cherchait : la trace d'un skieur solitaire à l'extrême droite, au milieu des arbres.

Elle fit demi-tour pour redescendre jusqu'au croisement des pistes, puis chaussa ses skis avant de se remettre à suivre la trace. Elle descendit la pente en suivant la Piste Bleue, passa sans s'arrêter devant la petite tache rouge marquant l'endroit où se trouvait le corps de Janet, et continua pendant deux cents mètres jusqu'à l'endroit où les arbres s'éclaircissaient à l'entrée du *marg*. Là, la trace tournait à droite et se perdait dans le labyrinthe des marques de ski faites par une classe de débutants.

Sarah s'arrêta à nouveau et, appuyée à un tronc poudré de neige, elle regarda sans la voir l'étendue du *marg*. Ainsi, Janet n'avait pas été tuée au cours de sa descente de Khilan. Elle était restée sur un côté de cette piste gelée et traîtresse qu'elle avait ensuite traversée pour atteindre l'espace découvert du *marg*. Elle voulait se rendre à son rendez-vous, quelque part au milieu des pins sombres où cette petite lumière rouge avait lui la nuit précédente comme un mauvais présage. Cela signifiait qu'elle avait dû être tuée au cours de son retour à Khilan, sa mission accomplie. Mais, là aussi, quelque chose accrochait...

Sarah se tourna pour regarder la plus basse arête de l'Apharwat se découpant blanche et froide sur le ciel gris ardoise. Elle comprit alors que, même si Janet était venue du refuge par la Piste Bleue, elle ne serait jamais repartie par le même chemin, car ce qui était le plus rapide pour descendre se serait révélé le plus dur pour remonter. Elle aurait emprunté le sentier à travers la forêt. Alors pourquoi son corps avait-il été trouvé sur la Piste Bleue ?

Petit à petit, une hypothèse se formait dans l'esprit de Sarah. Elle appuya sa tête contre l'écorce rugueuse de l'arbre, ferma les yeux et essaya de retrouver l'image de Gulmarg tel qu'elle l'avait vu la nuit dernière depuis les champs de neige de Khilan. Elle se mit à suivre par la pensée la main de Janet désignant, vers le bas, le lointain point lumineux.

« A peu près au niveau du Gap, dit Sarah à voix haute, et à tout au plus cinq cents mètres de ce côté-ci. »

Elle ouvrit les yeux et les tourna dans la direction de l'hôtel et de là, en fronçant les sourcils, vers le ciel bas. Puis, levant le menton d'un air de défi, elle se mit résolument en route vers le Gap.

Un quart d'heure plus tard, elle fut à nouveau au milieu des arbres à l'extrémité du *marg* et trouva ce qu'elle cherchait. A mi-chemin, une trace solitaire se détachait de celles, nombreuses, laissées par les débutants pour se diriger vers le côté droit du Gap. Ce n'était pas une direction empruntée généralement par les membres du Club, et Sarah était à peu près certaine qu'elle suivait la trace faite par les skis de Janet la nuit précédente. La trace gravissait en chevrons la pente en dessous du chemin qui borde le terrain de golf, puis le suivait pendant plusieurs centaines de mètres avant de tourner brusquement pour monter un sentier à travers les arbres. Sarah s'y engagea et aboutit à une barrière branlante en bois au-delà de laquelle se trouvait un bungalow bas en rondins, comme il en existait beaucoup à Gulmarg, et que cachaient à moitié des troncs d'arbres et des branches couvertes de neige.

Ces « cabanes » en rondins, comme on les appelle, sont seulement occupées au cours des mois d'été. Celle-ci ne faisait pas exception, à ceci près qu'il y avait des marques de pas sur la courte allée menant à la porte, et que le haut de la barrière avait été débarrassé de sa neige.

Trois personnes au moins étaient entrées et sorties du bungalow au cours des dernières vingt-quatre heures. Probablement davantage, car la trace suivie par Sarah était traversée par d'autres venant de la direction du Gap, et que deux de plus s'éloignaient de la barrière, si proches entre elles qu'elles auraient pu ne former qu'une seule trace. Cependant, la maison semblait complètement déserte.

Une épaisse couche de neige cachait le toit et des stalactites pendaient de la gouttière. La porte était fermée et de grossières planches clouées barricadaient toutes les fenêtres sauf une. Mais les vitres givrées de cette unique fenêtre sans volets, sur laquelle les arbres n'empiétaient pas, donnaient sur l'hôtel et, au-dessus, sur les hauteurs de l'Apharwat et les longues pentes de neige de Khilanmarg...

Sarah en fut soudain convaincue : c'était à cette fenêtre que brillait, la nuit dernière, la lumière ayant attiré Janet à sa mort. Elle prit une longue inspiration, poussa la barrière non fermée et s'engagea dans l'allée conduisant à la maison.

Ses skis glissèrent et dérapèrent là où les traces des visiteurs précédents avaient gelé ; un coup de vent subit, annonciateur de l'orage à venir, souffla à travers le *marg* et frémit dans les cèdres déodoras, faisant tomber la neige des branches surchargées et murmurant tout autour des murs en rondins de la maison vide.

Avec précaution, Sarah tâta la porte d'entrée ; ne la trouvant pas fermée à clé, elle prit son courage à deux mains et l'ouvrit. Les gonds craquèrent comme pour protester et, soudain désarçonnée par l'obscurité et le silence régnant à l'intérieur, Sarah eut envie de faire demi-tour et de s'enfuir par le sentier jusqu'au *marg*. Mais le souvenir de Janet se mettant en route seule sous le clair de lune pour cette dernière course à skis à travers les bois la fit changer d'avis. « Sarah ! s'apostropha Miss Parrish à mi-voix et sur un ton de colère, tu es une ignoble froussarde et...

de toute façon ce ne peut être pire que les V1 et les V2 ! »

Elle déchaussa ses skis qu'elle laissa sur le chemin, serra les dents et franchit le seuil de la maison silencieuse.

A l'intérieur, l'air était vicié et très froid, la maison sentait l'humidité et le moisi. Mais il flottait une légère odeur de cigarette dans la petite entrée obscure et une autre odeur plus faible, plutôt un soupçon d'odeur : écœurante, douceâtre, fade et tout à fait inconnue.

Sarah renifla, puis se pencha pour ramasser une cigarette à demi fumée. Elle la toucha avec précaution, comme si elle la croyait encore chaude, puis la laissa tomber par terre avec une petite grimace de dégoût. La porte s'était à moitié refermée et elle vit un fauteuil derrière elle. Un classique fauteuil de véranda, au dossier et aux bras en bois, avec un siège en rotin effondré. Quelqu'un s'y était assis assez récemment, car deux mégots et une mince couche de cendres grises éparpillées se trouvaient à côté.

Quelque chose sur le bras du fauteuil fit bondir le cœur de Sarah comme une truite au bout d'une ligne : une petite éclaboussure triangulaire de sang qui paraissait humide et brillante sur le bois non verni. Mais lorsqu'elle ôta une de ses moufles et tendit un doigt contracté pour la toucher, elle s'aperçut que ce n'était nullement du sang, mais seulement un petit fragment de caoutchouc rouge que l'on aurait pu arracher à un ballon d'enfant et qui s'était pris dans une fente du bois.

Cette découverte, après son violent battement de cœur, déclencha une crise subite et incontrôlable de fou rire qui frisait l'hystérie. Oh ! pour l'amour du ciel, pensa Sarah en s'essuyant les yeux avec sa moufle, il *faut* que j'arrête de voir des horreurs partout. Cela ne me mènera nulle part !

En un effort considérable, elle réussit à se maîtriser et regarda autour d'elle. A la gauche de l'entrée se trouvaient trois portes qui se révélèrent verrouillées ou fermées à clé. A droite, un étroit couloir conduisait à une autre porte, ouvrant vraisemblablement sur un salon. Le couloir était sombre et sentait le rat, le bois de sapin et le vernis bon marché ; des taches d'humidité et des traces de neige apparaissaient sur le parquet sans tapis. Sarah s'avança prudemment le long du couloir et s'aperçut que la porte s'ouvrait facilement.

Lorsque la trace suivie à travers le *marg* avait tourné en

direction de la barrière au milieu des pins, elle n'avait pas douté qu'il s'agissait là de la maison où Janet s'était rendue la nuit précédente. Mais si elle avait eu besoin d'une preuve, elle se trouvait là. C'était donc ici la pièce sans volet.

Les nombreux arbres proches de la petite maison ne cachaient pas cette seule fenêtre, si bien qu'elle jouissait d'une vue en ligne droite et ininterrompue sur le *marg,* l'hôtel, le mur de forêt en pente et, encore plus haut, la lointaine étendue de Khilanmarg.

La pièce était fort peu meublée — tous les sièges tapissés tels que canapés et fauteuils avaient dû être rangés dans les pièces fermées. Mais une petite table ronde se trouvait devant la seule fenêtre sans volet ; dessus, au milieu d'un fouillis d'allumettes usagées, de mégots et de cendres de cigarettes, une vieille lampe à pétrole visiblement en état de marche et dont le verre était rouge. Il faisait un peu plus chaud dans la pièce que dans le reste de la maison. Sarah fut à nouveau consciente d'une odeur bizarre mélangée à celle de la fumée de cigarette. Mais cette fois-ci, il s'agissait d'une odeur différente et vaguement familière. Elle demeura immobile à renifler l'air confiné. De la poudre ! Quelqu'un avait tiré un coup de feu dans cette pièce. Était-ce Janet ?

Une soudaine horreur de cette maison froide aux volets clos et aux pièces fermées à clé s'empara de Sarah. Elle se tourna rapidement et, verrouillant la porte derrière elle de ses doigts tremblants, elle s'enferma dans le salon démeublé à la lampe traîtresse.

Un sourd grondement de tonnerre ébranla l'air froid et son écho fut répercuté par les montagnes ; et une fois encore, une rafale de vent traversa le *marg* pour aller gémir au milieu des pins, faire trembler les vitres et lancer une plainte à travers un nœud de bois dans le mur de pitchpin.

Non. Non pas un nœud de bois. Le trou d'une balle de revolver.

Sarah prit sur elle et traversa rapidement la pièce pour vérifier. Elle avait vu trop de trous de balles sur de nombreuses cibles pour s'être trompée et elle revint à la table. Le parquet n'était qu'une zone d'ombre dans la lumière déclinante, mais elle aperçut une boîte d'allumettes à moitié vide à côté de la lampe. Elle tendit la main pour s'en emparer et en fit craquer une maladroitement. Une petite flamme jaillit et crépita faiblement au bout de l'allumette qu'elle tenait vers le sol, puis elle s'éteignit. Cependant, elle avait eu le temps de voir l'horrible empreinte sanglante d'un corps étendu, enlaidissant d'une manière pénible le rugueux plancher poussiéreux.

On ne pouvait se tromper. Quelqu'un était mort dans cette petite pièce froide, et ce au cours des dernières vingt-quatre heures, car le sang dans les fentes des lames de parquet était encore légèrement poisseux. Cela ne pouvait avoir été Janet parce qu'elle avait été tuée d'un coup à la tempe et qu'elle avait perdu très peu de sang, tandis que le corps dont on voyait cette grande trace sur le sol en avait perdu beaucoup plus qu'un homme peut en perdre tout en restant vivant. En outre, il était hors de question qu'un meurtrier eût couru le risque de porter un cadavre pendant près de deux kilomètres autour du *marg* pour le laisser tomber sur la partie la plus dangereuse de la Piste Bleue.

Tout à coup, Sarah se souvint des marques de ski qu'elle avait vu s'éloigner de la barrière ; les deux marques qui n'étaient pas parallèles, mais si proches l'une de l'autre qu'elles ne semblaient être qu'une. En une soudaine intuition, elle comprit la sinistre signification de ces empreintes et fut certaine que si elle les suivait, elles la conduiraient à la route circulaire qui bordait le *marg* et, par des détours à travers les sous-bois enneigés et les petits sentiers, jusqu'au bord de la Piste Bleue. Ou bien alors, ces empreintes étaient celles de Janet et de son assassin — Janet marchant devant, comme un mouton allant à l'abattoir, un revolver dans le dos, pour attendre en bas de la Piste Bleue, debout au clair de lune, un léger sourire méprisant aux lèvres, le coup qui la tuerait. Ce sourire que la mort n'avait pas effacé de son visage.

Sarah se redressa en poussant un petit soupir et, appuyée à la table, essaya de détendre ses mains sur la surface poussiéreuse. Elle scruta la pièce d'un lent coup d'œil circulaire qui embrassa les cendres et les mégots sur la table, ainsi que l'unique mégot détrempé de sang sur le parquet taché. Donc deux hommes au moins s'étaient trouvés ici : l'un qui avait allumé la lampe et attendu Janet tout en fumant les cigarettes qu'il venait de rouler ; et l'autre qui avait attendu dans le hall, assis sur le fauteuil derrière la porte à fumer des cigarettes bon marché d'une marque très connue.

Après avoir glissé la boîte d'allumettes dans sa poche, Sarah se força à déverrouiller la porte et à traverser le couloir sombre jusqu'à l'entrée ; une fois là, elle gratta une autre allumette qu'elle tint au-dessus d'elle. Mais en dehors de la cendre de cigarette éparpillée, des mégots et du petit morceau triangulaire de caoutchouc, elle ne vit rien qui pût la renseigner sur l'identité de la personne assise à attendre dans l'obscurité. Même cette étrange odeur, perçue dans l'air confiné lorsqu'elle était entrée, avait disparu, dissipée par le courant d'air froid amené par la porte ouverte.

L'allumette cracha une petite flamme qui brûla les doigts de Sarah. Elle la laissa tomber et en alluma une autre, puis une troisième et resta longtemps là, à examiner attentivement la petite entrée obscure comme si elle pouvait forcer les silencieuses portes verrouillées, les murs sombres et les fenêtres aux volets clos à lui dire ce qu'ils savaient.

Cependant, décida Sarah, ils ne pouvaient pas lui dire grand-chose en dehors de ce qu'eux-mêmes et la neige sillonnée de traces lui avaient déjà révélé et, additionnant toutes ces preuves muettes, elle tira ses propres déductions.

L'homme qui avait allumé la lampe pour la poser devant la fenêtre était resté longtemps à attendre dans le salon glacial, car près d'une douzaine de mégots étaient éparpillés sur la table ou le parquet poussiéreux. Parce que Janet avait été en retard...

A cause d'un coup inattendu du destin ayant empêché Hugo Creed de participer à l'expédition de la veille, Janet avait pris sa place à la onzième heure. Aussi, lorsque le signal avait été allumé, ne se trouvait-elle pas, comme prévu, dans sa chambre à l'hôtel, mais au refuge de Khilanmarg. Aussi bonne skieuse fût-elle, cette longue descente au clair de lune devait lui avoir pris plus d'une demi-heure et quelqu'un d'autre était arrivé à la cabane avant elle. Une personne armée qui avait probablement tué non seulement Janet, mais l'agent qu'elle se hâtait d'aller rencontrer : l'homme qui, après avoir allumé la lampe pour l'attendre dans la petite pièce froide au bout du couloir, était mort sur le parquet poussiéreux au milieu des cendres de cigarettes.

Mais pourquoi Janet, tout en se hâtant silencieusement à travers le *marg,* n'avait-elle pas entendu le coup de feu qui l'aurait mise en garde ? La nuit avait été si calme. Si mortellement calme que, même enfermé entre les quatre murs d'une pièce, le bruit avait dû se répercuter à travers le *marg*. Comment était-il possible que Janet ne l'eût pas entendu ? Ou bien avait-il été tiré après son entrée dans la maison obscure ? Le fauteuil derrière la porte et les deux mégots semblaient contredire cette théorie, car l'une des cigarettes avait été fumée le plus loin possible, tandis que l'autre avait été abandonnée peu après avoir été allumée ; elle n'avait pas été écrasée, mais jetée, à moitié fumée, sur le sol. Toutes deux indiquaient clairement que quelqu'un s'était installé confortablement dans l'obscurité derrière la porte et n'avait pas eu longtemps à attendre...

Ce fut alors que Sarah se souvint de l'un des rares bruits qui avaient éclaté dans le silence de la nuit glaciale. Le brusque craquement d'un arbre de la forêt lorsque la sève gelait sous l'écorce, ou la rupture d'une branche surchargée de neige, deux bruits qui avaient ressemblé à des coups de pistolet. La détonation d'un lointain automatique aurait paru plus familière, et rien n'aurait averti Janet qu'elle allait vers un traquenard. Janet qui avait dit : « *Demain, je pourrai m'en aller... et être libre à nouveau !* »

Elle avait dû gravir avec confiance le court sentier enneigé et ne sut jamais, avant d'ouvrir la porte, qu'une liberté d'une autre sorte l'attendait cette nuit-là. Peut-être lorsque le soleil printanier aurait fait fondre la neige, quelque bûcheron trébucherait-il sur le cadavre pourrissant de l'homme qui avait allumé la lampe pour l'attendre, et dont le sang avait détrempé le parquet de la maison aux volets clos dans la forêt de pins. Même ceci était peu probable, car les bois renfermaient de nombreux ravins isolés où un corps pouvait rester caché jusqu'à ce que les chacals et les léopards rôdeurs aient éparpillé ses os.

Un nouveau grondement de tonnerre annonciateur se répercuta dans la montagne, et le vent qui s'éleva fit claquer le volet ouvert dans la pièce au bout du couloir. Le cœur de Sarah bondit à nouveau. Mais immédiatement après ce bruit en vint un autre incomparablement plus effrayant — le léger craquement d'une lame de parquet, répété par deux fois, venant d'une des trois pièces fermées à clé. Les nerfs de Sarah la lâchèrent et, prise de panique, elle laissa tomber la boîte d'allumettes et se sauva de la maison à toute allure.

Des éclairs zigzaguaient au-dessus du *marg* tandis qu'elle empoignait skis et bâtons et s'enfuyait par le sentier en passant la barrière que le vent faisait balancer follement. Bien que son instinct de conservation la poussât à courir sans s'arrêter, une fois qu'elle fut hors de vue de la maison son bon sens reprit le dessus et la força à s'arrêter pour chausser ses skis. Il était bien évident que celui qui se cachait derrière l'une de ces portes fermées ne pouvait être à skis et, une fois qu'elle aurait attaché les siens, elle pourrait facilement distancer quiconque arriverait à pied.

Avec le froid et la panique, ses doigts étaient si gauches qu'il lui fallut presque trois minutes pour ajuster ses fixations. Elle y réussit enfin et, après avoir ramassé ses bâtons, elle bifurqua pour aller traverser le *marg*.

Lorsqu'elle avait quitté la maison, la neige commençait à tomber, mais tout d'un coup, avec le vent les poussant, les petits flocons tourbillonnants devenaient si épais qu'elle n'y voyait guère plus qu'à un mètre. Sarah hésita brièvement, puis changea de direction pour prendre un raccourci vers la route du Gap au Club où s'embranchait celle montant à l'hôtel. Cela lui prendrait plus de temps, mais elle risquait moins de se perdre dans l'orage. Elle avait à peine gagné de la vitesse qu'une forme sombre surgit juste devant elle sous la neige tombant à gros flocons.

Elle fit un brusque écart, mais trop tard et alla buter contre quelque chose de solide. Elle serait tombée si une main n'avait agrippé son bras pour la retenir. La panique s'empara d'elle à nouveau et elle essaya de se dégager, mais la main qui la tenait aurait pu être d'acier et une voix d'homme dit avec dureté : « Qui êtes-vous ? Que diable faites-vous ici ? »

Sarah ouvrit la bouche et s'aperçut qu'elle ne pouvait émettre aucun son. Sa gorge lui semblait contractée par la terreur et le vent projetait d'épais flocons dans ses yeux, l'aveuglait tout en transformant son visage en un masque de neige.

« Que se passe-t-il ? Avez-vous perdu votre voix ? »

L'homme qui la tenait sortit sa main de son épaisse moufle, ôta grossièrement la neige du visage de Sarah et le scruta dans la pâle lumière tourbillonnante. Elle eut une fugitive impression, estompée par la neige, de quelqu'un de grand, d'une paire d'yeux, gris acier et fort en colère, avant que ses propres yeux fussent à nouveau aveuglés par la neige.

La voix, qu'elle ne put reconnaître, murmura quelque chose en sourdine et, pendant un instant, l'étreinte se relâcha sur son bras. Profitant de cet instant, Sarah trouva des forces dans sa terreur et, d'une forte secousse, se libéra ; puis donnant une détente avec ses bâtons de ski, elle fila.

La pente jouait en sa faveur et, puisque l'inconnu faisait face à l'autre côté, il lui faudrait une seconde ou deux pour se tourner. L'orage aussi jouait en sa faveur. Elle pensa entendre un cri derrière elle et obliquant rapidement vers la gauche, elle disparut dans un solide mur de blancheur.

Vingt minutes plus tard, aveuglée par les flocons de neige, secouée par le vent et essoufflée, Sarah atteignit l'hôtel après avoir perdu son chemin au moins une demi-douzaine de fois.

Il était temps, car la neige qui avait caché le *marg* tandis qu'elle luttait pour le traverser n'était que l'avant-garde de l'orage à venir. Toute la nuit, il fit rage sur Gulmarg en une tempête hurlante de flocons tourbillonnants et de clameurs aiguës de vent. Vent et neige qui effaceraient pour toujours les traces révélatrices à travers le *marg,* et le long de la route déserte dans la forêt.

L'orage dura deux jours et deux nuits : la neige se transforma en grêle, et la grêle en pluie battante qui fit fondre l'épaisse couche blanche sur les toits et déclencha de formidables avalanches sur les pentes raides de l'Apharwat.

Le troisième jour, on enterra Janet dans le petit cimetière détrempé, car la pluie l'avait momentanément dégelé. Après la cérémonie, les skieurs du Ski Club descendirent à Tanmarg en pataugeant dans les flaques de neige sale, tandis qu'un vent sinistre gémissait à travers la forêt.

« Au revoir, Sarah. Bon voyage. Écrivez-moi de temps en temps : Thal est un endroit si ennuyeux ! Mais je pense que nous n'y resterons plus longtemps.

— Au revoir, Ian. Bien sûr que je vous écrirai. Au revoir, Meril. J'espère vous revoir un jour.

— Oh ! sûrement. De toute manière, vous passerez l'été à Srinagar ?

— Non, je vais à Ceylan avec des amis. »

Reggie Craddock arriva en soufflant sur ses doigts, l'air gelé et malade : « Au revoir, Fudge. Hugo et vous-même, vous vous chargez bien d'emmener Sarah ? L'un de ces sacrés autocars n'est pas encore arrivé, je crains donc d'être obligé de rester ici pendant des heures pour être sûr que chacun a le moyen de s'en aller. Je suis navré que cette rencontre du Club se soit terminée d'une telle manière. Quelle épouvantable affaire! J'aurais peut-être dû mettre quelqu'un de garde sur cette piste, ou faire poser une corde pour la barrer, ou je ne sais quoi. Quel dommage que les femmes détestent faire ce qu'on leur dit. Sale histoire. Bien, j'espère que nous nous rencontrerons cet été. J'irai à Srinagar si je peux obtenir une permission. Curieux de penser que c'est peut-être la dernière fois que chacun d'entre nous aura la chance d'y aller. Je ne peux arriver à y croire. Hugo et vous y viendrez, je suppose?

— Oui, pour un sympathique adieu. Je ne pense pas qu'il y aura beaucoup de monde. Je vous verrai à ce moment-là. Ne vous tourmentez pas trop pour... pour Janet et Mrs Matthews, Reggie. Vous ne pouviez pas l'empêcher. »

Reggie acquiesça d'un air sombre et se détourna au moment où le commandant McKay se frayait un chemin à travers la foule des coolies en train de bavarder.

Le commandant, lui aussi, paraissait fatigué, harassé même, et il vint à l'esprit de Sarah qu'aussi pénibles qu'aient pu être les deux tragédies de la Piste Bleue pour les membres du Ski Club, la plus lourde part en était retombée sur lui. Il boitait légèrement et son teint habituellement coloré était devenu pâle sous les pansements de sparadrap qui l'ornaient, souvenirs de ses luttes sur les pentes de ski. Il serra cérémonieusement les mains de Fudge et de Sarah et, après leur avoir souhaité une bonne route jusqu'à Peshawar, il se tourna vers Meril Forbes :

« Vous allez bien à Srinagar, Meril? Par quel moyen de transport?

— Rassurez-vous, tante Ena m'a envoyé sa voiture. C'est seulement votre autocar pour Rawalpindi qui n'est pas encore arrivé.

— Hélas, il ne me sera d'aucune utilité lorsqu'il arrivera. » Le ton du commandant était morose. « Je croyais que nous en avions terminé avec toutes les formalités au sujet de cette malheureuse affaire, mais il semble que... Bien, la question est celle-ci : accepteriez-vous de me prendre dans la voiture de votre tante?

— Naturellement. Mais que c'est horrible pour vous cette histoire !

— Je crains que vos vacances de neige n'aient guère été agréables pour vous, George, dit Fudge d'un ton compatissant.

— Je pense qu'elles n'ont été agréables pour aucun d'entre nous. Personnellement... »

Une fanfare de klaxons l'interrompit et Fudge s'empressa de dire : « C'est Hugo. Il veut être à Rawalpindi pour le thé. Il faut que je file. Au revoir, George. Au revoir, chère Meril. Allons-y, Sarah ! »

Elles laissèrent Meril, le commandant McKay et les derniers skieurs debout dans le vent froid, au milieu des coolies. Quelques instants plus tard, la grande Chevrolet de Hugo, chargée de bagages, quittait Tanmarg pour affronter un trajet de près de quatre cents kilomètres, le long des routes sinueuses des montagnes du Cachemire, vers le soleil, la poussière et les roses de Peshawar.

# *Deuxième partie*

# *PESHAWAR*

« Il n'est pas nécessaire qu'un fantôme sorte de la
tombe
Pour nous dire ceci, mon Seigneur... »

SHAKESPEARE, *Hamlet.*

# 6

« Voici, dit Sarah d'un ton réfléchi en suivant des yeux le cavalier vêtu de blanc en train de jouer au polo, l'homme de loin le plus excitant de Peshawar. »

Sarah, Hugo et Fudge Creed étaient assis sur des transats à l'extrémité du terrain de polo et regardaient les adversaires s'entraîner et marquer des points.

« Merci beaucoup », dit aimablement Hugo, tout en abaissant un peu plus son chapeau pour protéger ses yeux de la réverbération du soleil. « Vous parliez de moi, bien sûr.

— Oh ! Je ne vous compte pas...

— Dans ce cas, je retire ma gratitude.

— Ne m'interrompez pas, Hugo ! J'allais dire, je ne vous compte pas parce que vous êtes un digne homme marié et, par conséquent, hors du jeu. Évidemment, si vous n'étiez pas marié avec Fudge, je pourrais être intéressée.

— Maintenant, je sais donc que votre remarque ne me concernait pas, mais visait Charles Mallory, et je peux vous dire que si vous avez l'intention de vous monter la tête à son propos, vous vous éviterez beaucoup d'ennuis en suivant le célèbre conseil de Mr Punch à ceux qui sont sur le point de se marier : “ *Ne le faites pas.* ”

— Telle n'est pas mon intention, dit Sarah en riant. Mais pourquoi pas ? »

Hugo inclina d'un doigt le bord de son chapeau et regarda Sarah de côté : « Puis-je en être sûr ?

— Hélas ! Voici des semaines que j'essaie mon charme sur lui sans le moindre résultat. Je crois bien qu'il est le seul homme à m'avoir remise à ma place, fermement et volontairement, et je ne crains pas de vous dire que cela a été une expérience salutaire. Arrête de renifler mes chevilles, Lager ! » Elle se baissa et ramassa un chiot dachshund, noir et feu, qui allait et venait autour d'elle. « Parlez-moi davantage de ma passion secrète, Hugo. Pourquoi perdrais-je mon temps et m'attirerais-je des ennuis avec lui ?

— Parce qu'il est immunisé, mon enfant. Inoculé, vacciné, tout ce que vous voudrez. Il n'y a pas une femme à des kilomètres à la ronde qui n'ait essayé sa technique personnelle sur lui, sans se retirer vaincue et ayant sérieusement besoin d'être consolée. Il préfère les sports de plein air aux jeux dans la maison.

— Si vous voulez le savoir », s'interposa Fudge qui écoutait la conversation paresseusement étendue sur un transat de l'autre côté de Sarah, « il parle aussi cinq langues et une demi-douzaine de dialectes. Reggie Craddock le qualifierait de " type vraiment bien ". Et enfin, il a, hélas, en Angleterre, une fille outrageusement superbe — à en juger par les énormes photos qui ornent son appartement. Elle répond au nom de Cynthia et porte un splendide solitaire au quatrième doigt de la main gauche qui doit être offert par ledit Charles.

— Oui, dit Sarah avec l'ombre d'un sourire, je l'ai remarqué.

— Ah ! vraiment ? Comment et quand... si je ne suis pas indiscrète ?

— Je suis passée chez lui l'autre jour avec Jerry Dugan lorsque nous allions au Club. Jerry voulait lui emprunter une étrivière, ou quelque chose de ce genre. Elle est jolie, n'est-ce pas ?

— Oui, dans le genre Hélène de Troie. Tout à fait déprimant.

— Qu'est-ce que je vous disais ? s'interposa Hugo. Ce type fait perdre le temps de tout le monde.

— Peut-être avez-vous raison. Tiens, voici tante Alice qui vient me demander pourquoi je ne porte pas de casque colonial et quelle équipe est en train de gagner. Et je n'ai aucune réponse à ces deux questions. »

Une dame aux cheveux gris, grassouillette, vêtue d'une robe à fleurs, fonçait vers eux depuis le parking situé au bout du terrain de polo.

« Ma chère Sarah ! Pas de casque colonial ! Tu vas attraper une insolation. Voyons, quel camp gagne ? Non merci, Hugo, je m'assiérai ici. N'est-ce pas le maharajah qui joue ? Je veux dire Rajgore ? Je vois que le capitaine Mallory monte l'un de ses chevaux.

— Il y a un peu de flottement dans l'État. Un cambrioleur

entreprenant a déguerpi avec les émeraudes de Rajgore, expliqua Hugo, qui ajouta avec un soupir de regret : j'aurais aimé que ce soit moi ! Je crois que je ferai carrière pour devenir un genre de Raffles [1] lorsque l'armée ne voudra plus de moi. Tous ces princes et potentats ruisselant littéralement de diamants sont une invitation au crime.

— Alors c'est la raison pour laquelle le capitaine Mallory fait jouer ses chevaux de polo ! Sarah, combien de fois t'ai-je dit qu'il est dangereux de sortir sans casque colonial avant quatre heures ?

— Mais il est plus de cinq heures, tante chérie, signala Sarah, et vous savez que je ne possède pas de casque et serais trop coquette pour le porter si j'en avais un. De toute manière, je ne crois pas que qui que ce soit en ait mis un ici depuis dix ans. Vous n'en avez pas vous-même.

— Oh ! mais nous y sommes habitués. Au soleil, je veux dire. Mais lorsque l'on vient du Hampshire.

— Ma petite tante chérie, je voudrais tellement ôter de votre tête que le Hampshire tout entier est un endroit froid, balayé de courants d'air, et baigné d'humidité et de brouillard.

— Pas de brouillard, de tempêtes. Quelle équipe m'as-tu dit être la gagnante ?

— Je ne sais pas. Celle dont Johnnie Warrender est le capitaine, je suppose. J'ai potiné avec Fudge sans faire vraiment attention au jeu. De toute manière, ils jouent seulement pour s'entraîner. Voici mon oncle. Oncle Henry, est-ce votre camp qui a gagné ?

— Naturellement, dit le général Addington en se laissant tomber sur le transat où il s'éventa avec son chapeau. J'étais arbitre et j'y ai veillé. A vrai dire, ils ont failli perdre malgré les grands efforts de Johnnie. Ce jeune protégé du gouverneur est vraiment très intéressant.

— C'est bien ce que trouve Sarah, interrompit Fudge malicieusement, n'est-ce pas vrai, Sarah ?

— Vraiment, c'est ce qu'elle pense ? Une chanson dans ma jeunesse disait à peu près ceci :

1. Raffles : type du cambrioleur doublé d'un homme du monde dans les romans de Hornung. (*N.d.T.*)

*J'ai vu l'hameçon appâté*
*J'ai été inoculé ;*
*Ils ne peuvent m'attraper.*

Ne perds pas ton temps, Sarah, ajouta le général.

— Hugo m'a donné exactement le même avis. Si vous continuez, je serai tout à fait intriguée.

— Ce qui me rappelle, coupa Mrs Addington... je *savais* bien que j'avais oublié quelque chose. J'ai invité ce sympathique Mallory à dîner ce soir. Le bal de charité du Club, vous vous souvenez ? Un homme en supplément, c'est toujours utile. Et, comme je lui ai dit, je ne savais absolument pas, avant de faire mon rond de table à l'heure du thé, que j'avais invité treize personnes. Sans cela, bien sûr, j'aurais demandé quelqu'un d'autre. Les gens sont si bizarres lorsqu'ils se retrouvent à treize autour d'une table. »

Sarah sentit soudain un frisson désagréable lui courir le long de l'échine : où avait-elle entendu une telle conversation auparavant ? Mais oui, bien sûr !... Hugo avait manqué la réunion du Khilanmarg et ils devaient se retrouver à treize, aussi Janet avait-elle décidé de venir. Elle haussa légèrement les épaules, comme pour chasser ce mauvais souvenir : « Tante Alice, vous ne lui avez tout de même pas dit cela ?

— Quoi, ma chérie ?

— Que vous l'invitiez seulement parce que vous aviez découvert à la dernière minute que nous serions treize à table ?

— Mais nous ne serons plus treize maintenant. Il sera le quatorzième, alors tout va bien. Ce n'est pas que je sois superstitieuse, sauf en ce qui concerne les chats noirs, évidemment. J'ai failli en écraser un à bicyclette et une demi-heure après, j'ai appris que " April the Fifth " avait gagné le Derby — exactement comme je l'avais prédit.

— Combien aviez-vous parié sur lui ? demanda Hugo d'un air intéressé.

— Oh ! rien du tout, je ne parie jamais. Mais cela montre qu'il y a du vrai dans ces vieilles superstitions. »

Sarah abandonna le combat inégal et fut prise d'une crise de fou rire, tandis que Fudge revenait au premier sujet de conversation : « Je m'étonne qu'il n'ait pas refusé ou trouvé une excuse quelconque. Ce n'est pas du genre de Charles de se laisser attirer à un bal de club.

— Oh ! Je ne m'attends pas à ce qu'il assiste au bal. Je lui ai dit que du moment qu'il venait au dîner, il n'était pas nécessaire de rester après. Personne ne sera contrarié d'être treize pour danser. Ce ne serait pas possible de danser à treize, bien sûr. Je ne comprends pas pourquoi tu ris, Sarah. Il n'était pas du tout choqué que je sois franche avec lui, quoi que tu puisses en penser. C'est un jeune homme très bien élevé et je ne peux pas comprendre pourquoi Mrs Crawley et Mrs Gindney, Kidney, ou je ne sais plus trop quoi, et Joan Forsyth et cette Robertson sont si chipies avec lui.

— Elles sont peut-être atteintes d'un manque de technique personnelle, proposa Fudge. Sont-elles vraiment chipies ?

— Eh bien, ma chère, il faut admettre que c'est un peu bizarre. Je veux dire, on *était* encore en guerre lorsqu'il est arrivé ici. Et lorsque son régiment est parti pour la Palestine, ou les Pyramides, l'un de ces endroits où l'on faisait toujours des centaines de prisonniers italiens — bien que l'on se demande ce que l'on pouvait en faire — calculez seulement la quantité de nourriture qu'ils ont dû manger ! Et sans spaghetti, ni rien. Je crois cependant qu'ils ont fourni un ou deux bons orchestres de danse à Purree, ou bien était-ce à Mussorie ?

— Mais tante Alice, de quoi *pouvez-vous* bien parler ?

— Du capitaine Mallory, bien sûr. Tu ne fais attention à rien. Un tas de gens ont eu tendance à le critiquer sévèrement. D'être une sorte d'aide de camp, alors que nous étions encore en guerre, je veux dire. Ils trouvaient qu'il aurait dû se battre comme les autres ; les autres, c'est-à-dire son régiment, non pas Mrs Kidney ou la Robertson, bien que tout le monde sache qu'elles se battent assez comme ça. Mais je dois avouer que nous avons trouvé un peu curieux que le gouverneur insiste pour avoir près de lui un officier de carrière, alors que tant de civils étaient capables de faire tout marcher et de danser *presque* aussi bien. Bien sûr, les gens deviennent ridicules lorsqu'il s'agit d'un homme qui ne se bat pas pendant une guerre. C'est stupide de leur part, car ce serait tellement plus sage de *ne pas* se battre. Si aucun de nous ne s'était battu, eh bien, où auraient été des gens comme Hitler ?

— A Buckingham Palace et à la Maison-Blanche, grommela son mari.

— Ne soyez pas stupide, mon cher. Comment aurait-il pu se trouver à deux endroits à la fois ? Mais, comme je le disais, Sarah, il a toujours été aide de camp quelque part pendant la guerre — le capitaine Mallory, pas Hitler — et lorsque la guerre a été terminée, il est toujours resté ici. Maintenant que l'on envoie son régiment en Palestine, ou un autre endroit où l'on a encore envie de se battre, tout le monde pensait qu'il irait, car ce ne peut être pas *trop* dangereux — je veux dire comme le Jour J ou la Birmanie — mais il a l'air de préférer rester ici.

— Je pense, dit le général Addington en se levant de son transat, que ta tante en a assez dit pour l'après-midi. Allons-nous-en, avant que le pire n'arrive. Venez, Alice, il est plus de 6 heures et vos quatorze invités arriveront dans moins de deux heures.

— Seulement onze invités, cher. Les trois autres sont Sarah, vous et moi. Au revoir, Antonia. Au revoir, Hugo. Vous devriez venir nous voir tous les deux. Venez prendre un verre un de ces soirs... Oh ! Vous venez dîner tout à l'heure, comme c'est agréable !

— Alice !

— J'arrive, mon cher Henry. Viens Sarah, il ne faut pas faire attendre ton oncle. »

Le cortège se dirigea à travers tout le poussiéreux terrain de polo jusqu'à la voiture du général.

# 7

Une pile de lettres adressées à Miss Parrish attendaient sur la table du hall, dans le grand bungalow blanc situé sur le Mall : des lettres arrivées par le courrier de l'après-midi et mises de côté jusqu'à son retour. Consciente d'un soudain accès de mal du pays à la vue des timbres anglais sur les enveloppes, Sarah se précipita dessus avec avidité et se retira dans sa chambre pour se donner le luxe d'une orgie de nouvelles et de potins venant de son pays.

Elle lisait encore lorsqu'une demi-heure plus tard sa tante frappa à la porte pour prévenir qu'elle avait oublié de préparer les cartons des places pour le dîner et demander à Sarah si elle aurait la gentillesse de descendre plus tôt pour les écrire.

Sarah sursauta et, prise de remords, parcourut rapidement les deux derniers feuillets de la lettre qu'elle tenait en main. Elle fit un paquet de son courrier et le glissa dans le tiroir de sa coiffeuse. Une seule enveloppe restait à ouvrir : elle l'avait laissée pour la fin parce qu'elle portait un timbre indien et donnait l'impression de contenir une facture, ou une circulaire, à cause de l'adresse tapée à la machine. N'ayant pas le temps de la lire pour l'instant, elle la fourra dans son sac du soir avant d'ôter en vitesse sa robe de toile afin de prendre un bain.

Environ une demi-heure plus tard, elle quitta sa chambre et traversa le hall dans un nuage de tulle gris pailleté de strass, ses cheveux roux coiffés en un style un peu sophistiqué, et ses yeux verts brillant comme des péridots entre ses cils recourbés dont le brun naturel était une perpétuelle épine dans la chair de plusieurs de ses amies, rousses aussi, mais avec des cils clairs.

Quelqu'un attendait dans le salon non éclairé. Probablement un invité arrivé en avance, tapi tout décontenancé dans l'obscurité. Sarah se demanda pourquoi le domestique qui l'avait introduit n'avait pas allumé. Les dernières lueurs du jour s'attardaient dans le jardin, mais il faisait presque noir dans le salon, aussi appuya-t-elle sur les commutateurs en entrant et s'avança-t-elle avec un sourire d'excuse aux lèvres. Mais ses yeux — ou ses sens ? — lui avaient visiblement joué un tour, car personne ne se trouvait dans le salon.

La grande pièce haute de plafond était vide et Sarah regarda autour d'elle, les sourcils froncés, car l'impression d'une présence avait été si forte que, pendant une minute ou deux, elle eut du mal à croire qu'elle s'était trompée. Il devait s'agir d'une ombre projetée par les phares d'une voiture passant sur la route. Levant ses épaules avec un petit frisson, elle sortit sur la grande véranda où le couvert avait été mis ce soir, car l'approche de la saison chaude rendait trop étouffantes les grandes pièces du vieux bungalow.

Au fond du jardin, au-delà des branches légères des poivriers, le ciel passait du jaune citron à un ton de vert très doux ; le parfum des roses et des jasmins embaumait l'air, et l'odeur de terre mouillée montait du sol cuit par le soleil. Tout en regardant le jardin que l'obscurité envahissait rapidement, Sarah prit conscience d'une sensation troublante de malaise inexplicable ; elle eut beau se remémorer les événements de la journée, elle ne put rien y trouver qui expliquât ce pressentiment soudain qui l'envahissait.

Un léger bruit derrière elle la fit se retourner brusquement, comme si elle attendait quelque chose. Mais c'était seulement un petit lézard aux yeux protubérants, passé en bruissant sur les nattes et non pas... non pas... quoi ? Que *s'était-elle* attendue à voir ? Une fille en tenue de ski bleue ? Oui ! c'était bien ça ! Elle comprit, non sans un frisson d'horreur incrédule, qu'elle s'était attendue à voir Janet en se retournant !

Depuis le moment où Sarah était revenue à Peshawar, plus de deux mois auparavant, tout ce qui s'était passé à la fin de la réunion du Ski Club avait sombré dans le domaine de l'irréalité. On aurait dit un cauchemar dont elle se serait éveillée pour se retrouver en sécurité dans une pièce familière. Et comme elle n'avait pas l'intention de quitter cette pièce, elle s'était jetée à corps perdu dans ce qui restait de vie mondaine à la station. Enfouissant le souvenir de Janet au fin fond de son esprit, elle avait fait de son mieux pour oublier les champs de neige de

Khilanmarg, la Piste Bleue et la ligne d'empreintes de pieds sur la véranda déserte. Elle y avait presque réussi — ou tout au moins à se persuader que son imagination et celle de Janet s'étaient emballées, et que la glace de la Piste Bleue était l'unique cause des deux tragédies.

De peur de détruire son échappatoire mentale, elle se refusait à penser à la maison au milieu des pins. Et puis maintenant, soudain, elle se souvenait de Janet. Était-ce à cause de la réception du soir même ? Cette réception où l'on aurait dû être treize ? Si elle n'avait pas dit à Reggie Craddock qu'il lui fallait trouver un quatorzième pour le dîner au refuge, Janet ne serait pas restée. Mais ceci, pensa Sarah sur la défensive, n'aurait rien changé au sort de Janet, car de toute manière elle aurait vu la lumière rouge depuis l'hôtel et serait sortie pour se rendre à son rendez-vous avec...

« Sarah ! »

Mrs Addington apparut brusquement au bout de la véranda, portant un kimono aux couleurs claires et gaies sur une culotte rose en jersey datant presque du temps d'Édouard VII, les cheveux roulés serrés dans un nombre impressionnant de bigoudis.

« Que se passe-t-il, tante Alice ? Juste ciel ! Savez-vous qu'il est presque 8 heures 5 et que vous avez prié vos invités pour 8 heures 15 ? Ou bien avez-vous oublié que vous recevez à dîner ?

— Bien sûr que non, ma chérie. Je n'oublie jamais rien. A vrai dire, je viens de me souvenir de quelque chose. Les Creed viennent ce soir, Antonia me l'a dit cet après-midi.

— Mais oui, je sais qu'ils viennent, dit Sarah d'un ton patient. Vous les avez invités il y a au moins six semaines.

— Oui, oui, ma chéric, ne m'interromps pas. Je voulais seulement te dire que je les avais complètement oubliés en faisant mon rond de table. Aussi, bien sûr, nous n'étions pas treize à table mais quinze.

— Oh, tante chérie, vous êtes incorrigible ! Et vous avez attiré ce pauvre Charles Mallory dans un traquenard pour une raison tout à fait erronée. J'ai honte de vous !

— C'était justement ce que je voulais te demander, Sarah. Crois-tu que nous devrions lui téléphoner pour lui dire qu'en fin de compte, nous n'avons pas besoin de lui ? C'est à cause du *savoury*[1] : ce sont des *Angels on Horseback*[2]. Ce serait si humiliant s'il n'y en avait pas assez pour tout le monde. Il ne semblait pas particulièrement désireux de venir, aussi suis-je sûre qu'il sera ravi d'être décommandé.

— Je n'en doute pas, dit Sarah sèchement. Mais il n'en aura pas l'occasion ! Non, tante Alice, je refuse tout simplement de vous laisser augmenter encore votre réputation de manquer de tact. Ou vous et moi prétendrons détester les *Angels on Horseback,* ou on les supprime du menu. A vous de choisir.

— Oui, ce serait peut-être mieux. Et maintenant que j'y pense, je crois qu'en fin de compte ce n'était pas des *Angels on Horseback.* Je les avais changés pour des allumettes au fromage et le *khansamah*[3] en fait toujours des centaines : la dernière fois, nous les avons finis au thé du tennis le lendemain. Bonté divine ! est-il vraiment huit heures et quart ? Tu ne devrais pas me retenir ainsi à parler, je ne serais *jamais* prête à temps ! »

Elle disparut avec la rapidité d'un canard qui plonge, tandis que la petite pendule dorée du salon sonnait le quart.

La large jupe de Sarah froufroutait sur les nattes de la véranda alors qu'elle tournait autour de la longue table, étincelante d'argenterie, de verres en cristal et de coupes emplies de roses Maréchal Niel, pour aider le majestueux Mohamed Bux, le *khidmatgar*[4] à ajouter deux couverts.

Elle tenait le rond de table de sa tante d'une main et une petite pile de cartons de l'autre. Mais quelqu'un regardant par-dessus son épaule aurait pu remarquer qu'elle ne distribuait pas les cartons selon le rond de table. Outre l'addition des Creed, celui-ci contenait un autre changement : lorsque, une demi-heure plus tard, les invités furent assis, le commandant Gilbert Ripon, qui aurait dû se trouver à la droite de Sarah, avait été relégué en bout de table et remplacé par le capitaine Mallory. « Non pas que cela en eût valu la peine », avoua plus tard Sarah en s'appuyant sur l'épaule de Fudge pour s'examiner dans le miroir du vestiaire, au Club de Peshawar. « Il a uniquement parlé à cette bonne fourchette de Patterson. Et lors de la seule occasion

1. *Savoury :* entremets non sucré de fin de repas. *(N.d.T.)*
2. *Angels on Horseback :* friture d'huîtres bardées de tranches de lard. *(N.d.T.)*
3. *Khansamah :* cuisinier. *(N.d.A.)*
4. *Khidmatgar :* maître d'hôtel. *(N.d.A.)*

que nous eûmes d'entrer en conversation, Archie Lovat n'a pas arrêté de mettre son grain de sel, si bien qu'à la fin tous deux m'oublièrent complètement et discutèrent de la dernière chasse par-dessus ma tête pendant environ dix minutes. Après quoi, évidemment — l'avez-vous entendue, Fudge ? — tante Alice s'est soudain aperçue du changement dans son rond de table et, telle qu'on la connaît, elle n'a pas pu s'empêcher de faire des commentaires d'une voix aiguë : la peste soit de ce cher vieux fossile ! Charles Mallory a levé un sourcil et a paru légèrement surpris — que le diable l'emporte ! —, Gilbert Ripon a lancé un regard furibond et cette odieuse Patterson s'est mise à glousser. Somme toute, Fudge chérie, l'un de mes pires échecs.

— Non pas vraiment, commenta Fudge d'un ton consolant tout en se poudrant soigneusement le nez. Après tout, il est venu à la soirée dansante malgré les commentaires et le franc-parler de votre tante, bien intentionnée mais brouillon. Et ceci, laissez-moi vous le dire, n'est pas une piètre concession de la part de Charles que l'on ne voit guère au bal. Eh bien, ma chérie, bonne chance, mais ne dites pas que je ne vous aurai pas prévenue.

— Et si vous m'avertissez une fois de plus, je commencerai à douter de vos motifs. Arrêtez de refaire votre beauté et allons danser. »

Sarah avait beaucoup de succès, aussi ses cavaliers durent-ils prendre leur tour, et ce ne fut qu'au milieu de la soirée que Charles put inviter la nièce de son hôtesse. Il se révéla être un excellent danseur, ce à quoi Sarah ne s'était pas attendue, sans bien en savoir la raison. Elle se mit à applaudir avec enthousiasme pour que l'orchestre bisse.

L'orchestre, qui venait de jouer un quick-step gai mais plutôt bruyant, eut l'obligeance d'attaquer une valse, et le soliste se mit à fredonner le refrain d'une voix douce :

*Le clair de lune et la lune,*
*Et tout air gai et joli joué pour vous,*
*Ont été créés pour vous.*
*L'été et le printemps,*
*Et cette alliance d'or*
*Ont été créés seulement pour vous.*

Le pied chaussé de lamé argent de Sarah trébucha et elle s'arrêta net. Charles Mallory la sentit se raidir dans ses bras et, baissant les yeux vers elle, il s'aperçut que son visage avait perdu toutes couleurs.

« Si nous allions nous asseoir jusqu'à la fin de cette danse ? Je ne suis pas très bon valseur.

— Volontiers », acquiesça Sarah d'une petite voix essoufflée. Charles lui fit quitter la salle de bal étouffante et bondée pour gagner le jardin du Club et la fraîcheur nocturne. D'une pression de main ferme, il lui fit traverser la pelouse jusqu'à un siège en rotin.

Il resta debout un moment à la regarder, les sourcils légèrement froncés : elle est certainement secouée d'une manière étrange. Il dit d'un ton bref : « Ne bougez pas, je vais vous chercher à boire. »

Il la laissa assise à la clarté des étoiles et revint quelques minutes plus tard, un verre glacé dans chaque main. Sarah le remercia de la même petite voix et but en silence, tandis que Charles attirait une seconde chaise pour s'y asseoir. Son visage dans l'ombre, et sans paraître la regarder, il l'examinait par-dessus son verre.

Dans la salle de bal l'orchestre, visiblement satisfait de son choix, répétait l'air et Sarah se mit à frissonner tellement que ses dents cognèrent le bord du verre.

Au cours des quelques dernières semaines, l'existence avait été si gaie qu'elle croyait être libérée du cauchemar de Gulmarg. Mais pour une raison quelconque, il semblait être revenu la hanter ce soir et elle avait eu beau essayer de le repousser, il l'avait suivie. Maintenant, il était ici — amené par une mélodie rebattue et lancinante — et soudain elle se trouvait une fois de plus devant un refuge enseveli dans les neiges de Khilanmarg, baigné par un étrange clair de lune. Janet chaussait pour la dernière fois ses skis et fredonnait cet air tendre et envoûtant...

« *L'hiver et l'automne, et les plus doux de tous les mots ont été simplement créés pour vous* », chantait le soliste.

Sarah dit : « Mais pourquoi continue-t-on à jouer toujours cet air ! » Une pointe d'hystérie apparaissait dans sa voix et Charles Mallory se pencha pour prendre le verre qu'elle tenait d'une main tremblante : « Vous allez le renverser et tacher votre robe. Cet air n'a rien d'extraordinaire. D'ailleurs, il sera terminé dans un instant », dit-il d'un ton prosaïque.

Il offrit une cigarette à Sarah, qu'elle refusa. Il s'en alluma une et se lança négligemment dans une surprenante histoire. Il s'agissait du chanteur d'un minable orchestre de danse d'un café de Budapest qui était prince d'une famille impériale. Charles voulait donner à Sarah le temps de se reprendre et d'oublier la musique venant par les fenêtres ouvertes derrière eux.

L'orchestre s'arrêta au bout d'un moment, et comme le flot des danseurs se déversait dans l'air plus frais du jardin éclairé aux lanternes, Sarah dit :

« Excusez-moi, j'ai été stupide de me conduire ainsi. Je ne sais pas ce qui m'a pris. Mais cet air m'a rappelé un souvenir désagréable et...

— De quoi bavardez-vous ? interrompit Helen Warrender. Je suis sûre que c'est tout à fait intéressant. Pouvons-nous écouter ? »

Charles se leva et elle se laissa tomber sur sa chaise libre. Elle demanda à son cavalier de lui apporter un cognac à l'eau et, tournant le dos à Sarah, dit : « Comme il fait chaud, Charles. Ma robe colle comme un véritable attrape-mouches sous l'action de la chaleur. Heureusement, nous partons dans quinze jours pour le Cachemire. Je ne peux plus supporter cette chaleur. En route, nous nous arrêterons chez les Douglas, à Murree. Je pense que vous le connaissez, lui : c'est le fils de Lord Seeber. Un amour. Allez chercher un autre siège, Charles, ainsi qu'un pour Tim. »

Charles trouva deux autres chaises et une petite table peinte en vert, tandis que le danseur de Helen traversait la pelouse, des boissons à la main.

« Merci, Tim ! Donnez-moi une cigarette, s'il vous plaît. »

Docile, Tim la lui donna et s'assit sur la chaise libre ; Helen tourna brusquement la sienne pour faire face au capitaine Mallory et tous deux se mirent à discuter du jeu de polo où Johnnie Warrender excellait.

Sarah se mit à bâiller. Elle ouvrit son sac du soir d'où elle sortit un poudrier plat ; à ce même moment quelque chose tomba du sac sur l'herbe à ses pieds. Il s'agissait de l'enveloppe sans intérêt qu'elle n'avait pas eu le temps d'ouvrir avec le reste de son courrier. Elle la ramassa tout en jetant un coup d'œil à ses compagnons, mais comme le dos drapé de taffetas de Mrs Warrender cachait Charles Mallory, excluant volontairement Sarah de la conversation, et que Tim s'était éclipsé, elle haussa les épaules et décacheta l'enveloppe. Elle la tint de manière à ce qu'elle fût éclairée par les lanternes pendues aux arbres derrière elle.

Une seconde enveloppe se trouvait à l'intérieur de la première, ainsi qu'une lettre d'accompagnement, provenant d'un cabinet d'avocats de Rawalpindi datée de deux jours auparavant. Une fois traduite du jargon juridique cher à la profession en anglais courant, cette feuille informait Miss Parrish que l'enveloppe jointe faisait partie d'un paquet déposé dans le coffre-fort de l'hôtel Nedou à Srinagar, Cachemire. Paquet confié aux soins du directeur de l'hôtel par feu Miss Janet Elizabeth Rushton. Après le décès de celle-ci, le directeur de l'hôtel avait remis ledit paquet à la banque de Miss Rushton pour qu'elle le fasse suivre à ses hommes de loi. Ensuite, le testament avait dû être validé, ce qui expliquait le retard.

Sarah regarda alors l'enveloppe cachetée portant ses nom et adresse écrits de sa propre main. Profitant d'un moment où personne ne l'observait, Janet avait dû la donner à Mr Croal, le directeur de l'hôtel Nedou le jour où elle était descendue à Srinagar pour assister aux obsèques de Mrs Matthews. La tenir à nouveau entre ses doigts fit à Sarah l'effet d'un souffle froid venant des neiges, et les ombres de la forêt de pins traversèrent la pelouse encombrée d'invités.

C'était donc la cause du bizarre sentiment de malaise et de prémonition qui l'attendait à son retour à la grande maison au milieu des poivriers : la raison pour laquelle elle croyait sentir tout près d'elle le fantôme de Janet ce soir-là.

Sarah la revit avec une netteté pénible, debout dans la petite chambre éclairée par la cheminée et soupesant cette même enveloppe. Elle avait dit quelque chose comme : « Je peux l'emporter avec moi... » A Srinagar bien sûr où Mrs Matthews et elle avaient pris des chambres pour l'hiver à l'hôtel Nedou. A Srinagar où Mrs Matthews avait été enterrée parce que la neige était trop épaisse et le sol trop glacé à Gulmarg...

La cire du cachet se brisa sous les doigts froids de Sarah et tomba sur le tulle vaporeux de sa robe comme des petites gouttes de sang. Elle les repoussa avec un frisson d'horreur et sortit les deux feuillets contenus dans l'enveloppe. Sans préambule ni explication, Janet avait marqué de son écriture d'écolière : « J'ai laissé une note sur le *house-boat Waterwitch* à Srinagar ; le nom du propriétaire est Abdul Gafforr. Allez-y dès que possible et cherchez-la si quelque chose m'arrive. J'ai payé d'avance le loyer du bateau jusqu'à la fin juin de cette année. J'ai obtenu l'arrangement suivant : si je ne l'occupe pas moi-même, celui ou celle de mes amis qui présentera le reçu ci-joint pourra l'occuper à ma place. » Puis venait un gribouillis tout tremblé, comme si ses nerfs et sa main l'avaient subitement trahie : « Je sais que je n'aurais pas dû faire cela, mais je sentais qu'il le fallait. Je ne peux en dire plus. Je ne peux vraiment pas. Mais c'est là. »

La lettre n'était pas signée et rien n'indiquait quelles étaient la ou les personnes auxquelles Janet la destinait. Vraisemblablement, elle avait été écrite après la mort de Mrs Matthews. Probablement une heure ou deux avant que Sarah elle-même se soit précipitée au clair de lune jusqu'à la chambre de Janet pour la mettre en garde contre la silhouette sans visage, dehors dans la neige.

Le second feuillet était un reçu du loyer, payé d'avance jusqu'à la fin de juin 1947, pour le *house-boat Waterwitch.* Au verso, les conditions du bail signées par l'agent immobilier.

Sarah relut trois fois la courte missive avec ses instructions brèves et incroyables, puis le cri déchirant qui les suivait, avant que les mots prennent un sens quelconque pour elle. C'était impossible, fantastique que, elle, Sarah Parrish, puisse être assise à la clarté des étoiles, dans la vieille ville de Peshawar, en Inde, tenant à la main la clé de secrets internationaux mettant en cause les vies et les destinées d'un nombre incalculable d'individus. Quelques lignes écrites par une fille assassinée...

Elle les relut encore une fois, lentement et de propos délibéré, comme si elle pouvait arracher au papier le secret caché derrière les simples mots ; ce que savait Janet en les écrivant et qui, sans ce bout de papier, serait mort avec elle. Et pourtant, ces mots en disaient si peu. A qui Janet les destinait-elle ? Que comptait-elle en faire ? Pourquoi seulement les avait-elle écrits ?

A cette dernière question, au moins, une réponse semblait évidente : parce qu'elle craignait de mourir. Pas tellement d'un point de vue personnel, mais en raison de ce qu'elle savait. Elle était terrifiée à l'idée que ce puisse être perdu, et c'est ce qui l'avait conduite à prendre un risque désespéré. Deux risques ! Celui que des renseignements écrits ne tombent dans de mauvaises mains, et celui encore plus grand que sa soudaine décision de faire confiance à Sarah Parrish ne se révèle une erreur désastreuse.

Mrs Warrender sortit un grand poudrier et se mit à se poudrer tout en discutant du bon vieux temps, puis le ferma d'un coup sec et se tourna vers Sarah : « Vous allez au Cachemire pour l'été, je suppose, Sarah ? Nous y montons dans quinze jours. Non que ce soit amusant maintenant. Mais j'imagine que c'est la dernière saison que nous pourrons y passer avec l'indépendance fixée à l'année prochaine, aussi... Oh ! Est-ce là le papier sur les courses ? »

Elle se pencha en avant et s'empara froidement de la feuille que tenait Sarah.

Sarah ne prit pas le temps de réfléchir. Elle tendit la main et arracha la lettre à Mrs Warrender. Dans sa lancée, elle s'arrangea pour cogner son verre à peine entamé, ce qui le fit tomber de la table en éclaboussant les plis de la robe de taffetas écarlate de Mrs Warrender, l'inondant de glaçons à demi fondus. Mrs Warrender poussa un cri et se leva d'un bond. Sarah, debout, posa son petit soulier d'argent sur le papier oublié, ramena son ample jupe froufroutante dessus et se répandit en excuses.

Mrs Warrender lui lança un regard de chat en colère et s'exclama, d'une seule traite, que cela n'avait aucune importance et que la robe était perdue ; elle permit ensuite à Charles Mallory d'éponger avec son mouchoir.

Sarah dit : « Je ne comprends pas ce qui s'est passé. J'ai dû me cogner contre la table. Peut-être que si vous rentriez immédiatement chez vous et trempiez la robe dans l'eau cela ne marquerait pas.

— C'est ridicule ! Le taffetas ne se lave pas. Il faudra la donner au teinturier. Merci, Charles ! Cela suffit, elle sera sèche d'ici une ou deux minutes. Voici l'orchestre qui se remet à jouer, accompagnez-moi, Charles. Cette danse était réservée à Johnnie, mais vous savez comment sont les maris. De toute façon, à cette heure-ci, il est ivre et oublie mes danses.

— Je regrette, Helen, mais Miss Parrish m'a promis cette danse. » Sa voix était aimable, mais très ferme ; il ne regarda pas Sarah, mais ses yeux rencontrèrent ceux de Mrs Warrender.

Comme Fudge l'avait fait remarquer, Helen Warrender était stupide, mais même une femme stupide pouvait comprendre la signification du coup d'œil de Charles. Elle rougit d'une manière qui ne lui seyait pas, regarda Charles, puis Sarah, et revint ensuite à Charles. Elle se mit alors à parler d'une voix devenue soudain stridente :

« Je suis désolée ! Je n'avais pas compris que je troublais un tête-à-tête. Dans ce cas, je vais me mettre à la recherche de Johnnie. » Elle se tourna vers Sarah et dit avec un rire à l'éclat métallique : « Ne le prenez pas trop au sérieux. Au cas où vous ne le sauriez pas, il est *tout à fait* fiancé. N'est-ce pas vrai, Charles chéri ? »

L'expression de Charles ne changea pas, mais il recula une chaise comme pour faire un chemin à Helen. Avec un mouvement de tête dédaigneux, elle s'en alla en balayant la pelouse de sa jupe de taffetas qui fit une sorte de sifflement de colère sur l'herbe sèche.

Sarah se pencha pour ramasser la feuille de papier, surprise du tremblement de rage de ses mains et de ses genoux. Elle s'assit brusquement et s'empara de son verre où restaient quelques gouttes qu'elle but avec avidité. Elle le posa ensuite et leva les yeux vers Charles :

« Merci, dit-elle avec un soupçon de sourire. C'était très gentil de votre part. Pourriez-vous... être encore plus gentil et me prêter votre briquet quelques instants ? Non, je ne veux pas de cigarette, merci. »

Charles lui tendit un petit briquet d'argent. Sarah l'alluma d'un coup sec et en tint la flamme sous la lettre de Janet. Le mince papier qui, heureusement, n'avait pas été éclaboussé par le cognac à l'eau prit facilement feu et brûla rapidement jusqu'à ce que seuls les trois derniers mots restent visibles dans le coin du bas : « *Mais c'est là !* » Sarah les vit disparaître avec des larmes picotant ses cils et pensa : oh ! pauvre Janet ! Elle laissa tomber sur le gazon les fragments noircis qu'elle écrasa de son talon.

« Et maintenant, dit Charles, peut-être allez-vous me dire pourquoi vous avez jeté ce cognac à l'eau sur Helen Warrender ? Non qu'elle n'ait cherché un tel geste de votre part, mais vous m'avouerez que c'était quand même un peu fort. »

Sarah rougit : « Je n'ai pas... enfin... c'était réellement une sorte d'accident. »

Charles leva un sourcil sceptique : « Oui ?

— Vous voulez dire : “ Oh vraiment ? ” corrigea Sarah d'un ton fâché.

La voix de Charles laissa paraître un soupçon de rire : « Je me suis trompé, je pensais que vous l'aviez fait exprès.

— Eh bien, d'accord. Je l'ai fait exprès et elle l'avait cherché. Et alors ?

— Rien. J'étais simplement intéressé. Cela semblait une façon plutôt énergique d'exprimer votre mécontentement.

— Je crains de n'avoir agi sous l'impulsion du moment, admit Sarah sur la défensive. Vous savez, il s'agissait d'une lettre purement personnelle et j'ai eu peur que Helen n'ait eu le temps d'en distinguer quelques mots. Mais si tel a été le cas, je parierais bien qu'elle les a oubliés immédiatement, car il n'y a rien de tel qu'un choc désagréable pour vous faire perdre la mémoire.

— Je me souviendrai de ce truc pour un usage futur », dit Charles d'un ton grave. Il alluma une cigarette et, s'adossant à son siège, regarda Sarah à travers les légères volutes grises de la fumée. Derrière eux, dans la salle de danse, l'orchestre jouait un fox-trot lent : un air cadencé, assez populaire au tout début de la guerre.

Quelque part, dans l'obscurité au-delà du Club, un chacal poussa un cri étrange que d'autres chacals reprirent, lançant un hurlement évoquant un chœur d'âmes en peine. Sarah frissonna et une soudaine horreur l'envahit. L'horreur de l'immensité de terre brûlée par le soleil qui l'environnait, et des arides collines de Khyber juste au-dessus de Peshawar, menaçantes et mystérieuses à la clarté des étoiles. Au-delà de ces collines se trouvait l'Afghanistan peuplé de ses sauvages tribus de hors-la-loi, tandis que très loin au nord-est s'étendait la longue chaîne de l'Himalaya avec, quelque part, les pentes neigeuses de Khilanmarg.

Une légère brise passa en bruissant à travers la pelouse, amenant avec elle une odeur de poussière et un parfum d'arbres en fleur ; elle éparpilla les fragments calcinés de la lettre de Janet jusqu'à la terrasse déserte... Cela ne va pas, pensa Sarah avec désespoir : je sais bien que j'ai promis ; mais je ne peux pas retourner au Cachemire ! *Je n'irai pas.* Ce n'est pas mon affaire et je ne veux jamais revoir ces montagnes.

C'était absolument comme si elle s'adressait au fantôme pâle et accusateur de Janet. Elle lui faisait valoir que la lettre étant déjà écrite et cachetée lorsqu'elle, Sarah, était arrivée dans la chambre de Janet, la missive ne pouvait lui avoir été destinée.

Elle lui rappelait que si le hasard ne l'avait pas amenée là, Janet l'aurait remise à quelqu'un d'autre. Reggie Craddock, Meril ou Ian Kelly... De toute manière, puisque la lettre était maintenant brûlée, elle pouvait l'oublier. Bien sûr qu'elle pouvait l'oublier... ?

Sarah refit par la pensée la longue route sinueuse qui grimpait, tournait en épingle à cheveux, plongeait brusquement, pendant près de trois cent cinquante kilomètres depuis la chaleur et la poussière de la ville de garnison de Rawalpindi jusqu'à Srinagar, la capitale de la fraîche et verte vallée du Cachemire. Mais l'idée de retourner dans cette vallée, avec sa barrière de montagnes sinistres montant la garde et ses forêts de sombres cèdres déodoras, l'emplissait de panique et d'horreur. Elle ne pouvait pas y retourner... elle ne le pouvait vraiment pas.

La voix calme de Charles Mallory fit irruption dans le tumulte des pensées de Sarah et la ramena au présent :

« Que se passe-t-il, Sarah ? Vous avez l'air d'un spectre. »

Il s'était levé et se tenait devant elle. Sarah se mit rapidement debout : « Je m'excuse. J'ai la tête à l'envers ce soir. Retournez à la salle de bal et dansez avec Helen. Je préfère être seule. »

Même aux oreilles de Sarah, sa propre voix parut faible et mal assurée, et Charles lui dit :

« Ne dites pas de bêtises. Vous tremblez comme une feuille. Qu'y a-t-il , Sarah ? Depuis une demi-heure, vous vous conduisez comme si vous veniez d'apprendre où est le cadavre. Que se passe-t-il ? De mauvaises nouvelles ?

— Non, dit Sarah d'une voix chevrotante, tout en luttant contre une soudaine envie de fondre en larmes. Ce n'est rien. Je... je me...

— Vous vous sentez malade ? Puis-je faire quelque chose pour vous ?

— Non, non. Je vais très bien. Je veux dire, ce n'est rien.

— Eh bien dans ce cas, dit Charles d'un ton tranchant, je suggère que vous preniez sur vous et veniez danser. Vous ne pouvez rester assise ici toute la soirée à regarder des fantômes.

— Oh ! Allez-vous-en ! La voix de Sarah était au bord de la crise de nerfs. Vous ne voyez donc pas que j'ai besoin d'être seule ?

— De façon à pouvoir vous rendre encore plus malade nerveusement, je suppose ? Cela n'arrangera rien, vous savez.

Venez Sarah, vous n'êtes pas du genre hystérique. Montrez que vous avez du cran.

— Naturellement vous, vous êtes compétent sur un tel sujet, dit Sarah furieuse.

— Quel sujet ? La voix de Charles était dangereusement douce.

— Le cran, dit Sarah d'une voix claire. J'ai cru comprendre que votre régiment a été envoyé en Palestine ? »

Sarah eut l'impression que le temps s'arrêtait une seconde et que Charles allait la frapper ; instinctivement, elle fit un pas en arrière, mais une chaise l'arrêta.

Charles baissa les yeux sur elle et se mit à rire, mais non d'un rire agréable. Puis, elle ne sut pas comment, il l'entoura fermement de ses bras, pencha la tête et l'embrassa comme quelqu'un qui s'y connaît.

« Vous l'avez cherché depuis des semaines. » Il l'écarta et prit son verre inachevé.

Sarah resta longtemps à le regarder. Puis elle tira son sac d'un coup sec, pivota et traversa la pelouse en courant jusqu'à la salle illuminée, le laissant debout à la clarté des étoiles.

# *Troisième partie*

# *SRINAGAR*

« Cherche-moi au clair de lune
Guette-moi au clair de lune. »

Alfred Noyes, *The Highwayman.*

# 8

C'était la dernière semaine de mai, dix jours après le bal de charité au Club de Peshawar, et les Creed étaient en route pour passer au Cachemire la permission de Hugo. Ils emmenaient avec eux une passagère inattendue : Miss Sarah Parrish.

A peine quelques heures plus tôt, sur le long trajet de Peshawar à Attock sur l'Indus, puis à travers le Pendjab jusqu'à la grande ville de garnison de Rawalpindi d'où part l'une des principales routes pour le Cachemire, ils avaient subi la chaleur étouffante et la poussière des plaines. Maintenant, ils pique-niquaient au bord de la route, au milieu des conifères et des cèdres déodoras, respirant l'air frais des montagnes.

« Comment votre chère vieille tante Alice a-t-elle pris ce soudain changement de programme ? demanda Hugo entre deux bouchées de feuilleté au curry. Je n'aurais jamais cru qu'elle l'approuverait.

— Assez bizarrement, elle a pris les choses tout à fait calmement. Je pense qu'il lui est enfin venu à l'idée qu'une fille qui a servi dans l'armée doit être capable de se débrouiller seule. En outre, dès qu'elle a su que je partais avec vous, tout lui a paru bien. Antonia est “ si sympathique ” et Hugo “ un homme tout à fait gentil ”.

— Comme elle a raison, dit Hugo d'un ton satisfait. En ce qui me concerne, je veux dire. Elle a fait une erreur de jugement à propos de mon épouse, mais on ne peut guère l'en blâmer. Elle la confondait probablement avec deux autres femmes. »

Une voiture passa bruyamment, les couvrant de poussière, et stoppa vingt mètres plus loin en un grand grincement de freins.

« Je me demande pourquoi ils ont agi ainsi, dit Fudge en secouant la poussière de son nez avec un sandwich au poulet. Croyez-vous qu'ils soient à court d'essence ou veulent savoir l'heure ?

— Du moment qu'ils ne nous demandent pas de la bière, dit

Hugo, tout ce que je possède leur appartient, y compris ma femme. Oh ! zut, c'est Helen. J'aurais dû m'en douter. Vas-y, chérie, et fais-lui rebrousser chemin. Elle est pire qu'un essaim d'abeilles.

— Quelle espèce de brute ! » Fudge se laissa glisser du mur bas et alla à la rencontre de l'élégante silhouette qui s'avançait vers la voiture.

« Ma chère ! — La voix d'Helen évoquait le cri d'un paon. — Je pensais bien qu'il s'agissait de vous ! J'ai fait stopper Johnnie. Nous roulons depuis des heures, aussi ai-je pensé que nous ferions mieux de nous arrêter et de déjeuner avec vous. J'avais oublié que vous voyagiez aujourd'hui. Quelle chance de vous rencontrer. Mon Dieu, que ce trajet m'ennuie ! Si seulement il existait un autre endroit agréable où aller. Mais, bien sûr, il n'y en a pas. De toute manière, aucun de nous n'ira plus à Srinagar. *Au moins* cette fois-ci sera la dernière, grâce au ciel ! »

Elle s'arrêta net à la vue de Sarah : « Bonté divine, voici Sarah ! Que diable faites-vous ici, ma chère ? Je croyais que vous alliez à Ceylan ou à Singapour, ou je ne sais où ? Ne me dites pas que vous aussi êtes en route pour le Cachemire ?

— Cela m'en a tout l'air », dit Sarah d'une voix douce. Elle fut soudain persuadée que Mrs Warrender avait fait arrêter la voiture non pas à cause des Creed, mais parce qu'elle avait vu une troisième personne avec eux. Devinant de qui il s'agissait, elle avait voulu vérifier. Son étonnement était légèrement exagéré.

« Mais quelle bonne surprise, ma chère. Vous allez sûrement adorer Srinagar. Personnellement, j'exècre cet endroit, mais évidemment Johnnie dit que je suis trop difficile sur le choix de mes relations. Moi, je trouve que l'on n'est jamais trop difficile de ce point de vue, mais je sais qu'il n'en est pas ainsi pour tout le monde. Bien, de toute manière, je suis sûre que vous y passerez de bons moments. Quoique il n'y viendra personne d'intéressant cette année. Je me suis laissé dire que ce sera complètement mort ; je pense que vous y trouverez ici ou là quelque petite étincelle de vie. Tiens, Hugo !

— Oui, Helen, moi en chair et en os. N'est-ce pas étrange ? Fudge elle-même ne me reconnaît pas avec ces chaussettes. Qu'est-il arrivé à Johnnie ? Communie-t-il avec notre Mère Nature, ou boude-t-il simplement ?

— Il sort notre sac de pique-nique enfoui sous un tas de choses. Le voici. Oh ! quelle chance, vous avez de la bière, Hugo ! J'ai complètement oublié d'en prendre et nous mourons de soif. J'en boirais bien six bouteilles. »

Hugo ferma les yeux et remua les lèvres comme s'il formulait une prière silencieuse, ce qui n'était probablement pas le cas. Fudge dit immédiatement : « Je regrette, Helen, mais c'est hélas la dernière bouteille. Si cela vous suffit de la partager entre vous deux, vous le pouvez. » Elle laissa tomber son manteau sur les deux bouteilles qui restaient, puis se tourna pour sourire à Johnnie Warrender tenant un grand panier d'osier sous un bras et un plaid de voiture sous l'autre.

« Salut Johnnie. Ne posez pas ça sur les sandwiches ! A quelle heure avez-vous quitté Pindi ?

— Nous avons passé la nuit à Murree, dit Johnnie en posant le panier sur le mur. Bonjour Sarah, je ne savais pas que vous envisagiez de faire un séjour à Srinagar.

— J'avais toujours eu l'intention d'y aller un jour, dit Sarah d'un ton vague. Comme cela paraît être la dernière occasion, j'ai décidé de mendier une place dans la voiture de Fudge et de Hugo.

— Bonne idée. C'est dommage que vous n'ayez pas vu Srinagar dans ses beaux jours. C'était un lieu agréable alors. Nous y avons fait de sacrément bonnes parties de polo... Passons ! Grand Dieu, Helen, c'est tout ce que vous avez apporté comme déjeuner ? » Il ne cacha pas son dégoût à la vue de la masse de sandwiches écrasés qu'il laissa tomber par terre, et il prit l'un des feuilletés au curry de Fudge.

Johnnie Warrender était un petit homme laid, ressemblant à la fois à un jockey et à Groucho Marx. Cependant, il possédait un certain charme. Laissé à lui-même, il serait resté un personnage insignifiant, quoique joyeux et attirant ; mais il n'avait pas été laissé à lui-même. Du jour où l'on avait compris que Johnnie Warrender, des Lanciers de Lunjore, pouvait, depuis un cheval de polo au galop, lancer une balle de bambou mieux et plus loin que ses camarades, le cours de sa vie avait été changé. Dans sa petite sphère, il était devenu une célébrité.

Envolés les jours d'obscurité heureuse et de pénurie joyeuse et sans honte : le poignet magique de Johnnie et son œil d'aigle l'avaient propulsé dans le cercle des riches, des oisifs et des personnages importants. Les palais des gouverneurs et les résidences, ainsi que les demeures des officiers d'état-major en Inde lui furent ouverts, et les maharajahs, les rajahs, les nababs et les princes en firent rapidement autant : ils lui prêtèrent leurs chevaux de polo et le reçurent dans leurs palais comme invité d'honneur.

Malheureusement, même dans des cercles aussi fermés, la renommée possède un côté insidieux qui ronge, à l'exception de ceux dont le caractère est solide et le jugement équilibré. Sauf en matière de chevaux et de polo, Johnnie Warrender ne possédait ni force de caractère ni équilibre de jugement. Il était encore considéré comme un brave type et sa capacité de gaieté et d'alcool restait intacte. Mais d'insouciant et charmant, il devint panier percé et snob et, là, sa femme le dépassait.

De jeune femme simple, Helen se mua, presque en une nuit, en une personne dure, égoïste, arriviste et, le pire des fléaux en Inde, devint une infatigable intrigante au sein de la société. Son but n'était guère élevé, mais à force de flatterie et de détermination, et grâce aux prouesses équestres de son mari, elle atteignit un assez grand succès — mais à un certain prix. Les enfants qu'elle souhaitait avoir furent les premiers sacrifiés parce « qu'elle n'en avait ni l'argent ni le temps ». Pas pour l'instant tout au moins, quoique « naturellement, elle en aurait un jour ». Mais, d'une manière ou d'une autre, ce jour ne venait jamais.

Les amis d'autrefois furent ensuite laissés de côté au fur et à mesure qu'elle s'élevait, et elle dépensait plus que ne gagnait Johnnie pour recevoir somptueusement ses nouvelles relations. Les factures s'accumulaient et le découvert en banque des Warrender prenait des proportions terrifiantes. Mais si Helen avait des inquiétudes pour l'avenir, elle refusait de les envisager et la devise de Johnnie était : « A chaque jour suffit sa peine. » Et maintenant, leur monde s'écroulait et ne serait jamais rebâti.

Le premier coup avait été la mécanisation de la cavalerie qui, pour Johnnie et Helen, fut non pas le commencement, mais la fin d'une époque. Le Crépuscule des Dieux. Sarah en prit conscience tandis qu'assise sur le mur de pierre au bord de la route du Cachemire, elle écoutait Johnnie parler chevaux et Helen se plaindre des difficultés des officiers britanniques. Le régime d'antan était bien fini. L'Inde allait être libre et cent cinquante ans de règne britannique se terminaient. Il ne restait rien d'autre aux Johnnie, Helen et leurs pareils que des souvenirs et des dettes, et Sarah se sentait fort triste pour eux.

Hugo tendit aimablement le dernier sandwich au poulet à un Lager toujours en quête d'une gourmandise et dit :

« Il est presque 2 heures 5 et nous nous sommes incrustés ici pendant plus d'une heure. Si nous voulons atteindre Srinagar ce soir, nous devrons rouler à bonne allure. Je refuse de faire cette route sinueuse dans l'obscurité. Nos phares ne fonctionnent pas bien, et mes nerfs encore moins. Otez-vous de cette couverture, Helen, elle doit aller dans le coffre. »

Helen se leva nonchalamment et, se penchant sur son panier à pique-nique, en sortit une pastèque plutôt mal en point : « Tenez, Hugo, prenez ceci. Johnnie déteste les pastèques et, somme toute, nous avons mangé une bonne partie de vos feuilletés au curry. Un échange loyal n'est pas un vol.

— Croyez-vous vraiment que je doive accepter, Helen ? C'est très gentil de votre part. » Hugo s'empara de la boule verte avec une répugnance non dissimulée et la posa avec précaution dans le coffre.

« Vous pourrez la manger au petit déjeuner demain. Où descendez-vous à Srinagar, Sarah ? Au Nedou ?

— Je le pense. A moins que je ne loue un *house-boat.* Lorsque l'on est à Rome, il faut vivre comme les Romains, dit le proverbe.

— Alors, vous n'habiterez pas avec Fudge et Hugo ?

— Mais si, bien sûr, elle habitera avec nous, s'interposa Hugo. Nous avons loué quatre *house-boats* pour la saison. Un pour chacun d'entre nous et un pour le chien. Nous sommes des gens à grandes idées. Il faudra venir nous voir un jour. Hé ! Ayaz ! »

Le domestique barbu de Hugo, un Musulman, apparut alors, venant du coin retiré où il venait de pique-niquer. Helen dit : « Nous viendrons sûrement. Et je demanderai à Gwen de vous inviter un jour à la résidence. Nous descendons chez les Tolliver. Eh bien, *au revoir.* Enverrai-je vos amitiés à Charles Mallory lorsque je lui écrirai, Sarah ? Oh ! mais non, vous lui écrivez sûrement vous-même, toutes les filles le font.

— Sarah est bien trop occupée à lire des lettres pour avoir le temps d'en écrire elle-même, dit Hugo d'un ton jovial. Vous n'imaginez pas le nombre de personnes qui lui écrivent. A vrai dire tous les garçons. A bientôt, nous nous verrons chez Philippi. »

La voiture tourna le coin de la route en glissant et s'en alla.

« C'est peut-être un peu brutal, mais probablement plus efficace que la subtilité, dit Hugo en s'allumant une cigarette. C'est sympathique de vous avoir avec nous, Sarah, et je suis heureux que vous ayez décommandé Ceylan à la dernière heure.

— Oui, répondit Sarah lentement, j'en suis heureuse aussi. »

Elle s'adossa et ferma les yeux pour éviter la lumière solaire et le paysage de montagne. Elle se remémora les événements qui l'avaient décidée à retourner au Cachemire.

Après le bal de charité, Sarah était rentrée chez elle, furieuse après le capitaine Mallory et désireuse de partir le plus tôt possible pour Ceylan. Mais elle n'avait pas réussi à dormir. Elle avait accusé en face Charles Mallory de lâcheté, et pourtant elle-même était lâche.

Prétendre que le message de Janet ne lui était pas destiné constituait un faux prétexte. Bien sûr, il ne lui était pas destiné ! Cependant, les circonstances avaient forcé Janet à le confier à Sarah. Et elle, Sarah, avait promis d'aider si « quelque chose arrivait à Janet ». Eh bien, ce quelque chose était arrivé. Alors comment pouvait-elle se dédire de sa promesse maintenant ? Pour autant qu'elle le sache, la note écrite par Janet pouvait être d'importance vitale, non seulement pour quelques individus, mais pour des centaines de milliers, peut-être même des millions d'êtres.

Mais en supposant qu'elle se rende au Cachemire elle-même, qu'elle reprenne le bateau de Janet et y trouve la note, qu'en ferait-elle ? Non, c'était impossible, bien sûr ! Elle devait oublier tout cela et ne pas réveiller le chat qui dort. Si seulement elle pouvait transmettre le contenu de la lettre à quelqu'un qui en prendrait la responsabilité... Elle envisagea d'aller trouver le gouverneur ou le chef de la police. Mais elle ne devait pas oublier ce que Janet avait dit : « Je ne peux naturellement pas m'adresser à la police ! Que dirais-je ! Livrer le résultat de mois de travail et d'organisation et tout gâcher à la onzième heure ? »

Que leur dirait Sarah alors qu'elle avait brûlé la seule preuve en sa possession — la lettre de Janet ? Elle se demandait maintenant ce qui avait bien pu la pousser à le faire. Encore la lâcheté, pensa-t-elle en faisant un sourire mi-figue, mi-raisin. Le besoin de se débarrasser de ce qui troublait sa tranquillité d'esprit. Au moins, cela lui laissait l'initiative, et tôt ou tard elle aurait à décider de ce qu'elle ferait.

Elle s'endormit enfin sur cette décision et rêva que Charles l'embrassait, non pas avec dédain comme il l'avait fait sur la pelouse du Club, mais tendrement et avec passion. Sans raison, elle s'était sentie furieuse lorsque son rêve était devenu réalité et qu'elle s'était éveillée au soleil du matin pour trouver Lager en train de lui lécher le visage avec délice.

Un peu plus tard au cours de cette journée, Sarah avait livré une bataille avec elle-même au milieu des buissons de jasmin et des plates-bandes de cannas jaunes et rouges. En fin de compte, c'était l'inconsciente paraphrase faite par Janet de l'affirmation d'Edith Cavell : « *Le patriotisme n'est pas suffisant* » qui l'avait emporté, plutôt que sa promesse faite à la légère. Non, il ne suffisait pas d'être seulement « patriote », d'aimer patrie et compatriotes si l'on n'était pas capable de prendre des risques ou de faire des sacrifices pour eux. Et si cela s'appelait du chauvinisme, alors Shakespeare en était un membre fondateur et elle se trouvait en bonne compagnie.

Elle irait au Cachemire et s'installerait sur le bateau de Janet pour y chercher la note qu'elle y avait laissée. Elle n'avait aucune idée de ce qu'elle en ferait une fois qu'elle l'aurait trouvée. Elle aviserait à ce moment-là. En attendant, au moins, sa conscience cesserait de la troubler ou de la tourmenter en l'accusant de lâcheté. Elle enverrait un télégramme à Ceylan, puis demanderait aux Creed de l'emmener à Srinagar avec eux. Elle avait juste le temps de tout organiser.

Et c'était pour ces raisons qu'elle roulait à bonne allure sur la route sinueuse du Cachemire, vers la ville de Srinagar et le lac Dâl où Janet avait vécu sur un *house-boat* appelé *Waterwitch.*

# 9

Il était plus de 5 heures lorsque la voiture des Creed quitta les montagnes pour s'engager sur la longue route droite bordée de peupliers qui suit la vallée de Baramulla à Srinagar — ce curieux mélange d'Inde ancienne et moderne qui s'élève sur la rivière Jhelum, à l'abri d'une courbe des montagnes, et proche d'une série de beaux lacs.

Le soleil était bas dans le ciel et ses rayons déclinants paraient de rose et d'ambre les pics neigeux qui entourent la vallée. Ici, la rivière, qui avait traversé les étroites gorges en une sorte de furie, s'étalait et coulait tranquillement entre des rives verdoyantes bordées de saules et de chênes d'Inde.

De chaque côté de la route s'étendaient de longs champs de moutarde jaune, contrastant avec le vert émeraude des cultures céréalières et les taches d'iris tardifs pourpres et blancs. Dans les petits villages entourés de saules et de noyers, les maisons se serraient les unes contre les autres. Des troupeaux de moutons rentraient à pas lents sous la garde des bergers en longues tuniques brunes qui jouaient de la flûte de roseau, et le crépuscule s'égayait de chants d'oiseaux, tout en étant nuancé d'une impression de nostalgie, de rêves perdus et de parfums de printemps.

Il faisait noir lorsqu'ils atteignirent Srinagar, aussi Sarah passa-t-elle la nuit à bord du bateau des Creed ; mais dès le lendemain, sitôt après le petit déjeuner, elle partit dans un *shikara*[1] pour se mettre à la recherche du *Waterwitch.*

Ce *house-boat* ne fut pas difficile à trouver et l'agence qui s'occupait de la location accepta sans difficulté les explications de Sarah au vu du reçu. Un aimable jeune Cachemirien l'accompagna jusqu'à Chota Nagim, à quelques kilomètres au-delà de la ville même de Srinagar où le *Waterwitch* était ancré.

1. *Shikara :* petits bateaux à fond plat ombragés d'une toile de couleur gaie qui sont les taxis aquatiques ou les gondoles de cette Venise de l'Orient.

A l'avance, cette visite au lieu où Janet avait vécu ne l'attirait guère, mais ce premier trajet jusqu'à Nagim l'enchanta.

Une fois sorti de la ville, le *shikara* glissa sur de frais canaux bordés de saules où le soleil faisait des taches ; il passa devant de vieilles maisons de bois montées sur pilotis qui rappelaient curieusement Hansel et Gretel. Il traversa des villages dont les murs émergeaient de l'eau, et les balcons sculptés et ornés surplombaient les bateaux qui passaient. Ces villages dont la rue principale était le canal.

Tandis que les rames en forme de cœurs se levaient et descendaient en mesure, le bateau glissait sous de très vieux ponts et près de temples dont on découvrait, en les regardant mieux, qu'ils étaient recouverts non d'argent, mais de morceaux de bidons de kérosène. Des martins-pêcheurs bleus et brillants se précipitaient en flamboyant au-dessus des parties droites et calmes du cours d'eau, et d'innombrables rossignols gazouillaient dans les saules. Ils atteignirent enfin un bras de rivière calme, donnant sur une étendue découverte du lac, où un petit *house-boat* était ancré dans un coin de verdure, et abrité par les branches d'un gigantesque chêne d'Inde.

C'était une embarcation en bon état qui, selon le guide de Sarah, contenait une pièce de séjour et une petite salle à manger communiquant avec un office d'où partait un escalier de bois menant au toit. L'avant du toit était plat et supportait un auvent de toile rayée orange et blanc. Au-delà de l'office, deux chambres se commandant et agrémentées chacune par une minuscule salle de bains.

A la différence de la majorité des bateaux du lac, les flancs du *Waterwitch* étaient peints en blanc, alors que les bardeaux de bois couvrant la partie arrière pointue du toit l'étaient en vert, si bien que l'ensemble évoquait une Arche de Noé pour enfants. Sur le fond vert des saules, le *house-boat* se reflétant dans le lac clair était si gai et si agréable à regarder que Sarah se sentit soudain soulagée.

Elle n'aurait pu préciser au juste ce qu'elle imaginait, mais dans son subconscient elle pensait qu'une certaine obscurité, associée à un air de décrépitude et de mystère flotterait autour du bateau dans lequel Janet avait vécu et où elle avait consigné et caché son secret. Mais ce petit bateau avec ses rideaux récemment lavés n'avait rien de sinistre ni de mystérieux.

Tandis que le *shikara* accostait, une porte à glissière au centre du bateau s'ouvrit et le *mânji*[1] à barbe rouge sortit sur le caillebotis avec force sourires de bienvenue. Après une brève conversation avec l'employé de l'agence, il fit de grands saluts et se hâta de faire monter Sarah à bord.

Le *Waterwitch* était sensiblement meublé comme tous les autres *house-boats* du lac. Les cloisons de bois n'étaient ni teintées ni peintes, pas plus que ne l'étaient les plafonds bas composés d'un assemblage de petits morceaux de bois formant une mosaïque compliquée. Aux fenêtres, des rideaux de cotonnade à bon marché. Le living-room était surencombré de meubles : un canapé recouvert d'une peluche usée et fanée, et dont les ressorts avaient un urgent besoin d'être changés, trois fauteuils recouverts d'une cretonne fanée mais propre, un grand bureau, deux tables volantes en noyer sculpté d'une manière compliquée, et plusieurs autres petites tables en cuivre ou en papier mâché, et enfin une lampe banale d'un style affreux.

Un étroit rayonnage courait tout autour de la pièce à la hauteur du haut des fenêtres et était garni au maximum de livres poussiéreux et écornés, et de vieux magazines. Sarah resta bouche bée devant ce misérable étalage de littérature.

S'il y avait un endroit où chercher, c'était bien là, pensa-t-elle, et le cœur lui manqua à l'idée de feuilleter ces milliers de pages moisies. Elle avait espéré que ses recherches dans la petite embarcation seraient l'affaire de quelques heures, mais elle n'avait pas prévu comme cachettes possibles plusieurs centaines de livres et de revues. Des jours, et non pas des heures, seraient nécessaires pour mener à bien une fouille minutieuse à travers ces rayonnages bondés.

« Très jolie pièce, dit le *mânji* en faisant l'article sur les merveilles de son bateau. Bons sièges tout lavés, comme neufs. Beaucoup de beaux livres. Depuis longtemps beaucoup de *sahibs* ont laissé des livres sur mon bateau. Voici la salle à manger, regardez, Miss *sahib,* très belle salle à manger. »

Il n'y avait pas de porte entre le séjour et la salle à manger, mais un rideau de perles à l'ancienne mode, et le *mânji* écarta des rangées de perles colorées et bruyantes pour laisser passer Sarah dans l'autre pièce.

1. *Mânji :* propriétaire d'un bateau. *(N.d.A.)*

Elle était bien mieux ! La salle à manger paraissait contenir seulement un minimum de meubles et de cachettes éventuelles, ce qui après le fouillis du séjour était un soulagement. La table était une œuvre d'art en noyer poli, de forme ovale, avec une frise de très belles feuilles de chêne d'Inde sculptées. Non sans satisfaction, Sarah caressa de la main la surface brillante en passant, tandis que le *mânji* la conduisait avec un commentaire dithyrambique jusqu'au petit office dont la moitié était occupée par le court escalier de bois qui débouchait sur le toit par une sorte de trappe.

Au-delà de l'office, une chambre, une petite salle de bains, une seconde chambre et une autre salle de bains. Le petit bateau était propre et net. Balayé, décoré et sans âme. Un petit bateau placide et sans personnalité qui ne donnait aucune clé, aucune indication sur le secret qu'il cachait. Des taches de soleil se reflétant sur l'eau dansaient une sarabande sur les plafonds ; les parquets inégaux craquaient fortement et joyeusement sous les pas de Sarah, et le petit *house-boat* se balançait doucement, faisant éclabousser l'eau sur ses côtés.

Il ne semblait rien y avoir de Janet ici. Janet appartenait aux cieux gris, aux champs de neige blancs et aux noires forêts hivernales de Gulmarg, et non pas aux gaies couleurs vertes, or et bleues du mois de mai sur le lac Dâl.

Une heure et demie plus tard, Sarah était revenue à Garibal et déjeunait avec Fudge et Hugo. Elle avait tout organisé avec l'employé de l'agence et donné les ordres nécessaires pour que le *Waterwitch* reste à son mouillage actuel. Elle avait aussi provisoirement loué le *ghat*[1] voisin pour le compte des Creed : « Cela ne vous ennuiera pas d'amarrer là votre bateau plutôt qu'à Nagim, Fudge ? C'est vraiment juste à côté et cela m'a paru si abrité et si calme. Nagim est tellement encombré de bateaux.

— *Ennuyer ?* Mais rien que pour cela je vous coucherais sur mon testament, ma chère enfant, dit chaleureusement Hugo. Fudge a des idées très étroites sur la question : simplement parce qu'il y a quelque quatre-vingt-dix ans, lors de notre première visite à cet endroit sain pour notre voyage de noces, nous avons amarré notre bateau à Nagim, elle ne peut imaginer un autre

1. *Ghat :* mouillage. *(N.d.T.)*

point de chute. Sans compter que ce lieu, autrefois paradis à l'écart des foules, est sans cesse transformé par la construction d'horreurs en bois et pierre sous forme de clubs, de cafés, de pensions et tout ce que vous voudrez. En outre, il est tellement encombré de *house-boats* que votre voisin de gauche n'ignore jamais ce que fait votre voisin de droite. Non, moi, je serais ravi de m'amarrer ailleurs. Tout d'abord, je n'aime pas flotter sur les égouts et puis...

— Cela suffit, interrompit rapidement Fudge. C'est une bonne idée, Sarah. Nous ferons transporter notre bateau sitôt après le déjeuner. »

Ils passèrent l'après-midi sur le toit du grand *house-boat* des Creed, tandis qu'une équipe de costauds cachemiriens le remorquaient en suivant le même chemin que Sarah le matin. Et le soir, ils arrivèrent à leur nouveau mouillage.

Le *Waterwitch* était relié au câble principal de la route de Nagim grâce à de longs fils électriques. Toutes les lumières étaient allumées, si bien que les fenêtres brillaient gaiement dans le crépuscule, et Fudge, qui avait essayé de convaincre Sarah de rester sur le *Sunflower,* fut soulagée à la vue du joyeux petit bateau : « Cela ne se présente pas trop mal, admit-elle. Comment l'avez-vous trouvé ?

— Oh ! en regardant un peu partout, dit Sarah d'un ton vague. Ne vous tourmentez pas, Fudge chérie, je serai tout à fait en sécurité avec Lager sur le bateau. Et puis le vôtre est si proche que je n'aurai qu'à crier si je me sens nerveuse. »

Le *house-boat* des Creed avait été amarré en face du petit *Waterwitch,* à environ trente mètres en aval, si bien que le bateau-cuisine, où logeaient leur *mânji* et sa famille, ainsi que Ayaz le domestique des Creed, se trouvait en arrière et hors de vue. En général, le *mânji* de chaque bateau cumulait les emplois de cuisinier, de maître d'hôtel et de valet de chambre avec celui de propriétaire. Mais ce soir-là, Sarah refusa les services culinaires de son propre factotum et dîna à bord du *Sunflower* avec les Creed.

Ils étaient à peine au milieu de leur repas lorsqu'un *shikara* vint accoster le *Sunflower* dans l'obscurité et une voix héla le bateau-cuisine en cachemirien. Quelques minutes plus tard, Ayaz apparut avec une enveloppe sur un petit plateau de cuivre. Elle contenait une invitation à un cocktail à la résidence pour le lendemain soir, auquel étaient conviés le commandant et Mrs Creed, ainsi que Miss Parrish.

« Ils n'ont pas perdu de temps », commenta Sarah tandis que Fudge griffonnait une réponse d'acceptation et la tendait à Ayaz. « Comment ont-ils su que nous étions ici ? Par Helen, je suppose.

— Je ne le pense pas, dit Fudge. Hugo et moi nous nous sommes inscrits sur le livre de la résidence ce matin et y avons ajouté votre nom pour faire bonne mesure. Nous prenions notre café au Club où nous avons rencontré le nouvel A.P., une de vos connaissances d'autrefois.

— Pardonnez l'ignorance d'une nouvelle arrivante, mais qu'est exactement un A.P. ?

— Assistant personnel, traduisit Hugo tout en se servant de crème. C'est un pauvre malheureux dont le travail consiste à envoyer des invitations pour les thés et les pots de la résidence. Je crois que ses fonctions comprennent aussi des tâches aussi pénibles que traduire en français les menus du *khansamah,* fleurir la table de rhododendrons, faire les commissions de la résidente et lui souffler les noms de ses invités lorsqu'elle se trompe. Pour l'instant, cette sinécure a été attribuée à une demoiselle qui répond au nom de Forbes.

— Forbes ? Parleriez-vous de Meril ?

— Elle-même, et non pas Hélène de Troie comme vous serez la première à le reconnaître. Mais sans aucun doute débordante d'efficacité.

— Je ne l'aurais franchement pas crue capable d'efficacité. Cependant, c'était une assez bonne skieuse.

— Vraiment ? Je n'ai jamais remarqué aucune de ses performances. Probablement à cause de ses lunettes. Je dois reconnaître que j'ai pitié de cette fille.

— Pourquoi ? Parce que, d'après le dicton " les filles qui portent des lunettes ne sont jamais courtisées " ?

— Pour cette raison, bien sûr. Mais elle est aussi handicapée par une tante très riche et très autoritaire.

— J'ai entendu des rumeurs à ce propos, admit Sarah qui se souvenait des virulentes remarques de Janet sur la tante de Meril. Qu'a-t-elle de particulier ?

— Vous la rencontrerez certainement à la grande soirée de demain, dit Hugo, et vous jugerez par vous-même. Quant à moi, elle me fascine et je ne peux m'empêcher de regretter qu'à sa mort il ne sera pas question de l'empailler pour la mettre dans un musée.

— Et l'on dit que les femmes sont vaches, commenta Fudge en prenant une banane sur le compotier. En fait de vacheries, les hommes sont imbattables.

— Ridicule ! Je ne dis que la pure vérité. Lady Candera est la peste faite femme. Son œil percerait des trous à travers une armure, et sa langue dépècerait un éléphant. Croyez-moi, elle est formidable ! Des hommes forts blêmissent de terreur devant elle et les femmes gagnent les abris.

— Est-elle vraiment aussi terrible que le prétend Hugo ?

— Presque, oui », admit Fudge qui trempait pensivement sa banane dans le sucrier en ignorant l'évidente critique de son geste faite par Hugo. « Je suis moi-même épouvantée par elle, et je fais tout mon possible pour l'éviter.

— Faux jeton ! observa Hugo en enlevant le sucrier.

— Faux jeton toi-même. Tu es terrifié par elle. Elle se vante de dire ce qu'elle pense de la manière la plus mal polie possible. Et c'est assez énervant pour tout le monde.

— Parlez-moi d'elle, dit Sarah intéressée. Elle me paraît fort distrayante.

— Elle l'est, à sa manière, admit Fudge en riant. J'ai souvent pensé que l'existence serait beaucoup plus terne sans des gens ayant un caractère aussi haut en couleur que le sien. Si tout le monde était d'un gentil ton rose comme la petite Hoply ou Mrs Richtie, comme nous nous ennuierions ! Personnellement, j'apprécie l'apport de taches rouges et pourpres. Cela ajoute du paprika au mélange, à défaut d'autre chose.

— Lady Candera, dit Hugo, appartient à une espèce qui est, ou était, assez commune de par le monde. Mais nous en cultivons une spéciale dans l'Empire indien. Hélas, l'année prochaine, il n'y aura plus d'Empire indien et cette espèce spéciale s'éteindra — comme les Johnnie, les Helen et leurs semblables. Elles n'iront pas repousser en Angleterre parce qu'elle ne pourra leur donner ce qu'elles veulent ; alors les Lady Candera iront empoisonner des lieux tels que Chypre ou Madère, tandis que les Johnnie et les Helen iront probablement s'enterrer au Kenya.

— Vous ne m'avez toujours pas dit grand-chose sur cette

Lady je-ne-sais-plus-quoi, se plaignit Sarah. A quoi ressemble-t-elle ?

— A rien qui existe sur terre », dit vivement Hugo.

Fudge lui lança un regard foudroyant : « Elle est grande et mince avec, comme a dit Hugo, un œil semblable à une vrille. Je crois qu'elle est à moitié française ou afghane, ou quelque chose de ce genre. On dit qu'au temps de sa jeunesse, elle était d'une grande beauté. Elle doit bien avoir dans les quatre-vingt-dix ans maintenant — ou tout au moins quatre-vingts bien tassés — et elle ressemble à un objet que l'on aurait trouvé dans les fouilles de Byzance. Son mari était quelque chose dans le Contrôle civil de l'Inde, à moins que ce ne soit aux Affaire politiques et étrangères. De toute manière, un personnage important dans un État indien. Mais il est mort et elle vit sur un énorme *house-boat* près de Gagribal avec Meril et une dame de compagnie falote appelée Pond[1].

— Nom qui lui va comme un gant, dit Hugo. Je n'ai jamais vu une femme d'aspect aussi moite et aussi malléable. Si la brise souffle, elle se ride. Quant au *house-boat* qu'elles habitent, il est facile à reconnaître à sa grande longue-vue installée sur le toit qui leur permet de garder en permanence les yeux sur les méfaits des imprudents. »

Fudge se mit à glousser : « Elles passaient beaucoup de temps à regarder par la longue-vue et il y a quelques années, Lady Candera a essayé de lancer une "ligue pour la pureté" à Srinagar. Elle disait que les manèges observés entre *house-boats* et *shikaras* circulant étaient franchement immoraux et devaient être arrêtés. Elle avait même entrepris le résident à ce sujet et il paraît avoir répondu qu'il envisagerait de prendre des mesures s'il pouvait, tout d'abord, observer les " manèges " à travers la longue-vue. Lady Candera ne lui a plus jamais parlé.

— Pauvre Meril ! dit Sarah, ce n'est pas étonnant qu'elle ait l'air si harcelé.

— Montons nous asseoir sur le toit, proposa Fudge en se levant. Il y a un beau clair de lune.

— Je crois que je vais aller me coucher, si cela ne vous

1. Pond : étang. (*N.d.T.*)

contrarie pas, Fudge. La journée a été longue et j'ai sommeil.

— Voilà qui est raisonnable, dit Hugo en bâillant. Nous allons vous accompagner jusqu'à votre yacht. »

Ils escortèrent Sarah le long de la passerelle, puis à travers les quelques mètres d'herbe qui séparaient les deux péniches, tandis que Lager folâtrait et aboyait au clair de lune en pourchassant des chats imaginaires dans l'ombre.

« Êtes-vous sûre que tout ira bien ? demanda Fudge d'une voix anxieuse. Criez si vous avez besoin de quelque chose.

— Tout à fait sûre. Oui, j'appellerai. Bonsoir, Fudge. Bonsoir, Hugo. Viens, Lager, sale bête ! »

Sarah se tourna et gravit sa propre passerelle ; le petit *Waterwitch* se mit à se balancer et à craquer sous ses pas. Au moins, pensa-t-elle, il serait impossible à quiconque de monter à bord sans qu'on le sache immédiatement, puisque le pas le plus léger peut être entendu et perçu sur un *house-boat.* Le plancher craquait et le bateau vibrait à chaque mouvement fait par les occupants.

Elle ferma à clé les portes coulissantes et éteignit, au fur et à mesure de son passage, les lumières du séjour, de la salle à manger et de l'office. Une fois arrivée dans sa chambre, elle se déshabilla et se coucha, se forçant à ne pas regarder par-dessus son épaule et à ne pas bondir à chaque bruit entendu.

Lager sauta au pied de son lit et se roula en boule. Sarah éteignit et resta un moment à fixer l'obscurité jusqu'à ce que, prise d'une impulsion soudaine, elle tendit la main pour tirer le rideau de la fenêtre proche d'elle.

Les châssis vitrés avaient été repoussés dans l'épaisseur du mur ; à leur place un grand cadre de toile métallique protégeait la pièce des insectes, et permettait de voir le lac éclairé par la lune et les montagnes, dans l'ombre au-delà.

Gulmarg se trouvait quelque part là-haut, cuvette invisible au pied des hauteurs blanches de Khilanmarg et de la longue crête de l'Apharwat.

La lune devait éclairer le petit refuge, comme elle le faisait la nuit où elle parlait avec Janet dans la neige. Elle devait briller, froide et claire sur la véranda de l'hôtel silencieux, ainsi qu'au cours de cette nuit où Sarah avait vu des empreintes sur une mince couche de flocons ; et sa lumière devait pénétrer dans le jardin d'une maison déserte proche du Gap où le vent faisait balancer de-ci, de-là, un portail sur des gonds cassés...

Sarah frissonna et, fermant les rideaux pour se protéger de la clarté de la lune, elle s'endormit d'un sommeil tourmenté.

# 10

Un soleil de fin d'après-midi brillait sur les pelouses bien tondues et les hauts chênes d'Inde du jardin de la résidence où les pivoines, les roses et les campanules foisonnaient dans les plates-bandes, tandis que des bouffées de parfums venant des potagers rappelaient que les pois de senteur fleurissaient déjà.

En temps ordinaire, on recevait beaucoup à la résidence britannique au cours de la saison. Mais cette année n'était pas une année ordinaire. Elle marquait la fin d'une époque — la fin d'une ère — et la réception s'en ressentait. Un soupçon d'inquiétude, un adieu aux objets familiers. Au cours de l'année prochaine, il n'y aurait plus de temps pour des réunions de ce genre. Seulement pour les bagages et les au revoir. Alors, mangeons, buvons et soyons gais, car demain nous éparpillera comme des plumes au vent et les endroits familiers ne nous connaîtront plus...

Leur hôtesse accueillit Sarah et les Creed dans le hall obscur de la résidence et les conduisit jusqu'au vaste salon vert et blanc empli de fleurs et d'invités.

« Bonjour, Meril ! dit Sarah en se tournant vers quelqu'un qui passait rapidement.

— Oh ! c'est vous, Sarah ! J'ai appris que vous étiez arrivée avec les Creed. Je croyais que vous ne deviez pas revenir au Cachemire.

— En effet, je ne le devais pas, mais il m'a semblé dommage de manquer ce qui pouvait être ma dernière chance de connaître cet endroit. J'ai agi sous le coup d'une impulsion.

— Eh bien, j'espère que vous aimerez le pays. Ce ne sera pas très gai cette année avec tous ceux qui songent à partir. Je pense cependant que Nagim vous plaira. Les bains y sont très agréables.

— Qu'est-ce qui est très agréable ? demanda derrière elles une voix devenue trop familière. Pour ma part, j'en suis encore à chercher quelque chose d'agréable par ici.

— Oh ! Bonjour, Mrs Warrender. Puis-je vous présenter Miss Parrish ? Mais, c'est vrai, comme je suis stupide, vous vous connaissez déjà. Vous étiez bien toutes deux à la rencontre du Ski Club ?

— Oui, Sarah et moi, nous nous connaissons fort bien. Dites-moi, comment va Charles ? Et que pensez-vous de Srinagar ? Absolument mortel, bien sûr. Sans vie. Gulmarg est le seul endroit convenable du Cachemire, mais même cela est terminé. De toute manière, cela devenait d'un provincial ! Tiens, voici George McKay. Salut, George, je vous croyais à Sialkot ?

— J'y étais jusqu'à hier. Maintenant je suis en permission d'embarquement. » Le commandant McKay serra la main de Meril et s'inclina devant Sarah. C'était un homme de taille moyenne, solidement bâti, approchant la quarantaine. Son visage agréable, mais sans humour, et son air compassé le faisaient paraître plus vieux que son âge.

« Oui, je suis vraiment sur le départ, dit-il en réponse à une question. J'ai voulu voir une dernière fois le Cachemire. Il y a plus de monde ici que je ne le pensais. Faisant tous la même chose que moi, je suppose : leurs adieux.

— J'espère pour vous que Srinagar vous laissera un meilleur souvenir que Gulmarg, dit Helen en riant. Toutes ces autopsies n'ont guère été des vacances pour vous ; et j'ai entendu dire que notre laborieux secrétaire, Reggie, n'était pas d'accord avec vous sur l'une d'entre elles. Est-ce exact ?

— Je ne sais pas de quoi vous parlez, dit le commandant McKay d'un ton sec. Il s'agit d'un sujet dont je ne veux pas discuter.

— Seigneur ! Aurais-je fait une gaffe ? Comme je suis stupide. Où êtes-vous descendu ?

— Au Nagim Bagh Club pour l'instant, mais j'espère aller pêcher plus tard. Votre mari est-il ici ?

— Oui, Johnnie est quelque part dans le coin. Ciel ! Voici cette Candera ! Pourquoi Gwen l'a-t-elle invitée, je me le demande. Oh ! Excusez-moi, Meril, j'oubliais qu'il s'agit de votre tante ! »

Meril sourit d'un air triste et regarda par-dessus son épaule la nouvelle arrivante, une expression traquée sur le visage. Une grande femme âgée, en tweed classique, se tenait sur le seuil et examinait l'assemblée à travers un face-à-main orné de bijoux.

Non, non pas âgée, corrigea Sarah *in petto,* vieille. Mais son âge n'empêchait pas un maintien très droit, digne de l'époque victorienne.

« Si elle vient par ici, je m'en vais », dit Helen qui s'éclipsa rapidement.

Meril donna l'impression qu'elle allait suivre son exemple, mais une voix dure et autoritaire l'arrêta : « Ah ! Meril, dit Lady Candera en fonçant sur Miss Forbes qui commençait à reculer. En train de potiner à ce que je vois ? J'avais compris que tes fonctions ici entraînaient certaines responsabilités. Visiblement, je me suis trompée. »

Meril rougit d'une manière pénible et se mit à piétiner comme un petit enfant : « Excusez-moi, tante Ena. Puis-je vous apporter quelque chose ?

— Oui, un cognac à l'eau. Tu sais que je déteste les cocktails.

— Oui, tante Ena. Bien sûr, tante Ena. » Meril partit presque en courant et Lady Candera tourna son face-à-main vers Sarah qu'elle inspecta de la tête aux pieds avec l'impolitesse particulière aux autocrates incontestés. Sarah demeura imperturbable et rendit à la vieille dame son regard scrutateur.

Il ne restait plus grand-chose de la beauté légendaire de Lady Candera. Peut-être un soupçon de cette beauté s'attardait-il dans le dessin de la mâchoire, des tempes et du nez aquilin. Son visage s'affaissait en innombrables rides jaunes et se marbrait bizarrement comme celui des vieilles Indiennes. Ses yeux d'un étrange gris paraissaient clairs à côté de son teint basané et étaient sûrement d'un ton plus pâle que ses cheveux gris fer. Elle portait un magnifique rang de perles inégales, et ses doigts noueux étaient surchargés de diamants et d'émeraudes dont les montures démodées laissaient à désirer du point de vue de la propreté.

L'aspect de Sarah, ou peut-être son regard calme, sembla l'intéresser et, levant son face-à-main, elle demanda au commandant McKay d'un ton autoritaire : « Commandant, qui est cette fille ? Elle est nouvelle ici. Elle ne ressemble pas au lot de seconde qualité dont nous héritons à cette époque de l'année. Ou bien en est-elle ? »

A la fois gêné et désapprobateur, le commandant McKay dit d'un ton sec : « Lady Candera, je vous présente Miss Parrish. Miss Parrish...

— De Londres et du Hampshire, s'interposa Hugo d'une voix douce en arrivant, un verre à la main. Comment allez-vous, Lady Candera ? Bonjour, toubib, cela fait plaisir de vous revoir parmi nous.

— Est-ce une touriste ? demanda Lady Candera en émettant un bruit qui, chez une personne moins majestueuse, aurait été appelé un reniflement.

— Je vous en prie ! Je vous en prie ! s'exclama Hugo d'une voix mécontente : disons " un oiseau de passage " — et quel oiseau ! Pour moi, un bel oiseau doré.

— Ah ! dit Lady Candera prenant à nouveau son face-à-main. Très intéressant. » Elle fit un bref signe de tête à Sarah, se tourna brusquement et s'en alla.

« Hugo, c'était indigne de votre part ! dit Sarah en essayant de prendre un air sévère et ne réussissant qu'à éclater de rire.

— Pourquoi ? Je suis un vaillant soldat et je crois qu'il faut s'exercer.

— A quoi vous exerciez-vous dans ce cas précis ? demanda McKay.

— A contre-attaquer. Voulez-vous une saucisse ? » Il s'empara d'un plat de petites saucisses de cocktails piquées d'un bâtonnet et d'un verre de sherry pour Sarah. « Le sherry est bien meilleur que cette horrible mixture que l'on nous sert ici, dit Hugo. Je vous le conseille. A votre santé ! Au fait, McKay, peut-être pourriez-vous... » Il s'arrêta : le commandant n'était plus avec eux. « Bizarre, commenta Hugo. Il était là il y a un instant.

— Tiens, Sarah ! » Un homme vêtu de tweed se frayait un chemin dans leur direction : Reggie Craddock que Sarah avait vu pour la dernière fois à Tanmarg, lorsqu'il surveillait le départ des membres du Ski Club.

« Oh !... Bonjour Hugo. Je ne vous avais pas vu... » Reggie ne paraissait guère enchanté. « Vous êtes à nouveau ici ?

— Que voulez-vous dire par *à nouveau ?* Je suis pratiquement de fondation ici. En fait, on songe à me donner le statut de monument classé. Qu'est-ce qui vous amène ici, Reggie ?

— Dernière permission au Cachemire. Je dois retourner bientôt en Angleterre. Nous vendons, vous savez. Près de soixante-quinze ans et trois générations dans ce pays et maintenant... enfin... Vous connaissez le Nawabzada, je crois ? »

Il prit par le bras un homme mince vêtu de flanelle et l'attira hors de la foule.

« Oui, bien sûr, dit Sarah en souriant. Nous avons skié ensemble. » Elle tendit la main à Mir Khan qui s'inclina avec grâce.

« Je suis heureux de vous revoir, Miss Parrish. Je ne skie pas pour l'instant : il n'y a plus de neige. Je joue au tennis et au golf à la place. Y jouez-vous ?

— Un peu.

— Ne la croyez pas, mon vieux ! Elle est très forte dans les deux et ce n'est pas drôle pour les autres. »

Sarah rit et, apercevant Johnnie Warrender au milieu de la foule, demanda à Mir Khan si le polo faisait partie des sports qu'il pratiquait.

Mir Khan haussa les épaules : « Quand j'en ai l'occasion. Mais le polo se meurt en Inde, même parmi les princes. »

Reggie demanda : « Ne travaillez-vous jamais, espèce de ploutocrate oisif ?

— Jamais si je peux l'éviter, admit Mir avec une grimace désarmante. Peut-être un de ces jours le travail m'attrapera-t-il, mais pour l'instant je cours très vite et reste hors d'atteinte. Je suis ce que les Américains appellent un play-boy.

— Et très gentil aussi, soupira Hugo en acceptant un nouveau verre offert par un *khidmatgar* qui passait. Je voudrais pouvoir suivre votre admirable exemple.

— Comment trouvez-vous Srinagar ? demanda Mir Khan en se tournant vers Sarah.

— Vous savez, nous sommes arrivés seulement avant-hier mais j'aime ce que j'ai vu jusqu'ici. » La conversation roula sur la vallée et les différents endroits que Sarah devait visiter, puis Hugo dit : « Au fait, Reggie, il y a un autre membre de votre troupeau de skieurs ici ce soir. McKay.

— Oh ! » dit brièvement Reggie Craddock. Son visage avenant perdit soudain son expression et se fit renfermé. Le silence gênant qui suivit fut rompu par leur hôtesse. Elle se précipita sur Mir Khan et l'enleva pour le présenter à un Français qui écrivait des récits de voyage et connaissait son père, tandis que Hugo dut aller s'occuper d'une certaine Mrs Willoughby.

Sarah resta en tête à tête avec Reggie Craddock qui commença à parler ski ; mais elle l'écoutait d'une oreille distraite, car elle préférait regarder tout autour de la pièce bondée afin de voir combien de visages elle y reconnaissait. C'était sûrement l'un des jumeaux Coply qui parlait près du piano avec une jolie blonde. Il tourna la tête. C'était Alec. Ou bien Bonzo ? Elle ne pouvait jamais les différencier, à moins qu'ils ne soient ensemble.

Reggie Craddock continuait son monologue. Mais maintenant, il parlait de Janet Rushton et le nom tira Sarah de sa distraction... « Quel dommage cette histoire de Janet, dit Reggie. C'était vraiment une fille bien et l'une des meilleures skieuses que j'aie jamais vues. De la classe Kandahar. Pourquoi les femmes se dérobent-elles toujours aux ordres clairs et rationnels, je voudrais bien être pendu si je le savais. On ne croirait pas que j'avais expressément défendu d'emprunter la Piste Bleue, raisons à l'appui. Bon sang, on aurait pu penser qu'un accident mortel serait suffisant pour que la peur les écarte de la piste, à défaut d'ordre exprès. Je n'ai jamais été aussi troublé de ma vie. Et puis, cela donne un mauvais renom au Club. Cette affaire m'intrigue aussi. Janet n'était pas une folle. Pas du tout le genre à faire une telle idiotie. A vrai dire, Sarah (Reggie baissa la voix et prit un ton confidentiel), je n'ai jamais été complètement d'accord sur cette histoire de Janet. »

Il s'arrêta et regarda fixement Sarah, comme s'il s'était attendu à surprendre une petite lueur d'acquiescement. Dans son visage basané en forme de casse-noisettes, ses yeux très brillants étaient curieux comme ceux d'un oiseau.

Sarah se sentit rougir sous l'intensité de ce regard, et en fut furieuse contre elle-même ; c'était une réaction qu'elle n'était jamais arrivée à surmonter et qu'elle considérait comme digne d'une petite pensionnaire de l'époque victorienne. Pour cacher sa rougeur, elle parla vite et peut-être avec un soupçon d'emphase :

« Quelles sottises, Reggie ! Je ne vous aurais jamais cru capable d'être le jouet de votre imagination.

— En quoi suis-je le jouet de mon imagination ? » Reggie Craddock baissa les yeux et se mit à examiner le contenu de son verre avec un intérêt exagéré. Mais Sarah ne répondit pas, et au bout d'un certain temps, il dit en prenant visiblement la tangente : « Vous connaissiez bien Janet ? »

Ce n'était pas une question, mais une déclaration de fait, et un soupçon traversa l'esprit de Sarah : il disait cela d'un air désinvolte — trop désinvolte — dans quel but ? Devenait-elle elle-même le jouet de son imagination ? Pourquoi imaginerait-elle soudain que justement Reggie Craddock lui tendrait un piège ? Que cet homme serait sournoisement à l'affût d'une déclaration faite par inadvertance ?

Les yeux de Reggie étaient à nouveau fixés sur elle, brillants et semblables à ceux d'un oiseau. Non, pas un oiseau, pensa Sarah. Les yeux d'un oiseau sont brillants, doux et inquisiteurs. Les yeux de Reggie étaient brillants et inquisiteurs, mais durs aussi. Durs comme de l'acier, et quelque part au fond, luisait quelque chose de circonspect et d'avisé.

Sa question sembla flotter dans l'air, et elle comprit qu'elle devait y répondre d'une manière aussi désinvolte qu'elle avait été posée.

« Non, dit Sarah, consciente d'avoir la gorge bizarrement serrée. Je ne peux pas dire que je la connaissais bien. Je lui parlais, bien sûr. Mais je parlais avec la plupart des skieurs à la rencontre du Club.

— Sa chambre était contiguë à la vôtre à Gulmarg, si je ne me trompe ? » Une fois de plus, Reggie se concentrait sur son verre, le tournant si doucement que la lumière se déplaçait sur l'olive, au fond.

« Oui, mais je ne la fréquentais guère. Nous n'étions pas des skieuses de la même classe.

— Je vois », dit lentement Reggie Craddock. D'un bâtonnet il piqua l'olive de son verre. « Je pensais que vous la connaissiez bien puisque vous avez repris son bateau. »

Son regard se leva brusquement pour fixer le visage de Sarah. Elle sentit quelque chose bondir et papilloter au fond d'elle-même, et sa bouche devint soudain sèche. Elle leva son verre d'une main qu'elle fut surprise de trouver ferme, et sirota son sherry avant de répondre.

« Vraiment ? » dit Sarah avec un sang-froid qu'elle était loin d'éprouver. Son ton était doucement interrogateur, et ses sourcils légèrement levés essayèrent de suggérer un étonnement poli face à cette question personnelle.

Reggie Craddock rougit désagréablement et détourna son regard. Il dit très vite : « Je connaissais assez bien Janet. Elle était ici l'année dernière lorsque j'étais en permission. Nous sommes allés à une ou deux réceptions ensemble ; et évidemment, nous aimions tous deux le ski. »

Il s'arrêta pour manger l'olive, puis d'un air absent enfonça le bâtonnet dans un bouquet de pensées posé sur le piano à côté de lui. « Elle avait un rudement joli bateau, continua plus lentement Reggie. Je me souviens que, l'année dernière, elle m'avait dit l'avoir loué pour cette année également parce que la location comprenait l'un des meilleurs mouillages du lac, et que ceux-ci sont difficiles à trouver. Quand je suis venu ici cette année, je pensais le reprendre, mais l'homme de l'agence était absent lorsque j'y suis allé. Quand j'y suis retourné, pas plus tard que cet après-midi, on m'a dit que vous l'aviez pris. »

Sarah ne répondit pas et continua à siroter son sherry.

Reggie s'éclaircit la gorge et se mit à tripoter le pied de son verre. « Je suppose que vous ne voudriez pas me le sous-louer ? Je ne vous l'aurais pas demandé si... je sais que cela va vous paraître stupide, mais j'ai une envie terrible de reprendre ce petit bateau. Pour des raisons sentimentales, tout ce genre de balivernes, vous savez bien. Et c'était ma dernière chance, il me semble. Naturellement, je vous en procurerai un autre tout aussi bien et vous pourriez garder le même *ghat.* Je ne pense pas que cela change quelque chose pour vous, le bateau sur lequel vous habitez, du moment qu'il est correct et proche des Creed. A vrai dire, j'ai été un peu estomaqué lorsque j'ai appris que vous m'aviez devancé pour celui de Janet. Eh bien... que pensez-vous de ma proposition ? »

Sarah regarda pensivement Reggie Craddock par-dessus son verre. Un assortiment de théories absolument incroyables se mit à tournoyer dans son esprit comme un manège dans une foire.

Reggie connaissait bien Janet. Il avait pris la peine de découvrir, ou de se souvenir, que Janet avait occupé la chambre contiguë à celle de Sarah à l'hôtel de Gulmarg. Reggie avait essayé de louer le *Waterwitch* et, n'y ayant pas réussi, tentait de la persuader de le lui céder. Il était exact qu'il avait formellement interdit d'emprunter la Piste Bleue, mais n'était-ce pas là une feinte ?

En outre, il convenait de noter deux autres détails : Reggie Craddock se trouvait au refuge de Khilanmarg, et c'était cette année le seul skieur autorisé à porter le petit *K* en or sur champ d'émail bleu constituant le badge du Kandahar Ski Club.

Tout ceci et bien d'autres choses encore tournaient et se bousculaient dans la tête de Sarah, mélangés à un sentiment d'incrédulité. C'était absolument fantastique et elle laissait ses soupçons la submerger. Ridicule, absurde, impossible d'imaginer un seul instant qu'un homme tel que Reggie Craddock... Et pourtant Janet Rushton était morte, et c'était tout autant absurde et impossible. Et soudain, les phrases de Janet lui revinrent en mémoire : « Si quelqu'un vous avait dit, il y a quelques heures, que je suis un agent du Service secret, l'auriez-vous cru ?... Bien sûr que non, parce que je ne corresponds pas à votre idée d'un agent du Service secret. »

« Alors ? » demanda Reggie Craddock.

Sarah se reprit, non sans effort :

« Je suis navrée de vous décevoir, Reggie, mais je préfère ne pas vous céder le bateau. Je m'en suis entichée et une fois que je suis installée quelque part, j'ai horreur de changer. » Son ton était léger et amical, mais tout à fait définitif.

Une vilaine expression passa sur le visage de Reggie, mais il réussit à répondre avec une certaine indifférence : « Oh ! cela ne fait rien. Je pensais que cela valait la peine de vous le demander. Mais, bien sûr, comme vous étiez une amie de Janet... »

Sarah le coupa d'un ton sec et avec une certaine âpreté : « Je vous ai déjà dit que je connaissais à peine cette fille. »

Reggie finit son verre et le posa sur le piano en le faisant cliqueter : « Je crois que j'ai oublié de mentionner ceci : lorsque à l'agence on m'a dit que vous aviez pris le *Waterwitch,* on m'a signalé que vous déteniez le reçu de Janet Rushton pour le loyer du bateau, reçu sans lequel vous n'auriez pu vous y installer. »

Un bref silence suivit. Puis Sarah demanda :

« Quel mois étiez-vous en permission ici l'année dernière, Reggie ?

— Août. Pourquoi ? Qu'est-ce que cela a à voir avec la question ?

— Simplement cela m'intéressait d'apprendre que Janet vous avait dit en août dernier avoir payé d'avance le *Waterwitch* pour cette année. »

Reggie fronça les sourcils d'un air renfrogné : « Je ne vois pas... commença-t-il.

— Ce reçu est daté du 3 décembre », dit Sarah d'une voix douce.

Dans la foule des invités, quelqu'un recula et cogna involontairement le coude de Sarah ; la fin de son sherry se répandit sur sa robe de toile grise en un petit filet de couleur ambre. Une voix essoufflée commença à bafouiller des excuses incohérentes : « Oh ! Mon Dieu ! Oh ! Mon Dieu ! Je suis désolée. Comme je suis maladroite ! »

Prise d'un immense soulagement, Sarah se retourna et vit une petite femme à l'air inquiet qui s'efforçait de tirer un mouchoir d'un grand sac bourré jusqu'en haut. Lorsqu'elle y réussit, elle se mit à en tapoter la robe tachée. A tout autre moment, le moins que l'on puisse dire est que cet incident aurait été ennuyeux. Dans les circonstances actuelles, Sarah aurait volontiers embrassé la maladroite, car sans son intervention opportune elle se serait empêtrée dans une explication impossible, sa riposte à Reggie Craddock étant une arme à double tranchant.

Si, comme elle avait insisté, elle avait à peine parlé avec Janet Rushton, comment se faisait-il que son reçu pour le *Waterwitch* eût été en la possession de Sarah ?

En se tournant pour rassurer celle qui l'avait sauvée, Sarah s'aperçut qu'une grande femme à l'air jovial, en robe de crêpe de Chine puce, s'était précipitée sur Reggie Craddock et l'emmenait tout en lui parlant avec volubilité. Sarah poussa alors un soupir de soulagement. Il lui *fallait* absolument apprendre à maîtriser son humeur et sa langue. Cela avait été stupide et imprudent d'admettre qu'elle avait ce reçu simplement pour river son clou à Reggie Craddock ; et elle n'était pas du tout sûre qu'en agissant ainsi elle n'avait pas permis à Reggie Craddock de lui river le sien.

« Jamais je ne m'excuserai assez, disait la petite femme d'un air malheureux. Pure maladresse de ma part. Votre jolie robe ! Mais ces réceptions sont de vraies tueries ! » D'une main agitée, elle tâtonna à la recherche d'un lorgnon sans monture, au bout d'une mince chaîne d'or, qui venait de tomber de son nez minuscule.

« Je vous en prie, ne vous dérangez pas, dit vivement Sarah avec son plus charmant sourire. A vrai dire, je vous suis extrêmement reconnaissante.

— Reconnaissante envers *moi ?* C'est une plaisanterie.

— Non, du tout, la rassura Sarah d'un air sérieux. C'est exact.

Je me trouvais en pleine conversation gênante, et en me heurtant ainsi, vous m'avez simplement sauvé la mise. Le sherry ne tache pas. Je frotterai avec une éponge lorsque je serai rentrée et cela ne marquera pas, je vous le promets.

— Que c'est gentil de me dire cela, dit la petite femme en s'agitant. J'en suis sûre : il est inexact que vous ne soyez pas contrariée, mais je suis un peu moins ennuyée de ma maladresse. Puis-je me présenter ? Je m'appelle Pond. Miss Pond.

— Oh ! dit Sarah intéressée. Je suis Sarah Parrish.

— Comment allez-vous ? dit Miss Pond d'un ton conventionnel.

— Très bien, merci. Allons nous asseoir sur ce canapé qui paraît tout à fait confortable. » Elle remorqua son interlocutrice jusqu'à un canapé recouvert de chintz d'où elles pouvaient voir le jardin et, une fois assise, examina avec intérêt la dame de compagnie de la fameuse Lady Candera.

*Pond-étang,* pensa Sarah. Hugo avait raison : le nom lui convenait parfaitement. Un petit coin d'eau envahi par les herbes, le lieu favori d'animaux domestiques un peu stupides tels que les canards et les têtards.

La petite femme assise à côté d'elle pouvait avoir entre trente et soixante ans. Son visage ressemblait à une série de boutons : un petit bouton plat pour le nez, un bouton ouvragé comme bouche et une paire de boutons de bottines marron à l'endroit des yeux. Son air anxieux ne la quittait pas. Elle était attifée d'un assemblage ahurissant de vêtements donnant l'impression d'avoir été enfilés à la hâte. Fascinée, Sarah s'aperçut qu'elle portait en outre de courtes bottes à boutons, une écharpe de batik en soie, des gants en tissu jaune moutarde et plusieurs rangs de perles.

D'une voix douce et essoufflée, elle parlait en une série de hoquets. Était-ce la première visite de Sarah au Cachemire et que pensait-elle de la chère vallée ? Où demeurait-elle ? Ne trouvait-elle pas le lac *trop* beau ?

Reconnaissante d'avoir échappé à Reggie Craddock, Sarah répondait comme il le fallait, tandis que, dehors, la lumière déclinait et que le jardin s'emplissait d'ombres, de l'odeur du réséda et des senteurs de la nuit.

Elles conversaient encore lorsque, un bon quart d'heure plus tard, une voix de stentor traversa le brouhaha du cocktail, tel un couteau au milieu d'un fromage : « Elinor ! » cria lady Candera.

Miss Pond bondit comme si elle venait d'être piquée par un frelon à un endroit sensible : « Oh ! Mon Dieu, je crains que ce ne soit pour moi… Oui, Ena, j'arrive. J'ai été ravie de faire votre connaissance, Miss Parrish. Je regrette beaucoup. Je veux dire à propos du sherry. Oui, Ena, oui… j'arrive. » Elle réunit gants, sac, mouchoir et écharpe éparpillés autour d'elle et détala hors de la pièce.

« De quoi riez-vous ainsi ? demanda Hugo en se laissant tomber sur la banquette proche de Sarah. Ce paillasson humain vous a-t-il amusée ? Quelle femme incroyable cette Pondy. Comment croyez-vous qu'elle y arrive ?

— Arrive à quoi ?

— A mettre ses vêtements. A mon avis, elle s'enduit de glu, puis rampe sous son lit et récolte tout le duvet qu'elle peut. »

Sarah éclata de rire : « Que vous êtes stupide, Hugo. Mais vous avez peut-être raison. »

Fudge traversa la pièce et vint s'appuyer au dossier du canapé : « De quoi riez-vous tous les deux ? Finis ton verre, Hugo, il est temps de partir. Sans cela, on va nous balayer avec les miettes. Sarah ! qu'avez-vous bien pu renverser sur votre robe ?

— Du sherry. Et croyez-moi, jamais de ma vie je n'ai été aussi reconnaissante à quelqu'un. Reggie est-il encore dans les parages ?

— Reggie Craddock ? Non. Je pense qu'il est parti il y a environ vingt minutes avec Mir.

— Merci mon Dieu, dit Sarah avec ferveur. Venez, Hugo. »

Ils firent leurs adieux à leurs hôtes et allèrent attendre dans le hall tandis qu'un *chaprassi* [1] cherchait leur voiture. Le crépuscule devenait nuit tombante et, au-delà des grilles de la résidence, les lumières du Club de Srinagar scintillaient à travers les arbres lorsque Sarah arriva sur les marches du perron. Fudge et Hugo s'étaient arrêtés pour parler avec un ami, et Sarah resta debout à regarder la tache de lumière brillante au sommet du temple Takht-i-Suliman, au-dessus des chênes d'Inde du jardin.

Émergeant de l'abri des buissons, une silhouette solitaire, visiblement l'un des invités qui venait de prendre congé, apparut

1. *Chaprassi :* domestique. *(N.d.A.)*

à l'extrémité de l'allée proche de la porte d'entrée. Celle-ci était très éclairée et lorsque cette personne la dépassa, Sarah remarqua qu'elle portait un blazer rayé ; elle se demanda, sans y prêter plus attention, ce que le commandant McKay faisait dans le jardin. Un peu plus tard, quelqu'un venant des tennis sortit rapidement de l'ombre et monta les marches en courant.

« Tiens, Meril, dit Sarah. Vous arrivez juste à temps pour nous reconduire. »

Meril s'arrêta et, d'une main mal assurée, écarta une boucle de son front. Elle demanda d'un ton inquiet : « Est-il tard ? Je ne pouvais plus supporter cette pièce étouffante, aussi suis-je allée dans le jardin. Le parfum des fleurs ressort tellement mieux la nuit. Je ne m'étais pas rendu compte qu'il était aussi tard. Les invités s'en vont-ils ?

— Je crois que la plupart sont partis. » Sarah regarda pardessus son épaule le hall éclairé. « Votre tante est encore là à dire ses vérités à Hugo, si j'en juge par son expression ! J'ai l'impression qu'il reste quand même du monde, aussi vous n'avez pas besoin de vous tourmenter : vous pourrez encore faire vos adieux à au moins une douzaine d'invités. »

Meril prit un air alarmé : « Oh ! Seigneur, je crois que je n'aurais pas dû sortir. » Elle repoussa sans succès sa mèche rebelle et demanda à brûle-pourpoint : « Pourquoi êtes-vous revenue au Cachemire ? »

Sarah leva les sourcils, plus étonnée par le ton que par la question elle-même et elle répondit en riant : « Nous sommes dans un pays libre ! » Meril rougit brusquement, si fort que ses taches de rousseur ne se voyaient plus. « Je... je ne voulais pas dire cela. Je me demandais seulement... » Sa voix se perdit tandis qu'elle se tournait pour regarder d'un air inquiet pardessus l'épaule de Sarah. Ses yeux se fixèrent sur sa tante au milieu d'un groupe d'invités prenant congé. Sarah fut prise de remords : pauvre Meril ! C'était une honte de l'avoir remise à sa place. Elle devait mener une vie terrible et frustrante avec cette vieille tante autocrate. Ce n'était pas étonnant qu'elle fût aussi insignifiante et aussi fade.

« A vrai dire, expliqua Sarah, les Creed montaient à Srinagar et tout le monde m'a dit que je devais absolument voir le Cachemire sans neige avant de quitter l'Inde. C'est pourquoi je suis ici. Nous sommes installés dans une sorte de bras du lac, juste après Nagim. Il faut que vous veniez vous baigner et déjeuner avec moi un de ces jours.

— Cela me ferait plaisir, dit Meril d'un air absent, les yeux toujours fixés sur le groupe du hall. Nous ne pouvons guère nous baigner par ici.

— Alors, c'est convenu. Nous sommes exactement de l'autre côté du pont de Nagim. Je crois que cela s'appelle Chota Nagim. Mon bateau est vert et blanc et s'appelle le *Waterwitch.*

— Le *quoi?* Meril se retourna vivement.

— Le *Waterwitch.*

— Mais... mais c'est... c'était le bateau de Janet!

— Oui. Faisait-elle partie de vos amies?

— Janet? Eh bien, non... pas vraiment. Je la connaissais, bien sûr. Elle est restée ici toute l'année dernière. Elle habitait ce *house-boat* à Nagim, mais sortait beaucoup. Tennis, réceptions et autres distractions de ce genre. Tout le monde la connaissait. Tante Ena n'aime pas que j'aille dans les réunions mondaines. Non que j'y sois beaucoup invitée, ajouta Meril avec un sourire mal assuré.

— Diriez-vous que Reggie était l'un de ses amis intimes?

— De Janet Rushton? Je ne sais pas. Pourquoi le demandez-vous?

— Oh! pour rien. Simple curiosité, je suppose. Une phrase qu'il a prononcée ce soir m'a donné cette idée.

— Reggie Craddock et Janet, dit Meril d'un air pensif. Peut-être avait-il de l'amitié pour elle. Je n'y avais jamais pensé auparavant. Il était ici en permisson l'année dernière, bien sûr, et le commandant McKay disait... »

Mais ce que disait le commandant McKay fut perdu, car à ce moment Fudge et Hugo sortirent et emmenèrent rapidement Sarah par l'escalier et la large avenue de gravier jusqu'à leur voiture afin de rentrer chez eux.

# 11

Au cours des journées suivantes, Sarah s'attela à une fouille minutieuse du *Waterwitch.* Mais cette tâche se révéla moins que facile, car Fudge et Hugo étaient susceptibles d'apparaître à toute heure du jour sur le bateau. Ils venaient lui proposer d'aller se baigner, de participer à des pique-niques ou à des promenades, et Sarah avait du mal à trouver des excuses plausibles pour ne pas les accompagner.

Plus d'une fois, elle avait été terriblement tentée de leur raconter toute l'histoire et de demander leur aide pour ses recherches. Outre la conviction qu'il valait mieux garder cette affaire pour elle, l'unique raison qui l'avait empêchée de faire appel aux Creed était son absence de preuve à l'appui de son incroyable histoire. Il ne lui souriait nullement d'être accueillie avec une incrédulité polie ou moqueuse.

Au grand jour, même aux yeux de Sarah, cette histoire paraissait souvent fantastique et impossible, aussi en venait-elle à se demander si elle ne l'avait pas rêvée ou imaginée. Mais le désir évident d'une personne inconnue — Sarah la soupçonnait d'être Reggie Craddock — d'obtenir le *Waterwitch* ne confirmait guère cette théorie. En effet, le matin qui avait suivi la réception à la résidence, un Cachemirien se prétendant envoyé par l'agent immobilier avait tout fait pour la persuader d'échanger le *Waterwitch* contre un autre bateau.

Sarah avait refusé d'examiner cette proposition et, soupçonnant l'homme d'avoir été acheté, l'avait envoyé promener. Elle resta donc sur le bateau à continuer seule ses recherches, tout en trouvant cette tâche fastidieuse et décourageante.

Elle avait commencé par fouiller tous les endroits évidents, aidée par un Lager enthousiaste qui aboyait, grattait et peinait avec l'impression visible qu'on l'encourageait à chasser les rats. La principale difficulté pour Sarah résidait dans le fait que la vie sur un *house-boat* ne pouvait être comparée qu'à celle dans un aquarium. En effet, outre la soudaine et fréquente apparition sur le bateau de l'un ou l'autre membre du personnel, les marchands venant en bateau lui montrer leur marchandise, ou essayer de lui vendre fruits ou fleurs, fondaient périodiquement sur elle comme des nuées de moustiques et de moucherons et étaient encore plus difficiles à repousser.

Une fois, le *mânji* l'avait surprise alors qu'elle décousait un coin de son matelas pour s'assurer qu'aucun papier plié n'avait été caché dans son rembourrage de coton. (Lager ayant été particulièrement bruyant, elle était de mauvaise humeur et préoccupée, si bien qu'elle n'avait pas entendu venir le *mânji.*) Le prétexte donné : elle cherchait dans son matelas quelque chose qui l'avait piquée, ne fut pas bien pris. D'après le *mânji,* personne n'avait jamais insinué que des insectes vivaient sur son bateau, et la Miss *sahib* n'y trouverait pas la moindre puce — à moins qu'une y ait pénétré avec le chien de la Miss *sahib* dont il n'acceptait pas la responsabilité. Les efforts de Sarah pour dissiper le malentendu n'avaient fait qu'empirer les choses et le *mânji* s'était retiré, telle une vivante image de la dignité offensée.

Mais puisqu'il était impossible de se déplacer sans bruit sur un bateau, et que même une souris ne bougeait pas sans manifester sa présence, Sarah veilla par la suite à ce que Lager ne s'excite pas à courir tandis qu'elle se livrait à ses recherches.

Malheureusement, elle ne pouvait éviter les nombreux marchands de châles, tapis, objets de papier mâché et sous-vêtements, dont les *shikaras,* glissant silencieusement sur l'eau, surgissaient soudain devant ses fenêtres, et qui demandaient à la Miss *sahib* de « regarder seulement, sans acheter ! ». L'apparition soudaine et inattendue de ces hommes ne manquait jamais de la faire tressaillir, et elle commençait à se demander comment Janet avait bien pu rédiger un rapport sans que la population tout entière de Srinagar ne fût au courant. Elle devait l'avoir écrit et caché pendant la nuit, lorsque les lampes étaient allumées, les rideaux soigneusement tirés et toutes les portes et fenêtres verrouillées et fermées...

Ce fut seulement lorsque toutes les cachettes plausibles eurent été épuisées que Sarah se résigna à s'attaquer au rayonnage de livres de la salle de séjour. Prenant les volumes un par un, elle se mit à les fouiller méthodiquement. Un travail fastidieux, poussiéreux et ingrat, car la plupart des livres étaient vieux, déchirés et sentaient la poussière, le moisi et les souris. La poussière faisait éternuer Sarah et lui donnait la migraine, mais elle continuait avec courage et obstination ; de temps à autre, elle tombait sur un livre qui avait appartenu à Janet et portait son nom sur la page de garde — écrit de cette écriture d'écolière appliquée dont Sarah se souvenait si bien pour l'avoir vue une fois sur la lettre brûlée à la flamme du briquet de Charles Mallory.

Elle inspectait ces livres-là page par page ; dans l'un d'entre eux, elle trouva plusieurs feuillets écrits de la main de Janet et cachés entre la reliure et la jaquette. Pendant cinq merveilleuses minutes, elle fut convaincue d'avoir trouvé ce qu'elle cherchait, car ces feuilles ressemblaient à un code. Mais elle fut déçue : il ne s'agissait que d'une liste de blanchissage.

Le lendemain, elle venait de se remettre à la tâche lorsque se présenta un visiteur inattendu en la personne de Helen Warrender.

Helen arrivait visiblement du Club de Nagim, distant seulement d'environ quatre kilomètres de l'endroit où le *Waterwitch* était amarré, à l'extrémité de l'étroite bande de terre qui sépare le lac de Nagim Bagh du bras de Chota Nagim. Y laissant sa voiture, elle était venue à travers champs rendre visite à Sarah.

Une brusque série d'aboiements de Lager annonça son arrivée proche et donna juste le temps à Sarah de pousser sous la frange du canapé les livres qu'elle comptait examiner ce jour-là. Elle secoua rapidement la poussière de ses mains et alla au-devant de Helen. Apparemment, le but de celle-ci était de faire une offre pour le bateau.

D'un ton dégagé, Mrs Warrender expliqua que des amis désiraient spécialement ce bateau et avaient été très déçus de le savoir déjà occupé. Apprenant que Helen connaissait l'actuelle locataire, ils lui avait demandé de faire cette démarche en vue d'un échange de bateau. « Et bien sûr, ma chère, termina Helen en jetant un regard de mépris sur le désordre du living-room, je savais que vous n'auriez aucune raison de refuser, aussi leur ai-je dit qu'ils pouvaient considérer le marché comme conclu. J'ai bien fait, n'est-ce pas ?

— Non, dit froidement Sarah. Je n'ai aucune intention d'abandonner ce bateau et la prochaine fois que vous verrez Reggie, vous pourrez le lui dire de ma part.

— *Reggie ?* s'exclama Helen Warrender déconcertée.

— Vous pourrez ajouter, continua Sarah avec une lueur dangereuse dans ses yeux verts, que je suis de caractère relativement facile, mais je n'aime pas que l'on essaie de me forcer la main.

— Je ne sais de quoi vous parlez. » La voix habituellement traînante avait subitement perdu son ton affecté pour devenir brève et dure : « Reggie ? Quel Reggie ? Vous voulez dire Reggie Craddock ? L'homme qui... mais *il* ne peut pas... » Helen s'arrêta brusquement et se mordit les lèvres : « Je m'excuse, dit-elle plus lentement. Il semble y avoir une confusion quelconque. Ce n'est pas Reggie Craddock qui veut le bateau. C'est... eh bien, quelqu'un que vous ne connaissez pas. L'un de mes amis. »

Elle se détourna et resta un moment debout à regarder par la fenêtre, les sourcils froncés et tapotant ses dents d'une branche de ses lunettes de soleil. Elle semblait avoir oublié la présence de Sarah.

Elle fit brusquement volte-face : « Pourquoi pensiez-vous que j'essayais d'obtenir le bateau pour Reggie Craddock ? Le désire-t-il aussi ?

— On le dirait. Je regrette d'avoir été impolie, madame, mais...

— Oh ! appelez-moi Helen, dit Mrs Warrender d'un ton impatient. Vous n'avez nul besoin de vous excuser. Je n'imaginais pas que votre bateau fût autant recherché. Pourquoi Reggie Craddock le voulait-il ?

— Raisons sentimentales. Du moins à ce qu'il a dit. Je n'ai pas approfondi. Srinagar est plein de *house-boats* et la plupart d'entre eux semblent inoccupés cette année. Mais puisque j'ai pris celui-ci, je préfère y rester.

— Et c'est valable pour moi aussi, je suppose ?

— Oui, je le crains. Je suis sûre que vos amis trouveront une douzaine de bateaux aussi agréables que celui-ci, et probablement moitié moins cher. Après tout, les prix doivent avoir considérablement diminué cette année. » Sarah se rendit compte qu'elle venait de commettre une erreur et s'arrêta.

« Oh ! dit Helen Warrender d'un ton intéressé, alors vous avez loué ce bateau l'année dernière ? Mais ce n'est pas possible : vous n'étiez pas ici. Alors comment en êtes-vous venue à le prendre et pourquoi le payez-vous plus cher qu'il ne vaut ? »

Sarah réfléchit un moment. Elle était fortement tentée de dire à Mrs Warrender de se mêler de ce qui la regardait, mais comprit que cela risquait de donner une allure de mystère à son installation sur le bateau. En outre, ce n'était guère poli — non que Sarah fût ennuyée d'être impolie avec Helen Warrender : à son avis, celle-ci n'aurait eu que ce qu'elle méritait. Elle choisit donc une version édulcorée de la vérité : « J'ai repris le bateau d'une amie : Janet Rushton.

— Vous parlez de la fille qui s'est tuée à ski à Gulmarg ? Mais, je la connaissais !

— Oui, c'est bien elle. Elle avait loué ce bateau l'année dernière, ainsi que pour les six premiers mois de celle-ci. Puis elle a changé d'avis et m'a dit un jour que si je souhaitais séjourner ici tant que la location courait encore, je pourrais l'occuper. J'ai trouvé que c'était une bonne idée, j'ai repris son bail en espérant sous-louer si je ne venais pas. Finalement, je suis là et j'aime ce bateau, comme j'aime ce *ghat.* Mais je n'ai pas l'intention de rester ici longtemps et, dès que je serai partie, vos amis, Reggie Craddock, le beau-frère de l'oncle de l'agent immobilier et tous ceux qui voudront ce *house-boat* n'auront plus qu'à se disputer son occupation. Jusque-là, je compte bien rester. »

Mrs Warrender dit : « Oh ! » d'un ton mal assuré, puis s'assit sur le bras du canapé : « Bon, c'est ainsi. Il fait très chaud tout d'un coup, cela ne m'étonnerait pas que nous ayons de l'orage. Je boirais bien si vous aviez quelque chose sous la main.

— Oh ! Excusez-moi, j'aurais dû vous offrir un rafraîchissement. Que désirez-vous ? Un citron pressé ?

— Si vous pouvez y ajouter une bonne dose de gin et une larme de bitter, volontiers.

— Désolée : pas de gin à bord. Mais si vous voulez bien attendre une minute, je cours chez les Creed voler celui de Hugo.

— Ce serait gentil de votre part, dit Helen de sa voix traînante en enlevant son chapeau pour s'en éventer. J'avoue détester les boissons sucrées et un John Collins bien tassé me ferait plaisir. »

En courant, Sarah descendit la passerelle et franchit l'étroite pelouse séparant les deux bateaux. Il lui fallut une ou deux minutes pour repérer le gin que Hugo avait laissé derrière un vase de fleurs sur le bureau, et lorsqu'elle revint, elle trouva Helen Warrender assise par terre, au milieu d'une pile de livres éparpillés. Elle en tenait un à la main et sans se décontenancer, leva les yeux lorsque Sarah entra :

« Quel drôle d'endroit pour ranger vos livres ! Cette espèce de saucisse que vous avez comme chien s'est mis à les sortir de sous le canapé, aussi ai-je dû venir à leur rescousse. Votre *mânji* doit être bien peu soigneux : il en reste encore plein là-dessous.

— Ah ! vraiment ! » dit Sarah d'une voix qu'elle espérait indifférente. Tout en vouant Lager aux gémonies, elle prépara un John Collins et le tendit à sa visiteuse qui était loin d'être la bienvenue : « Je n'ai pas de glace, cela ne vous ennuie pas ?

— Pas du tout, ma chère. Merci. Eh bien, à votre santé ! »

Helen avala d'une traite la moitié de son verre, tout en continuant à fixer le livre qu'elle tenait. Sarah s'aperçut qu'elle regardait la page de garde où Janet avait inscrit son nom.

« Cette Rushton n'était-elle pas considérée comme une grande skieuse ?

— Oui, répondit brièvement Sarah.

— Elle a agi d'une manière rudement stupide. Elle aurait dû réfléchir. Cela m'a étonnée que vous repreniez son bateau après cette histoire.

— Pourquoi ? » Le ton de Sarah était froid.

« Oh ! Je ne sais pas. Cela me semble plutôt effrayant, mais si cela ne vous fait rien... L'année n'a guère été heureuse pour le Cachemire avec tous ces accidents. D'abord cette Matthews, puis la petite Rushton. Je suis persuadée qu'il y en aura un troisième : jamais deux sans trois. Eh bien, je crois que je ferais mieux de partir. »

Sarah n'essaya pas de la retenir. Helen se leva, secoua sa jupe, lança le livre de Janet sur une chaise et alla jusqu'à un miroir atrocement encadré, à la mode victorienne, de peluche et de coquillages. Elle remit son chapeau et se regarda :

« Seigneur, quelle tête j'ai ! C'est cette chaleur. Espérons qu'un bon orage va venir nous rafraîchir. »

Elle se tapota le nez avec une houppette assez crasseuse et se remit du rouge à lèvres : « Eh bien, ma visite se solde plutôt par un échec. Je regrette que vous n'ayez pas envie de céder votre bateau. Cependant... l'offre tient toujours. Si vous changez d'avis, dites-le-moi. »

Sarah resta silencieuse et Mrs Warrender ferma son sac d'un coup sec, remit ses lunettes de soleil et sortit du bateau en traînant le pas. Au bas de la passerelle, elle se retourna : « Merci pour le John Collins. J'espère que vous ne regretterez pas. Je parle de l'affaire du bateau. » Sur cette remarque énigmatique, elle agita nonchalamment la main et s'éloigna entre les saules.

« Qu'est-ce que cette remarque signifiait ? dit pensivement Sarah en s'adressant à Lager. Une menace ou une promesse ? De toute manière, cela ne me plaît pas. Non, je n'aime pas du tout cette poseuse et j'ai à moitié l'impression... Non, je ne l'aime pas ! Et l'on ne me forcera pas la main. »

Le *Waterwitch* avait deux passerelles. L'une allait du rivage à l'office et était utilisée presque exclusivement par le *mânji* et les autres domestiques de la péniche ; la seconde conduisait au petit espace découvert, à la proue, par lequel on entrait dans le living-room. Sarah se tint en plein soleil à l'avant et regarda Helen Warrender prendre le sentier qui, entre du blé vert et un flamboiement de moutarde jaune, allait jusqu'à la route de Nagim Bagh, et tout de suite elle répéta avec plus d'emphase : « Non, Lager. *Je ne me laisserai pas* forcer la main. »

# 12

Après avoir rangé les livres si maladroitement mis en évidence par Lager, Sarah remit à plus tard ses recherches dans la vieille bibliothèque du bateau et passa la fin de la journée avec les Creed.

Je commence à imaginer des choses et à soupçonner tout le monde, décida-t-elle avec tristesse, et ça, c'est dangereux. Après tout, pourquoi l'histoire de Reggie Craddock ne serait-elle pas vraie ? Qu'est-ce que j'en sais ? Il connaissait Janet, pourquoi ne l'aurait-il pas trouvée attirante ? Et pourquoi les amis de Mrs Warrender ne souhaiteraient-ils pas avoir le bateau pour des raisons qui n'auraient rien de sinistre ? Il est plutôt agréable et d'une taille tout à fait raisonnable à côté des palais flottants que j'ai vus. Il faut que je garde le sens de la mesure...

Avec ce louable objectif en perspective, elle déjeuna avec les Creed, les accompagna dans l'après-midi à un pique-nique aux jardins de Shalimar et revint dîner avec eux sur le toit de leur *house-boat.* Ils comptaient primitivement aller dîner et danser au Nedou où ils avaient retenu une table. Mais le commandant McKay, qui devait être le quatrième, ayant prévenu à la dernière minute qu'il s'était claqué un muscle au tennis, ils abandonnèrent leur projet, non sans soulagement.

La journée avait été chaude et sans air, mais à la tombée de la nuit, un vent léger commença à souffler des montagnes, ridant la surface du lac et amenant un clapotis de petites vagues contre les parois de la coque.

Normalement, au cours des nuits de lune, les bords du lac retentissaient de coassements de grenouilles ; mais ce soir, pour une quelconque raison, le chœur se taisait. Bien qu'au-dessus le ciel fût encore limpide, dans le lointain, au sud-ouest, des éclairs de chaleur venaient lécher le Pir Panjal et un léger grondement de tonnerre flottait dans l'air.

Au-delà des saules, une rangée de grands peupliers d'Italie

courbaient leurs flèches sous la brise rafraîchissante ; les *mânjis* vinrent au bord de l'eau et commencèrent à resserrer les cordes d'amarrage et les chaînes. Hugo, qui servait le café, se leva de table et monta sur le toit pour y observer la manœuvre :

« *Ohé ! Mahdoo !* appela Hugo en hindi. Que fais-tu ?

— Il pourrait bien y avoir de l'orage cette nuit, *sahib.* Nous attachons ferme les bateaux pour le cas d'un grand vent qui ferait dériver et couler les *house-boats.*

— Bonne idée, dit Hugo. Ce serait charmant de s'éveiller au petit matin pour se trouver dérivant comme une tortue ! »

Sarah bâilla et se leva : « Je vais me coucher. Bonne nuit et merci pour cette agréable journée. »

Sarah dut attendre Lager au pied de la passerelle, car il s'était sauvé à la poursuite de chats imaginaires. Il revint enfin en se pourléchant les babines d'un air satisfait. A bord du *Water-witch,* le *mânji* avait laissé les lampes allumées et Sarah en fit le tour pour vérifier la fermeture des portes et fenêtres avant de retourner une dernière fois dans le living-room. Auparavant, elle s'était plainte auprès de Fudge de la faiblesse du courant électrique ; mais ce soir, pour une raison inconnue, il lui semblait que les lumières étaient soudain brillantes et aveuglantes, ce qui faisait paraître le petit *house-boat* plus grand, moins encombré et bizarrement vide.

Dehors, la nuit était emplie de bruits divers. Le clapotis de l'eau contre les parois du bateau, les vibrations et les grincements des chaînes d'amarrage, le frémissement du vent à travers branches et feuilles et le chœur des craquements et des gémissements du bateau lui-même tandis qu'il se balançait et sautait sur ments du bateau lui-même tandis qu'il tanguait et roulait. Mais l'intérieur de la petite salle de séjour était relativement calme.

La lumière jaune crue faisait ressortir le côté délabré du mobilier ; en regardant autour d'elle Sarah ressentit l'impression pénible que tout meuble du bateau était doué d'une vie propre et la surveillait avec une hostilité curieuse et sournoise. Ils avaient dû surveiller ainsi Janet. Janet qui griffonnait sa note avec des doigts raidis de peur, tout en regardant souvent par-dessus son épaule. Janet qui l'avait cachée quelque part sur le petit bateau.

La pièce savait. La piècc était au courant. Les yeux vides et blancs des vitres clignaient et menaçaient, reflétant une douzaine de Sarah en robe lilas. Les rideaux de coton à bon marché ondoyaient légèrement dans le courant d'air, le rideau de perles de la portière se balançait et cliquetait doucement comme si une présence invisible venait de le traverser...

Dehors, le vent s'élevait et lorsque le bateau commença à tanguer sous les rafales, Lager se mit à trottiner sans répit à travers la chambre, reniflant les planches et les ombres des chaises tout en gémissant. Sarah le gronda et après avoir tiré les rideaux, éteignit les lumières et se dirigea d'un pas décidé vers son lit.

En traversant la salle à manger, elle éteignit également, mais laissa une ampoule allumée dans l'office pour voir encore une lueur à travers la porte lorsqu'elle serait couchée, Lager roulé en boule à ses pieds. Cela lui procurait un certain sentiment de sécurité, comme une veilleuse dans une chambre d'enfant, et elle s'endormit, bercée par le balancement du bateau et les gémissements du vent à travers les chênes d'Inde. Environ deux heures plus tard, elle se réveilla en sursaut et se mit sur son séant sans comprendre ce qui l'avait tirée de son sommeil.

L'orage qui menaçait avait longé le lac pour suivre la vallée en direction des Passes de Banihal, mais le bateau continuait à se balancer et à grincer sur ses amarres, et l'eau clapotait toujours bruyamment. Le vent soufflait par grandes rafales ; au cours d'une brève accalmie, Sarah entendit les rats se bousculer sur le toit et les ronflements de Lager enfoui sous les couvertures. Elle mit quelques minutes à comprendre, non sans un coup au cœur, que la lumière de l'office était éteinte et que l'obscurité régnait dans le bateau.

Elle tendit la main pour chercher à tâtons les rideaux de la fenêtre proche de son lit et les tira... Mais aucune lune ne vint éclairer la petite pièce, car le ciel était couvert de nuages et une pluie fine tombait sur le lac agité. Sarah chercha le commutateur de sa lampe de chevet, entendit son déclic lorsqu'elle appuya, mais aucune lumière n'apparut et la chambre resta dans l'obscurité.

C'est l'orage, pensa-t-elle. Le vent ou une branche d'arbre doit avoir fait tomber une ligne. Il n'y a aucune raison d'avoir peur...

Alors, pourquoi avait-elle peur et qu'est-ce qui l'avait réveillée ? Pourquoi était-elle assise toute raide à écouter avec attention si le bruit revenait ?

C'est alors qu'elle l'entendit et comprit que c'était lui qui l'avait tirée de son sommeil pour la plonger dans cet état de tension.

Il venait de l'avant du bateau. De la salle à manger, pensa Sarah en essayant de le localiser. Malgré les multiples bruits de la nuit, elle l'entendit très nettement entre deux rafales de vent : un grattement étouffé sur lequel on ne pouvait se tromper. Le bruit produit par une fenêtre coulissante tirée avec précaution.

Sarah connaissait ces fenêtres. Elles étaient protégées par des écrans grillagés contre les insectes et qui, eux aussi, pouvaient glisser et s'encastrer dans le mur. Ils n'avaient pas de verrous, mais étaient fixés l'un à l'autre de l'intérieur par des loquets genre crochets, peu efficaces. Ces châssis de fabrication artisanale ne joignaient pas très bien, et c'était facile d'insérer une lame de couteau pour soulever le loquet.

C'était justement ce que quelqu'un avait fait. Quelqu'un qui ouvrait maintenant centimètre par centimètre les châssis non jointifs.

Assise toute droite, le cœur battant, Sarah attendait le bruit suivant. Il vint tout de suite : un floc à peine audible, suivi par une vibration supplémentaire de la petite embarcation peu stable lorsque l'on y pénétra par une fenêtre ouverte.

Si je reste assise sans bouger ni faire de bruit, peut-être ne viendra-t-on pas ici. Peut-être est-ce seulement un voleur de petites cuillers. Si je reste tranquille... Mais elle ne le pouvait pas. Il y avait Janet... et Mrs Matthews. Pourquoi avait-elle été assez stupide et assez entêtée pour coucher seule sur ce bateau de mauvais augure ? C'était très bien de se répéter qu'il ne fallait ni paniquer ni faire une chose stupide parce qu'il ne pouvait rien lui arriver. Que leur était-il arrivé à elles deux ? Non, elle ne devait pas rester immobile à attendre. Il lui fallait s'en aller immédiatement. Mais elle avait oublié Lager. Si elle sortait de son lit, il s'éveillerait et aboierait...

Mais oui, bien sûr... Lager ! Lager la sauverait. Il courrait dans l'obscurité en aboyant par défi, créant ainsi une diversion, car le noir n'existait pas pour lui et il était capable, si besoin était, de faire un bruit formidable. Ce pouvait être suffisant pour effrayer l'intrus — bien qu'en une nuit pareille cela n'éveillerait pas les Creed — et à la faveur du tumulte, Sarah s'échapperait par l'arrière du bateau et appellerait les gens du bateau-cuisine.

Elle se pencha en avant et extirpa Lager des couvertures. Il était chaud, doux comme du velours et tout à fait détendu. Il continua à ronfler doucement, mais ne s'éveilla pas. Sarah le secoua, lui parla vivement à l'oreille : « *Lager Lager! Réveille-toi! Des rats, Lager!* »

Mais le chiot dachshund ne bougea pas. Sarah le secoua à nouveau avec violence. Il est drogué, pensa-t-elle non sans incrédulité. Il a mangé quelque chose. Où? Quand? Elle se rappela alors comme il avait détalé dans l'obscurité en sortant de chez les Creed et était revenu en se pourléchant les babines. Il avait mangé de la nourriture contenant un narcotique. Quelque chose très vraisemblablement mis là dans ce but exprès...

Un subit accès de rage s'empara de Sarah, lui faisant oublier temporairement sa panique. Elle prit Lager sous son bras, se laissa glisser sur le parquet et chercha à tâtons son chemin à travers sa chambre.

Dans un moment de folie, elle avait songé à ouvrir la fenêtre et à crier. Mais elle savait que le vent éparpillerait ses cris et qu'elle ne ferait que perdre son souffle. Il lui fallait traverser la seconde chambre vide et la salle de bains jusqu'à l'arrière du bateau d'où elle pourrait appeler le *mânji.* Ou mieux encore, chercher son chemin en tâtonnant le long de l'étroit caillebotis qui faisait le tour du bateau jusqu'à la passerelle, la descendre et suivre la rive jusqu'aux Creed.

Une soudaine rafale de vent secoua le *Waterwitch;* Sarah heurta violemment sa tête contre la porte ouverte du placard et laissa tomber Lager. Elle s'y accrocha un moment tandis qu'elle voyait des étincelles de couleur éclater dans l'obscurité : elle devait avoir oublié de fermer cette porte et le courant d'air s'était combiné au mouvement du bateau pour l'ouvrir et la laisser battante.

Au bout de quelques instants, encore tout étourdie, elle se pencha et tâtonna dans l'ombre. Lager continuait à ronfler doucement; guidée par le bruit, elle le ramassa puis se dirigea d'un pas incertain, et avec précaution, vers la seconde chambre.

Dans l'obscurité, le trajet paraissait long. La porte était ouverte — probablement sous l'action du vent — et Sarah la passa. Aucune lueur venant de la nuit noire, au-delà des fenêtres aux rideaux tirés. Le vent hurlait à travers les fentes du bateau, et de froids courants d'air s'infiltraient le long des parquets. Quelque chose toucha sa joue et elle recula vivement, le cœur battant. Mais il ne s'agissait que d'un rideau soulevé par l'air.

Elle essaya de se souvenir de la manière dont cette chambre était meublée et avança à tout petits pas, la main en avant. Où était donc le lit ? Et soudain sa main toucha du bois verni. Mais ce n'était pas le montant d'un lit. Ce devait être la coiffeuse. Non, c'était trop haut pour être une coiffeuse et trop lisse. Et le rebord en était sculpté. Il n'y avait sûrement pas de table à rebord sculpté dans cette chambre.

Elle resta immobile, confuse et troublée, la tête encore douloureuse et étourdie par le choc contre l'armoire. Et tandis qu'elle se tenait là, elle prit conscience d'autre chose : un curieux cliquetis proche d'elle, audible entre les rafales de vent. *Clic... Clic... Clic...* tout doucement comme si quelqu'un égrenait des perles. *Des perles !* Le rideau de perles aux couleurs criardes pendu entre la salle à manger et le séjour... C'était cela... il était ici, près d'elle, à se balancer en cliquetant dans le noir. Et avec un terrible choc de peur et de panique, elle comprit ce qu'elle touchait. La table de salle à manger ovale au rebord de feuilles de chêne d'Inde sculptées.

Elle ne se trouvait pas du tout dans la chambre d'ami, mais dans la salle à manger. Elle avait dû perdre son chemin lorsque, étourdie par le coup reçu à la tête, elle s'était penchée pour chercher Lager à tâtons. Et le rideau qui avait touché sa joue était remué par une fenêtre ouverte, ce qui expliquait le froid de la pièce et ne pouvait signifier qu'une seule chose : le bruit d'une ouverture de fenêtre entendu plus tôt venait d'ici même.

Elle n'était pas dans la chambre où elle se croyait. C'est alors qu'elle comprit que quelqu'un d'autre se trouvait dans la pièce.

Sarah resta comme pétrifiée, sans oser bouger. Il lui semblait que son cœur lui-même avait cessé de battre. Elle n'entendait rien d'autre que le vent, le clapotis de l'eau et les grincements du bateau sur ses amarres, mais aucun son n'était nécessaire pour lui dire que quelqu'un était là, proche d'elle, presque à portée de sa main. Un pur instinct animal, ce sixième sens qui nous avertit de la présence d'un être de même espèce que nous.

Je ne dois pas bouger, pensa-t-elle affolée. Je ne dois pas

respirer… Elle sentit vibrer les lames de parquet sous ses pieds, et l'air alentour remuer comme si un objet solide l'avait dépassée dans l'obscurité.

Une soudaine accalmie se fit entre les rafales de vent et, au cours du bref silence, Lager émit un sonore ronflement.

Elle entendit quelqu'un pousser un profond soupir dans l'obscurité et quelque chose — une main — effleura son bras nu.

Sarah laissa tomber Lager, se recula brusquement et hurla d'un ton suraigu. Une lumière s'alluma, la lumière blanche d'une lampe de poche braquée en plein sur son visage, et une voix incrédule dit : « Mon Dieu ! Sarah ! »

Des bras l'enserrèrent immédiatement et elle se débattit avec furie, encore sous l'emprise de la terreur. Son ravisseur la tint d'un bras et, de sa main libre, dirigea sa lampe sur son propre visage.

« Charles ! »

# 13

Sarah éclata en sanglots nerveux et, tout en la tenant, Charles dit : « Je regrette, Sarah. Je ne savais pas qu'il y avait quelqu'un à bord. Ne pleurez pas, tout va bien. Vous n'avez plus aucune raison d'avoir peur. »

Non, il n'y avait plus de raison d'avoir peur désormais. Sarah le comprit tout de suite. Finis le désarroi, les terreurs et les doutes qui l'avaient hantée depuis cette nuit blanche à Gulmarg où elle s'était éveillée au clair de lune : Charles était ici et elle était en sécurité. Elle se laissa aller un long moment sur son épaule, puis s'écarta brusquement, consciente d'un soudain sentiment de timidité, tout à fait inhabituel chez elle.

« Tenez, dit Charles, un mouchoir. »

Sarah l'accepta avec reconnaissance, se moucha et renifla comme une petite fille.

« Croyez-vous que nous puissions allumer ? demanda Charles. Je crains que ma pile ne touche à sa fin.

— Cela ne marche plus. Je pense que la ligne électrique est coupée quelque part. Mais il y a des bougies à côté, si vous avez des allumettes.

— J'ai un briquet. Seigneur ! Qu'est-ce que c'est que ça ? »

Charles se recula rapidement et projeta la lumière de sa torche sur le sol.

« C'est Lager, dit Sarah en s'agenouillant à côté de la boule de velours inerte. Je l'avais oublié, le pauvre chien. Je l'ai laissé tomber lorsque vous m'avez touchée. J'étais si terrifiée.

— Qu'a-t-il ? Malade ?

— Non. Il a été drogué. » Sarah leva de grands yeux étonnés sur le visage de Charles : « Est-ce vous qui l'avez fait ? » demanda-t-elle d'une voix cassante.

Charles mit un genou en terre et retourna le chiot : « Fait quoi ? Le droguer ?

— Oui, murmura Sarah.

— Non, pourquoi donc aurais-je voulu le faire ? » demanda Charles d'un ton impatient. Il souleva l'une des paupières de Lager et examina l'œil : « Opium, à mon avis. Il s'en remettra. »

Sarah chuchota en tremblant : « Quelqu'un l'a drogué. Si ce n'est pas vous, alors quelqu'un d'autre avait l'intention de venir cette nuit sur ce bateau.

— Qu'est-ce que c'est que cette histoire ? demanda Charles avec brusquerie. J'ai l'impression qu'il se passe des choses bizarres par ici. Cet endroit ne convient pas pour parler ; cherchons ces bougies. »

Sarah se leva, Lager dans ses bras, et ils allèrent dans la salle de séjour où ils allumèrent deux bouts de bougie jaunis et poussiéreux qui se trouvaient dans des bougeoirs de cuivre de Bénarès ternis. Les flammes clignotèrent pendant un instant sous l'action du courant d'air, puis elles se raffermirent et brillèrent davantage ; la pièce redevint alors une pièce normale, surencombrée de meubles démodés, nullement maléfiques et sans intérêt. Sarah se souvint avec étonnement du sentiment bizarre, éprouvé un peu plus tôt, d'être surveillée par la pièce.

Elle leva les yeux et s'aperçut que Charles l'examinait d'un air indéchiffrable, un soupçon de sourire aux lèvres. Elle prit alors brusquement conscience du fait qu'elle portait seulement une chemise de nuit en dentelle et en voile extrêmement légère et se mit à rougir, ce dont elle fut furieuse.

« Vous êtes charmante ainsi vêtue, dit Charles d'un air pensif, mais je crois cependant que vous devriez mettre autre chose, sans cela vous allez prendre froid. En outre, il se trouve qu'il y a beaucoup de sujets dont je voudrais vous parler et j'aimerais pouvoir maintenir mon attention.

— Oh ! Oh ! Vous... vous... donnez-moi cette lampe ! »

Elle fourra Lager dans les bras de Charles, lui arracha la torche et s'enfuit. Elle revint quelques minutes plus tard dans une robe de chambre très stricte, de soie vert foncé, qui la couvrait de la gorge aux chevilles, ses pieds nus chaussés de petites babouches vertes. Un observateur attentif se serait aperçu qu'elle avait pris le temps de se mettre un peu de rouge à lèvres et de poudre, et de donner un coup de peigne dans ses boucles d'or rouge.

Le capitaine Mallory était étendu sur le divan, berçant Lager, tout en envoyant des cercles de fumée au plafond.

« Je vous en prie, ne vous levez pas, dit froidement Sarah en s'asseyant dans le fauteuil en face de lui. Et maintenant, si ce n'est pas trop vous demander, auriez-vous l'obligeance de me dire ce que vous faisiez sur mon bateau ?

— Je ne savais pas que c'était le vôtre. Et je ne savais pas non plus qu'il y avait quelqu'un à bord. Si peu de *house-boats* ont été loués cette année qu'il y avait toutes chances pour que celui-ci soit inoccupé.

— Dites-moi, demanda Sarah en se penchant en avant, voyez-vous du vert dans mes yeux ?

— Oui. Des émeraudes, des péridots et du jade, parsemés de poudre d'or et baignés de rosée. Parfaitement joli. »

Sarah rosit et se recula en un soubresaut : « Merci. Mais ce que je voulais vous faire comprendre c'est que j'ai beau avoir des yeux verts, je ne suis pas verte, moi, c'est-à-dire complètement innocente. Si vous aviez cru le bateau vide, vous n'y auriez pas pénétré en rampant au petit matin. »

Charles envoya en l'air un nouvel anneau de fumée, et regarda Sarah d'un air songeur par-dessus sa cigarette avant de répondre. Il donnait l'impression de ruminer ses pensées. Au bout de quelques instants, il en vint visiblement à une décision, car il ôta ses talons du canapé et, s'asseyant, il se mit à parler d'une voix totalement exempte de désinvolture. « D'accord, je ne pensais pas ce bateau inoccupé. On m'avait dit qu'il était habité par une jeune fille du nom de Harris, ce qui n'éveillait rien en moi. J'ai appris ensuite que cette jeune fille irait danser ce soir à l'hôtel Nedou et reviendrait bien après minuit. Au fait, cela vous gêne-t-il que je fume ? J'aurais dû vous le demander.

— Non, continuez. Pourquoi étiez-vous sur ce bateau ?

— Je voulais y jeter un coup d'œil tout en ne paraissant pas intéressé par lui. Je craignais que m'astreindre à faire suffisamment connaissance avec Miss Harris pour pouvoir visiter son bateau ne prenne plus de temps que ce dont je disposais. Je suis donc venu en visite non officielle et j'ai été fort étonné, pour m'exprimer avec modération, de trouver que Miss Parrish, non seulement demeurait là, mais encore était capable de pousser de grands cris.

— Cette version de votre histoire n'est pas plus vraie.

— Qu'est-ce qui vous fait penser ainsi ?

— Je ne crois pas que vous soyez du genre à commettre une erreur. Surtout quand cela a de l'importance.

— Il semble que, cette fois-ci, j'en ai commis une, dit Charles sèchement.

— Non, vous n'en avez pas commis. Vous me croyiez à la réunion dansante. Ce qui aurait été le cas si le commandant McKay ne s'était pas claqué un muscle. Et comme la soirée dansante dure jusqu'à une heure du matin, et qu'il faut presque une heure par *shikara* pour en revenir, vous comptiez avoir tout votre temps. Vous n'imaginiez pas trouver quelqu'un sur ce bateau, mais vous saviez que je l'habitais.

— Peut-être, dit Charles sans se compromettre, tout en surveillant Sarah à travers ses yeux mi-clos. Pourquoi pensez-vous que cette affaire a réellement de l'importance ?

— Parce que... » Sarah s'arrêta subitement. « Non, dites-moi d'abord pourquoi vous êtes venu ici. »

Charles hésita un moment, les sourcils froncés et les yeux fixés sur le bout brillant de sa cigarette. Puis il dit lentement : « Je connaissais la jeune fille qui habitait ce bateau l'année dernière. Elle s'appelait Janet Rushton. »

Sarah poussa un profond soupir et Charles leva vivement les yeux : « Vous la connaissiez aussi. Cette lettre que vous avez brûlée sur la pelouse du Club de Peshawar était de son écriture. J'en étais pratiquement certain. Nous avons pris des renseignements sur vous. Vous étiez à Gulmarg pour la rencontre de printemps. Vous habitiez la chambre contiguë à celle de Janet ; vous êtes venue ici pour reprendre son bateau grâce au reçu signé par elle. Comment cela se fait-il, Sarah ? »

Sarah ne répondit pas. Elle resta assise complètement immobile, ses yeux croisés avec ceux, pénétrants, de Charles, tandis qu'une minute entière s'écoulait.

Le vent précipita une nouvelle rafale de pluie contre les vitres et les flammes des bougies vacillèrent aux courants d'air, projetant des ombres mouvantes sur les murs lambrissés et les boiseries sculptées du plafond, tandis que le bateau roulait et tanguait, en grinçant sur ses amarres.

D'une voix indécise, Sarah prit enfin la parole : « Je ne comprends pas. Si vous êtes... l'un d'entre eux... si vous ne m'avez pas perdue de vue... *Qu'est-ce* que tout cela signifie, Charles ? »

Charles déposa Lager sur un coussin du canapé, et se mettant debout fit un tour dans la petite pièce, puis revint se tenir devant Sarah, les sourcils froncés, tout en tripotant sa cigarette.

Au bout d'un moment, il dit à brûle-pourpoint : « Je ne me rends pas compte au juste de ce que vous savez, mais c'est visiblement beaucoup plus que ce qui est prudent pour vous. Je crois qu'il serait préférable de tout me dire. Je dis bien *tout,* à partir du début et sans rien omettre. »

Sarah lui raconta tout, assise sur le fauteuil minable où Janet avait dû s'asseoir, à bord du bateau qui avait été le sien, tandis que les bougies dégoulinantes utilisées par Janet jetaient des ombres dansantes sur son visage blanc. Et pendant qu'elle racontait, il lui semblait revivre les événements.

En entrant méticuleusement dans tous les détails, elle dit ce qui s'était passé jusqu'au moment où elle avait brûlé la lettre de Janet. Assis sur le bras du canapé, Charles l'écoutait, les yeux en alerte et le visage dénué d'expression. Lorsqu'elle eut terminé, elle se mit à frissonner convulsivement et serra très fort ses mains jointes sur ses genoux pour cacher leur tremblement.

« De quoi s'agit-il, Charles ? Je ne comprends pas et suis terrifiée, vraiment terrifiée. Cela me serait égal si je croyais qu'il s'agissait des habituelles sornettes antibritanniques et des terroristes indiens. Mais ce n'est pas ça. Quelqu'un écoutait dans le refuge. Et puis cette affaire de Reggie Craddock essayant de me faire abandonner ce bateau ; ensuite cette personne qui prétendait venir de l'agence ; et ce matin, voilà Mrs Warrender qui arrive avec son histoire d'échange de bateaux pour un ami... Que se passe-t-il ?... Est-ce que je deviens folle ?

— Répétez-moi ceci ? » demanda brusquement Charles.

Sarah rit d'un rire aigu : « J'ai dit : " Est-ce que je deviens folle ? "

— Non. Je parle de Reggie Craddock et de Helen Warrender. Écoutons mot pour mot ces deux histoires. »

Une fois encore, Sarah reprit son récit et répéta tout ce dont elle pouvait se souvenir...

La cigarette se consuma entre les doigts de Charles ; il poussa un juron et envoya le mégot encore fumant dans le cendrier. « Diable ! dit Charles. Tout ceci demande réflexion. Allez vous coucher, Sarah, vous avez eu assez d'émotions pour la journée. Remettons les autres explications à plus tard dans la matinée. »

La bouche de Sarah se rétrécit en une moue obstinée, et ses

yeux verts étincelèrent à la lueur tremblotante des bougies :

« Je refuse de bouger tant que vous ne m'aurez pas dit ce qu'il en est, dit-elle d'un ton ferme. Je ne pourrais pas fermer l'œil, et vous le savez. C'est inutile d'être discret et de garder le plus grand secret sur cette affaire car, que cela vous plaise ou non, je suis dedans jusqu'au cou. De quoi s'agit-il, Charles ?

— Si vous faites allusion à Reggie Craddock et Cie, je n'en sais rien. Quant au reste, je ne peux guère vous en dire plus que ce que Janet vous a dit... » Charles se leva et se mit à arpenter une fois de plus le tapis d'Axminster tout fané, les mains dans les poches et ses yeux aux sourcils froncés fixés sur le sol.

« Il y a un an, commença lentement Charles, l'un de nos agents fit savoir qu'il était sur une grosse affaire. Sans faire aucune allusion à ce que cela pouvait être, il envoya un... un signal. Un signal que nous utilisons très rarement et qui signifie une chose extrêmement sérieuse au sujet de laquelle il faut prendre contact le plus vite possible.

— Janet m'avait dit que Mrs Matthews avait envoyé un S.O.S. en novembre dernier. Avant même que toutes deux s'installent à l'hôtel Nedou.

— C'est exact. Et le commandant Brett a été envoyé immédiatement. Mais...

— Ne s'agissait-il pas de l'homme tombé du train ? » demanda Sarah en sursautant.

Charles acquiesça et, se tournant, se remit à marcher de long en large. « Mais le premier avertissement arriva en mai de l'année dernière. Il provenait de Srinagar et avait été envoyé par mon meilleur ami. Nous dépêchâmes quelqu'un pour prendre contact avec lui à Murree, mais Pendrell n'y arriva jamais. Sa voiture a eu un accident en route et il a été tué. Un accident très bien combiné.

— Comme... comme celui de cet Indien qui est venu en décembre pour voir Mrs Matthews », murmura Sarah.

Charles lui jeta un coup d'œil et acquiesça à nouveau : « Oui, Ajit. Mrs Matthews fut envoyée pour prendre la relève après la mort de Pendrell. Il existait quelques indications pour continuer, mais pas grand-chose. Plusieurs des nôtres étaient bien là-bas, mais ils n'étaient pas de la classe de Mrs Matthews. Janet devint une sorte de second pour elle, et nous n'eûmes plus de nouvelles d'elles jusqu'à ce S.O.S. de Mrs Matthews vers la fin de novembre. Ce signal signifiait qu'elle avait la marchandise et qu'il fallait envoyer immédiatement quelqu'un.

— Je ne comprends toujours pas pourquoi elle ne s'est pas dérangée elle-même, dit Sarah en fronçant les sourcils. Janet disait bien que cela ne leur était pas permis, mais...

— Elles n'en avaient pas le droit. Si Pendrell s'était tenu tranquille, il serait peut-être encore vivant, qui sait ? Mais il décida de quitter le Cachemire, ce qui lui a été fatal. Il devait déjà être suspect, et lorsqu'ils ont appris son départ pour Rawalpindi, ils ont visiblement décidé de ne pas courir de risques. Ils ont joué la sécurité et l'ont supprimé.

— Mais Janet... Et vous disiez qu'il y avait d'autres agents...

— Il est beaucoup plus facile d'envoyer un nouvel agent que personne ne connaît pour prendre contact avec celui qui est sur le terrain. Toute tentative de quitter le Cachemire faite par Mrs Matthews ou Janet Rushton aurait peut-être pu être considérée comme suspecte, en supposant que la partie adverse éprouvât des doutes à leur égard. En théorie, il était moins dangereux pour elles de rester sur place. Malheureusement, dans la pratique, cela ne s'est pas avéré. Après que Ajit, son chauffeur et sa voiture furent tombés dans un précipice sous l'action d'une avalanche venue à point nommé, nous avons compris que Mrs Matthews et Janet avaient été repérées. Nous avons compris également que l'équipe ennemie opérant ici et dans le nord de l'Inde était beaucoup plus efficace que nous ne le croyions.

« Une fois Ajit mort, on décida d'utiliser la rencontre du Ski Club comme camouflage et d'envoyer un skieur, ostensiblement fanatique de sports d'hiver, pour prendre contact avec l'une ou l'autre des deux femmes. L'agent devait arriver après la nuit tombée et la rencontre se passerait dans le plus grand secret. Après quoi, il débarquerait une seconde fois publiquement, le lendemain, et éviterait tout au long de son séjour de parler aux deux femmes, sauf au milieu d'une foule.

« Le lieu de rencontre et le signal — la lumière rouge que vous avez vue — furent soigneusement combinés et indiqués sur un catalogue envoyé à Mrs Matthews. C'était courir un risque, évidemment, mais après ce qui était arrivé à Pendrell, au commandant Brett et à Ajit, c'était moins grave que d'envoyer le plan par voie orale. Janet ou Mrs Matthews devaient guetter cette lumière toutes les nuits après leur arrivée à Gulmarg : si quelqu'un d'autre la remarquait, il pouvait croire que le *chowkidar*[1] se préparait un repas ou couchait dans l'une des cabanes vides. Dès qu'elles auraient aperçu la lumière, Mrs Matthews ou Janet devait se rendre à la cabane. Pour deux excellentes skieuses comme elles, cela aurait été beaucoup plus facile qu'il n'y paraît de se glisser hors de l'hôtel au petit matin, d'aller jusqu'au lieu de rencontre et d'en revenir sans être remarquées.

— Mais s'il y avait eu un orage, ou autre chose les empêchant de voir la lumière ?

— Si elles ne venaient pas la première nuit, le messager devait rester encore deux nuits. Pas plus. » Charles s'arrêta devant l'une des bougies et dit tout à fait hors de propos : « Ces bougies vont bientôt être consumées. » Il resta si longtemps à regarder la flamme vacillante que Sarah se mit à s'agiter sur sa chaise et finit par dire : « Continuez ! »

Charles leva brusquement la tête comme s'il avait momentanément oublié la présence de la jeune fille :

« C'est tout, dit-il brièvement. Vous savez le reste.

— Non, je ne le sais pas, dit Sarah en un murmure. Qu'est-il arrivé à l'homme ? Au messager. On l'a tué aussi, n'est-ce pas ?

— Il n'y avait pas de messager, répondit lentement Charles. Il a été retenu en route et est arrivé trop tard.

— Mais comment... ? » Sarah s'aperçut qu'elle ne pouvait terminer sa phrase.

« Nous ne savons pas comment ils ont découvert, dit Charles d'un ton morne. Je veux dire en ce qui concerne la cabane et le signal. Mais il y a eu visiblement une fuite grave parce que la lumière était un piège et Janet est tombée dedans.

— Mais quelqu'un d'autre était là, je vous l'ai dit ! J'ai vu le trou fait par la balle et... et il y avait du sang par terre.

— Je sais, je l'ai vu.

— *Vous !* murmura Sarah.

— Oui. » Les yeux de Charles, qui la regardaient par-dessus la flamme de la bougie dégoulinante, reflétaient des petites lueurs dansantes jaunes. « C'était moi le messager. C'était moi l'homme contre lequel vous vous êtes heurtée sur le *marg* en pleine tempête de neige.

1. *Chowkidar :* veilleur. *(N.d.T.)*

— Oh ! Je ne l'avais pas compris. J'ai su seulement que... » Elle s'arrêta brusquement.

« Su seulement quoi ? » demanda Charles avec curiosité.

Sarah rougit et se mordit la lèvre. « Rien », dit-elle brièvement. Elle n'avait nullement l'intention d'expliquer à Charles que l'extrême intérêt qu'elle lui avait porté à Peshawar provenait en partie d'une conviction étrange et persistante de l'avoir rencontré auparavant.

Intrigué, Charles la regarda pendant un moment mais n'insista pas. Il s'assit sur le canapé, sortit de sa poche un mince étui à cigarettes en or et en offrit une à Sarah. Elle refusa d'un geste de la tête ; Charles se servit et alluma sa cigarette à l'une des bougies.

Examinant le visage de Charles penché au-dessus de la flamme vacillante, Sarah s'étonna de n'avoir pas reconnu immédiatement l'homme de la tempête de neige. Comment avait-elle pu oublier le contour des joues et du menton, même atténué par l'obscurité et la neige tombante ? Les yeux gris ou la voix traînante et le ton, involontaire mais instinctif, de commandement qui ne pouvaient appartenir qu'à Charles ?

Charles leva subitement les yeux et s'aperçut de l'intensité du regard de Sarah. Sa bouche grimaça l'ombre d'un sourire et il dit : « C'était plus facile pour moi, vous êtes rousse. »

Sarah rosit et sans raison apparente, ainsi que pour détourner l'attention, demanda rapidement : « Racontez-moi ce qui s'est passé. Qu'avez-vous fait ?

— Je ne pouvais pas faire grand-chose, justement. On avait combiné que je serais parmi les derniers arrivants à la rencontre — plusieurs ne devaient venir que pour la fin. De cette manière, je partirais avec tout le monde assez vite après avoir obtenu les renseignements. Je serais resté juste assez longtemps pour que l'on voie que je n'avais pas pris contact avec Mrs Matthews et sa prétendue cousine. Le raisonnement conduisant à cette décision avait beau être solide et équilibré, il se révéla être une erreur, car les conditions atmosphériques jouèrent visiblement en faveur de l'ennemi.

« Une brusque inondation du fleuve Kaboul m'obligea à mettre un jour entier pour atteindre Rawalpindi. Puis, juste après Uri, la route se trouva bloquée par une avalanche de rochers et d'arbres, et toute circulation automobile fut impossible pendant trois ou quatre jours. J'ai dû venir à pied et en skis, ce qui fut très lent et me retarda terriblement. Près de Babamarishi, j'ai rencontré l'un de nos hommes, un Cachemirien qui me servit de guide jusqu'aux environs de Gulmarg. Incidemment, il m'apprit qu'une *memsahib* d'un certain âge s'était tuée dans un accident de ski. Le nom qu'il mentionna était assez proche du vrai pour me faire comprendre de qui il s'agissait. J'avais donc enfin un avertissement. Mais il restait Janet.

« Je continuai donc dans la forêt en suivant la trace d'un bûcheron indiquée par Kadera. Cela me permettait de rester hors de vue le plus longtemps possible. Je possédais une clé de la cabane où je comptais m'étendre jusqu'à ce qu'il fasse noir pour allumer la lampe-signal qui se trouvait dans mon sac à dos. Je n'étais plus éloigné de la cabane lorsque je rencontrai un coolie employé par l'hôtel pour ramasser et apporter le bois. Il portait une grosse charge sur son dos et s'était arrêté pour se reposer. Il me demanda une cigarette et me parla alors de la vieille *mensahib* qui était morte. Puis il me dit que la jeune Miss sahib, venue avec elle, s'était tuée le matin même dans un accident semblable qu'il attribuait aux esprits maléfiques. C'est ainsi que j'ai appris ce qui était arrivé à Janet... »

Charles demeura silencieux un moment à tortiller sa cigarette entre ses doigts, l'air fatigué et sombre. Il dit enfin : « Puisqu'il semblait qu'elles étaient toutes deux mortes sur l'une des pistes de ski, il n'y avait aucune raison de supposer que quelqu'un connût l'existence de la cabane près du Gap, aussi y allai-je de toute manière. Parce que j'avais terriblement besoin de me reposer avant d'attaquer la longue corvée du retour à Babamarishi. Il n'y avait visiblement plus de motif pour rester davantage à Gulmarg ou pour me présenter officiellement comme un arrivant de la dernière heure à la rencontre. Je comptais m'en retourner, dire que j'avais été arrêté sur la route et que cela ne valait plus le coup d'attendre qu'elle soit déblayée. Ce que firent certaines personnes...

« Ce fut seulement lorsque j'arrivai à la cabane, vis ces traces sur le sentier et m'aperçus que je n'avais pas besoin de ma clé parce que la porte était ouverte que je compris l'existence d'une fuite. Et d'une fuite à un très haut niveau. *Vous* savez ce que j'ai trouvé à l'intérieur. Il ne me fallut pas longtemps pour me rendre compte de ce qui s'était passé et que celui qui avait mis au point ces deux " accidents de ski " connaissait aussi la cabane et le signal convenu. En fait, une seule chose m'échappait. »

Il se tut un moment, le sourcil froncé et Sarah dit : « Pourquoi ils ne vous avaient pas abattu aussi ? »

Charles hocha la tête : « Oui. S'ils en savaient tant, pourquoi ne pas m'avoir attendu ? Visiblement, ils étaient au courant de ce qu'un autre messager allait venir et de ce qu'il ferait. Il est cependant peu probable qu'ils connaissaient son identité, parce qu'une personne parmi une douzaine pouvait avoir été choisie pour ce travail. Pourquoi ne pas attendre que je sois arrivé et que je donne le signal, puis me descendre, attendre à nouveau que Janet arrive et la traiter de même ?

— Peut-être était-ce dans leurs intentions, et puis quelque chose est survenu qui les a fait se dépêcher.

— L'orage. J'en suis venu à cette conclusion. Ils m'ont attendu une nuit ou deux dans la hutte, puis ont compris qu'un orage se préparait.

— Comme l'avait dit Bulaki, murmura Sarah.

— Qui est-ce ?

— Le domestique de mon hôtel. Il m'avait prévenue le matin où nous sommes montés au refuge de Khilanmarg que le mauvais temps arrivait.

— Ce dut être cela. S'ils attendaient plus longtemps que l'envoyé arrive, ils pouvaient être gênés par l'orage et empêchés de donner le signal : ils décidèrent donc d'atteindre Janet. Après tout, elle constituait leur objectif principal. Une fois morte, qu'importait le nombre de messagers qui viendraient à la cabane. C'est une petite consolation de savoir qu'elle a eu l'un d'entre eux. Elle avait un revolver et je suis prêt à parier que la balle qui a fait ce trou en provenait.

— Étiez-vous dans la maison quand j'y suis venue ?

— Je ne le pense pas. Je dois vous avoir manquée de très peu. Je n'ai pas honte de vous avouer que je ne me suis pas éternisé. J'ai vu tout ce que j'avais besoin de voir, puis j'ai été faire une petite reconnaissance sous les arbres derrière la maison pour chercher le corps de l'homme tué dans le salon. Des traces gravissaient la colline et je les suivis un moment. Mais l'aspect du temps ne me plaisant pas, je revins, traversai le jardin arrière et gagnai le *marg* parallèlement au sentier. Très vite, je me suis heurté à vous et cela m'a donné un choc sérieux, je vous le garantis ! »

Sarah rit un peu nerveusement : « Pas autant qu'à moi ! Ainsi, c'était vous que j'avais entendu dans la maison. » Elle resta un moment assise en silence, puis dit : « Alors... alors personne ne sait ?

— Sait quoi ?

— La... la... “ grande affaire ” dont vous parliez. Ce que votre ami avait découvert... ainsi que Janet et Mrs Matthews. Maintenant qu'elles sont mortes, il n'y a personne à savoir ?

— Aucun être humain, dit lentement Charles.

— Que voulez-vous dire ? demanda brusquement Sarah.

— Il reste quelque chose qui sait : ce bateau. »

Dans le silence qui suivit ces paroles de Charles, la flamme d'une des bougies vacilla, puis s'éteignit, envoyant dans l'ombre grandissante un filet de fumée à l'odeur désagréable.

Le courant d'air se glissa le long du sol et souleva le tapis usé, tandis qu'une forte rafale de vent fit faire une embardée au bateau. Une fois encore, comme un peu plus tôt au cours de cette nuit, Sarah prit conscience des objets inanimés meublant la petite pièce. Ils lui semblaient doués d'une personnalité propre et mystérieuse, et son regard avait beau être rivé à celui de Charles, elle les voyait toujours. Les tables sculptées, les sièges recouverts de chintz fané, les plateaux de cuivre bon marché et les rangées de livres poussiéreux. Toutes ces choses qui avaient surveillé Mrs Matthews, puis Janet, et maintenant elle, Sarah Parrish...

« Oui, murmura Sarah. Oui, le bateau sait. »

Un violent coup de vent traversa le lac avec furie, accompagné d'une pluie battante, secouant le bateau comme un terrier le ferait d'un rat. Les tables et les chaises tressautèrent et vibrèrent, le chandelier qui portait la dernière bougie tomba par terre, plongeant la pièce dans l'obscurité.

Puis, aussi soudainement qu'il était venu, le vent cessa. A un moment, la nuit bourdonnait de bruits, l'instant suivant elle devint calme, à l'exception du clapotis de l'eau sur les parois du bateau, du murmure de la petite pluie tombant sur les feuilles et l'eau du lac, et d'un faible grondement de tonnerre lointain.

Le silence semblait inonder la vallée, apaisant le tumulte de l'orage telle l'huile sur l'eau agitée. Et dans ce silence, sans que l'on entendît de bruits de pas, le bateau se balança à un rythme différent, comme si quelqu'un foulait légèrement la passerelle et grattait tout doucement à la porte de l'office...

# 14

Le hoquet terrifié de Sarah résonna fortement dans le silence et Charles alluma sa lampe. Il entoura de son bras les épaules de Sarah et sentit la tension de sa peur accumulée aussi vivement que s'il tenait un objet chargé d'électricité statique.

Il dit très vite : « N'ayez pas peur ! C'est seulement Habib. Je suis désolé, j'aurais dû vous prévenir. Mais, avec ce qui s'est passé, j'ai oublié. Je l'ai laissé sur le rivage en lui demandant de surveiller les alentours. Il devait monter à bord si quoi que ce soit le tracassait. Le bateau est devant la fenêtre de la salle à manger.

— Qui... qui est Habib ? » demanda Sarah d'une voix chevrotante, tout en essayant de se reprendre.

Charles la lâcha et se baissa pour ramasser le chandelier qu'il replaça sur le bureau avant de répondre : « Officiellement, mon domestique chauffeur, dit Charles en allumant la bougie avec son briquet. Dans la réalité, un assistant incomparable. Je ferais mieux d'aller voir ce qui se passe. »

Il se dirigea vers la porte, puis se tourna et revint : « Savez-vous vous servir d'une arme à feu, Sarah ?

— Je... je... crois. Mais... »

Charles sortit un petit colt automatique à peine plus grand qu'un étui à cigarettes et le lança sur les genoux de Sarah. « Attention, il est chargé. Je vais parler à Habib et faire une petite ronde. Si quelqu'un que vous ne connaissez pas monte sur ce bateau avant mon retour, ne posez pas de questions. Tirez d'abord et discutez ensuite ! Je n'en ai pas pour longtemps... »

Sans donner à Sarah l'occasion de protester, il disparut dans l'obscurité de la salle à manger et, quelques secondes plus tard, elle entendit ouvrir la porte de l'office, puis le bateau se mit à vibrer sous les pas silencieux descendant la passerelle.

Assise tendue et immobile, Sarah se forçait à écouter le silence, tout en combattant un désir frénétique de suivre Charles et de courir jusqu'au rivage se réfugier chez les Creed. Mais entre la proue de son bateau et la leur, presque trente mètres d'obscurité humide s'étendaient, limités par des roseaux et des saules rabougris, et Charles avait emporté sa lampe. Elle serra très fort le minuscule revolver et le froid du métal la calma. Mais elle était encore assise à écouter, crispée sur le bord du canapé, lorsque Charles revint environ un quart d'heure plus tard. La chandelle éteinte avait pleuré ses dernières gouttes, et le bateau tout entier était plongé dans l'obscurité.

Cette fois-ci, Charles arriva du rivage et gravit la passerelle. Au son de sa voix, Sarah se laissa tomber sur les coussins du canapé et pleura de soulagement. Il passa quelque temps dans l'office où elle pouvait voir le reflet de sa torche, puis il entra dans la pièce avec une lampe tempête trouvée dans l'un des placards. Elle éclairait en vacillant abominablement et l'huile empestait, mais Sarah était heureuse d'avoir une quelconque lumière.

« Alors, demanda-t-elle d'une voix qu'elle voulait froide et indifférente, qu'est-ce qui l'inquiétait ?

— Habib ? Pas grand-chose », répondit Charles en secouant ses cheveux mouillés. Ses vêtements étaient tachés d'humidité et de feuilles écrasées, ses souliers couverts de boue. « Votre ligne électrique est tombée : Habib a trébuché dessus et il a craint qu'elle n'ait été coupée exprès. Ce qui aurait prouvé qu'un autre que moi avait l'intention de venir cette nuit sur ce bateau. Toutefois, nous sommes arrivés à joindre l'autre extrémité de la ligne sans attirer l'attention sur nous avec notre lumière ; la chute de la ligne était probablement due à la tempête. »

Il s'interrompit pour tripoter la mèche de la lampe tempête qui éclairait de travers, enfumant le verre, et observa d'un air pensif qu'étant donné la facilité avec laquelle il avait pénétré dans le bateau un peu plus tôt, il suggérait de fermer portes et fenêtres avec de solides verrous. Au cas, bien sûr, où Sarah aurait l'intention de demeurer à bord.

Ces derniers mots laissaient entendre un soupçon de question, et Sarah répondit rapidement qu'elle avait parfaitement l'intention de rester. Les paroles étaient courageuses, mais leur effet en était quelque peu diminué, car elle ne put les prononcer sans claquer des dents. En effet, elle se demandait tout en parlant ce qui lui serait arrivé, et si elle serait encore vivante, au cas où un autre que Charles aurait forcé le loquet de la salle à manger.

Le fixant de ses prunelles dilatées, elle murmura d'un ton âpre, comme si on lui arrachait les mots : « J'ai peur, Charles, j'ai peur. »

Charles s'agenouilla rapidement et, s'emparant de ses mains froides, les tint serrées contre lui. Les siennes étaient chaudes, calmes et très rassurantes. Il sourit à Sarah, mais d'un sourire qui n'atteignit pas tout à fait ses yeux.

« Non, vous n'avez pas peur. Du courage, Sarah chérie !

— C'est facile pour vous..., commença Sarah en sanglotant.

— C'est là que vous vous trompez, interrompit Charles d'un ton rude. C'est diablement difficile pour moi ! »

Il laissa tomber les mains de Sarah et, se levant brusquement, retourna à la salle à manger où la jeune fille le suivit. Il se mit à fouiller le placard à l'aide de sa lampe.

« N'avez-vous rien d'autre sur ce bateau que du jus d'orange et de l'eau gazeuse ? demanda Charles d'une voix irritée.

— Il y a du cognac dans le placard d'angle.

— Heureusement ! Cela ne nous ferait de mal ni à l'un ni à l'autre. » Il versa une bonne dose de cognac dans un verre et le lui tendit : « Buvez ceci et vous irez mieux.

— Non merci, dit Sarah d'un air distant.

— Ne jouez pas à la petite fille.

— Je n'y joue pas. C'est simplement que je n'aime pas le cognac.

— Personne ne vous a demandé de l'aimer ; buvez-le, c'est tout. Nous avons encore une longue fin de nuit devant nous. »

Il poussa le verre à travers la table et sourit d'une manière inattendue : « Vous n'avez pas besoin de vous inquiéter. Je sais parfaitement que je suis seul sur ce bateau avec vous et qu'il est minuit passé. En fait, ni vos charmes ni la situation où nous nous trouvons ne m'ont échappé. Mais je n'essaie pas de vous saouler. »

Sarah le regarda d'un air furieux et but le verre d'une seule traite. Charles tendit la main et lui tapota l'épaule : « Bravo !

— Je suis persuadée que vous avez dit cela pour me fâcher suffisamment et que je boive. C'est bien ça ?

— De toute manière, le résultat a été obtenu. » Charles se versa une rasade pour lui-même et, prenant Sarah par le coude, il la ramena vers la salle de séjour.

« Et maintenant, revenons à nos affaires, dit Charles en installant Sarah qui se blottit dans un coin du canapé, Lager sur ses genoux. Tout d'abord, qu'y avait-il dans la lettre de Janet que vous avez brûlée ? Plus tôt nous le saurons, mieux cela vaudra. Tâchez de vous en souvenir mot pour mot. »

Les sourcils froncés de concentration, Sarah le lui rapporta. Charles dit : « Hum ! Je me demande pourquoi elle n'avait... Bon, elle ne l'a pas fait et c'est ainsi. Au moins, nous savons qu'elle a caché quelque chose sur ce bateau. L'ennui, c'est que d'autres semblent le savoir aussi. Mais comment ? Et pourquoi ? Avez-vous parlé à quiconque de cette lettre ?

— Non.

— Quelqu'un a-t-il pu la voir à un moment quelconque ? L'enveloppe donnait-elle l'impression d'avoir été touchée lorsque vous l'avez ouverte ?

— N... non, dit Sarah d'un ton dubitatif. Je ne le pense pas. Vous savez, je n'ai pas pensé à regarder quelque chose de ce genre. Je suis rentrée à la maison ce jour-là — c'était le soir de la réception de tante Alice pour le bal de la Croix-Bleue. Il était tard et mon courrier était abondant. J'ai commencé par lire toutes les lettres venant d'Angleterre et je n'ai pas eu de temps pour celle-là. Elle semblait sans intérêt et je l'ai mise dans mon sac pour plus tard.

— Combien de temps est-elle restée sur la table de l'entrée ?

— Je ne sais pas. Peut-être deux ou trois heures. Je suis sortie vers trois heures et ne suis rentrée qu'après sept.

— Donc, n'importe qui peut l'avoir vue, ouverte à la vapeur et l'avoir remise en place après lecture.

— Bien sûr que non ! dit Sarah d'un ton indigné. Seulement quelqu'un de la maison, et comme nous étions tous au match de polo cet après-midi-là, il ne restait que les domestiques. Or, aucun ne lit ni n'écrit l'anglais. De toute manière, quel intérêt ? Si quelqu'un voulait la voir, il aurait sûrement été plus simple de la voler et de s'en débarrasser. De cette façon je n'en aurais jamais rien su.

— Bien, laissons tomber. Mais alors, quoi ? Avez-vous posé votre sac quelque part ?

— Non. Il s'agissait d'un sac destiné à aller avec une certaine robe. Il y avait des roses grises dessus et il pendait à mon poignet par une bride. Je ne l'ai lâché que durant le dîner, et encore pour le suspendre au dossier de ma chaise. Vous étiez là. Vous auriez pu le toucher. Personne d'autre.

— Oui, dit Charles lentement. C'est vrai. Quand je pense que cette sacrée lettre s'est trouvée à moins de vingt centimètres de ma main pendant près d'une heure ! Si seulement j'avais su. Bon, continuez.

— Je n'ai ouvert la lettre qu'au milieu de la soirée dansante et, comme je ne savais pas ce qu'elle contenait, je n'ai pas eu l'idée de regarder si l'enveloppe avait été touchée ou non. De toute manière, nous étions mal éclairés par ces lanternes de papier. Puis Helen Warrender est venue nous interrompre et... vous savez ce qui s'est passé ensuite, vous y étiez. Vous... »

Sarah fut prise d'une idée subite et se redressa en une brusque secousse qui faillit faire tomber de ses genoux le léthargique Lager. Elle regarda Charles d'un air accusateur.

« Était-ce pour ça ? l'interrogea-t-elle.

— Pour ça ? Quoi ?

— Vous le savez ! Êtes-vous venu à cette réception pour moi ? Était-ce la raison pour laquelle on vous voyait toujours dans les parages, et pourtant jamais vous ne... » Elle s'arrêta et se mordit les lèvres.

Un sourire effleura la bouche de Charles, mais sa voix resta grave : « Mais bien sûr, comment aurais-je pu me tenir à l'écart ? »

Sarah rosit : « Ce n'était pas cela que je voulais dire. Vous savez parfaitement la signification de mes paroles, à savoir était-ce parce que j'avais connu Janet ? Vous ne vouliez pas me perdre de vue ?

— Oui, reconnut franchement Charles. J'étais... intéressé. »

Sarah se mit à rire, mais malgré elle, son rire sonna un peu amer. « Et je pensais... » Elle s'arrêta à nouveau.

« Vraiment ? » demanda doucement Charles. Pendant quelques secondes, il suivit du regard la spirale montante de sa cigarette : « Mais, savez-vous, Sarah, que cela aurait pu être vous ?

— Moi ? Quoi ? Que voulez-vous dire ?

— Vous qui aviez tué Janet. »

Le hoquet de rage de Sarah fit un petit bruit d'explosion dans la pièce calme, et elle se mit à chercher ses mots : « Vous... vous... vous pensez que je... vous pensiez que je...

— Très bien, dit calmement Charles.

— Croyez-vous réellement que...

— Non, dit Charles du ton de quelqu'un qui a réfléchi. Je ne le pense pas. Pas maintenant. Mais c'était parfaitement possible. On dit aussi — et cela a été malheureusement souvent prouvé — que la plupart des criminelles sont aussi de bonnes actrices. Vous connaissiez Janet et Mrs Matthews. Le tisonnier de cuivre de la chambre de Janet portait vos empreintes, et je vous avais rencontrée dans la tempête de neige à moins de cent mètres de la cabane près du Gap. Il fallait vous surveiller.

— Et vous m'avez surveillée, dit Sarah d'un ton aigre.

— Ainsi que d'autres, oui, admit Charles en grimaçant un sourire. Et j'ai eu la chance d'être là lorsque vous avez ouvert la lettre de Janet. J'ai même été obligé de vous regarder la brûler — et avec mon briquet en plus — alors que tout mon instinct me poussait à tendre la main pour m'en emparer.

— Alors, pourquoi ne pas l'avoir fait? Oh!... je crois comprendre. Si cela *avait* été moi, alors... oui, je vois. C'était très difficile pour vous.

— Terriblement. Cependant, si je ne savais pas ce que contenait la lettre, je savais d'où elle provenait et pouvais le vérifier jusqu'à un certain degré.

— Comment le saviez-vous? La connaissiez-vous donc si bien?

— Qui? Janet? Non, pratiquement pas.

— Alors, vous n'allez pas me faire croire que vous étiez capable de reconnaître son écriture sur un simple coup d'œil! La lettre n'était pas signée et je la tenais de telle manière qu'on ne puisse pas la lire. »

En guise de réponse, Charles sortit de sa poche intérieure un portefeuille de cuir et, après l'avoir fouillé, en sortit un petit papier qu'il lança sur les genoux de Sarah.

Sarah le déplia d'un coup sec et le regarda d'un air incrédule : c'était la lettre d'accompagnement de l'enveloppe cachetée de Janet, envoyée par le cabinet d'avocats de Rawalpindi.

Elle leva les yeux vers Charles et s'aperçut qu'il l'examinait avec la même curiosité intense qu'elle lui avait déjà vue. Elle dit d'une voix peu ferme : « Je... je ne comprends pas. Comment... comment l'avez-vous...

— Comment ai-je obtenu cette lettre ? Je l'ai ramassée sur la pelouse. Vous l'aviez oubliée.

— Mais ce n'est pas possible... je m'en serais aperçue...

— Non. Vous m'avez donné un excellent avis, vous ne vous en souvenez pas ? Lorsque vous avez renversé ce cognac à l'eau sur cette pauvre Helen, vous avez dit qu'il n'y avait rien de tel qu'un bon choc pour faire perdre la mémoire aux gens. Vous m'avez aimablement fourni l'idée, et moi le choc. Rappelez-vous.

Une lente vague de couleur partant de la base de sa gorge se répandit jusqu'à la racine des cheveux de Sarah, et elle se leva, laissant tomber Lager, telle une boule de velours, sur le sol. « Oh ! soupira impétueusement Sarah. Vous... vous...

— Continuez, allez-y. Traitez-moi de mufle ! »

Sarah s'assit brusquement et Charles se mit à rire.

« Cela ne sert à rien, Sarah chérie. Vous savez bien qu'à la guerre et en amour, tout se fait. Et cela a marché, cela a marché comme sur des roulettes. Vous vous êtes retirée avec l'air d'une archiduchesse offensée, oubliant complètement cette lettre tombée sur l'herbe et que j'avais doucement poussée sous votre siège. Mieux encore, le choc était apparemment suffisant pour vous empêcher de vous rappeler que vous l'aviez perdue. Et... si cela peut être d'une quelconque consolation... j'ai beaucoup apprécié, merci...

— Je vous trouve l'homme le plus insupportable que j'aie jamais rencontré.

— Et vous, vous êtes sans aucun doute la femme la plus attirante et la plus agaçante que j'aie jamais rencontrée au cours d'une expérience du crime longue et variée. Mais revenons-en à nos affaires. Depuis combien de temps êtes-vous sur ce *house-boat ?*

— Cinq jours.

— Et vous n'avez rien trouvé encore ?

— Non, mais j'ai commencé. J'ai tout d'abord cherché dans tous les endroits évidents, puis j'ai pensé que ce devait être dans l'un de ces misérables livres là-haut. J'en ai déjà examiné la moitié environ, mais c'est un sale travail, surtout lorsque l'on ne sait pas ce qu'on cherche.

— Au moins, maintenant, je suis là pour vous aider. Une “ note ”, a-t-elle dit. Ce peut être n'importe quoi. Sur une vitre, sur une lame de parquet. Caché derrière un de ces petits morceaux de bois au plafond. Diable ! Cela ne va pas être facile. Mais nous devons trouver, même s'il faut démolir ce bateau planche par planche. Et le plus tôt sera le mieux, car il me semble que trop de gens sont intéressés par lui.

— Ce qui me rappelle que vous n'avez jamais répondu à l'une de mes questions. Puisque vous me surveilliez, comment se fait-il que vous n'ayez pas su que j'étais sur ce bateau ?

— Je le savais, mais comme vous l'avez deviné, j'étais persuadé que vous seriez allée danser au Nedou. Un vilain accident du genre habituel a surpris un de nos agents, et sa doublure n'a pas été aussi efficace qu'il l'aurait pu.

— Accident... Vous voulez dire *meurtre ?* » La voix de Sarah craqua bizarrement sur le mot.

« Ce n'est pas tellement inhabituel, vous savez, dit Charles d'une voix douce.

— Oui, je sais. Je l'ai vu pour Janet. Je n'y croyais pas, mais je l'ai vu arriver. » Ses doigts se tordirent sur ses genoux et elle dit d'une manière saccadée :

« Charles, pourquoi est-ce seulement maintenant que j'ai pris ce bateau qu'un tas de gens le veulent ? Après tout, il a été vide pendant des mois. Pourquoi le veut-on maintenant ?

— Ah ! C'est bien là la question dont j'aimerais beaucoup avoir la réponse. A mon avis, nous ne sommes pas les seuls à vous avoir associée à Janet Rushton. Il y a toutes les chances que quelqu'un d'autre, ou même plusieurs personnes, vous surveille aussi... pour le cas où... Vous pouvez également parier tout ce que vous possédez que ce bateau a été fouillé à fond après la mort de Janet, et peut-être même avant.

— Alors, si vous croyez cela, pourquoi chercher ? La note a probablement été trouvée il y a des semaines.

— Réfléchissez, voyons, Sarah ! Si on l'avait trouvée, personne ne s'intéresserait plus au bateau. Au contraire, un nombre surprenant de personnes s'en occupe activement. Il paraît donc évident que l'on n'a rien trouvé.

— Mais je ne vois pas...

— Écoutez, dit patiemment Charles. Janet habitait ce bateau et avait laissé un dépôt en argent liquide pour le retenir jusqu'à la fin juin de cette année. Elle avait stipulé que si elle ne pouvait se servir du bateau elle-même, la personne qui présenterait le reçu du loyer aurait le droit de l'occuper. Est-ce clair ?

— Tout à fait, mais...

— Chut ! Janet meurt et vous pouvez être certaine que le bateau a été fouillé de fond en comble. Non parce qu'ils pensaient qu'elle y avait caché quelque chose, mais par mesure de sécurité. Comme on n'a rien trouvé, le bateau a cessé d'intéresser. Puis, soudain, une Miss Parrish qui avait assisté à la rencontre de janvier au Ski Club, occupé la chambre voisine de Janet Rushton, été vue en conversation avec elle au clair de lune devant le refuge (vous m'avez dit que quelqu'un surveillait) et est, très probablement, suspecte, cette Miss Parrish donc reçoit une mystérieuse lettre.

— Mais personne ne *pouvait* savoir cela, objecta Sarah.

— Ne m'interrompez pas. Au reçu de cette lettre, elle change subitement ses projets et, au lieu d'aller à Ceylan, décide de retourner au Cachemire. Maintenant, je ne crois plus que quelqu'un d'autre ait eu cette lettre de Janet. Nous, nous l'avons eue... par vous ! Je reconnais que cela paraît improbable qu'une autre personne se la soit procurée. Mais... Miss Parrish, presque certainement encore sous surveillance, arrive au Cachemire et *fournit le reçu du bateau de Janet Rushton.* Comprenez-vous maintenant ?

— Je le suppose, dit lentement Sarah.

— Il n'y a pas de *suppose* à ce sujet. Pourquoi Miss Parrish a-t-elle décidé de venir au Cachemire ? Et où s'est-elle procuré le reçu du *Waterwitch ?* Visiblement par Janet Rushton. Le *Waterwitch* doit immédiatement être surveillé, et Miss Parrish aussi.

— Mais, si comme vous le pensez, ils ont déjà fouillé le bateau..., commença Sarah.

— Bien sûr qu'ils l'ont fouillé. Mais ceci ne veut pas dire qu'ils apprécient des recherches indépendantes effectuées par une personne qu'ils ont toutes raisons de soupçonner. Parce que *vous* avez fait des recherches et je vous parie tout ce que vous voulez que votre *mânji* l'a révélé. En effet, toute cette histoire doit soulever bon nombre de questions gênantes. Pourquoi êtes-vous ici ? Comment êtes-vous venue en possession du reçu de Janet et que cherchez-vous ? Plus vite ils vous feront quitter le bateau, mieux ce sera.

— Bien sûr, dit lentement Sarah, il y a autre chose. Je pourrais même trouver pour eux. »

Charles lui lança un curieux regard de côté et dit doucement : « J'imagine que cela est leur principale idée. Pour autant qu'ils sachent, vous pouvez même savoir où chercher. Dans ce cas, en supposant qu'ils n'arrivent pas à vous évincer du bateau, le mieux à faire est de vous surveiller et de vous laisser découvrir. Dans le cas où vous trouveriez... » Charles s'arrêta brusquement et fronça les sourcils.

« Continuez, dit Sarah, dans le cas où je trouverais ?

— Oh, bien, répondit Charles d'un ton dégagé, je pense qu'ils décideront qu'il est plus simple de vous voler. Cela leur éviterait de se casser la tête et s'emparer de la solution ne serait qu'un jeu d'enfant.

— Ce n'est pas cela que vous aviez l'intention de dire. »

Charles se leva brusquement et se mit à arpenter nerveusement la petite pièce, les mains dans les poches. Puis il revint auprès de Sarah et se tint devant elle, les sourcils froncés :

« J'ai changé d'avis. Plus vite vous quitterez ce bateau et ce pays, mieux cela vaudra. Vous pouvez faire vos bagages et vous installer à l'hôtel Nedou demain matin. Nous trouverons une voiture pour vous emmener le jour suivant. »

Sarah lui décocha un sourire désarmant : « Et si je ne veux pas partir ?

— Vous ferez ce qu'on vous dira. Tant que vous restez ici, vous représentez une gêne et une responsabilité.

— Oh, non, c'est là que vous vous trompez. Tant que je resterai ici, il y a une chance pour que je ne sois qu'une simple touriste mêlée par erreur à une histoire qu'elle ignore. Pourquoi n'aurais-je pas *acheté* ce reçu à Miss Rushton ? Janet peut avoir décidé qu'elle ne voulait plus du bateau et vu la possibilité de récupérer son argent en le sous-louant à quelqu'un qui n'avait aucune raison de savoir que les prix baisseraient considérablement cette année. Ne voyez-vous pas cette absence de certitude qui est la leur ?

— Ce n'est pas la question.

— Si, ça l'est. Et il y a autre chose. Si je pars, ce bateau reviendra au premier inscrit de ce qui semble une longue liste.

— Non, je le reprendrai.

— Pour vous faire immédiatement repérer ? Vous m'avez dit que, dans votre métier, si quelqu'un devient suspect son efficacité est réduite à zéro. C'est bien ça ?

— Oui, mais...

— Non, c'est mon tour de prendre la relève. Je ne m'en irai pas. Ne croyez pas que j'ignore ce que vous alliez dire avant de vous reprendre. Vous étiez sur le point de dire que si et quand je trouverai, je subirai le même sort que Janet.

— Exactement, acquiesça Charles d'un air menaçant. En fait, les chances que l'on vous laisse en vie une fois que vous aurez trouvé ce qu'il y a sur ce bateau sont nulles. C'est pourquoi je vous envoie à Ceylan dès demain.

— Charles... attendez. Tout ce pourquoi vous travaillez est très important, n'est-ce pas ?

— Oui, très.

— Important à quel point ? Cela concerne une ou deux personnes ? Des centaines de personnes ? Ou quoi ?

— Je ne sais pas, c'est là le problème. Nous ne savons pas encore. Mais ce pourrait être des millions.

— Alors, pensez-vous avoir le droit de courir des risques ? Supposez qu'ils me soupçonnent ? Ce n'est pas très grave parce qu'ils ne peuvent avoir de certitudes. Aussi longtemps que je resterai sur le bateau, vous gardez une chance d'écarter les autres, et à moins que l'on ne réussisse à prouver que je suis complètement mêlée à cette affaire, je doute qu'ils entreprennent quelque chose de grave. Voyez-vous mon point de vue ?

— Peut-être avez-vous raison », dit Charles d'un air pensif. Debout, immobile, les mains dans les poches, il fixait le tapis fané. Puis il secoua ses épaules d'un geste mal assuré et dit : « Bon, vous avez gagné. Mais avec des conditions.

— Cela dépend des conditions. »

Charles ignora la remarque : « Tout d'abord, vous porterez toujours une arme et l'utiliserez sans hésitation en cas de crise. Si vous tirez par erreur sur un innocent, je vous en sortirai. Comme je vous l'ai déjà dit cette nuit, la règle d'or dans le cas présent est de tirer d'abord et de discuter ensuite. Je vous donnerai un revolver plus lourd. Ensuite, vous allez vous procurer des verrous et les poserez sur toutes les portes et toutes les fenêtres. Est-ce possible ? »

Sarah acquiesça de la tête.

« Enfin, vous n'irez seule nulle part. Emmenez toujours quelqu'un lorsque vous quittez ce bateau. Est-ce clair ?

— Comme de la purée de pois. Bon, je le ferai. Mais comment allons-nous agir à partir de maintenant ?

— Nous mettrons ce bateau en pièces s'il le faut. Et comme nous n'avons pas de temps à perdre, nous pourrions tout aussi bien commencer tout de suite. Avez-vous sommeil ?

— Pour l'instant, je ne me sens pas comme quelqu'un qui ne réussirait plus jamais à dormir.

— Bon, approuva Charles d'un ton sans pitié. Dans ce cas, on continue. Où en êtes-vous avec ces livres et que cherchiez-vous ?

— Une feuille de papier ou des pages marquées que l'on pourrait considérer comme un code. C'est tout ce que j'ai pu imaginer.

— Ce n'est pas une mauvaise idée. Mettons-nous au travail. »

Ils s'installèrent par terre, entourés de piles de romans, et commencèrent à les feuilleter méthodiquement. La nuit était enfin calme et tranquille, coupée par quelques lointains grondements de tonnerre, ou des bruits plus proches d'animaux. Les heures passaient, le dos de Sarah devenait douloureux et l'un de ses pieds s'engourdissait. Elle commença à écouter les bruits venant du rivage et à sauter nerveusement à la moindre occasion.

Charles, qui ne regardait jamais dans sa direction, parut s'apercevoir de son état car il leva les yeux et lui sourit :

« Tout va bien. Je vous ai dit que personne ne viendrait cette nuit. Je pense que nous en avons assez fait pour l'instant, laissons ce paquet. Nous mettrons les livres examinés à droite, les autres à gauche, d'accord ? »

Il se leva et tendit la main à Sarah.

« Aïe ! » dit-elle en se laissant tomber sur le canapé et massant sa jambe pour faire revenir la circulation. « A vrai dire, je ne pensais pas que quelqu'un monterait à bord avec votre homme sur le rivage. Mais si quelqu'un surveillait de beaucoup plus loin ? Après tout, ils seraient capables de voir qu'une lampe brûle dans cette pièce, même avec les rideaux tirés.

— Vous oubliez, dit Charles en grimaçant un sourire, que vous êtes une célibataire nerveuse vivant seule. Il est plus que probable qu'en une telle nuit vous laisseriez une lampe allumée. Je parie que vous l'avez fait avant de vous coucher ?

— Oui, celle de l'office, confessa Sarah avec un peu de honte.

— Je le pensais bien. Vous auriez été une femme exceptionnellement forte si vous ne l'aviez pas fait. Non, je ne pense pas que vous deviez vous inquiéter des soupçons éveillés par une lampe allumée. Et si votre bateau attire d'autres visiteurs cette nuit, Habib s'en occupera.

— Que sait-il au juste de cette affaire ?

— Assez pour continuer, répondit Charles sans se compromettre. Personne n'en sait guère davantage, sauf un, ou peut-être deux hommes au sommet.

— Janet m'avait dit quelque chose de ce genre... Mrs Matthews et elle n'étaient que les maillons d'une chaîne.

— Mrs Matthews était un peu plus qu'un maillon. Mais Janet avait raison. En savoir trop et le diffuser peut être très dangereux. Cela a été prouvé maintes et maintes fois, cette affaire en est un exemple. Quelque part sur ce réseau, quelqu'un a été acheté, victime d'un chantage, ou torturé pour révéler ce qu'il savait. Nous avons un certain nombre de personnes, comme l'homme rencontré à Babamarishi, ici au Cachemire : ils travaillent chacun de leur côté et ne se connaissent pas. Ils sont des petits maillons de l'ensemble, mais non l'étincelle ou le combustible. Et malheureusement, à des agents de leur niveau on ne peut confier le genre de renseignements sur lequel Mrs Matthews et Janet Rushton semblent être tombées, ce qui a été de la malchance pour elles. »

Il resta un moment silencieux à fixer la flamme de la lampe à huile qui durcissait ses traits. Sarah dit très vite : « Charles...

— Oui ?

— Qui sont-*ils*... ceux que vous appelez les ennemis ? Les gens qui ont tué Janet, Mrs Matthews et... et tous les autres ? Je l'ai demandé à Janet, mais elle a refusé de répondre. Aussi je supposais qu'il s'agissait des habituels “ combattants de la liberté ”, les partisans des “ Anglais hors de l'Inde ”. Mais maintenant, dc toute manière nous partons, ils savent qu'ils ont gagné, alors il n'y a plus de raison pour eux de continuer.

— Ce n'est pas cela.

— Alors qui ?

— Réfléchissez vous-même, dit d'un ton peu coopératif Charles.

— Ce n'est pas une réponse, et vous le savez bien. Vous ne pouvez plus me duper ainsi désormais, pas après m'avoir effrayée comme vous l'avez fait cette nuit, sans compter le jour de Gulmarg ! Est-ce une histoire politique, une révolution, une mutinerie, de la contrebande de drogue ou quoi? Vous dites " personne ne sait ". Mais vous, vous devez bien avoir quand même une *petite idée?* »

Charles s'assit sur le bras du canapé et commença lentement : « Oui, nous avons une idée. Vous savez bien, Sarah, que tous les pays du monde possèdent un Service d'espionnage — un Service secret si vous préférez l'appeler ainsi. Ici, en Inde, il s'occupe souvent de ce que Kipling appelait le " grand jeu ". Ce jeu s'étend des Passes de Khaiber jusqu'à la frontière d'Assam et plus loin. A travers toute l'Inde, nous devons garder littéralement une oreille collée au sol, parce qu'une phrase murmurée dans un bazar du Sikkim peut concerner une révolte au Bengale. Nous devons avoir des yeux et des oreilles ouverts dans toutes les villes et tous les villages...

« Eh bien, quelque chose de très bizarre se passe en Inde depuis l'année dernière. Quelque chose qui dépasse les habituelles histoires en sous-main. Par exemple, il y a eu un nombre phénoménal de cambriolages. Pas les vols usuels, mais de grosses sommes. Des vols parfaitement organisés de bijoux d'État valant des millions comme les rubis de Charkrale ou les émeraudes de Rajgore qui sont sans prix. Quelques-uns de ces bijoux ont fait leur apparition à des endroits inattendus, mais nous avons découvert que, pour une raison quelconque, la plupart, si ce n'est tous, sont passés au Cachemire, ou par le Cachemire. Cet État est devenu une sorte de réserve, un pool.

— Je me souviens des émeraudes. Je veux dire, c'est à cause d'elles que vous jouiez au polo cet après-midi... » Elle s'arrêta brusquement et Charles la regarda avec curiosité.

« Ces émeraudes, dit-il après une pause, sont ici, au Cachemire.

— Comment le savez-vous? demanda Sarah étonnée. Les avez-vous?

— Non, mais nous savons qu'elles sont ici. Nous pensions avoir pris toutes les précautions nécessaires pour qu'elles ne passent pas cette frontière, mais quelqu'un a été plus adroit que nous. Elles sont ici.

— Mais pour quoi faire?

— Tout d'abord être retaillées. Un grand nombre de pierres ont été retaillées ici dans des petites bijouteries crasseuses des bas quartiers. Mais les plus belles pierres ont traversé les Passes par Gilgit et les Pamirs.

— Pour aller où ? »

Charles lui jeta un coup d'œil de biais sous ses cils : « Vous pouvez aussi bien deviner que moi, dit-il sèchement. Je vous ai demandé de réfléchir par vous-même.

— Mais... mais, ce sont nos alliés, protesta Sarah horrifiée.

— Ils ne sont les alliés de personne et ne l'ont jamais été. Sauf quand cela les arrange et pas une minute de plus ! Ils s'allieront même — et continueront à le faire — avec les régimes les plus ostensiblement fascistes, réactionnaires et brutaux dans le seul but de servir leurs propres intérêts et non ceux des autres. Leur but est toujours le même : eux en haut et tous les autres à genoux, ou s'ils ne s'agenouillent pas, à plat ventre et morts.

— Mais l'argent... ces bijoux... je ne comprends pas pourquoi... Voulez-vous dire qu'ils pourraient servir à déclencher un mouvement contre nous... une autre mutinerie ? »

Charles se mit à rire, puis se calma soudain : « Non, ce n'est pas ça. Comme vous me l'avez dit vous-même, il n'y aurait aucun intérêt à en déclencher une maintenant que les Britanniques quittent l'Inde.

— Alors pourquoi vous inquiéter de cette affaire qui ne sera plus la vôtre lorsque vous aurez évacué le pays ?

— Parce que le monde s'est rétréci, Sarah. Il se rétrécit de jour en jour. Maintenant, il n'est plus indifférent pour les peuples d'Amérique du Sud qu'un État des Balkans saute. Quoi que ce soit qui arrive ici peut nous concerner tous et nous devons trouver ce dont il s'agit. Nous le *devons*.

— Est-ce pour cette raison que Mrs Matthews est montée ici ? A cause de l'argent, des bijoux et de tout le reste ?

— Oui. Toute filière que nous suivons semble se terminer au Cachemire. Au début, nous pensions qu'il s'agissait d'un vol à grande échelle et rien de plus, mais qu'il fallait l'arrêter. Nous avons mis beaucoup de monde sur l'affaire, mais du menu fretin pour la plupart. Pendrell était un assez gros poisson. Il s'est laissé prendre et est mort. Alors, nous avons envoyé quelqu'un de même envergure, Mrs Matthews, et ils l'ont eue aussi. Deux personnes nous ont expédié le signal Top Secret, celui que nous utilisons seulement dans les cas extrêmement graves. Quelque chose se concocte, Sarah. Quelque chose de mauvais et de répréhensible. Et nous devons savoir ce qu'il en est et l'empêcher avant de quitter ce pays, parce que après cela...

— Le déluge ?

— Peut-être. En attendant, comme je vous l'ai dit, vos déductions valent les miennes. Combien de ces satanés livres nous reste-t-il à fouiller ?

— Environ quarante, soupira Sarah. Je les regarderai demain. Aïe !

— Que se passe-t-il ?

— Encore des fourmis dans mes jambes. J'ai frotté un pied et elles sont parties, maintenant que je me suis assise sur l'autre, le voici tout engourdi. »

Charles s'agenouilla et, après avoir ôté les petites pantoufles vertes, massa les pieds de Sarah pour activer la circulation.

« N'est-ce pas une chance d'avoir d'aussi jolies pantoufles ? » murmura Sarah d'un ton rêveur et satisfait.

Charles leva les yeux et rit : « Franchement non. Pour l'instant, je les préférerais du genre banal que l'on voit dans les établissements de bains.

— Pourquoi ?

— Parce qu'elles détournent mon attention. Et aussi parce que je me sentirais nettement mieux si je pouvais trouver à votre propos quelque chose que je n'aime pas.

— Oh ! » dit Sarah d'une toute petite voix. Charles lui remit ses pantoufles, se releva et épousseta ses genoux.

« Serait-ce une aide, suggéra Sarah avec douceur, si je vous disais que je ronfle ?

— Est-ce le cas ?

— Je ne sais pas.

— J'y songerai, dit gravement Charles... et sauterai sur la première occasion de le savoir. Merci pour la suggestion.

— Cela n'en vaut pas la peine, dit Sarah d'un air collet monté. Je suis toujours ravie de rendre service à un homme avec lequel je passe la nuit.

— Grand dieu ! Mais c'est le matin !

— Je me demandais quand vous vous en apercevriez. »

Sarah s'approcha de la fenêtre et tira le rideau. Dehors, le lac et les montagnes n'étaient plus noirs, mais gris et, à l'est, le ciel se colorait légèrement d'argent et de safran. Les oiseaux commençaient à pépier et à bruisser dans les arbres, et de la direction de

Nasim vint, léger mais distinct l'appel mélodieux du muezzin de la mosquée de Hazratbal appelant les croyants à la prière...

« Zut ! dit Charles doucement. Il faut que je m'en aille rapidement. Bonne nuit, Sarah... Je veux dire : bonjour. Tâchez de dormir un peu. Tout va aller bien maintenant. Je vous verrai... »

Un léger sifflement vint du rivage.

« C'est Habib », dit Charles qui disparut.

Sarah entendit le bruit étouffé de la porte de l'office que l'on fermait, et le bateau frémit sous les pas rapides qui descendaient de la passerelle. Un bruissement dans les saules, puis le silence.

Lager bâilla, s'étira et remua paresseusement la queue. « Heureusement, toi, tu vas bien ! » dit Sarah.

# 15

Il était plus de dix heures lorsque Sarah s'éveilla pour trouver Fudge Creed debout à côté d'elle qui la secouait.

« Debout, paresseuse ! Dormez-vous toujours aussi tard ? On croirait que vous avez traîné dehors toute la nuit !

— Vous seriez étonnée. » Sarah se mit sur son séant et passa la main à travers ses boucles rousses : « Bonjour, Fudge. Fait-il beau ?

— Merveilleux ! » déclara Fudge en tirant les rideaux, et le soleil fit danser les poussières sur le plafond. « Votre *mânji* me dit que votre petit déjeuner vous attend depuis une heure et demie, j'imagine qu'il doit être immangeable maintenant.

— Dites-lui que je serai prête dans un quart d'heure. » Sarah se glissa hors du lit et s'étira pour éliminer son envie de dormir.

« Lorsque vous aurez terminé, vous viendrez avec nous pour une expédition de shopping. Nous cherchons des bols de papier mâché pour un cadeau de mariage. Comme Hugo pense que vous aimeriez voir la ville et la rivière, nous irons jusqu'aux boutiques de Fourth Bridge. Ils y vendent de belles choses. Qu'en pensez-vous ?

— Tout à fait ce qu'il me faut », dit Sarah d'un ton léger, soulagée à l'idée de quitter le bateau pour une heure ou deux. Charles lui avait dit : « N'allez seule nulle part », mais ne l'obligeait pas à rester sur le bateau, et elle en avait vraiment assez du *Waterwitch* pour l'instant. Elle s'habilla et pria le *mânji* d'acheter au bazar une douzaine de verrous avec leurs accessoires, puis s'installa pour prendre son petit déjeuner.

Tout en buvant son café, elle se demandait pourquoi, après les angoisses de la nuit et sa commande de verrous pour écarter les intrus, elle pouvait bien se sentir si gaie et le cœur si léger.

« *Enfer et damnation !* » cria une voix de l'autre côté de la fenêtre. Hugo fit irruption en tenant une rame dégoulinante.

« J'ai eu beau obtenir mon brevet de rameur à l'Université, je suis incapable de faire avancer ces bateaux plats plus de cinq mètres sans décrire trois cercles complets et me tremper jusqu'aux os. Bonjour, Sarah, vous sentez-vous aussi bien que vous le paraissez ?

— Je me sens merveilleusement bien. Ce doit être l'air, j'ai envie de me précipiter pour aller danser dans les champs.

— Si nous nous précipitions plutôt jusqu'au Fourth Bridge où vous me tiendrez la main tandis que Fudge me ruinera chez les marchands de papier mâché ?

— Vous comptez nous y emmener en ramant ? demanda Sarah avec inquiétude.

— Soyez sans crainte ! Je suis trop corpulent et trop incompétent pour ce genre d'exercice. Je vous propose d'y aller en voiture. Nous pourrions déjeuner au Nedou en revenant. Cela vous plaît-il ?

— Attendez seulement que je prenne mon chapeau. » Sarah disparut en chantonnant, tandis que Hugo finissait distraitement les toasts et la confiture.

Ils arrivèrent à midi chez Ghulam Kadir, le marchand de papier mâché, car Hugo avait tenu à s'arrêter au Club pour prendre une bière. Ils y avaient rencontré Reggie Craddock et Mir Khan qui décidèrent de les accompagner.

Les magasins de Ghulam Kadir donnaient sur la rivière et étaient surencombrés d'objets en papier mâché. Des bols et des boîtes de toutes tailles et formes, des vases, des bougeoirs, des garnitures de table, des lampes, des tables, des plats. Sur tous ces objets, des oiseaux, des papillons, des feuilles, des fleurs ou des dessins orientaux tarabiscotés avaient été peints et dorés à la feuille.

Des vendeurs en caftans marron, coiffés de turbans blancs immaculés d'une taille impressionnante, souhaitèrent la bienvenue et se précipitèrent pour présenter les marchandises. A l'évidente satisfaction du vieux propriétaire et à l'amusement non dissimulé de Mir Khan, la pile des achats de Sarah s'éleva bientôt à une hauteur alarmante.

Hugo perdit vite son intérêt pour les objets offerts. Se mettant à errer dans le magasin, il passa une porte garnie d'un rideau. On entendit sa voix saluer quelqu'un de l'autre côté.

« Zut ! Cette vieille peste de Candera est là », grommela

Reggie Craddock qui tenait un assortiment de rince-doigts, tandis que Fudge débattait des mérites respectifs des modèles de feuilles de chêne d'Inde, de martins-pêcheurs, de lotus. « Je ne peux supporter cette femme. Je ne comprends pas comment Meril y arrive. Quelle vieille potinière ! »

On pouvait entendre le ton aigre de Lady Candera s'élever en commentaires et critiques dans la pièce voisine :

« Eh bien, Hugo ? Je vois que, comme à l'accoutumée, vous perdez votre temps et votre argent ! Où est votre femme ? Je ne comprends pas pourquoi les gens achètent toutes ces saletés. Ils n'y connaissent rien et n'ont aucun jugement. Je viens justement de dire à Ghulam Kadir qu'il avait de la chance que Srinagar reçoive autant de touristes dénués de goût. Que faites-vous ici ?

— L'imitation étant la forme de flatterie la plus sincère, répondit Hugo, je suis votre exemple et acquiers — à contre-cœur et par procuration, si j'ose dire — un lot de ces saletés. »

Lady Candera laissa échapper un ricanement aigu : « Vous me plaisez, Hugo Creed. Vous êtes à peu près la seule personne qui ait le toupet de me tenir tête. Mais vous me mésestimez en pensant que j'achète ces objets. Bonté divine ! Je surveille seulement Meril pour éviter que son goût déplorable ne lui fasse perdre son emploi. Le résident désire acquérir deux douzaines d'objets en papier mâché ou autres fantaisies locales pour envoyer à une vente de charité, et il a demandé à ma nièce de s'en occuper. Cet homme doit être retombé en enfance pour confier ce choix à Meril car, laissée à elle-même, elle se fera rouler et reviendra avec les horreurs les plus invendables de tout Srinagar. Le commandant McKay a eu l'obligeance de venir m'aider.

— Ciel ! » murmura Reggie.

On entendit la voix de Meril Forbes protester en tremblant : « Mais, tante Ena, vous savez que c'était votre...

— Tiens ta langue, mon enfant, dit Lady Candera d'un ton sec. Je ne vais pas discuter avec toi. Va chercher de jolies boîtes à poudre. Je n'aime pas les deux dernières que tu m'as montrées. Le commandant McKay pourra te conseiller. »

Le rideau poussiéreux et surchargé de broderies se souleva et Lady Candera entra, son face-à-main en position de bataille : « Ah ! Antonia, dit-elle à Fudge, vous voici occupée à augmenter un peu plus le découvert de votre mari, j'imagine ? » Elle dirigea son face-à-main sur Reggie Craddock qu'elle inspecta en silence, puis ajouta : « Je vois que vous avez amené votre fidèle chevalier servant. Ce que c'est que d'être jeune !... De mon temps, nous manquions beaucoup d'agréables occasions en nous tenant fidèlement aux strictes conventions. Attention, vous allez laisser tomber l'un de ces bols, commandant Craddock. »

Reggie Craddock se renfrogna et, en essayant de rattraper le bol qui glissait, il en laissa tomber trois.

« Pourquoi ne pas les poser sur ce canapé ? demanda Lady Candera. Ce serait beaucoup plus prudent. Vous voyez que vous en avez cassé un et qu'il faudra le payer. Il pourra vous servir de cendrier. Vous avez le teint un peu vif, Antonia... Ou il faut mettre moins de rouge. Si vous, les jeunes femmes, vous devez vous maquiller, je souhaiterais que vous le fassiez d'une main moins généreuse. »

Fudge dit d'un ton calme : « Chère Lady Candera, comme vous aimez nous tourmenter. Mais ce matin, je suis décidée à vous décevoir : je refuse de marcher.

— Vous vous ressemblez, Meril et vous, observa Lady Candera en s'asseyant d'un air majestueux sur le canapé, vous n'avez aucun cran.

— Parce que nous avons toutes peur de Lady Candera. Elle connaît les secrets de chacun et on ne lui cache rien, n'est-ce pas exact ?

— Je connais le vôtre, si c'est de cela dont vous parlez, dit Lady Candera d'un ton sec.

— Ah ! ah ! dit Hugo. Je vois que vous appartenez à l'école de " tout est découvert " !

— Qu'est-ce, je vous prie ?

— Kipling l'a expliqué très clairement : " Écrivez à n'importe qui que tous ses secrets ont été trahis, et le pape lui-même ne pourra pas dormir. " Autrement dit, si vous murmurez " *Tout est découvert* " dans l'oreille d'un type, neuf chances sur dix qu'il prenda le premier bateau pour l'Amérique du Sud dans le cas où ce serait vrai.

— Vous pensez qu'il n'existe pas une personne n'ayant rien à cacher ? demanda Mir Khan.

— A peu près, acquiesça Hugo. A vrai dire, si quelqu'un susurrait dans mon oreille " *Tout est découvert* ", vous ne me verriez plus à cause de la poussière.

— Cela, je veux bien le croire ! » dit Lady Candera d'un ton acerbe. Tournant le dos à Hugo, elle mit son face-à-main pour examiner Sarah. « Ah ! la riche Miss Parrish !

— Hélas non !

— Quoi ? Oh... mais je pensais que tous les touristes pouvant s'offrir un voyage en Inde étaient riches.

— Pas moi, je le crains, avoua Sarah en riant.

— Eh bien, c'est une bonne histoire, mon enfant. Répandez-la. Que l'on vous *croit* riche est la meilleure chose après *être* riche. Vous vous apercevrez que cela ajoute à votre popularité. Alors, vous aussi vous achetez ces horreurs ?

— Oui, je trouve cela charmant... »

Elles furent interrompues par l'arrivée de Helen Warrender, accompagnée par le capitaine Mallory. Charles, qui avait inclus Sarah dans un salut général, ne semblait pas le moins du monde avoir passé une nuit à travailler sans dormir. Pas plus que ne semblait le gêner la main possessive de Helen sur son bras. En le remarquant, Sarah se sentit inexplicablement déprimée et irritée. Mir Khan l'avait laissée pour discuter dans la pièce voisine des mérites respectifs des chandeliers et des lampes avec Meril Forbes, et le commandant McKay et les autres s'étaient réunis autour du canapé où trônait Lady Candera, aussi Sarah se trouva-t-elle momentanément seule.

A demi recouvert par un lourd rideau brodé à franges, un petit passage voûté partait de sa gauche. Poussée par une sourde irritation, elle écarta le rideau et entra dans un autre pièce du magasin : sombre, poussiéreuse et encombrée de tables.

Les murs étaient tendus de tissu rouge brique brodé de dessins géométriques incrustant des petits morceaux de miroirs. Par terre, d'épais tapis persans. Au centre de la pièce et le long des murs, le même bric-à-brac d'objets en papier mâché qu'à côté. Il ne semblait pas y avoir d'autre issue à la pièce que le petit passage voûté par lequel Sarah était entrée mais, sur l'un des côtés, des volets de bois peints et sculptés protégeaient une fenêtre et un balcon surplombant la rivière.

Les volets étaient clos, si bien que la seule lumière de la petite pièce sombre filtrait à travers les interstices des sculptures, et l'atmosphère était à la fois froide et confinée. Cela sentait la poussière, le bois de santal et le lent passage des siècles... Et quelque chose d'autre. Quelque chose que, pour l'instant, Sarah ne pouvait identifier.

Elle erra sans but à travers la pièce, prenant et posant les objets sans vraiment les voir, écoutant d'une oreille distraite les voix dans la pièce voisine : celle de Charles, de Hugo, de Helen et de Lady Candera qui se fondaient ensemble, diminuaient jusqu'à n'être plus qu'un murmure. Ils sont partis ailleurs, pensa Sarah.

La petite pièce encombrée et poussiéreuse était très calme : calme et froide et... et quoi ? Sarah aurait été incapable d'expliquer pourquoi elle se sentit soudain saisie d'une panique qui lui faisait vouloir fuir la pièce pour retrouver ses compagnons. On aurait dit qu'en entrant ici, elle avait quitté le monde du quotidien, car quelque chose l'effrayait. Quelque chose...

Soudain, elle comprit. L'odeur de la sombre entrée de la cabane près du Gap. On la sentait ici également ! Légère, mais nette, dans ce magasin de Ghulam Kadir, près du Fourth Bridge.

Sarah resta immobile, retenant son souffle et incapable de bouger. Il ne venait plus de bruit à travers le rideau, et même ceux de la rivière et de la ville, par-delà les volets sculptés, semblaient enfouis dans le silence. Quelque chose bruissa derrière les tentures des murs, les minuscules miroirs scintillèrent sous le léger mouvement, centaines d'yeux sournois et brillants qui surveillaient Sarah et réfléchissaient son image sur les draperies sombres et poussiéreuses.

Les épais tapis l'empêchèrent d'entendre les pas mais le rideau du passage fut tiré violemment en arrière et Charles s'avança sur le seuil :

« J'ai été envoyé à votre recherche... », commençait-il lorsque la peur empreinte sur le visage blanc de Sarah l'arrêta et il laissa rapidement tomber le rideau. La voix de Sarah murmura en une sorte de croassement : « *L'odeur ! L'odeur dans la cabane. Elle est dans cette pièce... !*

— Chut », dit Charles. Il avança d'un pas et saisit le poignet de Sarah. « Reprenez-vous, Sarah ! ordonna-t-il. Vite... là, c'est bien.

— Cette odeur..., répéta Sarah.

— Oui, je sais. Que diable faites-vous ici ?

— Je suis entrée pour voir...

— Non, je veux dire dans cette maison ?

— Fudge voulait faire un peu de shopping.

— Êtes-vous... » Un très léger bruit vint d'au-delà de la portière et presque en même temps, aussi vite et d'une manière aussi inattendue qu'une fois auparavant, Charles la prit dans ses bras et l'embrassa, la tenant assez serrée pour qu'elle ne puisse ni bouger ni parler.

Derrière eux, le rideau fut repoussé et le commandant McKay apparut sur le seuil, rougissant et surpris. Son visage déjà coloré prit peu à peu le ton des betteraves ; il toussa légèrement d'un air embarrassé et se recula pour laisser passer Sarah, les joues en feu, que Charles venait de lâcher.

Elle traversa le grand magasin en courant et entra dans une pièce. Un escalier en colimaçon en partait et, quelque part au-dessus, on entendait Reggie Craddock discuter avec Fudge, et le rire affecté de Helen Warrender. Sarah s'arrêta brusquement, intimidée par la perspective des yeux moqueurs de Helen, du regard perspicace de Mir Khan et du face-à-main assassin de Lady Candera, tous fixés sur son visage rouge et ses cheveux ébouriffés.

Elle aurait aimé se souvenir de l'endroit où se trouvait son sac qui contenait un petit miroir carré, ainsi qu'une houppette à poudre et un peigne. L'avait-elle confié à Mir Khan ou posé sur une table de la pièce derrière elle ? Tandis qu'elle hésitait, Charles franchit rapidement la porte. Le visage parfaitement neutre, il regarda Sarah en fronçant légèrement les sourcils, comme s'il avait oublié qui elle était.

« Je suppose, dit Sarah d'une voix basse et furieuse, qu'il s'agissait d'un autre traitement de choc ? Que suis-je censée oublier cette fois-ci ? »

Les sourcils de Charles se froncèrent davantage. Il la saisit par le coude et la fit virevolter pour qu'elle monte l'étroit escalier.

« Ne vous conduisez pas comme une sotte, Sarah. » Il s'arrêta un moment au détour de l'escalier pour regarder rapidement en haut et en bas et dit à mi-voix : « Quelqu'un entrait et comme je ne pouvais savoir de qui il s'agissait, j'ai dû trouver rapidement un alibi. Ce faisant, j'ai probablement abrégé les jours de McKay : le pauvre diable en devenait incohérent à force de s'excuser. Mais ça, c'est son affaire ; et pour ce que j'en sais, cela aurait très bien pu... Pour l'instant, il n'est pas question pour moi d'être surpris en conversation privée avec vous, Sarah, à moins de fournir une raison évidente et tout à fait innocente. Je n'avais donc rien d'autre à faire que de fournir la raison.

— Je vois.

— J'en doute. Ce n'est pas une maison qu'il est prudent de visiter en ce moment, Sarah, et plus vite vous la quitterez, mieux ce sera. » Il se mit soudain à sourire : « Bien, je m'excuse. J'ai agi de manière abominable, et pour la seconde fois, en plus. S'il y en a une troisième, vous saurez que je suis vraiment sincère ! Maintenant, si vous êtes capable d'essayer de moins ressembler à une fille qui vient de trouver le cadavre du sous-sol, et davantage à celle qui vient d'être embrassée dans la serre, nous allons rejoindre les autres.

— J'essaierai, répondit Sarah d'une voix douce.

— C'est bien ! » approuva Charles qui la suivit à l'étage au-dessus où le reste des clients de Ghulam Kadir admiraient des meubles et des ornements sculptés en noyer poli.

« Oh ! vous voici, dit Fudge. Où étiez-vous, Sarah ? J'ai demandé à Charles d'aller à votre recherche pour le cas où vous vous perdriez au milieu de ces pièces et de ces escaliers. Que pensez-vous de ces petites tables gigognes en noyer ? Ne sont-elles pas charmantes ? Il m'en faut absolument un ensemble. »

Hugo poussa un grognement tout à fait audible lorsqu'un petit vendeur corpulent, au visage marqué par la variole, se précipita pour empiler le jeu de petites tables, les enveloppa et les ficela. Un autre vendeur, à la barbe teinte en rouge, faisait de même pour Meril Forbes sous l'œil critique de Lady Candera, tandis qu'un troisième établissait les factures.

Ghulam Kadir apparut sur le seuil et donna un ordre à voix basse. Le vendeur à la barbe rouge disparut, puis revint avec un grand plateau de cuivre chargé de minuscules tasses de café noir que Ghulam Kadir distribua à la ronde avec des compliments ampoulés.

Charles tendit son étui à cigarettes à Helen Warrender qui le regarda et se mit à rire : « Merci, mais je ne veux pas vous priver de votre dernière cigarette.

— Excusez-moi, je ne m'étais pas aperçu qu'il m'en restait seulement une. Mais pour vous, Helen, je sacrifierais bien ma dernière !

— Cher Charles, j'aimerais pouvoir vous prendre au sérieux, mais vous savez bien que je ne fume que des Sobranies. Je vais cependant vous faire l'honneur d'accepter votre dernière bouffée. » Elle se pencha sur le briquet que Charles tendait, tandis que le vendeur au visage marqué par la variole se précipitait un paquet de cigarettes à la main ; Charles en accepta une avec un mot de remerciement. Puis, il regarda sa montre :

« Je ne voudrais pas vous bousculer, Helen, mais il est plus d'une heure de l'après-midi et puisque nous devons déjeuner au Nedou avec Johnnie et les Coply à 1 h 15, nous aurons déjà une demi-heure de retard si nous partons maintenant. »

Ils descendirent tous le petit escalier tortueux à la file indienne, et lorsqu'ils atteignirent la principale salle d'exposition de papier mâché, Ghulam Kadir, qui les avait précédés, présenta un lot de petits objets dont il offrit cérémonieusement un à chacun des clients. Il s'agissait de petits étuis à allumettes faits en papier mâché.

« Oh ! merci, ils sont ravissants, s'exclama Sarah en examinant son cadeau sur lequel étaient peints des feuilles de chêne d'Inde dorées et des bourgeons sur fond couleur crème.

« Il faut absolument que nous partions, dit Fudge. Que cherchez-vous, Sarah ?

— Mon sac. Je l'ai laissé quelque part en bas et je n'ai pas encore réglé ma facture.

— Qui a vu le sac de Sarah ? demanda Hugo. A-t-on jamais vu une femme revenir d'une expédition de shopping sans perdre quelque chose ? Y a-t-il un médecin — je veux dire un détective — dans la maison ? »

Les paquets furent abandonnés tandis que le groupe fouillait toutes les pièces.

« Mon Dieu, je suis désolée, s'excusa Sarah d'un air contrit. Il est blanc, plutôt petit. Je ne me rappelle pas où...

— Est-ce ceci ? » demanda Hugo d'un ton patient en extirpant un sac de daim blanc coincé entre une table en santal sculptée et l'extrémité d'un canapé.

« Merci, Hugo ! » Sarah récupéra son bien avec gratitude et paya sa note. Le groupe de clients reprit ses paquets respectifs et sortit dans la rue où les rejoignit le commandant McKay qui était allé se calmer en fumant une cigarette au bord de la rivière.

Lady Candera, Meril et le commandant, qui déjeunaient eux aussi au Nedou, allèrent en *shikara* jusqu'au Fourth Bridge. Charles, dont la voiture était de l'autre côté, accepta d'y être emmené avec Helen. Sarah, Reggie Craddock et Mir Khan s'empilèrent dans la voiture des Creed et suivirent le labyrinthe de ruelles tortueuses qui serpentaient à travers la ville de Srinagar.

# 16

Il était près de deux heures lorsque la voiture de Hugo arriva à l'hôtel Nedou et que ses passagers en sortirent.

« Reggie et vous allez déjeuner avec nous, Mir ? demanda Hugo en se dégageant d'un monceau de paquets.

— J'en serai ravi.

— Et vous, Reggie ?

— Eh bien, dit Reggie d'un ton indécis, je n'ai pas prévenu mon pub que je ne déjeunais pas...

— Téléphonez-leur, si c'est cela qui vous tracasse. De toute façon, à cette heure-ci ils ne comptent plus sur vous.

— Vous avez probablement raison, admit Reggie. Dans ce cas, merci beaucoup, je serai très content de me joindre à vous. »

Contrairement aux récentes années où il était très fréquenté, l'hôtel Nedou paraissait très calme et un peu endormi. Seules quelques personnes se trouvaient dans l'entrée lorsque Fudge et Sarah la traversèrent. Un murmure de voix et un cliquetis de verres venaient du bar ; en y jetant un coup d'œil par la porte ouverte, Sarah aperçut Johnnie Warrender et les jumeaux Coply qui jouaient aux dés.

Hugo se dirigea vers une table devant la fenêtre. Helen, suivie de Johnnie, de Charles et des Coply, vint très vite prendre place à une table proche. Il pesait quelque chose de curieusement déprimant sur cette vaste salle où l'écho se répercutait dans un océan de tables inoccupées et Hugo lui-même, dont la bonne humeur était habituelle, semblait s'en ressentir.

La majeure partie du déjeuner se passa en silence. Une fois terminé, ils allèrent prendre leur café dans le hall de l'entrée où ils s'assirent face à une grande piste de danse vide. Au bout de la piste se trouvait une scène de théâtre qui avait beaucoup servi à des représentations d'amateurs au cours des précédentes années ; les lourds rideaux de peluche rouge foncé qui la cachaient semblaient ajouter à la mélancolie de cette salle de bal déserte.

Hugo, Reggie et Mir allèrent nonchalamment jusqu'au bar en quête de liqueurs, tandis que Fudge et Sarah s'assirent pour siroter leur café et bavarder à bâtons rompus avec le commandant McKay qui semblait avoir perdu ses compagnons. Charles traversa le hall et vint s'asseoir sur le bras du fauteuil de Fudge.

« Cigarette, Fudge ? Vous ne fumez pas, je crois, Sarah ? Eh bien, saint Georges, qu'avez-vous fait du dragon ? »

Le commandant McKay laissa apparaître un sourire : « Si vous faites allusion à Lady Candera, elle est allée dormir après avoir pris son café. Nous avons déjeuné dans une salle à manger privée du premier étage pour éviter d'être mêlés au *vulgum pecus,* c'est-à-dire vous, Charles.

— *Touché,* dit Charles en riant. Je vous souhaite bonne chance. J'espère que vous enlèverez l'affaire. Dans ce cas, vous méritez une croix avec palme. »

Le commandant McKay devint rouge comme une tomate et Sarah demanda : « Quelle affaire ?

— George le sait, dit Charles avec un sourire épanoui.

— Au contraire, je n'ai pas la moindre idée de ce à quoi vous faites allusion », dit McKay d'un ton glacial. Il regarda sa montre et se leva : « Eh bien, le temps passe. Je ferais mieux d'aller voir si la voiture de Lady Candera est de retour. Je pense vous voir tous trois ce soir au Club de Nagim. »

Il s'éclipsa et Fudge se tourna vers Charles avec un air de reproche : « Vous ne devriez pas le taquiner ainsi, Charles ! Ce n'est pas chic, cela le trouble et risque de le faire atermoyer.

— Je n'y résiste pas. George serait un tout à fait brave type s'il cessait de se prendre trop au sérieux. Et si ce genre de plaisanterie l'empêche de se décider, il ne vaut pas qu'une femme perde son temps.

— De quoi parlez-vous tous les deux ? demanda Sarah étonnée. L'empêcher de se décider à quoi ?

— Meril, bien sûr, dit Fudge d'un ton impatient. Vous ne pensez tout de même pas que George McKay joue pour son plaisir au chevalier servant de ce vieux dragon ? Nous espérons tous vivement qu'il va filer avec Meril. »

Sarah se mit à rire : « Quelle marieuse enragée vous faites, Fudge ! Mais pourquoi filer avec elle ? Je suis sûre que le commandant McKay ne ferait jamais quelque chose d'aussi contraire aux conventions.

— Il ne l'aura jamais s'il ne le fait pas. Dès l'instant où Lady Candera comprendra que ce n'est pas sa conversation spirituelle et stimulante qui attire le vaillant commandant, mais sa méprisable nièce, elle lui montrera la porte de manière non équivoque. Et cette pauvre Meril n'aura jamais le courage de se défendre.

— Vous avez tort de la croire dénuée de courage. Je l'ai vu s'engager sur des pentes de ski que, moi, je n'emprunterais pas.

— Il s'agit là d'une forme différente de courage. Lorsque sa tante entre en jeu, Meril se conduit comme un lapin hypnotisé.

— J'ai l'impression qu'elle sera une femme parfaite pour le commandant, dit Sarah d'un ton sarcastique. Mais qu'est-ce qui vous fait croire qu'elle intéresse McKay ? Peut-être Lady Candera l'envoûte-t-elle comme c'est le cas de beaucoup de gens, semble-t-il.

— Eh bien, il était là l'année dernière et on le voyait beaucoup avec tante et nièce. Mais ce n'était certainement pas Lady Candera qui l'attirait à Gulmarg. Meril lui donnait tous les jours des leçons de ski. Et maintenant, le voici revenu alors qu'il aurait très bien pu prendre sa permission en Angleterre. Bien sûr c'est à cause de Meril ! Et puis, n'avez-vous pas remarqué comme il a rougi lorsque Charles l'a taquiné à ce sujet ?

— Personnellement, dit Charles, je ne peux rien imaginer de plus ennuyeux que d'être liée pour la vie à un modèle de rectitude morale et de convenance tel que George McKay. Aucune femme d'esprit ne le supporterait.

— C'est ridicule, dit Fudge. C'est un brave homme, aimable et auquel on peut faire confiance. Et puis, Meril n'est pas une femme d'esprit. Elle sera pour lui une épouse parfaite et ils seront très heureux ensemble. Où diable est passé Hugo ? Il serait temps de rentrer. »

Fudge se leva et, accompagnée de Charles, traversa l'entrée et disparut en direction du bar. Restée seule, Sarah se retourna pour regarder la salle de bal déserte et obscure.

Le soleil brillait vivement de l'autre côté des hautes fenêtres, mais entre elles et la piste de danse se trouvait une rangée de piliers qui supportaient une longue galerie et formaient un corridor ouvert meublé de canapés, de chaises, de tables, de bureaux empêchant une bonne partie de la lumière du jour de pénétrer jusqu'à la piste.

C'était une pièce lugubre, peu attirante, sombre, nue et inamicale dans cet éclairage. Mais Sarah la peuplait de gais danseurs des temps passés et l'imaginait scintillante de lumières et bourdonnante de bruits, de musique et de rire. Au bout d'un instant, elle s'avança sur le parquet ciré et, se chantonnant un petit air, elle esquissa quelques pas de danse sur la surface brillante.

On n'entendait rien d'autre dans la grande salle de bal que la chanson de Sarah. L'hôtel tout entier semblait faire la sieste, car aucun bruit n'arrivait de l'entrée ou des couloirs. Même les murmures de voix étouffés venant du bar avaient cessé et, au-delà des grandes fenêtres, le jardin sommeillait dans la lumière de l'après-midi, vide et silencieux.

Le parquet fendu vibrait sous les pieds de Sarah tandis qu'elle se balançait et tournait aux notes de son orchestre imaginaire : « *Le clair de lune et la lune et tout air joli et cadencé...* » fredonna Sarah. Puis elle s'arrêta. Encore cette chanson ! La chanson de Janet. Peut-être cette salle de bal était-elle hantée. Peut-être Janet avait-elle dansé sur cet air ici, l'année dernière... ou au cours d'autres années...

Sarah demeura immobile sur la piste de danse déserte et sombre, essayant d'imaginer Janet en robe du soir et pensant à tous ces jeunes hommes en permission qui y avaient dansé pendant la guerre et étaient repartis mourir en Birmanie, en Malaisie, en Afrique du Nord ou en Italie ; dans des camps de prisonniers japonais ou le long de l'infamant Chemin de Fer de la Mort...

Tandis qu'elle se tenait là, son œil fut attiré par un léger mouvement. Les rideaux de la scène frémirent très légèrement, comme si quelqu'un les avait écartés de quelques centimètres pour jeter un coup d'œil, puis les avait doucement lâchés pour qu'ils reprennent leur place.

Sarah resta sans bouger, à écouter. Oui. Il y avait quelqu'un sur la scène derrière les rideaux, car dans le calme qui régnait elle entendit, quoique très légèrement, des pas feutrés sur les planches. Un chien ou un chat ? Mais les tentures avaient bougé à la hauteur d'une tête d'homme. Un domestique de l'hôtel, peut-être, saisissant l'occasion d'une brève sieste à l'abri des rideaux.

Il y a toutes chances que ce soit seulement un domestique, se dit Sarah avec fermeté. C'était stupide d'imaginer des choses dans un endroit aussi anodin que celui-ci, aussi alla-t-elle voir par elle-même ce qu'il en était.

Elle traversa la piste de danse en courant légèrement et monta les quelques marches menant aux planches. Elle prit une longue inspiration, écarta les rideaux et pénétra sur la scène.

Elle était beaucoup plus grande que Sarah ne le pensait, mais rien n'y bougeait à l'exception des poussières dansant dans un rai de soleil. Une large étendue de planches nues s'élevait vers le mur du fond, percé d'une seule grande fenêtre. Après l'obscurité de la salle de bal, ce côté-ci du rideau semblait baigné de lumière.

D'un côté de la scène, des marches de ciment descendaient vers des pièces qui devaient être les loges des artistes, tandis que de l'autre côté, là où les rayons du soleil ne pénétraient pas, un escalier très raide menait en tournant à une obscure galerie à l'étage supérieur. Une galerie qui devait prolonger celle au-dessus de la salle de danse.

Il y avait quelqu'un ou quelque chose sur cet escalier, Sarah ne savait pourquoi elle en était certaine. Peut-être une planche avait-elle craqué, ou un clignotement s'était-il produit dans l'ombre poussiéreuse... La scène vide s'étendait silencieuse dans la lumière d'un après-midi somnolent et les plis des lourds rideaux pendaient, sombres et immobiles ; aucun bruit ne venait de la salle de danse derrière elle. Les meubles contre les murs, les tables empilées, les chaises de rotin les unes sur les autres, les canapés et les fauteuils recouverts de cretonne et les rideaux de peluche rouge semblaient enfermer Sarah dans un cercle. Elle redressa ses épaules, traversa la scène d'un pas ferme jusqu'au pied de l'escalier en colimaçon et leva les yeux vers l'obscurité poussiéreuse au-dessus.

Quelque chose remua brusquement sur l'escalier et, l'espace d'une seconde, elle aperçut un visage qui l'examinait dans l'ombre. Puis son propriétaire se tourna et elle entendit une galopade de pieds nus dans l'escalier, suivie de pas feutrés quittant la galerie supérieure.

Pivotant sur elle-même, Sarah traversa la scène en courant et se glissa à travers les rideaux. Depuis le devant de la scène, elle pouvait voir le haut de la galerie ; elle arriva juste à temps pour apercevoir une silhouette filer par la porte éloignée : une silhouette portant le caftan volumineux et le turban blanc d'un Cachemirien et qu'elle aurait pu prendre pour un membre du personnel de l'hôtel sans le bref aperçu du visage qu'elle avait eu au pied du sombre escalier.

Sarah était très physionomiste, mais même si elle ne l'avait pas été, elle n'aurait eu aucune excuse pour oublier ce visage qu'elle avait vu une heure auparavant. Car c'était le visage marqué par la variole du petit vendeur corpulent de la boutique de papier mâché de Ghulam Kadir, au Fourth Bridge de Srinagar.

Tandis qu'elle se tenait là, à fixer la porte à moitié cachée de la galerie supérieure de la salle de danse, les rideaux derrière elle se mirent à remuer et Sarah pivota sur elle-même, le cœur battant :

« Charles !

— Salut, Sarah.

— Flûte, hoqueta Sarah, vous m'avez fait une de ces frousses. Que faisiez-vous là derrière ?

— Je vous surveillais. » Charles s'alluma une cigarette et la regarda pensivement par-dessus la flamme jaune de son briquet. « Vous savez, Sarah, dit doucement Charles en soufflant la flamme, vous êtes beaucoup trop curieuse. Trop curieuse et trop courageuse. Et dans les circonstances actuelles, c'est une combinaison malheureuse. Je serais beaucoup moins inquiet à votre sujet si, pour changer, vous permettiez à la prudence de prendre le pas sur le courage.

— Savez-vous qui se trouvait derrière ce rideau ? demanda Sarah. Eh bien, je vais vous le dire... »

Mais elle ne put le dire, car Charles s'était rapidement avancé et la paume de sa main gauche se plaqua sur la bouche de Sarah.

« Chut ! dit Charles tout bas. Il y a trop d'yeux ici, Sarah, et trop d'oreilles. » Il éleva la voix et dit comme s'il continuait une conversation : « ... c'était un assez bon orchestre, conduit par un homme de la police appelé Chapman qui jouait très bien au golf et... »

Mais ce n'était que Meril Forbes passant rapidement la porte entre la salle de bal et le long corridor blanchi à la chaux des vestiaires.

Elle avait son air habituel, indécis et angoissé. Elle s'arrêta net à la vue de Charles et de Sarah : « Oh ! Avez-vous... l'un de vous deux a-t-il vu tante Ena ? Elle m'a envoyé chercher des cigarettes et je les ai. Mais Dieu seul sait où elle se trouve : j'ai cherché partout. Elle a tellement horreur qu'on la fasse attendre. Oh ! Seigneur, l'on se demande si elle ne le fait pas exprès !

— Bien sûr que si, elle le fait exprès, observa Hugo qui arrivait en flânant, le chapeau à la main : ne le saviez-vous pas ? Elle le fait seulement pour ennuyer les gens. Vous devriez refuser de marcher, ma chère Meril. A vrai dire, votre vieille parente est dehors, dans sa voiture, à grésiller tout doucement.

— Oh ! Seigneur ! » répéta Meril tout en traversant à la hâte la salle de bal.

« Pauvre gosse ! » dit gentiment Hugo en la regardant s'éloigner. « Si quelqu'un pouvait lui donner un peu de force de caractère. Ah ! vous voici, Sarah. J'ai été dépêché à votre recherche. Mon épouse voulait que je vous ramène immédiatement. Elle désirerait rentrer. Venez-vous ?

— Oui », dit Sarah d'un air reconnaissant. Elle se tourna et descendit l'escalier en courant pour rejoindre Hugo.

« Charles vous a fait faire une promenade guidée ?

— Oui, dit Charles en venant de la scène. Je parlais à Sarah du bon vieux temps.

— Me croirez-vous, dit Hugo d'un air rêveur, il y a même eu un événement historique au cours duquel j'ai joué sur cette espèce de scène. Si je ne me trompe, j'ai même chanté un duo avec une fille appelée Mollie je-ne-sais-plus-quoi. Une chansonnette de bon aloi à propos d'un banc dans un parc — ou bien d'une promenade sur la pointe des pieds au milieu des tulipes ? Je ne me souviens plus. Mais ce dont je me souviens, c'est que mes bretelles immortalisèrent cet événement. Elles lâchèrent sous la pression d'un *ut* trop élevé et mon pantalon se mit à descendre. Cela plut à l'auditoire. En fait, je peux dire sans vanité que j'ai fait fureur. Les clients se précipitèrent dans les couloirs et si quelqu'un avait pu fournir un bout de ficelle ou une épingle de nourrice, j'aurais été bissé une douzaine de fois. En l'espèce, notre prudent régisseur nous a fait disparaître et a hâté la suite de la représentation. Ah ! C'était le bon temps ! »

Un klaxon devant l'hôtel se mit à appeler avec impatience : « C'est sans doute ma douce moitié qui commence à s'énerver, dit Hugo. Venez, Sarah, courons la rejoindre. »

# 17

Ce jour-là, Sarah prenait le thé sur le toit plat du *house-boat* des Creed et regardait, au-delà du lac, les montagnes derrière Shalimar. Les branches de bouleau formaient une dentelle mouvante au-dessus de la table à thé, et un trio de rossignols agitaient leurs huppes entre les feuilles et gazouillaient pour avoir des miettes.

Le lac semblait sommeiller dans le soleil de fin d'après-midi et les images se reflétaient sur sa surface calme, parfois brisée par le passage d'un *shikara* ou l'éclaboussement fait par un martin-pêcheur aux brillantes couleurs. Sans y prêter attention, Sarah jouait avec un sandwich au concombre, tout en se demandant si elle allait ou non retourner au *Waterwitch* pour y continuer ses recherches. Elle décida de ne pas y aller. La pensée de quitter la paix ensoleillée du confortable transat proche de Fudge pour fouiller dans les recoins sombres du bateau était repoussante. Le sens du devoir se battait avec le plaisir, mais ce dernier l'emporta et Miss Parrish resta à regarder les ombres s'allonger sur l'eau, et les montagnes virer au safran et au rose dans le soleil couchant, tandis que Subhana, le *mânji* des Creed, débarrassait la table à thé.

Entièrement remis de son aventure de la nuit précédente, Lager fouinait et reniflait les roseaux et les saules du rivage. Assises inoccupées, les mains sur les genoux, Fudge et Sarah contemplaient le lac aux ombres bleuâtres tandis que les *shikaras* venant de Nasim rentraient chez eux, leurs rames éclaboussant en cadence.

Une odeur de fumée de bois flottait dans l'air calme et, soudain, telle la première étoile dans un ciel pâle, la lumière sur le haut du petit temple de la colline de Takht-i-Suliman se mit à briller, blafarde dans la chaude clarté du couchant. Quelque part sur le bateau-cuisine des Creed, une voix entonna une complainte cachemirienne agrémentée d'étranges trémolos.

« Où est Hugo ? demanda soudain Sarah.

— Quoi ? » Fudge sursauta en sortant de sa rêverie. « Hugo ? Il est allé au Club de Nagim pour y rencontrer un type qui a mis sur le tableau d'affichage une annonce pour une canne à pêche à vendre. Hugo voulait y jeter un coup d'œil. Je pense que ce doit être lui qui arrive... »

On entendit des voix par-delà les saules qui bordaient le sentier menant à la route de Nagim. Fudge soupira : « Zut ! Il a ramené quelqu'un avec lui alors que j'avais tellement envie de passer une soirée paisible à ne rien faire. Maintenant, il va falloir s'éterniser autour d'un pot à échanger des phrases polies. Je suppose que ce doit être l'homme à la canne à pêche.

— Non, ce n'est pas lui, dit Sarah qui s'était levée et regardait à travers les branches de saule. C'est Charles.

— Oh ! » dit Fudge sur un ton bizarre. Elle regarda Sarah de côté et se mit à rire : « Toujours intéressée par lui, Sarah ?

— Bien sûr que non, dit immédiatement Sarah.

— Ce qui signifie que vous l'êtes. Eh bien... c'est maintenant votre chance. » Elle se leva et fit un signe de la main à Hugo qui atteignait le rivage, en dessous d'elles.

« J'ai amené un invité, cria Hugo. Dépêche-toi de préparer à boire, chérie, nous montons. »

Fudge traversa le pont pour appeler Subhana, tandis que Hugo et Charles, accueillis avec enthousiasme par Lager, montaient jusqu'au toit du *house-boat.*

« Je l'ai rencontré au Club, dit Hugo en désignant Charles. Je n'avais pas compris qu'il y résidait. Il voudrait aller jouer au gigolo au clair de lune avec vous, Sarah.

— Hugo ! s'exclama Fudge, j'aimerais que tu n'emploies pas cette horrible expression. »

Charles se mit à rire : « A vrai dire, je me demandais si vous viendriez dîner tous les trois avec moi au Club ce soir ? On dansera à la discothèque ; je ne pense pas qu'il y aura grand monde, mais ce peut être drôle. Le secrétaire a supplié que l'on vienne. »

Fudge sourit et secoua la tête : « Vous êtes très gentil, Charles, mais je n'ai pas le courage d'affronter une soirée dansante. J'ai un peu la migraine et envie de passer une soirée tranquille chez moi, puis de me coucher de bonne heure. Emmenez Sarah. Je suis sûre que ses connaissances du Cachemire seraient incomplètes sans une danse au clair de lune à Nagim. » Fudge tourna la tête et regarda, par-delà le lac, le soleil couchant transformer les hauteurs de Gulmarg en une silhouette lilas sur fond de ciel jaune safran. « La nuit sera belle. »

Charles se tourna vers Sarah : « Qu'en pensez-vous, Sarah ? Viendriez-vous ? Je ne vous promets pas que ce soit très amusant : nous aurons de la chance si une demi-douzaine de couples viennent au Club. »

Sarah hésita un moment, regardant alternativement Fudge, puis Charles ; obliquant un peu de manière à tourner le dos aux Creed, Charles abaissa une paupière l'espace d'une seconde : « Oui, j'aimerais bien venir, répondit rapidement Sarah. Êtes-vous sûre que Hugo et vous ne voulez pas nous accompagner, Fudge ?

— Tout à fait sûre, dit fermement Fudge. Merci quand même, Charles. » Elle lui sourit et Hugo dit d'un ton attristé : « Vous remarquerez que l'on ne me consulte pas.

— Oh ! chéri, dit Fudge prise de remords, cela te tente ? Dans ce cas, j'irai. Il m'est facile de prendre un peu d'aspirine.

— C'est ridicule, je te taquinais simplement. Je me coucherais volontiers de bonne heure après l'affreux orage de la nuit dernière. C'est à peine si j'ai pu fermer l'œil. En outre, je commence à me faire vieux. Le temps de la danse est passé pour moi. C'est au tour des jeunes comme Charles et Sarah de reprendre le flambeau et de transformer les nuits en bacchanales. Tout ce que je pourrais apporter comme contribution au tintamarre serait mes ronflements. »

Subhana et Ayaz Mohammed apparurent alors avec un assortiment de boissons et de verres. Hugo servit à chacun whisky ou sherry d'une main généreuse, et ils s'assirent tous quatre dans le crépuscule vert, à bavarder et à rire, tandis qu'une énorme lune couleur abricot se levait sur les montagnes au-delà de Shalimar, étendant un long sillage argent à travers le lac.

Un peu plus tard, Fudge regarda sa montre et demanda à Charles vers quelle heure il comptait dîner.

« Aux environs de huit heures, je suppose. On ne commencera pas à danser avant neuf heures.

— Il est bientôt huit heures. Ce n'est pas pour vous presser, Sarah, mais si vous avez l'intention de vous changer, vous feriez mieux d'y aller. »

Sarah bondit et Charles lui dit : « Je vais vous attendre et nous irons ensemble au Club. A condition que cela ne vous ennuie pas de lire les journaux pendant que, moi, je me change ? Mais si vous préférez, je peux revenir vous chercher dans une demi-heure ?

— Non. Restez ici, je n'en ai que pour dix minutes. » Appelant Lager, Sarah disparut par l'escalier.

Lorsqu'elle arriva au *Waterwitch,* Abdul Gaffoor, son *mânji,* allumait toutes les lumières. Elle s'arrêta seulement pour lui dire qu'elle ne dînerait pas et se dirigea vers sa chambre, consciente d'un petit frisson de dégoût lorsqu'elle traversa les pièces silencieuses, et heureuse d'entendre le trottinement de Lager et ses petits reniflements d'excitation tandis qu'il flairait les lames de parquet sous lesquelles flottait une merveilleuse odeur de rats.

Le monceau de ses achats du matin, apportés depuis la voiture par Abdul Gaffoor et le domestique des Creed jonchait son lit. Sarah fut contrariée en s'apercevant que chacun des paquets avait été ouvert, la ficelle coupée et le papier d'emballage sommairement remis en place. Visiblement, Abdul voulait savoir ce qu'elle avait acheté et avait tout regardé avec la curiosité d'un écureuil. « Il aurait au moins pu avoir la politesse de refaire les paquets convenablement », dit à voix haute Sarah fâchée.

Elle fourra rapidement l'ensemble des objets dans une valise vide et enleva souliers et robe. Tout à coup, une idée désagréable lui vint et elle resta debout, immobile, à fixer le lit sur lequel avaient été éparpillés les paquets. Un instant plus tard, elle virevolta pour ouvrir le placard et ses soupçons se trouvèrent immédiatement confirmés : elle n'avait pas à regarder davantage, quelqu'un avait fouillé ses affaires personnelles.

Ses piles de sous-vêtements n'étaient pas aussi nettes qu'elle les avait arrangées. Une série de paires de bas soigneusement roulés avaient été déroulés, et l'ordre des chaussures dans le bas du placard était changé.

Il y avait d'autres signes encore. Assez insignifiants par eux-mêmes, mais suffisants pour prouver que quelqu'un avait effectué une recherche minutieuse dans toutes ses affaires. Était-ce simple curiosité de la part d'Abdul Gaffoor ou existait-il une explication moins agréable ? Sarah se sentit soudain très satisfaite d'avoir pris la précaution de toujours emmener l'arme de Charles dans le sac qu'elle ne quittait pas, sauf…

Prise de panique, elle saisit son sac et l'ouvrit : le revolver s'y trouvait toujours, enveloppé dans son écharpe de mousseline. Elle poussa un profond soupir de soulagement et le regarda d'un air pensif. Elle ne pouvait franchement pas emporter un revolver pour danser. En outre, elle serait avec Charles et, puisque sa chambre avait déjà été fouillée, il était tout à fait improbable que quelqu'un recommence avant longtemps. Sa décision prise, elle prit l'arme qu'elle fourra sous son oreiller et, lorsqu'elle se redressa, elle vit que d'après le petit réveil de voyage sur sa table de chevet, elle avait déjà dépassé les dix minutes qu'elle avait demandées à Charles de lui accorder.

Bonté divine ! pensa Sarah, je vais être affreusement en retard et Charles va me prendre pour l'une de ces femmes assommantes qui ne peuvent jamais être à l'heure ! Elle se précipita sur le placard et choisit une robe du soir blanche d'une simplicité trompeuse, ornée de grandes feuilles noires, et glissa ses pieds dans des sandales blanches. Cela doit faire l'affaire pour une soirée dansante à la discothèque, pensa-t-elle. Et pour Charles.

Quelques minutes plus tard, elle était prête à partir. Elle se regarda une dernière fois dans le miroir et chercha un sac du soir dans sa commode. Ceux qu'elle trouva ne lui plaisant pas, après un regard sur la pendulette, elle s'empara du sac de daim blanc d'où elle avait ôté le revolver. Elle prit une légère fourrure pour ses épaules, éteignit les lumières et rejoignit le bateau des Creed, Lager sur ses talons.

Charles devait la guetter, car il descendit la passerelle en la voyant arriver : « Avez-vous l'intention d'emmener ce chiot ? On ne le laissera pas entrer au Club, vous savez.

— Ne vous inquiétez pas, je compte demander à Hugo de le garder. Lager l'aime bien et il se tiendra tranquille tant que Hugo sera dans les parages. C'est seulement lorsque je le laisse seul qu'il se conduit abominablement et jappe sans arrêt. Ce matin, nous l'avions confié au *mânji,* mais hélas Lager est un snob. Il ne considère pas les *mânjis* comme une compagnie et je crains qu'il ne se soit à peine arrêté d'aboyer pour respirer. Tandis qu'avec Hugo, il est sage comme une image, hein Lager, petite horreur ?

— Qui parle de moi ? demanda Hugo qui apparut à la porte du haut de la passerelle.

— Moi, répondit Sarah. Hugo, soyez un ange et occupez-vous de Lager. Il a dîné et si je le laisse seul sur mon bateau, il hurlera jusqu'à ce que je revienne.

— O.K., soupira Hugo. Attachez-le là. Hé ! mon petit chien, ce n'est pas la peine de déchirer mon pantalon pour montrer que je te plais. Bonsoir, Charles. Amusez-vous bien, Sarah.

— J'y compte tout à fait. Bonsoir, Hugo. » Elle éleva la voix et cria à travers les branches de saule : « Bonsoir, Fudge. » Mais aucune réponse ne vint du toit du bateau et Hugo dit :

« Elle est allée se coucher — une migraine, hélas ! Je lui souhaiterai bonne nuit de votre part. » Il agita joyeusement la main. Charles et Sarah contournèrent le rivage et le tronc du grand chêne d'Inde pour déboucher sur le sentier, éclairé par la lune, qui conduit à travers champs jusqu'à la route de Nagim.

« Voilà qui est bien, dit Charles en prenant le bras de Sarah et l'emmenant rapidement entre les blés verts. J'avais besoin d'un alibi ce soir, Sarah, et c'est vous. Au diable cette saleté ! » Il venait de trébucher sur un morceau de tôle rouillée mis là par l'un des *mânji* pour couvrir un creux dans le sentier que la pluie de la veille avait empli d'eau boueuse. La tôle avait craqué bruyamment sous son pied, à la manière d'un engoulevent criant dans les champs.

« Pour sauver la mise, il m'a fallu demander aux Creed de venir, mais cette providentielle migraine de Fudge a bien arrangé les choses.

— Que signifie : “ besoin d'un alibi ” ? » demanda Sarah.

Charles regarda par-dessus son épaule avant de répondre, mais le champ au clair de lune n'offrait guère de cachette et ils se trouvaient hors de portée de voix des bateaux et des arbres. Cependant, il baissa la voix d'un ton avant de répondre : « Cette nuit, j'ai rendez-vous sur une île du lac. Certainement pas l'endroit que j'aurais choisi, mais je suppose qu'il a ses avantages. Cependant, dans les circonstances actuelles, je ne veux pas naviguer seul sur le lac. Ce n'est pas le genre de choses que je suis censé faire, cela pourrait provoquer des commentaires et de la curiosité. D'un autre côté, s'il y a quelque chose que les hommes aiment faire au Cachemire, c'est bien aller en *shikara* sur le lac en compagnie d'une femme. Par conséquent, personne ne trouvera bizarre que j'emmène la belle Miss Parrish pour une promenade au clair de lune. Même si Hugo et Fudge étaient venus avec nous, cela n'aurait guère provoqué plus qu'un haussement de sourcils et un rire indulgent si j'étais parti en bateau avec vous pendant une heure ou deux.

— Quel est ce rendez-vous? demanda Sarah les yeux pétillants d'excitation. Avec qui est-ce?

— L'un de nos hommes. Vous l'avez vu aujourd'hui — deux fois si je ne m'abuse. A vrai dire, la seconde fois vous l'avez considérablement effrayé. »

Sarah s'arrêta net pour le regarder, les sourcils froncés : « Je ne comprends pas, aujourd'hui je n'ai vu personne que je ne connaisse sauf... » Elle retint une sorte de hoquet et resta immobile : « Ce n'est pas... l'homme du magasin?

— C'est bien ça. L'homme au visage marqué par la variole. Vous l'avez revu à l'hôtel, je pense.

— Mais... mais je ne comprends pas. Que faisait-il à l'hôtel?

— Il essayait de me voir, dit Charles en la pressant d'avancer. C'est l'un de nos meilleurs agents. Nous l'avons planté ici il y a deux ans, pour un travail bien défini. Il espérait trouver une occasion de me parler ce matin pendant que nous serions tous au magasin, mais en raison du grand nombre de clients, il a été trop occupé et n'a pas osé courir de risque. Il n'a pu faire davantage qu'un signe en me tendant des cigarettes.

— Quel était ce signe? demanda Sarah dans un murmure.

— Rien de bien excitant, je le crains. » Charles sourit. « Il s'est simplement gratté le menton du petit doigt de sa main gauche, d'un geste qui pour nous signifie : " Je ne peux pas — à vous. " Aussi ai-je immédiatement parlé de l'hôtel Nedou où nous déjeunions et de la scène de théâtre.

— Oui, je me souviens.

— Ahamdoo a l'esprit vif et cela lui suffisait. Mais la rencontre au Nedou a été un fiasco, largement par votre faute, je dois le dire! Vous avez surgi avant qu'il n'ait eu le temps de dire un mot. Nous vous avons entendue venir et il a filé comme une flèche; il était au milieu de l'escalier lorsque vous êtes apparue sur la scène, visiblement sujette aux soupçons. Lorsque j'ai pu le rejoindre, il avait carrément le trac — soit qu'il pensait avoir été suivi soit qu'il ait repéré quelqu'un dont il avait terriblement peur. En proie à la panique, il n'avait qu'une idée : s'en aller. Il m'a simplement chuchoté qu'il serait ce soir à onze heures à l'île Char Chenar et il a filé comme un lapin échaudé. Je n'ai pas eu le temps de dire ouf et encore moins de discuter. Je dois avouer que j'ai eu envie de vous étrangler lorsque vous avez fait rater cette rencontre.

— Vous auriez dû me prévenir, rétorqua Sarah en employant pour se défendre la méthode d'attaque. Et où étiez-vous ?

— Assis dans l'un des fauteuils qui vous tournaient le dos. Ce dossier était très haut et je ne crains pas de vous dire, Sarah, que vous m'avez fait passer un très mauvais quart d'heure. Vous ne pouviez me voir à moins d'examiner les meubles ; mais je ne pouvais davantage vous voir et je ne savais fichtrement pas qui était là. Je n'ai pas osé bouger avant de vous avoir entendue aller vers l'escalier et, croyez-moi, cela m'a ôté un gros poids lorsque j'ai compris qu'il s'agissait de vous.

— Pourquoi ne m'avoir rien dit tout de suite, demanda Sarah d'un ton indigné. J'étais transie de peur. Vous auriez pu vous expliquer !

— Alors que l'endroit grouillait de monde ? Sûrement pas !

— Qui spécialement ? » interrogea Sarah.

Charles baissa les yeux vers elle et secoua la tête, car ils étaient maintenant proches d'un petit village. Le sentier quittait les champs, pour serpenter au milieu de quelques grandes maisons cachemiriennes délabrées, avant de rejoindre la route qui s'étendait de part et d'autre, blanche et déserte sous le clair de lune.

Les acacias qui la bordaient faisaient des taches d'ombre sur la route poussiéreuse et embaumaient l'air. Les quelques magasins étaient pour la plupart fermés et silencieux. Une fois ceux-ci dépassés, et tandis qu'ils marchaient en direction du Club, Sarah répéta sa question.

« Eh bien, dit Charles d'un air méditatif. Tout d'abord Reggie Craddock.

— Mais il ne peut être mêlé à une histoire de ce genre, hoqueta Sarah horrifiée. Je sais bien qu'il a essayé de m'évincer du bateau, mais... Oh ! non. C'est impensable. Et puis, il est anglais. »

Charles dit sèchement : « Ma chère Sarah, l'argent parle dans toutes les langues. Et il s'agit ici de grosses sommes.

— Alors, vous croyez que Reggie... ? commença Sarah.

— Je ne sais pas, répondit brièvement Charles. Serait-ce une histoire de dettes ? Lorsqu'un type tombe entre les mains des prêteurs indiens, il peut finir très mal. Je ne dis pas qu'il soit endetté, mais il m'intrigue. Il connaissait Janet Rushton et, pour autant que je sache, il est peut-être exact qu'il tenait à elle, mais cela ne me semble pas être une raison suffisante pour vouloir vous chasser du bateau de Janet. Craddock faisait partie de l'expédition au refuge, et il se trouvait ce matin dans la boutique de Ghulam Kadir à un moment où un message très important devait être transmis à quelqu'un.

— Qu'est-ce que c'est que ça ? » Sarah s'arrêta un instant sur la route éclairée par la lune. « Oh ! Vous voulez dire le message que l'homme au visage marqué par la variole devait vous transmettre ?

— Ce n'est pas à ceci que je faisais allusion. Ce magasin sert de couverture à de nombreuses opérations. Non actives, strictement passives. Son propriétaire, âgé et respectable, veille à n'être au courant de rien. En échange d'une somme rondelette, il accepte que ses locaux soient utilisés comme une sorte de boîte aux lettres et un centre où l'on reçoit et passe des renseignements pour l'opposition. On comptait transmettre quelque chose aujourd'hui et Ahamdoo était dans le coup. J'ai mon idée sur la manière dont cela devait se passer, mais je ne peux en être sûr. Nous avons surveillé tous ceux qui sont entrés ou sortis du magasin depuis ce matin, et Reggie, bien sûr, en était.

— Moi aussi ? Et un tas d'autres personnes... dont vous, rétorqua Sarah.

— Je le sais. N'empêche que je suis extrêmement intéressé par le commandant Reggie Craddock... Nous tournons ici à gauche... Voici le Club. »

Ils passèrent une grille ouverte, et s'engagèrent dans une longue avenue ombragée d'arbres qui serpentait à travers un verger pour déboucher sur des pelouses, des plates-bandes bien entretenues et un bâtiment bas à l'extrémité du lac de Nagim Bagh. Comme ils s'en approchaient, Sarah, qui se taisait depuis quelques minutes, dit d'un air pensif : « Je me demande si vous pourriez trouver un motif de culpabilité pour chacun de ceux qui se trouvaient ce matin dans le magasin.

— Bien sûr ! dit joyeusement Charles. Je suis capable d'échafauder une théorie qui convienne à chacun. Et la vôtre est bien la meilleure du lot.

— Dans ce cas, je suis étonnée que vous me fassiez confiance en me donnant tous ces renseignements, dit Sarah en riant.

— Comment savez-vous que j'ai confiance en vous ? » demanda Charles doucement. Sarah le dévisagea d'un air confondu, mais avant qu'elle n'ait eu le temps de s'indigner, Charles l'avait fait pénétrer dans le Club et asseoir au bout de la piste de danse. Il commanda du jus de tomate puis, après avoir promis de n'être pas trop long, il disparut en direction de la résidence des membres du Club. Sarah resta seule face à une pile de journaux illustrés et à deux *khidmatgars* qui, avec l'air de s'ennuyer, chuchotaient près du bar, au bout de la pièce.

A l'extrémité de la piste de danse, des fenêtres face au lac donnaient sur une longue terrasse sans toit, montée sur pilotis de bois et meublée de chaises et de tables. Sarah se leva pour se rendre jusqu'à la terrasse d'où elle contempla une étendue d'eau sous le clair de lune bordée, sur la rive lointaine, par une rangée de *house-boats* mal éclairés d'où, de temps à autre, un carré de lumière jetait une mince touche tremblotante de couleur jaune. A la différence des bateaux amarrés sur la rive proche, la majorité des *house-boats* lointains semblaient inoccupés. Derrière eux, au-dessus du sommet des arbres sombres, s'élevait la masse couronnée d'un fort de Hari Parbat. Elle se découpait en ombre chinoise sur la plaine baignée par la lumière de la lune et la longue chaîne de pics neigeux et brillants qui ourlaient l'extrémité de la vallée.

Sarah s'appuya à la balustrade et fixa, par-delà le lac, les pentes neigeuses de l'Apharwat au-dessus de la sombre rangée d'arbres de Khilanmarg. Quelque part là-bas, points minuscules dans l'étendue blanche, se trouvaient le refuge et, plus bas, les bâtiments de l'hôtel et la petite chambre où, pour elle, cette fantastique aventure avait commencé. Une fois de plus, face à ces lointaines montagnes, elle se demanda pourquoi elle restait au Cachemire où tant d'événements effrayants étaient survenus depuis la nuit où le clair de lune sur son visage l'avait éveillée.

Elle avait quitté ce pays avec un profond soulagement, heureuse à la pensée de ne jamais le revoir. Mais un mélange de curiosité, de bravache et la promesse faite à la morte l'y avait ramenée, et depuis son retour elle vivait dans un état perpétuel de peur et de tension. Pourquoi restait-elle alors qu'il serait si facile de télégraphier à ses amis de Ceylan, de louer une voiture et d'être douze heures plus tard à Rawalpindi, puis dans l'Express de la Frontière en direction du Sud ? Ce serait une preuve de bon sens que de faire ses bagages pour partir immédiatement, car rien de tout cela ne la regardait. Cependant, elle savait qu'elle n'avait nullement l'intention de s'en aller et se sentait envahie d'une intense excitation, même si au cours de la nuit précédente sur le *Waterwitch* elle avait éprouvé de la terreur à l'état pur, et à nouveau aujourd'hui dans le magasin de Ghulam Kadir, ainsi qu'au pied de l'escalier de la scène de l'hôtel Nedou. Tout ce qui comptait était d'être jeune, vivante et que la vie soit belle et excitante... parce qu'elle allait dîner avec Charles.

Sarah se sourit un peu tristement dans le clair de lune et pensa : tu peux bien le reconnaître, tu ne restes pas ici à crever de frousse simplement pour t'amuser ou pour des motifs altruistes. Tu restes parce que tu es tombée amoureuse d'un homme fiancé à une belle blonde appelée Cynthia ! Tu t'es donné du bon temps à jouer les amoureuses et à éprouver du plaisir à intéresser les hommes, mais maintenant tu t'es brûlé les ailes. Cynthia ou non, tu te fiches pas mal du nombre de gens qui seront écrasés ou que l'Empire britannique tout entier et le sous-continent indien explosent tant que tu pourras rester dans les parages de Charles.

Les femmes sont merveilleuses, décida cyniquement Sarah. Ses rêveries furent interrompues à ce moment précis par le capitaine Mallory, vêtu d'un smoking, qui la rejoignait, deux verres de sherry à la main.

« Tenez, Sarah.

— Merci. » Sarah se mit à siroter son sherry tout en regardant Charles par-dessus son verre. « Qui est Cynthia ? » demanda-t-elle à brûle-pourpoint.

« Quelle Cynthia ? Parlez-vous de ma sœur ?

— Votre sœur ! Vous avez une sœur nommée Cynthia ?

— Bien sûr. Elle vous plairait.

— Oh ! » Sarah sourit, tout étourdie. Oui, elle était jeune, vivante, et la vie était belle et excitante parce qu'elle allait dîner avec Charles...

A l'exception d'un monsieur à l'air abattu, vêtu de tweed, et d'un jeune couple qui se tenait les mains sous la table, la salle à manger du Club était vide. Charles et Sarah dînèrent dans l'intimité relative d'une table installée près d'une fenêtre d'où ils pouvaient regarder les pelouses, et le lac jusqu'aux montagnes. Le dîneur solitaire s'en alla enfin, bientôt suivi par le jeune couple. Mais Charles et Sarah restèrent à converser...

Sarah s'amusait. Ses yeux verts étincelaient et ses boucles de cuivre brillaient dans la lumière falote des ampoules du plafond ; d'un commun accord, la conversation ne roulait pas sur l'affaire qui avait amené Charles dans la vallée. Ce fut seulement à la fin du repas qu'elle se souvint de lui parler de la fouille opérée dans ses affaires personnelles et de ses paquets ouverts.

« Vous n'aviez rien ? demanda Charles, les sourcils froncés. Rien de compromettant, veux-je dire ?

— Non, heureusement. Mon seul objet compromettant est le petit automatique et je l'avais emporté dans mon sac. Quelle chance !

— Oh ! oui ! Mais je me demande qui peut avoir été intéressé par vos achats de ce matin. Cela paraît être un accès de curiosité de votre *mânji.* Tout au moins, espérons-le. »

Un *khidmatgar* en blanc arriva avec le café et demanda si les deux dîneurs préféraient qu'il fût servi dans la salle de danse ou dehors sur la pelouse, mais Sarah ne voulait pas bouger. « De toute façon, il sera froid lorsque nous arriverons, et le café que l'on sert par ici est déjà mauvais lorsqu'on le sert chaud, alors !... »

Elle versa le breuvage clair et peu tentant et, en offrant une tasse à Charles, elle répandit quelques gouttes sur sa robe : « Zut ! » s'exclama-t-elle gaiement. Elle tendit la main vers son sac pour prendre un mouchoir. Quelque chose d'autre vint avec qui tomba sur la nappe : le petit étui à allumettes en papier mâché que Ghulam Kadir lui avait offert le matin même.

« Complet avec une boîte d'allumettes dedans à ce que je vois, dit Charles en jouant distraitement avec. Vous êtes gâtée, le mien n'était qu'un étui sans allumettes.

— Comme celui-ci. » Sarah ôta son mouchoir et ramassa la petite boîte. Non, il n'en a pas. Mais je suis presque sûre... Quoi, ce n'est pas du tout le mien ! Regardez ! Le mien avait presque le même dessin de feuilles de chêne d'Inde dorées sur fond crème. Mais le modèle comportait aussi des bourgeons mousseux tandis que celui-ci a des rossignols. Je sais ce qui a dû arriver ! Nous avons tous posé nos affaires pour nous mettre à la recherche de mon sac et je suppose que j'ai pris, par erreur, l'une des boîtes d'allumettes donnée à quelqu'un d'autre. Elles se ressemblent toutes.

— Vous avez fait *quoi?* demanda Charles brusquement. Donnez-moi cette boîte. Il y a une chance sur mille, mais... » Il sortit la boîte d'allumettes de son étui, mais n'y trouva pas d'allumettes, seulement un petit morceau de papier plié.

« *Une chance sur mille,* répéta Charles dans un murmure de peur, et nous avons eu cette chance ! C'est ceci qu'ils cherchaient, bien sûr, lorsqu'ils ont passé votre chambre au peigne fin. »

Il lissa le bout de papier sur la paume de sa main. Il ne portait qu'une seule ligne d'une gracieuse écriture asiatique que Charles étudia, les sourcils froncés.

« Qu'est-ce ? demanda Sarah non sans impatience. Pouvez-vous lire ?

— Je peux le lire très facilement, mais je n'ai aucune idée de sa signification. C'est un vers d'un poème persan.

— Que dit-il ?

— Eh bien, dans une traduction très libre, ce vers dit que " l'auteur " — littéralement : le conteur — " enfile ses paroles brillantes comme des perles sur un cordon ".

— " Le conteur enfile ses paroles brillantes comme des perles sur un cordon ", répéta lentement Sarah. Que diantre cela signifie-t-il ? Est-ce un code ?

— Dieu seul le sait. Cela peut pouvoir dire n'importe quoi. Peut-être est-ce un mot de passe. De toute manière, nous voici enfin en possession d'un élément. Et, mieux encore, le fait même que ce message n'ait pas atteint la personne à laquelle il était destiné va déclencher une action de grande envergure. J'imagine que quelque chose de sérieux se prépare quelque part. »

Charles roula le petit bout de papier et le fourra dans sa poche intérieure. « Maintenant, pour l'amour du ciel, Sarah, tâchez de vous rappeler où se trouvait cet étui à allumettes lorsque vous l'avez pris. Retrouvez-vous une image mentale de l'endroit où il était ou de ce qui l'accompagnait ? Si nous avions une idée de la personne qui le possédait à l'origine, l'affaire serait pratiquement dans le sac. Réfléchissez, Sarah ! »

La tête entre les mains, Sarah se concentra pendant une longue minute.

« Je n'y arrive pas. Je suis désolée, mais je n'ai aucune idée de l'endroit où il se trouvait. Quelqu'un a retrouvé mon sac — Hugo —, j'ai vu cette boîte et cru que c'était la mienne. Elles se ressemblaient et je n'avais pas eu le temps de regarder celles des autres. Je suppose que je l'ai prise pour la fourrer dans mon sac. Je pense l'avoir ramassée sur la grande table sculptée. A moins que ce n'ait été sur le divan ? Je ne peux être certaine. Mais... oh, non !

— Qu'y a-t-il ?

— Ne voyez-vous pas que si vraiment ce message devait être passé à quelqu'un, alors ce quelqu'un est sûrement l'un d'entre *nous*. L'un du groupe présent dans le magasin. Un Européen. Un Anglais !

— Pas forcément, dit Charles lentement, en tournant le petit objet entre ses doigts. Nous devons tout envisager. Toute hypothèse. Outre ceux que nous avons rencontrés, plusieurs autres personnes ont visité le magasin ce matin, et il est possible qu'une personne partie du magasin avant que nous soyons arrivés ait commis la même erreur que vous. Poser une boîte et en reprendre une autre. Il y en avait un certain nombre éparpillées sur les tables d'exposition.

— Mais vous n'y croyez pas, dit Sarah d'un air rusé.

— Non, je n'y crois pas.

— Alors vous pensez que ce pourrait...

— Je pense que le plus tôt nous nous débarrasserons de cette bagatelle sera le mieux. Dans ces circonstances, j'imagine que vous seriez plus en sécurité avec une bombe à retardement dans votre poche qu'avec cet étui.

— Je n'en crois rien.

— Vraiment ? Alors, vous feriez mieux d'y croire rapidement.

— Je ne faisais pas allusion à ce que vous venez de dire. Je voulais signifier : je ne crois pas qu'il s'agisse du message. Pourquoi se donnerait-on la peine de le déguiser ainsi... d'avoir l'esprit aussi tortueux ? Cela me semble stupide, compliqué et tiré par les cheveux !

— Ce que vous ne comprenez pas, c'est que l'Orient *est* tortueux. Il préfère les chemins détournés aux routes droites ; et c'est parce que l'Occident ne comprend pas ceci qu'il trébuche si souvent. En outre, je vous l'ai dit, ce magasin ne sert que de boîte aux lettres. Celui qui a envoyé ce message ne voulait pas le remettre en personne dans le magasin, ni même aller lui-même dans les parages. L'étui est probablement passé de main en main *en route,* simplement pour brouiller les pistes et être sûr que l'on ne remonterait pas à la source.

— Des *sentiers détournés,* quoi.

— Exact. Tous ceux qui l'ont touché l'auront certainement regardé attentivement et n'en auront rien déduit. Mais vous pouvez parier tout ce que vous voulez qu'il aurait eu une signification pour son destinataire et pour personne d'autre ! Venez, Sarah, allons danser... »

Il se leva, la prit par le bras et la fit sortir rapidement de la maison. Ils s'engagèrent sous le clair de lune dans le sentier conduisant là où de la musique diffusée par un grand pick-up indiquait que la soirée dansante avait officiellement débuté.

L'atmosphère du Club était maintenant beaucoup plus gaie. Plusieurs tabourets du bar étaient occupés par des hommes sans partenaires, tandis que huit à dix couples dansaient et, parmi eux, plusieurs connaissances de Sarah...

Vêtue de taffetas bleu pâle, Meril Forbes dansait avec le commandant McKay, et l'un des jumeaux Coply avec une blonde inconnue. Reggie Craddock était là, ainsi que Helen Warrender ; celle-ci portait une robe décolletée, agrémentée de sequins verts brillants, et dansait avec un homme à la moustache jaune paille qui, d'après Charles, se nommait le colonel Grainger. Johnnie était au bar.

Le disque s'arrêta alors et les danseurs applaudirent tandis que le secrétaire du Club en mettait un autre sur le pick-up.

« Salut Meril, dit Charles en s'arrêtant près d'elle et du commandant McKay. Votre tante Ena est-elle là ce soir ? »

Meril sursauta nerveusement et se retourna : « Oh !... oh ! Bonsoir Charles... Euh... non. Tante Ena ne se sentait pas très bien. Elle devait venir. Je veux dire... » Meril tripotait son petit sac du soir brodé de perles de couleurs et de sequins qu'elle laissa tomber. Elle se baissa maladroitement pour le ramasser.

Charles la devança et le lui tendit en disant avec une sévérité moqueuse : « Essayez-vous de me dire que votre tante vous croit tous deux sagement assis à l'Institut ?

— Eh bien... eh bien, oui », dit Meril en hoquetant à moitié.

Charles regarda le commandant McKay tout rougissant et siffla d'un air expressif : « George ! Vous m'étonnez ! Je ne pensais pas que vous cachiez autant de duplicité et de courage intrépide sous cette façade innocente. Avez-vous songé à ce que dira tante Ena lorsqu'elle découvrira qu'au lieu d'escorter sa nièce à une conférence sur « Trois ans à Bornéo » vous l'avez emmenée dans une tournée de pure débauche ?

— Eh bien... euh... à vrai dire, commença McKay d'une voix incertaine. Je... euh... c'est...

— Je lui ai demandé de m'amener ici ! » interrompit Meril d'un air de défi. Deux taches de couleur éclairaient ses joues habituellement pâles et Sarah remarqua avec surprise qu'elle était jolie. « Je déteste les conférences avec projections, je déteste l'Institut et je ne vois pas pourquoi je n'irais pas danser au lieu d'assister à cette séance. Après tout, qu'est-ce que cela peut faire à tante Ena : elle est au lit.

— Et je ne croirais pas George incapable d'avoir mis quelque chose dans son café, dit gaiement Charles. Faites attention à ces médecins, Meril, ce sont des types dangereux.

— Mon cher Charles, dit le commandant McKay d'un ton bourru, je sais bien qu'il s'agit d'une plaisanterie, mais vous ne devriez pas... » Il croisa alors le regard de Charles, sourit et dit d'une manière inattendue : « Merci pour l'idée, tout de même. Je m'en souviendrai. »

Charles rit et entraîna Sarah sur la piste de danse. « J'ai mal jugé George. Je le crois même capable de donner à Meril le courage de tenir tête à Lady Candera lorsqu'elle comprendra où McKay veut en venir et lui montrera la porte.

— Si vous voulez mon avis, dit Sarah avec une certaine dureté, Meril n'a pas besoin qu'on lui insuffle du courage. A l'en croire, c'est elle qui a eu l'idée de sécher cette conférence et de venir danser à la place. Je crois que Fudge, vous-même et tous les autres pouvez acheter vos cadeaux de mariage en toute sécurité.

— Vous me paraissez un peu sévère, Sarah ; peut-être parce que vous ne connaissez pas tante Ena comme nous la connaissons.

— Je sais, mais je ne suis pas vraiment sévère. Simplement, je n'aime pas que l'une de mes semblables — spécialement lorsqu'elle skie comme Meril, a une agréable silhouette et est même capable d'être jolie quand elle s'en donne la peine — se conduise avec une telle... une telle ridicule mollesse.

— Voilà ce que c'est que d'avoir appartenu à la W.R.A.F. et de porter l'uniforme. La vue d'une femme vraiment féminine avec nerfs, timidité et vapeurs, sans oublier les migraines et la frousse des souris, vous emplit d'une irritation aiguë.

— C'est bien vrai ! Nous sommes à l'ère atomique et toute femme ayant aussi peu de caractère que Meril Forbes devrait être renvoyée aux romans des Brontë auxquels elle appartient. Cependant, si elle est capable de s'éclipser pour danser dès que sa tante n'a plus les yeux fixés sur elle, son cas n'est pas complètement désespéré. Si elle a un peu de sens commun, elle n'a qu'à se saouler, rentrer chez elle et réciter... »

Sarah s'arrêta, fronça les sourcils et manqua un pas de danse.

« Qu'y a-t-il ? demanda Charles.

— Rien... je viens d'avoir l'impression étrange de citer une phrase que quelqu'un a prononcée un jour... » Et tandis qu'elle parlait, elle se souvint.

Bien sûr. C'était Janet disant d'un ton impatient dans le refuge de Khilanmarg : « Vous devriez vous saouler une bonne fois et aller déclamer la Déclaration d'Indépendance à votre vieille tante. » Mais Sarah se refusait à penser à Janet aujourd'hui, et elle repoussa résolument ce souvenir. Elle accueillit avec reconnaissance la fin du disque juste à ce moment-là, car cela lui fournissait une excuse pour changer de sujet. Le secrétaire du Club mit consciencieusement quelques disques, puis ferma le pick-up pour marquer une pause et les danseurs se répartirent entre les tables au bout de la piste, le bar et la véranda.

Charles conduisit Sarah jusqu'à une chaise dehors, sur la pelouse, et appela un *khidmatgar* qui flânait pour lui commander des boissons. Par deux fois, une voiture passa près d'eux, amenant des arrivants tardifs. Les danses recommencèrent et s'arrêtèrent, et ils étaient là depuis un certain temps lorsqu'ils entendirent crisser les cailloux du sentier, comme si quelqu'un allait dans la direction où étaient garées les voitures.

« Qui était-ce ? demanda Charles en tournant sa chaise.

— Reggie, je pense. » Sarah regarda à travers le clair de lune et les ombres. « Je n'ai pas pu voir vraiment. Pourquoi ? »

Charles ne répondit pas et ils entendirent très vite une voiture démarrer. Elle s'en alla et, à son bruit, donna l'impression de tourner à gauche, en direction de Nasim. Lorsqu'ils ne purent plus l'entendre, Charles se leva et dit : « Retournons danser. Nous avons encore un quart d'heure avant de partir. » Ils traversèrent la pelouse. Lorsqu'ils pénétrèrent à nouveau dans la salle de danse, il baissa les yeux sur Sarah et demanda : « Êtes-vous capable de paraître intéressée par moi d'une manière romantique ? Dans un quart d'heure environ, nous devons quitter ce Club pour aller ostensiblement jouir ensemble du clair de lune. Pouvez-vous essayer de tenir votre rôle ?

— *Simple détail destiné à donner de la vraisemblance à un récit sec et non convaincant* », murmura Sarah malicieusement.

Charles rit et l'attira dans ses bras. « Peut-être. En tout cas, on nous a mis un air inspirant pour danser. »

Ils s'avancèrent sur la piste de danse tandis qu'une belle voix de ténor venant du pick-up annonçait : « *Les gens diront que nous sommes amoureux !* »

« Espérons-le », dit Charles. C'était un excellent danseur et, abaissant ses longs cils, Sarah se détendit au rythme de la musique.

*Ne soupirez pas en me regardant,*
*Vos soupirs ressemblent aux miens.*
*Vos yeux ne doivent pas briller comme les miens,*
*Les gens diront que nous sommes amoureux...*

« Vous jouez magnifiquement le jeu », approuva Charles à l'oreille de Sarah. La musique s'arrêta, la jeune fille ouvrit les yeux et applaudit machinalement.

La soirée dansante devait encore durer une heure et demie, mais plusieurs personnes étaient déjà parties. Sarah ne vit ni Reggie Craddock ni Helen Warrender. Assis sur la véranda, l'un des jumeaux Coply parlait à une fille que Sarah ne pouvait voir, mais à en juger par les plis de sa robe, elle pensa qu'il s'agissait de Meril. Il y avait quelques nouveaux arrivés, dont Mir Khan au milieu d'un groupe de six personnes, toutes inconnues de Sarah. Il s'inclina et sourit, mais ne parla pas.

Toujours au bar, Johnnie Warrender paraissait assez ivre. Sa voix dominait le bourdonnement des autres et le disque sur le pick-up :

« Helen ? dit Johnnie d'une voix pâteuse. Com... comment le

saurait-elle. P... probablement... quelque... quelque part avec un gigolo. Elle... elle me méprise. Comme cette femme de Sh... Shakespeare. “ *Manque de... de volonté, do... donnez-moi le poignard !* ”

— Hum ! dit Charles en écartant Sarah du bar. Tout à fait éclairant. Je me demande... » Il ne finit pas sa phrase, car à ce moment-là Johnnie Warrender glissa de son tabouret avec un bruit de verre cassé, se releva grâce à son voisin et quitta le bâtiment d'un pas incertain.

La musique changea et, un instant plus tard, Sarah frissonna.

« Que se passe-t-il ? demanda calmement Charles. Vous avez froid ?

— Non. C'est cet air. Il me hante.

*Le clair de lune et la lune*
*Et tout air joli et gai*
*Joué pour vous...*

— Pourquoi ? demanda doucement Charles.

— Janet le chantait devant le refuge de Khilanmarg tandis qu'elle attachait ses skis. Et... et il semble qu'il continue à revenir indéfiniment depuis. On le jouait cette nuit-là à Peshawar, cette nuit où je lisais cette lettre...

— Oui, je m'en souviens.

— Et maintenant, le voici encore.

— Peut-être est-ce un présage. Un bon présage cette fois-ci, espérons-le. »

La grande horloge sur le mur sonna le quart. « Venez, dit Charles, il faut partir. » Il regarda alors sa montre et poussa subitement une exclamation d'étonnement : « Sacré nom d'un chien », dit Charles d'une voix furieuse. Il prit Sarah par le bras et l'entraîna à toute vitesse.

« Quoi ? Que se passe-t-il ?

— C'est ma faute, je suis idiot, dit Charles d'un ton violent. Je n'aurais pas dû me fier à cette horloge : elle retarde de près de quinze minutes. Venez, Sarah, dépêchons-nous !

— Je suis désolée, dit Sarah d'un ton ferme, mais j'ai l'impression que la promenade sera longue, aussi faut-il absolument que je me précipite aux toilettes avant de partir.

— Le faut-il vraiment ? Bon, alors grouillez-vous. Je vais aller chercher mon *shikara.* Nous nous retrouverons en haut des marches menant au lac. Tournez à droite au bout de ce bâtiment. Faites vite ! »

Il disparut dans la nuit et Sarah se glissa jusqu'aux toilettes des dames.

On pénétrait dans le vestiaire des dames du Club de Nagim par un petit vestibule donnant sur le hall de l'entrée. Sarah ferma la porte derrière elle et, après avoir posé son sac sur une coiffeuse, se regarda rapidement dans la glace. On entendit les pas légers de quelqu'un qui courait sur le sentier de l'autre côté de la fenêtre, suivis un peu plus tard par un faible bruit provenant de l'extrémité du couloir allant à gauche vers les W.-C. On avait l'impression qu'une personne avait tout doucement ouvert ou fermé une porte.

Sarah se donna un petit coup de houppette sur le nez et enfila le couloir en courant. Elle essaya la porte du premier W.-C. qu'elle trouva fermée, mais le suivant était ouvert et, comme elle fermait la porte derrière elle, il vint un léger frou-frou du couloir extérieur, suivi d'un rire étouffé. Sarah n'y prêta pas attention, mais lorsqu'elle tourna la poignée pour sortir, la porte ne s'ouvrit pas. Oh ! Zut ! pensa Sarah exaspérée. C'est bien le moment qu'elle se coince, celle-là ! Elle secoua la poignée, mais la porte resta hermétiquement fermée.

Comme à peu près partout au Cachemire, les sanitaires du Club étaient construits à l'orientale ; par conséquent chaque W.-C. avait deux portes : celle de l'arrière donnait sur un étroit passage réservé aux domestiques venant nettoyer ; Sarah tira vivement ce verrou-là pour s'apercevoir que la porte était fermée de l'extérieur. Fermée... c'était cela, bien sûr. Les portes n'étaient pas coincées. Quelqu'un l'avait enfermée. Quelque mauvais plaisantin stupide, pensa Sarah en se souvenant du rire étouffé. Mais Charles avait dit : « Dépêchez-vous ! » et il l'attendait au pied des marches descendant vers le lac : elle devait sortir de là.

Elle tambourina de ses poings sur la porte et cria très fort jusqu'à ce que l'écho de sa voix sur les murs blanchis à la chaux l'assourdît presque. Mais lorsqu'elle s'arrêta pour écouter, elle n'entendit aucun bruit autre que la musique du pick-up, et encore très faiblement. Elle comprit alors, avec un coup au cœur, que sauf dans le cas où une autre femme viendrait aux toilettes, elle pourrait s'égosiller à plaisir sans que quiconque l'entende au milieu des bruits de voix et de la musique de la salle de danse. Elle n'avait rien d'autre à faire que d'attendre la première personne à venir dans le vestiaire des dames.

Enfermée dans les W.-C., quel endroit ! pensa Sarah furieuse de cette situation ridicule.

Les paroles d'une chanson grivoise, datant de ses premières années de classe, lui revinrent alors en mémoire

*Oh ! Que se passe-t-il donc ?*
*Trois vieilles dames enfermées aux cabinets !*
*Elles y restèrent du lundi au samedi.*
*Personne ne savait qu'elles étaient là.*

Sarah fut prise d'un rire hystérique, puis immédiatement après d'un accès de panique. « *Personne ne savait qu'elles étaient là.* » C'était ça l'ennuyeux. Charles savait où elle était, mais il pouvait difficilement pénétrer à sa recherche dans les sacro-saintes toilettes pour dames. Si pressé fût-il, elle était sûre que le respect anglo-saxon des convenances l'empêcherait de briser les règles du savoir-vivre.

Mais, apparemment, elle avait surestimé le respect de Charles pour les convenances.

Elle entendit la porte des vestiaires s'ouvrir brutalement ; elle se mit alors à crier et la voix de Charles appela : « Mais bon sang, où êtes-vous donc ?

— Ici ! appela Sarah. J'ai été enfermée ! »

Une volée de pas rapides, un verrou tiré, et la porte s'ouvrit brusquement, la précipitant dans les bras de Charles.

« Ça va ? » demanda rapidement Charles. « Que s'est-il passé ? »

Mais Sarah était incapable de répondre, car elle fut prise d'une crise soudaine de fou rire.

« Pour l'amour du ciel, arrêtez ! claqua la voix de Charles.

— Je... je ne peux m'en empêcher, s'étouffa Sarah. C'est... c'est... si idiot ! Trois... vieilles dames en... enfermées aux cabinets ! »

Charles la prit par les épaules et la secoua jusqu'à ce que ses cheveux ressemblent à un chrysanthème japonais. « Reprenez-vous, Sarah ! Comment est-ce arrivé ?

— Je ne sais pas. » Sarah se tamponna les yeux. « Lorsque je suis entrée ici, j'ai entendu un faible bruit et quelqu'un rire ;

quand j'ai voulu sortir, je me suis aperçue qu'un mauvais plaisant m'avait enfermée, aussi ai-je frappé des poings et appelé au secours un certain temps. Puis vous êtes arrivé. C'est tout.

— Qui était-ce ?

— Je vous l'ai dit : je ne le sais pas ! J'ai seulement entendu rire. Je suppose que la personne trouvait cela très drôle. Ce doit être une plaisanterie classique.

— Espérons-le, dit Charles d'un ton sinistre. Venez, nous devons partir d'ici. Où se trouve la porte arrière ? »

Il la saisit par le coude et la poussa précipitamment dans le passage jusqu'à la porte la plus éloignée. Une fois à découvert, il fut obligé de ralentir son allure et ils descendirent le sentier avec dignité.

Quelque chose brilla et étincela en vert sur les graviers éclairés par la lune, tout près de la fenêtre des vestiaires. Presque machinalement, Sarah se baissa et ramassa l'objet. C'était un petit sequin vert.

# 18

Longeant le bâtiment du Club, le sentier mena Charles et Sarah à de larges marches de pierre qui descendaient jusqu'à l'eau où étaient amarrés, à l'ombre d'un chêne d'Inde, un certain nombre de *shikaras.* Les équipages dormaient à la lueur de petites lampes à huile qui temblotaient en fumant à la proue des *house-boats.*

Un seul *shikara* se trouvait au bas de l'escalier où se tenait une silhouette sombre en caftan cachemirien, un pied sur la proue et l'autre sur les marches pour maintenir le bateau. Charles aida Sarah à monter à bord, murmura quelques mots à l'homme, et la rejoignit. L'homme écarta l'embarcation du rivage, sauta dedans, les dépassa et alla d'un bond jusqu'à la poupe où étaient assis les rameurs.

Ils quittèrent l'obscurité du rivage pour le brillant clair de lune sur le lac. Sarah se pencha au-dehors pour regarder par-dessus l'écran qui servait de dossier aux passagers et vit quatre rameurs. Elle se tourna vers Charles assis à côté d'elle, ses épaules contre les siennes, et dit à mi-voix : « Est-ce prudent ?

— Qu'est-ce qui est prudent ?

— D'aller en *shikara* public pour ce genre de promenade ?

— Ce n'est pas un *shikara* public, mais un particulier. Et les hommes sont tous choisis.

— Vous voulez dire des Anglais déguisés ? »

Charles émit un petit rire : « Ne faites pas la petite oie ! Bien sûr que non. Dans notre métier, il y a toutes les classes sociales et toutes les croyances. Hindous, Musulmans, Sikhs, Dogras, Pathans, Parsis, Pendjabiens, Bengalis. L'un de nos meilleurs hommes est un tranquille petit *bunnia*[1] qui tient un magasin dans le bazar de Delhi. Un autre conduit une *tonga*[2] dans la ville de Peshawar.

1. *Bunnia :* boutiquier. *(N.d.A.)*
2. *Tonga :* carriole à deux roues tirée par un cheval. *(N.d.A.)*

— Hum ! » Sarah resta un moment silencieuse.

« Qu'est-ce qui vous tracasse ? demanda Charles à mi-voix, conscient du trouble de sa compagne.

— Tous ces gens, murmura-t-elle, et l'homme qui faisait le guet pour vous la nuit dernière — Habib. Et celui que vous avez rencontré quelque part près de Gulmarg, et l'homme au visage marqué de variole que nous allons rencontrer...

— Et alors ? Qu'ont-ils ?

— Eh bien, n'étaient-ils pas ici lorsque Janet et Mrs Matthews étaient vivantes ?

— Certainement, à l'exception de Habib, évidemment.

— Alors... alors pourquoi n'étaient-ils pas capables de les aider ? Pourquoi l'un *d'entre eux* n'a-t-il pas quitté le Cachemire pour porter un message en Inde britannique ?

— Je pensais vous avoir déjà indiqué la raison, dit Charles d'une voix un peu âpre. Le fait que nous ayons un certain nombre de personnes, telles que ces hommes, que nous pouvons appeler à l'aide, ne signifie pas qu'ils connaissent plus qu'une part minime de ce qui se passe. Pas plus qu'un petit employé d'une multinationale ne sait ce que pense le P.-D.G. Malheureusement, ce que les deux femmes ont découvert était beaucoup trop important pour être confié aux aides résidant dans cet État. Et, d'après votre conversation avec Janet, il était encore plus regrettable que ni l'une ni l'autre n'eussent compris qu'elles avaient été repérées avant qu'il ne soit trop tard pour qu'une équipe les surveille. Ou peut-être Mrs Matthews considérait-elle qu'à ce moment-là il était plus sage de ne pas assurer ses arrières ? C'est là encore une chose que nous ne saurons jamais.

— Je le suppose », dit Sarah qui se réfugia dans le silence.

Les rames tombaient doucement en cadence, avec une monotonie apaisante, tandis que le bateau glissait sur l'eau. Il n'y avait pas de vent sur le lac, et la brise amenée par leur mouvement était à peine suffisante pour remuer les rideaux de coton fané qui pendaient du dais décoré.

Charles remuait sans arrêt ; il avait beau donner l'impression qu'il se détendait, appuyé aux coussins, Sarah était consciente de la nervosité qui l'habitait.

« Que se passe-t-il ? Pourquoi ne pas leur dire de se hâter ?

— Je n'ose pas, répondit brièvement Charles en secouant une

fois de plus ses épaules dans un geste d'anxiété. On nous surveille peut-être et nous ne devons pas donner l'impression d'être pressés tant que nous sommes visibles du Club. On nous croit partis pour une promenade sentimentale, et non pour une course de bateau. L'ennui, c'est que nous sommes très en retard.

— Mais il va sûrement nous attendre ? demanda Sarah anxieuse.

— Ahamdoo ? Bien sûr. Mais ce pourrait être dangereux pour lui de s'attarder trop longtemps. Je suppose qu'il a choisi cette île parce que c'est un endroit assez facile à joindre pour moi. C'est aussi un lieu plus sûr à atteindre parce que l'on y vient par voie d'eau, au lieu de traverser bazars et ruelles dans le cas où le rendez-vous aurait eu lieu sur la terre ferme. Mais cependant, ce choix me paraît plutôt hasardeux.

— Alors, pourquoi avez-vous accepté ?

— Je vous l'ai dit : je n'ai pas eu d'alternative.

— Je m'excuse, je... j'avais oublié. » Sarah se tut à nouveau et Charles se retourna pour regarder derrière eux les lumières du Club se refléter dans le lac. Une minute ou deux plus tard, il dit : « O.K., je pense que nous pouvons aller plus vite maintenant. »

Il donna un ordre à voix basse aux rameurs, et immédiatement le rythme des rames s'accéléra. Sarah n'aurait jamais cru que ce petit bateau en bois à fond plat pouvait avancer à une telle vitesse. Les quatre rames en forme de cœur plongeaient et se levaient toutes en même temps, et la proue pointue fendait l'eau avec un bruit de soie que l'on déchire, tandis que les rideaux s'agitaient dans le courant d'air provoqué.

Comme ils approchaient de l'extrémité du lac Nagim, là où la vaste étendue d'eau se divise en canaux plus étroits vers Srinagar ou vers le lac Dâl à Nasim, Charles donna un autre ordre. Et cette fois le rythme se ralentit. Obliquant vers la gauche, ils passèrent sous l'arche obscure du pont de Nagim à une allure de promenade. Il y avait une silhouette sur le pont de Nagim. Quelque promeneur nocturne appuyé à la balustrade de bois au bout du pont, là où un arbre fait une tache d'ombre, et sa cigarette mettait un point lumineux orange dans l'obscurité.

Après le pont, à gauche, s'étendait le bras de décharge de Chota Nagim ; Sarah aperçut les contours du bateau des Creed et, derrière lui, le feu de position solitaire indiquant la présence du *Waterwitch*. Puis ils naviguèrent au-delà des roseaux et des taches sombres des feuilles de lotus et, tout de suite, le *shikara* pénétra dans un chenal bordé de saules dont les rives n'étaient guère séparées que par une douzaine de mètres. Les minces branches entrelacées formaient une arche au-dessus de l'eau et brisaient le clair de lune en milliers de fragments d'argent qui poudraient l'eau noire. Mais, même ici, les rames ne changèrent pas de rythme.

Charles releva brusquement son poignet de chemise et scruta sa montre ; le cercle lumineux verdâtre, qui brillait faiblement dans l'ombre, rappela à Sarah qu'elle tenait toujours le petit sequin vert ramassé sur les graviers du sentier longeant la fenêtre des toilettes pour dames du Club de Nagim.

Lorsque le *shikara* quitta l'obscurité du court canal bordé de saules et arriva à découvert, elle examina ce qu'elle venait de trouver. Le petit sequin vert posé sur sa paume brillait au clair de lune, et elle allait le jeter par-dessus bord lorsqu'un déclic se produisit dans son esprit.

Un sequin vert. Helen Warrender portait une robe brodée de sequins verts. Alors, à un moment quelconque de la soirée, Helen Warrender avait dû emprunter le sentier conduisant à la porte arrière des vestiaires pour dames du Club. Pourquoi ? Seule une personne en costume de bain avait des raisons d'emprunter la porte arrière. N'importe qui d'autre prendrait l'entrée principale dans le hall.

Les lèvres de Sarah se serrèrent et ses yeux verts brillèrent dangereusement. Une mauvaise plaisanterie ? Bien sûr, pensa Sarah en colère ; elle voulait me faire paraître stupide aux yeux de Charles, et quoi de plus stupide que de se laisser enfermer aux cabinets ? Helen voulait Charles pour elle-même. Bien, elle ne pouvait l'avoir, c'était tout...

« La vache ! » dit Sarah sans se rendre compte qu'elle avait parlé à voix haute.

« Qu'y a-t-il ? demanda Charles en sursautant.

— Rien, dit Sarah en rougissant d'un air coupable. Je pensais seulement à quelque chose. »

Elle jeta le petit sequin par-dessus bord où il brilla un instant dans le clair de lune comme un petit œil vert et méchant et fut emporté dans le tourbillon de l'eau soulevée par les rames, car leur allure était redevenue rapide.

Le *shikara* passa à travers un étroit goulet d'eau où une île, sur laquelle une rangée de grands peupliers poussaient dans l'herbe, étendait un bras vers les rivages de Nasim. Puis il pénétra dans l'immensité brillante du lac Dâl. A gauche, au milieu des arbres sombres, le village de Nasim et la mosquée de Hazratbal ; dans le lointain, à l'extrémité du lac, les Jardins de Shalimar et les montagnes, brumeuses sous le clair de lune.

Le lac s'étalait devant eux, tel un vaste miroir, lisse et brillant, et la nuit était si calme que le va-et-vient des rames dans l'eau faisait un bruit terriblement fort dans ce silence argenté. Pourtant, leur *shikara* n'était pas seul sur le Dâl cette nuit. Il y avait quelques petits bateaux locaux très bas, à peine plus que des sillages noirs sur l'eau brillante : pêcheurs éperonnant du poisson ou *mânjis* retournant d'une visite à un village. Et plus loin sur le lac, on apercevait deux autres *shikaras* aux dais blancs, évoquant des fantômes, et dont les lampes à huile à la proue perçaient la surface liquide argentée de petits points d'une couleur plus chaude.

Maintenant, leur propre *shikara* s'écartait du rivage de Nasim pour se diriger vers le centre du lac et Charles n'était plus à moitié allongé sur les coussins. Assis droit, légèrement penché en avant et les mains croisées sur ses genoux, il fixait intensément l'avant. Sarah suivit la direction de son regard et vit une forme indécise sur l'eau. Elle comprit qu'il s'agissait d'une île. Une île minuscule avec de grands arbres, jolie et solitaire au milieu du Dâl éclairé par la lune.

Rien qu'une ombre, une silhouette argentée au début. Puis, en s'approchant, les contours se dessinaient et s'obscurcissaient ; Sarah aperçut au centre, sur une légère élévation, un petit bâtiment aux quatre coins duquel un chêne d'Inde penchait ses branches au-dessus de l'eau.

Tandis qu'elle regardait, l'œil de Sarah fut attiré par un mouvement à droite de l'île. Papillon de nuit blanc dans le clair de lune, un autre *shikara* se trouvait sur le lac. Mais celui-ci n'ayant pas de lumière à sa proue, il était impossible de dire s'il naviguait vers l'île ou s'en éloignait.

Charles l'avait vu aussi, car il donna un ordre bref aux rameurs qui arrêtèrent leurs rames. L'espace de quelques instants leur bateau avança de lui-même, l'eau murmurant le long de ses flancs ; puis il ralentit, se stabilisa tout doucement et s'arrêta complètement.

Sarah remua, ce qui fit froufrouter sa robe sur les coussins. D'un geste impératif de la main, Charles lui demanda de faire silence. Il scrutait le lac sous le clair de lune, la tête légèrement penchée. Sarah, elle aussi, resta assise immobile à écouter. Dans le silence régnant, elle pouvait entendre la respiration rapide des rameurs derrière elle et le *drip, drip, drip* fait par l'eau coulant d'une rame. Un poisson sauta, une grenouille coassa depuis des herbes flottantes. Puis, très faiblement, elle entendit un bruit de rames et comprit ce que Charles écoutait.

Le son produit par ces autres rames n'augmentait pas, mais diminuait ; ce qui signifiait que le bateau au-delà de l'île s'éloignait. Un autre bruit arriva alors de très loin sur le lac. Si faible qu'il n'était guère plus qu'une vibration dans le calme. Le *pfut, pfut, pfut* d'un bateau à moteur...

Charles tourna la tête et lança un ordre bref : le *shikara* repartit. Lentement désormais, comme si le besoin de se hâter n'existait plus. La proue avait à peine touché le rivage qu'il avait déjà sauté à terre. Sarah le suivit plus doucement, sa robe aux dessins hardis presque invisible sur le noir et argent du clair de lune et des ombres des chênes d'Inde.

La petite île ne pouvait guère mesurer plus de trente mètres de côté. Les racines des quatre grands chênes d'Inde s'enfonçaient dans du gazon, tandis qu'au centre une série de terrasses bordées de lilas de Perse s'élevait jusqu'à une petite gloriette. Il ne fallait guère plus de deux minutes pour faire le tour de l'île. Mais elle était déserte.

Charles consulta à nouveau sa montre et fixa par-dessus l'eau un petit point blanc qui se détachait sur les reflets des montagnes dans l'eau. C'était le *shikara* qu'ils avaient vu au-delà de l'île, et il se dirigeait vers Srinagar.

Un oiseau s'agita dans les buissons de lilas, mais aucun autre bruit ne vint rompre le silence, car le faible clapotis des rames et le vrombissement du bateau à moteur s'étaient tous deux évanouis. Tandis qu'elle regardait le profil anxieux de Charles, blanc sur les ombres couleur d'encre des chênes d'Inde, Sarah fut prise d'un soudain frisson de peur et de malaise qui lui fit jeter un rapide coup d'œil par-dessus son épaule, comme si elle s'attendait à moitié à voir quelqu'un derrière elle.

« Pourquoi n'est-il pas là ? » demanda-t-elle avec effort. Elle voulait parler à voix haute, mais n'avait réussi qu'à murmurer.

Et ce fut dans un murmure aussi que Charles répondit : « Je ne sais pas. Ou il n'est jamais venu, ou alors... »

Il ne termina pas sa phrase et, au bout d'un moment, Sarah, mal à l'aise, lui dit : « Ou alors quoi ? »

Charles se tourna lentement et, dans le clair de lune, son visage apparut tiré et figé, le visage d'un étranger. Il semblait avoir vieilli de dix ans dans le même nombre de minutes. Il dit en sourdine, comme s'il avait oublié la présence de Sarah et pensait tout haut : « ... ou alors... il est toujours là. »

Sarah se recula rapidement d'un pas, les mains sur sa gorge : « Toujours là ? Vous voulez dire... sur l'île ? » Sa voix se cassa bizarrement. « Ne soyez pas ridicule, Charles ! il n'y a personne d'autre ici que nous et les rameurs.

— Peut-être. De toute manière, nous pouvons vérifier. »

Il se détourna brusquement et commença à chercher parmi les buissons de lilas. Quelques secondes s'écoulèrent avant que Sarah comprît la pleine signification de ces recherches. Son cerveau était vide, froid et stupide, et elle se sentait incapable de bouger. Elle restait là comme figée, fixant les ombres denses sans les voir, tandis que les buissons autour de la gloriette remuaient au passage de Charles.

Juste en face d'elle, se profilant en ombre chinoise sur le lac blanc de clair de lune, se trouvait l'un des quatre grands chênes d'Inde qui donnaient son nom à l'île. L'âge avait rendu creux son tronc et, tandis que les yeux de Sarah s'habituaient à l'obscurité, les détails émergeaient de l'ombre les uns après les autres, comme une photo sur une table de développement.

Charles avait terminé le tour des buissons de lilas : « Il n'y est pas.

— Non, dit Sarah. » Sa voix paraissait rauque et étrange, comme si elle ne lui appartenait pas. Comme si elle appartenait à une autre fille qui se tiendrait là, dans une robe à dessins noirs et blancs, parmi les dessins noirs et blancs du clair de lune et de l'ombre. Elle leva un bras et, telle une poupée au doigt raide, elle articula : Il est là-haut. Dans l'arbre. »

Et soudain, comme si ses jambes ne pouvaient plus la porter, elle s'assit brusquement sur l'herbe humide de rosée et se mit à rire.

Charles se pencha vers elle et, de propos délibéré, lui frappa la joue du revers de sa main.

Sarah hoqueta, s'étouffa et mordit sa lèvre inférieure. Pendant un long moment, elle croisa le regard tranquille et ferme de Charles d'où elle paraissait tirer de la force.

« Je suis désolée, dit-elle d'une voix étouffée. Je... je me conduis abominablement.

— Je n'aurais pas dû vous laisser aborder. Allez vous asseoir dans le bateau, ma chérie.

— Non, cela va bien maintenant. Je tiens à rester.

— Ce ne sera pas agréable à voir.

— Je le sais. Janet ne l'était pas... Mrs Matthews non plus. »

Charles ne discuta pas plus avant et alla jusqu'à l'arbre.

Sarah ne s'était pas trompée. Les doigts écartés d'une main grassouillette, qui paraissait si immobile au milieu des feuilles mortes et des herbes au pied du vieux chêne d'Inde, étaient bien ceux d'Ahamdoo. Le reste de son corps était enfoncé replié dans le tronc d'arbre creux, le manche d'un couteau de Khaiber émergeant de sa poitrine.

Charles et le grand rameur qui se tenait au bas des marches du Club le sortirent et l'étendirent sur l'herbe au clair de lune. Le visage rond, marqué de variole, si laid de son vivant l'était encore plus dans la mort. Les yeux sombres, grands ouverts, cerclés de blanc, les lèvres s'écartant de dents mal rangées en un rictus d'agonie et de peur.

Charles s'agenouilla et fouilla le volumineux caftan marron; puis il ôta les babouches aux pointes relevées, et en examina l'intérieur et les semelles. Mais si Ahamdoo portait un quelconque message écrit, il n'était pas là. Seulement... seulement dans les plis du caftan flottait, légère dans la nuit mais très nette, cette curieuse odeur que Charles et Sarah avaient sentie déjà deux fois. Tout d'abord dans la cabane déserte proche du Gap, puis à nouveau, le matin même, dans la pièce poussiéreuse du magasin de Ghulam Kadir au Fourth Bridge.

Et maintenant, elle était ici également sur une petite île au milieu du Dâl, imprégnée dans le caftan d'un homme assassiné.

Charles souleva un pli du caftan et le renifla, les sourcils froncés. Puis il le laissa tomber, se leva et parla au grand rameur qui alla chercher une torche sur le bateau. Les deux hommes se mirent à fouiller minutieusement l'île : l'herbe, les terrasses, les marches montant à la gloriette, les buissons de lilas de Perse, les troncs creux et les racines tordues des vieux chênes d'Inde. Ils ne trouvèrent rien d'autre que des feuilles mortes et de vieux restes de pique-nique. Les traces de pas étaient nombreuses, mais il était impossible de dire qui les avait faites et quand, parce que trop de bateaux locaux s'étaient arrêtés dans l'île au milieu de leur traversée du lac.

Charles retourna au *shikara* et, couché le long de la proue, scruta l'eau proche du rivage à l'aide d'une torche, tandis que l'un des rameurs faisait lentement tourner le bateau autour de l'île. Il avait visiblement oublié Sarah, les mains fermées serré, et appuyée aux buissons de lilas dans une tache de clarté lunaire. Elle frissonnait de temps à autre, mais ne bougeait pas.

Le *shikara* revint à son point de départ et Charles retourna près du corps d'Ahamdoo. Il n'y avait ni autre bateau ni rien indiquant comment Ahamdoo était venu sur l'île. Charles resta un moment debout, silencieux, à fixer le corps avec une profonde concentration comme s'il pouvait extirper, par un effort de volonté, les secrets de ce cerveau mort. Puis, soudain, il s'agenouilla à nouveau.

La main droite d'Ahamdoo, que Sarah avait vu émerger du tronc creux du chêne d'Inde, était étendue sur l'herbe, les doigts grands ouverts. Mais l'autre main était fermée et Charles, à genoux, levant le poignet, la força à s'ouvrir. Elle n'était pas encore raidie par la mort car le corps était chaud, mais les doigts étaient tellement serrés que Charles les ouvrit avec difficulté.

Un objet se trouvait dans la paume d'Ahamdoo sur lequel, au moment de mourir, il avait recroquevillé ses doigts bruns et boudinés ; un objet qui brillait faiblement au clair de lune. Une perle de porcelaine bleue.

Charles la ramassa, la tourna entre ses mains, la sentit, la secoua, regarda au travers et la toucha doucement du bout de la langue. Finalement, en haussant légèrement les épaules, il sortit un mouchoir dans lequel il rangea soigneusement la perle. Il mit le mouchoir dans sa poche, se leva, épousseta ses genoux et parla en hindi avec le grand rameur.

Ils soulevèrent à eux deux le petit corps replet d'Ahamdoo pour le mettre à l'ombre du chêne d'Inde. Un second homme vint du bateau avec une couverture grossière dont il couvrit le cadavre. Charles leur parla à voix basse et ils acquiescèrent sans mot dire. Le grand homme mit la main sous son caftan et Sarah crut un instant voir briller un revolver. Puis Charles le toucha à l'épaule et se tourna vers Sarah : « Je vais vous ramener. Nous n'avons plus rien à faire ici. »

Il prit le bras froid de Sarah et la conduisit au bateau, tandis que le grand rameur et celui qui avait amené la couverture s'accroupissaient à l'indienne dans l'ombre, à côté du tas informe qui avait été Ahamdoo. Immédiatement le *shikara,* qui n'avait plus que deux rameurs, s'éloigna de l'île.

Sarah s'aperçut qu'elle claquait des dents sans savoir si c'était le choc ou le froid. Charles ramassa sa fourrure tombée dans le fond du bateau, et l'attacha autour des épaules de la jeune fille qui ne résista pas. Une couverture de voyage pliée était posée sur le coussin de l'avant ; il la secoua et en enveloppa les genoux de Sarah.

Essayant de garder une voix ferme, elle demanda : « Que vont faire ces deux-là ?

— Attendre que je leur renvoie le bateau.

— N'allez-vous pas envoyer chercher la police ?

— Non, dit brièvement Charles. Moins la police locale, ou quiconque, en saura sur cette histoire, mieux cela vaudra.

— Mais... le corps. Vous ne pouvez simplement le laisser. Que vont-ils en faire ?

— S'en débarrasser, dit Charles sans ambages.

— Comment ? »

Charles haussa les épaules : « Oh ! Il y a des moyens. Il vaut mieux pour tout le monde qu'Ahamdoo ait simplement disparu. Je vous assure que la chose n'est pas inhabituelle dans ce pays. »

Les mains serrées autour de ses genoux, il se tut et resta silencieux, les sourcils froncés, en regardant l'ombre de la frange du dais se balancer à chaque mouvement des rames.

Sarah ramena davantage sa cape de fourrure sur elle et se remit à frissonner. Charles le sentit et la regarda.

« Froid ?

— Non. Je... je pensais. Est-ce... est-ce parce que nous étions en retard ? Si nous n'avions pas eu ce retard... »

Charles secoua la tête : « Il était fatal que nous n'arrivions pas à l'heure. Si cela n'avait pas été cette raison-là, cela en aurait été une autre. J'étais trop sûr qu'ils n'avaient pas compris à mon sujet. »

Sarah émit un petit souffle et se tourna d'un coup sec pour faire face à Charles : « Vous voulez dire que vous les pensez au courant de votre activité ? »

Charles rit, mais sans amusement : « Bien sûr. Mais j'aimerais savoir comment ils m'ont repéré. Je marche sur des œufs depuis des années, attendant que ceci arrive.

— Quelle différence cela fera-t-il ?

— Ne jouez pas à la sotte, Sarah, dit Charles d'un ton impatient. C'est le type non suspect qui est utile. Les autres ne valent guère mieux qu'une vieille chaussette. » Il frappa ses genoux de ses poings fermés. « J'aurais dû être sur l'île avant que la lune se lève s'il en était besoin et y rester jusqu'à l'arrivée d'Ahamdoo. Au lieu de cela, j'accumule d'inutiles écrans de fumée, me forge des alibis au Club et me laisse carrément retarder tandis que quelqu'un d'autre se rend à mon rendez-vous et supprime Ahamdoo à ma barbe.

— Mais vous ne pouviez savoir..., commença Sarah.

— Je ne pouvais savoir quoi ? demanda amèrement Charles. Je n'ignorais pas qu'Ahamdoo arriverait dans l'île à l'heure qu'il avait annoncée. Nos gens ne sont ni en retard ni en avance pour une mission, je vous l'assure : ce n'est pas considéré comme prudent. Je m'étais donné la peine de savoir exactement le temps qu'il me faudrait pour aller du Club de Nagim à l'île, et j'aurais dû regarder l'heure à ma montre. Mais je ne l'ai pas fait. Un instinct m'a fait garder l'œil sur la pendule du Club, parce que je sais qu'elle est tous les jours mise à l'heure de la radio, et qu'il est plus facile de la surveiller que de regarder sans arrêt sa propre montre. Et parce que j'étais trop sûr de moi, je suis tombé dans un piège où n'aurait pas dû tomber un enfant !

— Que voulez-vous dire ? Quel piège ?

— La pendule, évidemment. Ce soir, pour une raison inexplicable, cette pendule qui, à cinq heures de l'après-midi, marchait avec ma montre et la radio, était près de douze minutes en retard. La mettre davantage en retard aurait fait courir le risque qu'on s'en aperçoive — mais beaucoup de choses peuvent se passer en douze minutes. Il n'a probablement pas fallu plus de douze secondes pour tuer Ahamdoo ! Tout de même, douze minutes est un délai peut-être un peu juste, aussi ont-ils mis une autre chance de leur côté... plutôt une certitude absolue qu'une chance si l'on y réfléchit bien !

— Que voulez-vous dire ?

— Je veux dire que dès que vous et moi sommes arrivés

ensemble au Club, visiblement pour dîner et danser, ils ont compris mes intentions. Et ils ont parié que vous feriez une visite rapide aux toilettes avant de vous embarquer pour une heure ou plus sur le lac ! Tout bien considéré, c'était certain que vous iriez, et il est probable que quelqu'un vous surveillait depuis des heures et devait vous retarder dès que nous donnerions l'impression de partir, en utilisant pour commencer ce tour que l'on vous a joué ! Il y en avait d'autres en réserve pour le cas où celui-ci échouerait. Mais il n'a pas échoué, il a merveilleusement réussi. Le résultat : encore huit ou dix minutes perdues, si bien que, même en rattrapant du temps en ramant plus vite lorsque c'était possible, nous sommes arrivés dans l'île une bonne vingtaine de minutes après l'heure. »

Se souvenant du sequin vert, Sarah dit d'un ton désespéré : « Mais comment pouvez-vous être sûr qu'il ne s'agit pas d'une coïncidence ? Je parle de la pendule. Et m'enfermer *peut* n'avoir été qu'une plaisanterie. Vous n'avez *aucune certitude !*

— Je ne crois pas beaucoup aux coïncidences de ce genre. Spécialement lorsque j'arrive à un rendez-vous où quelqu'un m'a devancé. Ce serait trop facile.

— Mais... mais c'était sûrement trop risqué ! Vous *auriez pu* regarder votre montre plutôt que la pendule... il *aurait pu* y avoir d'autres femmes aux toilettes qui, m'ayant entendue, m'auraient fait sortir, les empêchant ainsi d'essayer autre chose.

— Dans ce cas, dit Charles d'un ton menaçant, vous pouvez être sûre que n'importe quel incident d'aspect anodin nous aurait retardés. Et même si tous ces plans d'apparence innocente avaient échoué, je ne crois pas que l'on nous aurait laissés atteindre l'île en temps voulu. Un accident sérieux serait arrivé.

— Quel genre d'accident ? demanda Sarah d'une petite voix.

— Dieu seul le sait. Mais... pensez comme il aurait été facile, par exemple, pour quelqu'un qui nous aurait vu partir en temps utile, de prendre une voiture ou une bicyclette, ou même d'aller rapidement à pied, et d'atteindre avant notre *shikara* le pont de Nagim ou même, mieux encore, ce bras d'eau juste au-delà. A cette distance-là, au clair de lune, nous constituions une cible parfaite qu'ils ne pouvaient manquer !

— Vous voulez dire que vous croyez... vous ne pensez tout de même pas que quelqu'un aurait essayé de tirer sur nous ?

— Pas sur nous ; sur l'un de nous. Peu importe lequel si

l'objectif était de retarder notre arrivée dans l'île, ou même de l'empêcher.

— Je n'y crois pas ! dit Sarah en haletant. Je ne crois pas que quelqu'un ferait...

— Peut-être pas, interrompit Charles d'un ton impatient. J'essaie seulement de vous dire qu'ils auraient trouvé le moyen de nous empêcher d'arriver à temps sur l'île, et que si les ruses les plus simples avaient échoué, quelque chose de tout à fait déplaisant les aurait remplacées ! »

Il s'arrêta pour regarder le lac et, après un moment, parla comme s'il pensait tout haut :

« Celui qui a tué devait attendre sur l'île. Le bateau à moteur, évidemment. Ce qui résolvait le problème de temps. Un bateau à moteur peut déposer un homme sur l'île et repartir au bout de quelques minutes. Ahamdoo n'aurait jamais débarqué s'il y avait déjà eu un bateau sur place. Avant de descendre, il s'était sans aucun doute assuré qu'il n'y avait personne à terre. Et, bien sûr, l'assassin a dû se servir du bateau d'Ahamdoo pour repartir. Une seule chose ne s'explique pas : pourquoi n'ont-ils pas enlevé le cadavre ?

— Pourquoi auraient-ils dû le faire ?

— Oh ! juste pour brouiller un peu les pistes. S'il n'y avait pas eu trace de lui, je n'aurais pas eu la certitude absolue qu'il n'ait pas été pris de frousse à la dernière minute. Et ils ne peuvent tout de même pas espérer m'avoir effrayé en me montrant ce dont ils sont capables. Sarah, j'ai le pressentiment que de l'avoir laissé là a été une erreur commise par le meurtrier, et je suis persuadé qu'elle se révélera une erreur coûteuse.

— Ce que je ne comprends pas, c'est pourquoi ils n'ont pas attendu un peu plus.

— Vous voulez dire que j'arrive et qu'ils se débarrassent alors de moi ? Eh bien, tout d'abord ils devaient savoir que je ne viendrais pas seul, et que moi-même et la personne qui m'accompagnerait serions certainement armés. Ensuite, un combat avec une arme à feu à cette heure, au cours d'une nuit aussi calme que celle-ci, aurait fait du tintamarre — sans parler du fait que cela se serait su. Vous remarquerez que jusqu'ici aucun instrument bruyant n'a été utilisé pour tuer. Un coup sur la tête pour Mrs Matthews et Miss Rushton, et un couteau pour Ahamdoo...

— Mais vous venez de dire que quelqu'un sur le pont ou sur le bras du lac aurait pu tirer sur nous !

— S'ils l'avaient fait, ils se seraient servis d'un fusil à air comprimé... cela aurait suffi à cette distance ! Ou d'un silencieux. Mais ils ne pouvaient compter que nous ferions de même. Ils devaient empêcher Ahamdoo de parler et, dès la minute où ce serait fait, ils savaient qu'ils devraient s'éclipser rapidement... ce qu'ils ont fait ! »

Charles se tut à nouveau, occupé par ses pensées, tandis que Sarah regardait droit devant elle sans voir la beauté du lac baigné de clair de lune, mais plutôt un petit sequin vert brillant. Un petit sequin qui clignotait comme un mauvais œil depuis les graviers de l'allée entourant le Club.

Si Charles avait raison et que l'enfermer faisait partie d'un plan, alors Helen... Non ! Ce n'était pas possible ! Ce ne pouvait avoir été Helen. Ce devait être quelqu'un d'autre. Alors, que faisait Helen ce soir dans l'allée ? Depuis combien de temps le sequin était-il là ? Ou bien une autre personne portait-elle une robe avec des sequins ? Les gens que l'on connaît ne se livrent pas à ce genre d'activité... complot, espionnage, meurtre. Ce ne pouvait vraiment pas avoir été Mrs Warrender. Et pourtant...

L'esprit de Sarah revint à cette histoire selon laquelle Johnnie Warrender était fortement endetté. Ce n'était pas un secret, car Helen faisait constamment allusion à son découvert en banque, et elle n'essayait pas de cacher ses préférences pour la compagnie de ceux qui, socialement et financièrement, étaient au-dessus d'elle. Tout de même, une grosse somme la tenterait-elle au point d'accepter d'être mêlée elle-même à un meurtre ? Cela ne semblait guère crédible...

Tel un écureuil dans une cage, les pensées de Sarah tournaient et retournaient en un cercle vicieux de soupçons et de refus, tandis que le *shikara* sortait du Dâl et traversait une petite étendue d'eau découverte pour rejoindre le sombre canal bordé de saules menant à Chota Nagim.

La lune s'enfonçait derrière les montagnes au-delà de la masse du fort de Hari Parbat, et le dais du *shikara* ne jetait plus d'ombre sur ses passagers. Le clair de lune froid illuminait tous les recoins du bateau. Sarah tourna la tête et regarda Charles. Pensif, il fronçait les sourcils en remuant quelque chose entre ses doigts, et Sarah s'aperçut qu'il s'agissait de la perle de porcelaine bleue bon marché ôtée de la main crispée d'Ahamdoo.

Pour une quelconque raison, la vue de cette perle emplit Sarah d'une répulsion qui la fit frissonner : un renouvellement de l'horreur éprouvée en discernant les contours de ces doigts grassouillets et rigides au milieu des feuilles mortes, dans le creux du chêne d'Inde. Elle s'écria soudain avec violence : « Jetez cette perle, Charles ! Comment pouvez-vous la toucher ? »

Charles la lança en l'air et la rattrapa : « La jeter ? Plus souvent ! Elle a une grande signification, Sarah, si seulement nous arrivons à la comprendre.

— Pourquoi signifierait-elle quelque chose ? Ce n'est qu'une perle en porcelaine.

— Vous oubliez un détail, dit Charles en roulant la perle dans sa paume.

— Quoi ?

— Ce qui était écrit sur ce bout de papier dans la boîte d'allumettes. »

Sarah retint sa respiration : « Bien sûr ! Je n'y pensais plus. Il s'agissait de perles...

— “ *Le conteur enfile ses paroles brillantes comme des perles sur un cordon* ”, cita Charles. N'est-ce pas une coïncidence ? » Il se remit à lancer la perle et à la rattraper.

« Je pensais que vous ne croyiez pas aux coïncidences ?

— Je n'y crois pas. C'est pourquoi cette perle m'intéresse. M'intéresse beaucoup même. Ce vers d'un poème aurait visiblement eu une grande signification pour celui auquel il était destiné. Et je ne pense pas qu'Ahamdoo portait cette perle uniquement pour s'amuser. Il existe un lien entre les deux et je veux le trouver. Ce peut ne pas être très important, mais c'est quelque chose quand même. »

Sarah regarda la petite perle allongée, brillant au clair de lune. Longue d'un peu plus d'un centimètre, elle était faite d'une porcelaine grossière vernie, et le trou au milieu était suffisamment grand pour laisser passer une ficelle assez épaisse. On peut voir de ces rangs de perles dans les boutiques des bazars locaux et autour des cous des chevaux des *tongas :* on prétend qu'ils portent bonheur et écartent le mauvais œil. Même les petits mulets de somme rencontrés sur la route de Gulmarg en portaient autour de leur cou.

« Peut-il y avoir quelque chose à l'intérieur ? demanda Sarah.
— Non, dit Charles tout en louchant à travers dans la lumière de la lune. Rien du tout. Cependant, par prudence je casserai la perle lorsque je serai rentré. Nous voici tout près de chez vous. J'espère que Fudge et Hugo ne vous ont pas attendue. J'ai promis à Fudge de ne pas vous retenir trop tard. Prennent-ils au sérieux leur rôle de chaperons ?
— Lager est le seul qui risque d'être éveillé. J'espère qu'il n'aboiera pas et n'ameutera pas tout le monde. »

Le *shikara* avait quitté la rivière principale et avançait tout doucement jusqu'au bras de décharge de Chota Nagim. Sarah scrutait l'ombre des saules où était ancrée le *Waterwitch,* après le *house-boat* des Creed. A l'exception de celle qui éclairait la proue et le haut de la passerelle, elle avait éteint toutes les lampes avant de partir. Mais, visiblement, le *mânji* avait trouvé cet éclairage insuffisant car, maintenant, une accueillante lumière orangée venait des fenêtres du salon, ajoutant une chaude note colorée au clair de lune déclinant et aux ombres noires. Le *shikara* se fraya doucement son chemin au milieu des nénuphars pour aller accoster le long du flanc du bateau.

Seul à bord, chaud de sommeil, Lager poussa des petits cris plaintifs en guise de bienvenue enthousiaste. Charles jeta un coup d'œil sur le salon encombré et, après avoir essayé le loquet, dit : « Vous êtes-vous procuré les verrous que je vous ai demandé de faire poser sur vos portes et fenêtres ?
— Pas encore, avoua Sarah, mais le *mânji* m'a dit qu'il les ferait poser demain. Tout se passera bien. Lager me protégera et, cette fois-ci, je compte aussi m'enfermer dans ma chambre, et celui qui le voudra pourra monter à bord cambrioler... je mettrai ma tête sous mon oreiller et refuserai de bouger. »

Charles fronça les sourcils et haussa les épaules avec inquiétude : « Puis-je compter là-dessus ? demanda-t-il sans sourire.
— Je vous le promets. J'en ai assez de me précipiter aux endroits dangereux. Et tout à fait assez pour cette nuit des “ alertes et échauffourées[1] ”. Ne vous inquiétez pas. Regardez Lager comme il est gaillard : si quelqu'un pose le pied sur le bateau, il aboiera à tout rompre et éveillera tout le monde à la

1. Shakespeare. *(N.d.T.)*

ronde. Il n'y a pas d'orage cette nuit et l'on pourrait entendre une souris. Écoutez ! »

Elle leva un doigt : le silence ressemblait à un mur autour d'eux.

« Vous voyez bien ? C'était différent la nuit dernière. L'orage faisait un tel raffut qu'un troupeau d'éléphants aurait pu monter à bord sans que je l'entende ; et Lager avait été drogué. Mais cette nuit, on entendrait tomber une épingle et si je crie, Hugo, Fudge, les *mânjis* et le domestique de Hugo seront autour de moi à bourdonner comme des abeilles. En outre, je vais allumer toutes les lumières et il n'y a aucune chance qu'un cambrioleur s'introduise dans un bateau généreusement éclairé au petit matin d'une nuit comme celle-ci.

— Non, c'est exact », dit Charles lentement. Il alla jusqu'à la fenêtre la plus proche et regarda dehors le clair de lune. « Ce sera l'aube dans moins de quatre heures. » Il pivota du côté de Sarah. « Vous avez bien ce revolver ?

— Oui, il est sous mon oreiller si vous tenez à le savoir.

— Bien. Faites exactement ce que vous avez dit. Enfermez-vous dans votre chambre et si vous entendez quelqu'un remuer dans le bateau avant le matin, hurlez et n'hésitez pas à tirer.

— Je sais. J'entends quelqu'un qui essaie d'ouvrir la porte de ma chambre et *bang !...* j'ai tué le *mânji* qui venait m'apporter mon thé matinal. J'espère que vous me ferez sortir de prison ? »

Charles se mit à rire : « Oui, je vous le promets. De toute manière, nous vous ferons quitter le bateau demain, je ne veux pas que vous courriez le risque de rester. Je ne vous y laisserais pas cette nuit si je ne l'avais pas placé sous une sévère surveillance.

— Vous avez *quoi ?* Vous voulez dire... ?

— Quelques-uns de nos hommes se relaient pour surveiller depuis ce matin... je veux dire hier matin, corrigea Charles en regardant sa montre.

— Où sont-ils maintenant ? demanda Sarah intéressée. Je n'ai vu personne.

— Vous ne deviez pas les voir. L'un a les yeux fixés sur l'arrivée en amont, et l'autre sur l'extrémité du pont afin de repérer tous ceux qui passeraient par ici par voie d'eau ; en outre, deux types sont postés du côté de la terre. Quiconque donnera l'impression de venir vers ce *house-boat* sera suivi. Je veux savoir les noms de tous les visiteurs éventuels.

— Où allez-vous maintenant ? demanda Sarah. Retournez-vous à... retournez-vous dans l'île ?

— Non. J'y ai renvoyé le bateau. Ils se débrouilleront mieux sans moi. Je vais rentrer à pied au Club. » Il commença à s'éloigner et Sarah l'accompagna jusqu'à la proue.

L'air nocturne, frais et embaumé, contrastait avec l'atmosphère confinée du salon du petit *house-boat.* Charles descendit la passerelle et se tint sur le rivage pour scruter les ombres au-delà du grand chêne d'Inde. Il sortit une torche de sa poche et l'alluma deux fois brièvement. Une silhouette se détacha de l'obscurité à quelque cinquante mètres du bateau, là où les saules poussaient le plus épais, et s'avança dans le clair de lune.

Sarah entendit un léger bruissement de pas sur l'herbe, puis immédiatement un grand Indien se trouva au pied de la passerelle. Il portait une couverture sombre enroulée autour de ses épaules et rabattue sur sa tête qui obscurcissait ses traits ; Sarah ne put qu'apercevoir ses yeux et ses dents.

Charles parla à voix basse en hindi et l'autre lui répondit tout aussi doucement :

« Quelqu'un s'est-il approché du bateau ?

— Personne, *sahib,* à l'exception du *mânji* qui est retourné au bateau-cuisine et est maintenant endormi, et le grand *sahib* qui a ramené le chien de la Miss *sahib.* Personne d'autre n'est venu, pas plus du lac que du rivage.

— Reste donc et surveille. Maintenant que la Miss *sahib* est rentrée, ne laisse personne monter à bord avant le matin. »

L'homme salua et disparut sans bruit dans l'obscurité. Charles revint à la passerelle et dit : « Attendez ici, Sarah. Je vais juste faire le tour du bateau pour m'assurer que le *mânji* n'a rien laissé ouvert. »

Il emprunta l'étroit caillebotis qui courait tout autour du bateau au niveau des fenêtres, vérifiant chaque fenêtre et chaque porte sur son passage, et disparut à l'extrémité. Il réapparut immédiatement après avoir fait le tour complet de la péniche.

« O.K. Tout semble bien fermé. Vous feriez mieux de verrouiller aussi cette porte, par prudence.

— Très bien », dit lentement Sarah. Elle ressentait une soudaine aversion à l'idée de pénétrer dans l'air confiné et clos du petit bateau où Janet avait vécu, travaillé et caché son secret.

Un butor appela depuis une roselière à l'extrémité du bras de décharge : un cri solitaire et lugubre. Sarah frissonna, ce que voyant Charles dit : « Êtes-vous tout à fait sûre d'aller bien ? Ne croyez-vous pas que vous feriez mieux de demander à Fudge et à Hugo l'hospitalité d'un lit ?

— Non, je ne le ferai pas, dit Sarah d'une voix âpre. Bonne nuit, Charles. Je ne vous dirai pas : “ Merci pour la bonne soirée ” car c'est la plus macabre que j'aie jamais passée et j'espère que je n'en vivrai jamais une semblable. Merci quand même. »

Charles lui sourit, le visage tiré et las sous le clair de lune. Il posa légèrement le dos de sa main sur la joue de Sarah en une caresse brève : « Allez maintenant, je veux vous entendre fermer cette porte. » Elle obéit et rentra.

# 19

Le verrou s'enclencha. Fatiguée, Sarah s'appuya aux portes fermées pour écouter les pas de Charles descendre la passerelle.

Le petit bateau se mit à se balancer et à craquer pendant quelques instants, puis il se stabilisa et le silence l'envahit une fois de plus.

Lager revint en trottinant d'une expédition dans les pièces obscures de l'autre bout du bateau et tourna autour de Sarah en remuant la queue ; elle le prit dans ses bras et s'assit dans un coin du vieux canapé, se sentant très lasse. Trop lasse pour faire l'effort d'aller au lit, et pourtant nullement ensommeillée.

Blottie et détendue, le menton posé sur la tête soyeuse de Lager, elle se rappela avoir dit à Charles qu'en une nuit aussi calme on entendrait tomber une épingle. C'était vrai lorsqu'il était auprès d'elle, mais maintenant qu'il était parti et qu'elle était seule, la nuit semblait pleine de petits bruits : le doux clapotis de l'eau contre le flanc du bateau, le frou-frou d'un rat quelque part sous le parquet, le craquement d'une planche dans l'air de la nuit, le coassement des grenouilles dans les nénuphars ; la légère respiration de Lager et le doux *clic clac* du rideau de perles que le courant d'air balançait.

Lentement, très lentement, une étrange sensation de malaise s'insinuait dans la petite pièce encombrée : un sentiment d'urgence et d'inquiétude presque tangible. Il semblait s'avancer sur la pointe des pieds vers Sarah, se tenir contre son coude, murmurant, suggérant et aiguillonnant son esprit fatigué afin qu'il soit éveillé et attentif. Comme si, peut-être, Janet elle-même était entrée dans la pièce et essayait de lui parler…

L'espace d'un instant, l'impression que quelqu'un — était-ce Janet ? — la surveillait fut si vive que Sarah se retourna brusquement et regarda derrière elle. Mais la pièce était déserte et aucun espace vide n'apparaissait entre les plis immobiles des rideaux en cotonnade tirés devant les fenêtres, laissant dehors le clair de lune.

Mais il demeurait dans la pièce quelque chose qui persistait à réclamer son attention ; Sarah sortit de sa léthargie et son esprit redevint tout d'un coup alerte et clair. Elle s'assit et resta complètement immobile, tout à fait éveillée maintenant, et regarda autour d'elle.

La pièce était toujours la même et rien ne semblait s'être modifié depuis qu'elle l'avait laissée. Les chaises à la cretonne fatiguée et le canapé sur lequel elle se trouvait. Les tables trop ornementées où la poussière des ans vieillissait dans les sculptures compliquées, sur les rangées de livres écornés et les vieux magazines du rayonnage de bois qui faisait le tour de l'étroite pièce. Un calendrier jaunissant, remontant aux folles années 1920, pendait encore à un clou à côté du bureau en noyer sculpté ; le tapis d'Axminster, fabriqué en Angleterre à l'époque d'Édouard VII, qui avait parcouru seize mille kilomètres depuis sa manufacture de tissage pour finir sur un *house-boat* du lac Dâl au Cachemire, montrait toujours ses bleus et ses rouges fanés... Il pourrait en dire des choses, pensa Sarah en abaissant son regard sur lui. « *Le conteur enfile ses paroles brillantes comme des perles sur un cordon...* »

Dehors, une grenouille éclaboussa l'eau et une légère brise venant des montagnes fit remuer les feuilles des chênes d'Inde. Le courant d'air souleva le tapis élimé et agita les plis des rideaux ; le rideau entre le salon et la salle à manger se balança et cliqueta. Des perles — rouges, vertes, blanches et jaunes ; des perles de verre clignotant et brillant ; des perles de porcelaine, opaques et lisses. Des perles de porcelaine bleue...

*Clic... clac... clic.* Une petite voix dans le silence répétant indéfiniment : « Regarde !... Regarde !... Regarde ! »

Un déclic se fit dans le cerveau de Sarah à la manière d'un déclencheur d'appareil-photo ; elle ne se rendit pas compte qu'elle parlait tout haut lorsqu'elle s'écria : « Bien sûr ! Comme des perles sur un cordon ! Bien sûr. Pourquoi n'y ai-je pas pensé plus tôt ?... C'est ici... sur le rideau. La note de Janet ! »

Elle laissa tomber Lager et se leva.

Pourquoi n'avait-elle pas remarqué auparavant que le rideau n'avait pas de dessin précis ? Que les perles ne suivaient aucun modèle ? Des petites perles entremêlées, à de brefs intervalles irréguliers, avec de grandes perles en porcelaine bleue. C'était ça : des intervalles irréguliers. Des brèves et des longues, des petites perles et des longues perles, avec des perles en porcelaine bleue pour marquer les séparations. Si simple. Simple comme une page de morse... si rapide et si facile à faire...

Sarah tremblait d'excitation lorsqu'elle courut jusqu'au bureau pour y saisir son bloc et un crayon. Elle avança une chaise sculptée, s'assit face au rideau et commença à écrire selon l'ordre des perles, depuis le haut jusqu'en bas de chacun des cordons.

Les lettres n'avaient aucun sens, mais elles correspondaient bien aux brèves et aux longues. Des perles longues, des petites perles et des perles de porcelaine bleue. C'est en langage codé, évidemment, pensa Sarah, mais Charles connaîtra la clé. Elle transcrivait en silence.

Un oiseau de nuit lança un appel depuis les roseaux ; un autre souffle de vent venant du lac passa sur les nénuphars et envoya une fois de plus l'eau clapoter contre le bateau. Lager ronflait paisiblement sur le canapé, mais tout à coup le crayon de Sarah ralentit, s'arrêta, et ses yeux devinrent fixes et immobiles...

Quelqu'un la surveillait. Elle en était absolument sûre. Un bizarre, mais indubitable picotement monta le long de son échine et tendit la peau de son crâne. Elle dut se forcer à regarder par-dessus son épaule. Personne n'était là et avec les rideaux aussi bien tirés, personne ne pouvait voir dans la pièce, que ce soit depuis le rivage ou depuis le lac. Et si quelqu'un était monté sur le caillebotis ou croisait tout près en *shikara,* elle l'aurait entendu dans ce calme. Ses nerfs devaient lui jouer des tours.

Cependant la sensation d'être surveillée, la conscience d'une autre présence proche persistait et augmentait jusqu'à n'être plus une sensation, mais une certitude absolue. Sarah restait assise rigide se forçant à écouter.

Quelque part dans l'ombre, de l'autre côté du rideau de perles, une planche craqua brusquement et une très faible vibration remua le plancher sous les pieds de Sarah. Elle avait donc raison ! Il y *avait bien* quelqu'un sur le bateau. En soi, une planche qui craquait n'avait rien d'extraordinaire — elles craquaient toute la nuit pour une douzaine de raisons insignifiantes — mais on ne pouvait se tromper sur cette vibration qui avait parcouru le *Waterwitch.* Quelqu'un, quelque part sur le bateau, avait fait un pas dans l'obscurité.

Tendue, tremblante, Sarah écoutait tout en se disant qu'aucune personne ne pouvait venir à bord, que ce soit du lac ou du rivage, sans faire beaucoup plus de bruit et plus de vibrations qu'un simple pas...

Ce fut seulement alors qu'elle se souvint, avec un immense soulagement, que Charles avait laissé un guetteur sur le rivage. Plusieurs guetteurs même ! Celui qui était là dehors devait avoir mis le pied sur la passerelle, la faisant légèrement vibrer, car aucun étranger ne serait monté à bord sans être vu par l'un des hommes de Charles. C'était stupide de se laisser prendre par la panique. Elle était parfaitement en sécurité.

Elle reprit son crayon. Une nouvelle fois une planche craqua dans l'obscurité et le petit bateau vibra sous l'action de pas légers. Une fois... encore... et encore.

Lager arrêta de ronfler et leva la tête, les yeux brillants, en alerte, la tête légèrement penchée sur le côté.

Quelqu'un se déplaçait sur le bateau. Non. Pas *sur* le bateau. *Dans* le bateau.

Les portes et les fenêtres étaient fermées à double tour et des veilleurs se tenaient sur le rivage ; mais rien de tout cela n'était d'aucune utilité. Personne n'essaierait de monter à bord, car quelqu'un s'y trouvait déjà. Quelqu'un qui avait été là tout le temps, à attendre dans l'ombre, au-delà des cordons sournois et clignotants du rideau de perles.

Assise immobile, Sarah n'osait bouger. Son corps était raide de peur et son esprit tournait en rond comme un animal terrifié pris au piège.

Charles avait dit qu'elle était en sécurité. Elle possédait une arme et un homme surveillait depuis la rive à moins de vingt mètres. Elle n'avait qu'à crier. Mais le revolver se trouvait sous l'oreiller, dans sa chambre que l'on gagnait dans l'obscurité à travers le rideau de perles. Et elle paraissait avoir perdu le pouvoir de bouger ou même de respirer. Elle ouvrit la bouche pour appeler, mais sa gorge était sèche. Elle se sentait prise dans un cauchemar.

Derrière elle  elle entendit Lager sauter du sofa et atterrir sur le parquet avec un petit *flump*. Il se mit à trottiner et vint près d'elle, scrutant le noir au-delà des perles brillantes. Le bateau vibra doucement sous l'action de pas légers, comme si quelqu'un se déplaçait dans la salle à manger et maintenant, il lui semblait entendre respirer — ou étaient-ce les battements de son cœur qui faisaient ce bruit dans le silence ?

Quelque chose tremblota et bougea au-delà du rideau : des yeux la regardaient et une main s'avança pour écarter les rangs de perles... une main horrible...

Sarah essaya de hurler, mais aucun bruit ne sortit de sa gorge paralysée par la peur et, à côté d'elle, Lager frappa le sol de sa queue lorsque le rideau s'ouvrit. C'était seulement Hugo qui se tenait sur le seuil et la regardait.

« Hugo ! Oh ! Hugo... Oh ! Seigneur ! Vous m'avez fait une de ces frousses ! Hugo, espèce de brute !... J'ai failli avoir une crise cardiaque. Je suppose que vous avez passé toute la nuit à ronfler dans ma chambre depuis que vous avez ramené Lager... et moi qui pensais... Oh ! Hugo ! »

Sarah s'effondra inerte, hoquetant, s'étouffant, sanglotant hystériquement dans son soulagement. Au bout de quelques instants, elle s'essuya les yeux du revers de sa main et, levant les yeux vers Hugo, se mit à rire.

Mais quelque chose ne cadrait pas. Quelque chose de faux. Pourquoi Hugo ne riait-il pas ? Pourquoi ne disait-il rien ? Pourquoi semblait-il si... si...

La main froide qui, depuis un moment, avait relâché son étreinte sur le cœur de Sarah commença à se refermer, très lentement. Elle se mit péniblement debout et resta à fixer Hugo, ses mains agrippées à la chaise sculptée et cloutée. Une odeur bizarre pénétrait dans la pièce, si légère que si les fenêtres avaient été ouvertes, elle ne l'aurait pas remarquée. Une odeur qui rappelait d'horribles souvenirs.

Hugo demanda : « Que faisiez-vous, Sarah ? »

Sa voix était celle d'un étranger : douce et sans expression. Presque un murmure.

Sarah dit : « Hugo ! Ne me regardez pas ainsi. Que se passe-t-il ? » Sa voix craqua bizarrement.

Hugo ne quittait pas des yeux le visage de Sarah. Il demanda à nouveau : « Que faisiez-vous, Sarah ? Vous le consigniez, n'est-ce pas ? »

Sarah ne répondit pas. Elle ne pouvait que regarder comme si elle était engourdie, les yeux retenus par cette curieuse fixité du visage de Hugo.

Hugo dit : « Je vous ai vue : je vous surveillais depuis la porte de l'office. Vous transcriviez ce message, n'est-ce pas ? Je n'avais jamais pensé qu'il se trouvait là. Comment l'avez-vous découvert ? »

Le cerveau de Sarah paraissait empli de pensées grotesques et vacillantes qui s'abattaient et s'élançaient comme le font les hirondelles. Des idées incroyables, impossibles, fantastiques qui se pourchassaient dans son esprit, tourbillonnantes et absurdes ; évanouies avant qu'elle puisse les voir clairement et les formuler.

Hugo se pencha et ramassa le bloc ; les yeux de Sarah cessèrent de le regarder, papillotèrent, se fermèrent, puis s'ouvrirent à nouveau.

Hugo... les mains de Hugo tenant le bloc. Des mains rouge vif, brillantes, glissantes, horribles... Mais quoi, il portait des gants ! *Des gants de caoutchouc rouge* montant au-dessus de ses poignets, lisses et bien tendus à l'exception d'une déchirure sur le gant gauche qui découvrait un petit triangle de peau bronzée...

Il tenait le bloc de sa main gauche et, de la droite, un curieux objet qui ressemblait à un revolver sans y ressembler tout à fait. Il s'était remis à parler, mais ses mots n'atteignaient pas Sarah. Elle ne pouvait détacher son regard de ces mains rouges, lisses et glissantes, tout en essayant de retrouver un souvenir...

Rouge... comme le sang... et brillant ; et cette odeur... cette odeur de la maison sombre et humide proche du Gap. C'était cela !... la minuscule tache de sang triangulaire sur le bord de la chaise qui n'était pas du tout du sang, mais un petit morceau de caoutchouc rouge...

Hugo disait : « Je regrette, Sarah, mais nous y voilà. Vous en savez trop. Vous n'auriez pas dû vous mêler de cette affaire. Pourquoi ne pouviez-vous vous tenir tranquille ? » Tout à coup, sa voix était devenue geignarde et plaintive comme celle d'un enfant gâté.

Sarah s'obligea à détourner son regard de ces mains écarlates et à se fixer sur le visage de Hugo. Elle murmura d'une voix figée : « Alors, c'était vous qui attendiez Janet dans la cabane. Oh ! non, je n'y crois pas. C'est de la folie... vous ne le pouviez pas, Hugo !

— Il le fallait bien. » La voix de Hugo était toujours aussi étrangement plaintive. « Vous ne pensez tout de même pas que j'aimais cela ? Cette sacrée fille était trop intelligente. En outre, la fin justifie les moyens, vous le croyez, n'est-ce pas ? L'individu ne compte pas... ne peut pas compter. Janet n'était qu'un grain de sable dans les rouages. Il fallait l'ôter. »

Il est fou, pensa Sarah, complètement fou ! Il *doit* l'être. Elle murmura : « Hugo... vous ne savez pas ce que vous dites. »

Hugo se mit soudain à rire et lorsqu'il se remit à parler, sa voix était redevenue normale. Il s'avança dans le petit salon encombré et lorsque le rideau de perles se referma derrière lui, il y jeta un coup d'œil et fronça les sourcils : « Il faudra que je le coupe, sans cela notre ami Charles sera attiré par lui comme vous l'avez été. Comme c'est bizarre de penser que j'ai passé ce sale bateau au peigne fin et n'ai pas vu ce qui était juste devant mon nez. Vous êtes rudement maligne d'avoir compris, Sarah. Je savais que vous étiez une fille intelligente. Comment avez-vous fait ? »

Sarah dit d'un ton violent : « Hugo... Hugo je ne comprends pas. Pourquoi aviez-vous... ? Oh ! je crois que je deviens folle ! »

Hugo s'assit à califourchon sur une chaise face à elle, les bras sur le dossier et le menton sur sa manche. Il tenait toujours l'objet étrange dans sa main droite et le dirigeait sur Sarah. Sa main était parfaitement ferme et soudain Sarah eut peur comme elle n'avait jamais eu peur auparavant, même lorsqu'elle avait entendu des pas dans l'obscurité derrière le rideau de perles. Et, assez curieusement, sa peur lui détendit les nerfs.

Elle regarda Hugo et eut l'impression de le voir pour la première fois.

Le Hugo qu'elle avait connu, ce Hugo gai, bavard, simple n'était pas plus réel qu'une scène peinte sur un tableau. Ce Hugo-là n'était qu'une façade, un écran de fumée ; derrière vivait le véritable Hugo. En le regardant maintenant, Sarah n'arrivait pas à comprendre comment elle avait pu trouver de la gaieté à ces yeux durs et implacables, ou comment elle n'avait pas remarqué la cruauté de cette petite bouche serrée. Je suppose, pensa-t-elle ahurie, que la raison en était qu'il riait ou parlait toujours. Sa bouche était sans arrêt ouverte et ses yeux plissés. On l'écoutait, on riait de ce qu'il disait, mais on ne le regardait pas vraiment...

D'une voix désespérée, elle demanda : « Mais pourquoi ?... pourquoi faisiez-vous tout cela ?

— Le Parti, dit Hugo du ton dont on dirait : pour Dieu.

— Quel parti ? Je ne comprends pas... vous êtes anglais... vous ne pouvez vouloir dire...

— A la vérité, je suis à moitié irlandais, mais...

— Oh ! Seigneur, interrompit Sarah. *Cromwell,* je suppose ! »

Hugo rejeta sa tête en arrière et éclata de rire. Mais la gaieté non affectée de ce rire ne trompa plus Sarah. C'était une habitude, rien de plus. Une partie de son répertoire. Cela n'allait pas au-delà de la surface.

« Je vous en fais grâce, mais si vous croyez me faire de l'effet avec la corde patriotique, vous vous trompez. Non, cela a toujours été la cause. Nous n'avons qu'une vie, Sarah, et nous sommes morts longtemps. Y avez-vous déjà pensé ? Non, je ne le crois pas. Vous êtes encore jeune. Mais des millions de personnes passent leur vie dans la misère, la maladie, la pauvreté, à se tuer pour gagner pouvoir, argent, plaisirs pour une poignée de profiteurs qui se croient encore être l' “ aristocratie ” et considèrent tous ceux qui travaillent de leurs mains ou sont moins bien nés, ou ont moins de relations qu'eux, comme le “ commun ”...

« Maintenant que cette guerre est terminée, la lie remontera une fois de plus et imaginera qu'elle peut continuer comme avant. Eh bien ! ils auront des surprises désagréables ! Bien plus désagréables que le résultat des dernières élections. Le peuple est en marche et rien ne pourra plus l'arrêter désormais.

— Vous voulez dire... que vous êtes *l'un d'entre eux,* hoqueta Sarah. *Un Rouge ?*

— Si cela vous plaît de l'appeler ainsi. Mais ce n'est guère un mot que nous employons.

— Mais vous êtes un officier d'active... vous ne pouvez pas... Votre patrie ne signifie donc rien... non, je vois que non. Mais Janet... et Mrs Matthews... et, et... Ahamdoo. Oh ! C'était vous ? Combien étaient-ils ? Comment aviez-vous le courage ?...

— Ne soyez pas stupide, Sarah, dit Hugo durement. Ils étaient de l'autre côté et connaissaient les risques du jeu. Ils ont tenté leur chance et perdu, c'est tout. Croyez-vous qu'un seul d'entre eux aurait hésité à me tuer s'il avait eu l'occasion de se débarrasser de moi le premier ? Bien sûr que non ! Votre précieux Charles ne se gênerait pas pour me tirer dans le dos s'il n'avait même qu'une demi-chance. Il aurait raison. J'en ferais autant avec lui si je pensais m'en tirer ainsi. Un type astucieux que j'aurais bien abattu, ce Charles. Cela m'exaspère de me dire que je n'avais jamais supposé... Bon! »

D'une voix peu assurée, Sarah demanda : « Fudge... sait-elle ? »

Le visage de Hugo changea. Ses sourcils se rejoignirent en une raie noire et sa voix se fit soudain dure et rauque : « Non, elle ne sait pas. Fudge n'a rien à voir avec cette histoire. Elle n'ignore pas vers quel côté je penche, bien sûr, c'est pourquoi elle a insis... m'a persuadé de laisser mon poste dans l'espionnage... parce qu'elle craignait que je puisse être “ partial ”. Elle n'avait pas la moindre idée qu'il était beaucoup trop tard pour ça, ou que le dommage, de son point de vue, était fait. Elle ne le sait toujours pas. Pas encore, tout au moins. »

Sarah demanda : « Comment vous êtes-vous débrouillé pour Janet ? Vous étiez à Khilanmarg avec elle lorsque... Non, vous n'y étiez pas ! C'était pourquoi Janet était restée : vous disiez que vous vous étiez arraché un muscle. C'était faux, je suppose.

— Non. Je ne voulais pas aller à Khilan parce que j'espérais encore attraper celui qui devait venir à cette cabane près du Gap : Charles, j'imagine ? Oh ! oui, nous nous sommes très bien accommodés de la cabane près du Gap. Ce n'était pas très difficile parce que l'un des grands avantages d'avoir travaillé pour le Service d'espionnage est de vous permettre de connaître un certain nombre de vos collègues et d'apprendre comment fonctionne l'esprit de quelques-uns. Par exemple que les plus érudits, qui ne sont pas du tout certains que leurs domestiques indiens ne comprennent pas l'anglais et ne sont pas hostiles à l'idée de recevoir des pots-de-vin et d'écouter aux portes, choisissent le latin pour leurs conversations les plus secrètes. Ils sont persuadés qu'ainsi aucune oreille indiscrète ne pourra les comprendre. Ils auraient parfaitement raison si je n'avais pas eu vent de la chose et ne m'étais pas arrangé pour planter ici ou là des oreilles indiennes à l'allure parfaitement innocente. Mais les propriétaires de ces oreilles, bien que déguisés en humbles domestiques, étaient tous diplômés de lettres classiques d'universités anglaises...

« Ce projet de la cabane n'était que l'un parmi les renseignements obtenus de cette manière et qui se révéla très utile... Je dois cependant admettre qu'il ne m'est jamais venu à l'idée que Janet prendrait ma place à Khilan juste au moment où cela allait être *maintenant ou jamais,* avec l'éventualité du mauvais temps et aucun signe d'un envoyé devant allumer une lampe rouge. Heureusement, cela n'a pas eu d'importance puisque, de toute façon, elle est venue. J'ai fait un saut depuis l'hôtel et ai allumé mon propre signal, en espérant que cela pourrait la faire descendre, ce qui s'est produit. Je n'avais rien d'autre à faire qu'à attendre. La seule perte de notre côté a été cet idiot de Mohan Lal qui, apparemment, n'avait pas imaginé qu'elle pourrait être armée. Elle lui a flanqué une balle dans la peau sans bavure.

— Qui... qui était Mohan Lal ? demanda Sarah en tremblant.

— Oh ! simplement l'un des nôtres. Une sale affaire, pas une perte. Mais cela a contrarié considérablement le troisième membre de notre groupe que nous avions réussi à placer comme serveur à l'hôtel. J'ai eu toutes les peines du monde à l'empêcher de tuer lui-même la fille, ce qui nous aurait causé des ennuis. Rien de tel qu'une mort purement accidentelle pour terminer sans histoires un contretemps. Des corps que l'on ne retrouve pas, ou des cadavres avec un trou de balle de revolver sont un véritable poison et déclenchent un flot de questions gênantes.

— Comment avez-vous fait ? Pourquoi ne s'étaient-ils pas... » La voix de Sarah lui manqua et elle ne put continuer.

« Pourquoi ne s'étaient-ils pas défendus ? Eh bien, regardez ce petit gadget ! » Il fit un geste avec la curieuse arme qu'il tenait en main. « Du gaz. Une très astucieuse invention d'un homme très astucieux lui-même. Elle peut stupéfier, anesthésier ou tuer instantanément. Cela dépend du doigt qui tire la gâchette et de ce que vous désirez. Cela ne laisse pas de trace et ne fait pas de bruit. Une bouffée de gaz et c'est tout à fait facile d'assommer quelqu'un à l'endroit de la tête où il aurait eu des chances de se cogner s'il avait fait une chute. Ou d'enfoncer un couteau sans histoire : pas même l'occasion de dire ouf !...

« J'ai une excellente équipe, mais le cerveau est ici. » Hugo se frappa alors le front, renversa la tête et rit très fort. « Mon Dieu, comme j'ai ri au fond de moi-même, parfois, de tous nos officiers d'état-major pompeux — les chefs de droit divin ! Si seulement ils avaient su que je les tenais là... dans le creux de ma main ! » Les yeux bleus très durs prirent pendant un moment une lueur fanatique et la voix de Hugo se fit murmure : « Mais personne ne sait. J'ai été trop astucieux pour eux. Personne ne sait. Ce bon vieux Hugo... l'idiot de la station. »

Pendant un moment, Hugo regarda Sarah comme s'il avait oublié sa présence dans la pièce. Il dit d'un ton irrité : « Voyons, ne faites pas la sotte, Sarah. Vous en connaissez très bien la raison. Vous en savez trop. Beaucoup trop. Je le regrette, mais c'est ainsi.

— Mais... mais... » Les mots semblaient se dessécher dans sa bouche : « Vous ne pouvez pas me tuer, Hugo ! Vous ne le pouvez pas. Si... si je promettais...

— Vous ne tiendriez pas votre promesse et je suis trop près du but pour courir des risques. L'enjeu est trop élevé. Non, ma chère. Une petite bouffée de ceci et la question sera réglée. Je ne sais pas de quoi ils décideront que vous êtes morte. Cependant, il est probable que le médecin local ne fera pas grand-chose ; il y a toutes les chances qu'il inscrive crise cardiaque et que les choses en restent là. Dans votre chute consécutive à votre crise cardiaque inexplicable, je pense que vous aurez trébuché sur le rideau de perles, l'entraînant avec vous. Oui, c'est la meilleure idée. D'une pierre deux coups. Et si vous pensez hurler, je ne vous le conseille pas. Ce gaz agit comme des éclairs sinueux. »

Sarah se battait avec une panique aveugle et réussit à affermir sa voix : « C'est inutile, Hugo. Vous ne vous en tirerez pas cette fois-ci. Des hommes surveillent cette péniche et ils vous ont vu monter à bord.

— Vous parlez de l'oiseau dans les buissons là-bas ? dit Hugo en riant. Tout va bien. Il est le seul à portée de vue du bateau. Les autres ne font que surveiller les approches.

— Voulez-vous dire que vous *saviez ?* » La main de Sarah s'agrippa très fort au dossier de la chaise.

« Bien sûr que je savais : je ne suis pas fou. Le type d'en face m'a vu monter à bord. A vrai dire, il ne pouvait me manquer : j'ai fait le plus de bruit possible. Et pourquoi s'inquiéterait-il ? Il vous a vue me confier Lager lorsque vous êtes partie, en présence et avec l'approbation de son patron : souvenez-vous que Charles y assistait. Puis, peu de temps avant votre retour, je viens sur le rivage avec le chien, monte à bord et allume les lumières du salon — ce qui est toujours rassurant. Aucun criminel n'allume de lumière. Comme vous pouvez le constater, il ne fait pas le guet assez près du bateau pour entendre grand-chose et, sans doute, suppose-t-il que Charles et vous avez été accueillis amicalement par moi lorsque vous êtes montés à bord.

« J'espère que vous l'avez remarqué : je n'ai pas parlé à voix basse. Votre gardien amateur aura entendu parler à voix haute et rire dans ce bateau depuis dix minutes à peu près. La Miss *sahib* en joyeuse conversation avec son ami le grand *sahib.* Quand j'en aurai fini avec vous et aurai arrangé la scène dans cette pièce, je sortirai en bavardant gaiement et vous crierai un “ Bonsoir ! ” très jovial. Je m'en irai aussi ostensiblement que je suis venu. Le veilleur n'y verra que du feu. Alors — c'est ennuyeux mais nécessaire — je devrai m'occuper de lui. Une affaire très simple.

— Vous ne pouvez pas ! exhala Sarah en un soupir. Vous ne pouvez pas. Il doit être armé...

— Oh ! très certainement. Mais quoi de plus normal ? Charles ou vous m'avez prévenu, moi le vieil ami, qu'un veilleur est là, tapi dans les buissons. Je l'appellerai en sifflant d'un air de conspirateur et dirai que vous avez un message pour lui. Évidemment, il mordra à l'hameçon. Voici un *sahib* qui est visiblement au courant de toute l'affaire. Quand il sera à portée de cette arme, il aura droit à une bouffée du gaz. Comme il ne faut pas abuser de l'idée de la crise cardiaque, on pourrait trouver le corps dans la matinée, noyé, je pense. Tout cela est très criminel et tout à fait navrant, mais n'a rien à voir avec l'aimable commandant Creed qui sera tout simplement prostré, en proie à un chagrin viril et à une grande émotion. Vous voyez ?

— Oui, dit lentement Sarah. Je vois. »

Son cerveau semblait s'être brusquement éclairci. Hugo n'était pas fou : c'était pire. C'était un fanatique bon teint et acharné dans sa croyance à sa propre foi sans pitié et à ses maîtres, sans pitié eux aussi. Il avait tout à fait l'intention d'agir comme prévu. Il la tuerait sans scrupule, comme il avait tué Janet, Mrs Matthews, Ahamdoo et combien d'autres ? Il se considérerait comme justifié parce que, pour les gens de son espèce, la fin justifie toujours les moyens — n'importe quels moyens ! Aussi brutaux et dégradants fussent-ils. Et ce qu'il avait dit était vrai : personne ne le soupçonnerait. Charles lui-même ne le soupçonnerait jamais. Ceux qui employaient Hugo avaient choisi un bon instrument car, à l'instar de la femme de César, il était au-dessus de tout soupçon.

Il devait exister un moyen d'en sortir. Ceci ne pouvait lui arriver à elle, Sarah Parrish.

La lampe? Faire un bond et la briser en morceaux? Dans l'obscurité, elle aurait une chance car l'arme tenue par Hugo présentait un inconvénient. A moins de viser à bout portant, il ne pouvait l'utiliser sans danger pour lui-même. Et s'il essayait de s'en servir dans le noir, il risquait d'en être la victime.

Le commutateur se trouvait à côté de la porte la plus éloignée, et hors de portée de Sarah ; mais la simple ampoule éclairant la pièce était plus proche, quoique à une trop grande distance d'elle. Le fil la reliant au commutateur pendait du plafond, retenu de place en place par des clous rouillés. Si Sarah réussissait à sauter jusqu'à lui et à l'arracher violemment, la lumière s'éteindrait. Le fil se romprait-il ou tiendrait-il ? Et dans le cas où il se romprait, le choc reçu ne la ferait-il pas tomber ? Elle serait alors en aussi fâcheuse posture qu'auparavant...

Hugo suivit le regard de Sarah qu'il comprit parfaitement. Il grimaça un sourire :

« Vous ne pouvez faire cela, Sarah. Bien, il faut que je m'y mette. Avez-vous un dernier message, ou quelque chose de ce genre ? »

Alors, Sarah l'entendit. Venant d'aussi loin, ce n'était qu'un son très faible et si la panique n'avait pas mis tous ses sens en alerte, ses oreilles ne l'auraient jamais discerné.

Quelqu'un venant par le sentier à travers champs avait heurté du pied le morceau de tôle ondulée posé sur la flaque boueuse.

Lager aussi l'avait entendu. Il leva son nez posé sur ses pattes, et ses yeux se tournèrent vers la fenêtre derrière la tête de Hugo.

« Lager... ! » supplia désespérément Sarah.

Avec soumission, Lager laissa retomber sa tête sur ses pattes et Hugo dit : « Je m'occuperai de lui, ne vous inquiétez pas. »

Il faut que je parle, pensa Sarah. Je dois l'occuper à parler. Il y a une chance...

Hugo se redressa et leva la main droite. Ses yeux s'étaient curieusement élargis, si bien que l'on voyait du blanc tout autour des iris. Des pupilles étranges et pâles, dures et brillantes comme des cailloux humides. Cette petite bouche cruelle. Henri VIII — qui l'avait surnommé ainsi? Cela avait semblé drôle à ce moment-là, mais ce ne l'était plus du tout. Comment avaient-ils pu tous se montrer aussi aveugles ? Comme « Bluff King Hal », ce personnage qui, malgré son franc-parler, son allure de « bon gros » et sa jovialité, avait été un tueur. Cet homme-ci était un tueur.

Sur un ton exalté, Sarah dit : « Écoutez, Hugo... si je vous dis... tout ce que je sais... ce qu'ils savent... » Sa voix hoquetait et les yeux de Hugo se rétrécirent un peu, mais sa main droite ne bougea pas et Sarah comprit que lui aussi écoutait. Elle se mit à parler plus fort, à raconter des folies : « Voyons, Hugo... je peux vous dire des tas de choses. Je peux vous dire tout ce que vous voulez savoir... tout ce que vous souhaitez, je... »

Lager leva encore son nez, aboya et Hugo tourna la tête.

Sarah ne put jamais se souvenir très clairement de ce qui arriva ensuite. Ce fut une horreur époustouflante de panique et de bruit.

Elle sut seulement que, enfin, les yeux de Hugo s'étaient détournés des siens. La terreur lui insufflant de la force, elle avait lancé brusquement la chaise à laquelle elle s'agrippait. Elle atteignit Hugo au menton et il tomba en arrière.

Des souvenirs confus lui restèrent en mémoire : Lager aboyant, la voix de Charles l'appelant par son nom et quelqu'un d'autre criant. Puis un bruit de verre brisé et les ténèbres.

Lorsqu'elle reprit conscience, Sarah se retrouva dehors, étendue à la proue du *Waterwitch.* Charles baignait d'eau froide ses tempes. Le salon paraissait empli de monde et une bizarre et désagréable odeur flottait, une odeur qu'elle connaissait.

Elle fixa Charles et dit : « Hugo !

— Je sais. Il est mort.

— *Mort?* » Sarah se redressa brusquement, s'accrochant frénétiquement au bois de la proue. L'avez-vous... l'avez-vous...

— Non, dit tranquillement Charles. Il s'est tué. Il savait que le jeu était terminé et il a dirigé sur lui cette arme diabolique. »

Sarah regarda la petite pièce éclairée *a giorno* dont fenêtres et portes avaient été ouvertes, et les rideaux écartés, pour que l'air nocturne dissipe l'affreuse odeur. Trois Indiens et Reggie Craddock se trouvaient dans la pièce : deux des trois premiers étaient vêtus en Cachemiriens et le troisième était Mir Khan. Agenouillé à côté du corps de Hugo, Reggie Craddock arrachait les gants de caoutchouc des mains inertes.

Charles se mit debout et retourna dans le salon. Sarah se leva péniblement et le suivit ; elle s'effondra sur le canapé et commença machinalement à essuyer l'eau de son visage du revers de ses mains, tout en regardant Hugo d'un œil incrédule.

Hugo était étendu sur le dos, les yeux fermés ; sa petite bouche cruelle avait repris l'expression qu'il s'était efforcé de lui donner de son vivant. Il souriait, d'un sourire aimable et vide, tandis que Mir Khan fouillait ses poches, ôtant les papiers et remettant l'argent, un étui à cigarettes, une boîte d'allumettes et divers objets dénués d'intérêt.

Reggie se releva et tendit les gants à Charles qui en enveloppa délicatement l'arme tenue par Hugo. Il prit sur une table proche de lui une boîte en bois sculpté qu'il vida de son contenu et posa son paquet dedans. Mir s'adressa aux deux Cachemiriens dans leur langue et ils sortirent, l'un d'entre eux portant la boîte. Sarah entendit le bruit de leurs pas sur la passerelle, puis ce fut le silence.

Mir se leva et offrit à Sarah une cigarette qu'elle refusa. Il s'en alluma une lui-même. Charles quitta la pièce pour revenir presque tout de suite avec un petit verre de cognac qu'il tendit à Sarah sans mot dire.

Elle l'avala avec une grimace et Charles lui dit doucement : « Pensez-vous être capable de nous raconter ce qui s'est passé ? »

Sarah acquiesça en silence et, lorsque le cognac commença à agir, elle se reprit avec effort et lui raconta ce qui était arrivé depuis qu'elle l'avait quitté. Elle ne se reconnaissait pas tandis qu'elle répétait d'une voix sans timbre les paroles de Hugo et ce qu'elle-même avait fait.

Lorsqu'elle fit allusion au rideau, Mir Khan s'éloigna brusquement de la fenêtre et alla jusqu'au rideau dont il tripota les perles tandis qu'elle parlait. Mais personne ne l'interrompit.

Quand elle eut terminé, un silence tomba entre eux, puis Reggie Craddock demanda en regardant Hugo : « Pourrez-vous arranger ceci avec le médecin ?

— Oui, dit brièvement Charles.

— Vous serez obligé de lui donner quelques explications.

— Naturellement. »

Mir balançait les cordons de perles et, tout en écoutant leur cliquetis, il dit : « C'est mieux ainsi. Nous ne pouvons nous permettre un scandale public. Mais êtes-vous certain qu'il disait la vérité lorsqu'il affirmait qu'elle ne savait rien ?

— Je le pense », répondit Charles.

Sans bouger de sa place, Sarah les regarda à tour de rôle : « Je ne comprends pas. » Son ton était las.

Charles se tourna et alla jusqu'à la porte ouverte. Il se tint dans l'embrasure, les mains dans les poches et regarda le bateau des Creed dans la nuit : « Nous parlions de Mrs Creed. »

Sarah émit un petit hoquet : elle avait oublié Fudge et, soudain, ses yeux s'emplirent de larmes : « Mais je vous ai dit que, d'après Hugo, elle ne savait rien de cette affaire !

— Je le croirais volontiers, dit tranquillement Charles, et je ne vois aucune raison pour qu'elle soit mise au courant.

— Mais vous y serez bien obligé maintenant.

— Non pas. » Charles se retourna depuis le seuil. Je pense que la version officielle la meilleure serait la suivante : Mir, Reggie et moi-même vous avons escortée jusqu'ici après la soirée dansante pour y trouver Hugo qui avait ramené Lager. Nous étions en train de prendre un pot tous ensemble lorsque Hugo a eu une crise cardiaque : il est mort avant qu'aucun d'entre nous ait pu agir. Nous en sommes tous témoins et de même que ce genre de balivernes réussissait facilement pour Creed, vous verrez que nous n'aurons pas à arranger les choses avec le médecin. Son diagnostic sera : crise cardiaque. Maintenant, il faut que j'aille le chercher.

— Prenez ma voiture, dit Mir, elle est garée sur la route.

— Merci. »

Reggie demanda : « Et Fudge ? N'allez-vous pas... L'un d'entre de nous ne ferait-il pas mieux d'aller l'avertir ?

— Non, dit brièvement Charles. Il faut d'abord voir le médecin.

— Mais elle va sûrement s'apercevoir de l'absence de son mari et le chercher ?

— J'en doute. Je suis persuadé que Hugo donnait subrepticement un somnifère à sa femme chaque fois qu'il devait travailler de nuit. Il était trop astucieux pour prendre un risque. Venez, Sarah, il est temps d'aller au lit.

— Je ne peux pas. Je n'arriverais pas à dormir. Et... et... je ferais mieux d'être ici lorsque viendront le médecin, puis Fudge. Cela paraîtrait bizarre que je sois allée me coucher.

— Elle a raison, intervint brièvement Reggie. Allez chercher votre médecin. Plus tôt cette sale affaire sera réglée, mieux ce sera.

— Et moi, dit Mir, je vais transcrire la fin de ce message en perles. » Il se baissa et ramassa le bloc.

Sarah entendit s'éloigner les pas de Charles et la nuit redevint calme.

La plume de Mir grattait avec un petit bruit monotone dans le silence, au fur et à mesure qu'il transcrivait des lignes et des lignes de brèves et de longues. Appuyé à une fenêtre ouverte, Reggie fixait la nuit tandis que le ciel pâlissait au premier signe avant-coureur du matin. Par terre, Hugo étendu souriait.

Sarah s'aperçut que des larmes coulaient le long de ses joues, mais elle était trop fatiguée pour lever la main et les essuyer.

# 20

Sarah ne revit Charles Mallory que trois jours plus tard. Hugo avait été enterré et l'émotion provoquée par sa mort soudaine diminuait déjà, car cette mort n'avait pas été la seule à survenir à Srinagar au cours de la semaine.

Quelques heures après l'annonce de la crise cardiaque fatale au commandant Creed, une autre tragédie était survenue, tout aussi soudaine et imprévue. Johnnie Warrender s'était fracassé les vertèbres cervicales en entraînant les chevaux de polo de Son Altesse.

D'autres faits étaient survenus aussi : des arrestations et des disparitions. Mais celles-ci avaient eu lieu dans les dédales surpeuplés de la ville et n'étaient pas arrivées jusqu'aux oreilles des visiteurs européens. Il est d'ailleurs douteux qu'elles aient éveillé une grande attention, même au cœur de la ville, en raison des rumeurs, des démentis, des spéculations et des incertitudes soulevés par le proche départ du *Raj* britannique.

Assise sur l'herbe au pied des saules, Sarah regardait le lac et l'amarrage vide où se trouvait récemment le *Waterwitch*, maintenant désarmé et mouillé quelque part sur la rivière Jhelum. Il était presque six heures et le soleil descendait dans le ciel, à l'ouest, en direction des montagnes de Pir Panjal. Lager reniflait et creusait entre les racines du grand chêne d'Inde et, au-dessus d'elle, un couple de rossignols se livrait à une discussion animée.

Quelqu'un descendait le chemin à travers champs car le morceau de tôle usagé, toujours en place bien que le soleil brûlant des derniers jours eût cuit le sol comme des briques, craqua en manière de protestation lorsqu'on passa dessus. Entendant ce bruit devenu familier, Sarah se retourna rapidement. Tout d'un coup, ses joues se colorèrent et son attitude un peu raide se détendit. Quelques instants plus tard, Charles traversa l'herbe jusqu'à elle.

Il paraissait très fatigué et Sarah ne se souvenait pas d'avoir vu auparavant ces rides sur son visage. Mais ses yeux étaient calmes et avaient perdu leur air de vigilance méfiante.

« Ne vous levez pas, dit Charles qui se laissa tomber sur l'herbe pour s'asseoir en tailleur à côté d'elle. Où est Mrs Creed ?

— Partie se promener.

— Seule ?

— Oui. Je voulais l'accompagner, mais elle préférait être seule. Elle va bien. Je veux dire...

— Je sais. Elle est très courageuse et je suis navré pour elle. Mais pas autant que je l'aurais été si son mari avait vécu et qu'elle eût découvert la vérité.

— Pensez-vous que ce serait arrivé ?

— Bien sûr. A la fin, cela serait devenu inévitable. Tout d'abord à cause des enfants qui sont tous deux en Angleterre pour l'instant. Comme beaucoup de gosses anglais, ils ont fait leurs études ici, à l'école Sheik Bagh, pendant la guerre. Leurs parents les avaient retirés dès la fin des hostilités pour les envoyer en pension en Angleterre. Hugo avait combiné des vacances en famille au Liban pour la fin de cet été, et on a bien l'impression qu'ils auraient tous disparu à ce moment-là pour se retrouver dans une confortable datcha des environs de Moscou. Ces gosses y auraient subi un lavage de cerveau, auraient été éduqués et transformés en féroces petits admirateurs de Staline.

— Oh ! non, dit Sarah d'un air malheureux. Il ne pouvait pas être aussi cruel ! Fudge aurait tellement détesté ça !

— Peut-être. Mais elle n'aurait rien pu y faire, car une fois que l'on s'est engagé sur une telle voie, les chances d'en sortir sont nulles. Et même si elle avait eu cette chance, on ne lui aurait jamais permis d'emmener les enfants, et elle ne les aurait abandonnés pour rien au monde. Au moins, cela lui a été épargné.

— Pensez-vous qu'elle se soit douté de quelque chose ?

— Pas de la vérité. Elle est incapable d'imaginer une histoire de ce genre. Elle nous a dit craindre que son mari ne soit impliqué dans une affaire dont il ne voulait pas la mettre au courant. Pour Fudge, cette affaire inconnue maintenait Hugo dans un état de tension et d'anxiété. A mon avis, elle croit qu'il se livrait au marché noir. Rien de plus. Ils avaient été pauvres et semblaient soudain devenus riches. De l'argent arrivait, mais elle ne savait pas d'où. D'autres choses aussi ne s'expliquaient pas. Mir dit qu'elle a eu de la chance et que son innocence lui apportera peut-être enfin la paix. Je l'espère. »

Sarah dit : « Elle l'aimait...

— Oui. Elle l'aimait beaucoup, je pense. Mais il y a pire que perdre quelqu'un que l'on aime. C'est découvrir qu'il n'est pas celui que vous croyiez. Mrs Creed est vraiment une femme *bonne* et elle admirait les idées politiques de son mari parce qu'elles lui semblaient compatissantes et soucieuses des autres. Il ne lui a jamais permis d'en savoir plus et elle n'aurait pas supporté de découvrir la vérité : son bien-aimé mari était non seulement un traître, mais un assassin. Tout à fait un vilain personnage, en fin de compte.

— Personne ne peut être *entièrement* mauvais.

— C'est vrai. Un seul côté était bon chez lui, bien qu'il l'eût probablement considéré comme une faiblesse. Son amour pour sa femme et ses enfants. Tout le reste était mauvais. Même pas mauvais avec panache : seulement mesquin, vaniteux, cruel et égoïste.

— Pourquoi ? pourquoi, Charles ?

— Je ne suis pas certain, mais d'après ce que nous avons appris et ce que sa femme a inconsciemment révélé, c'était un homme rongé d'envie pour ceux qui possédaient davantage que lui. Plus d'argent, plus d'intelligence, plus de personnalité, une éducation meilleure, un rang social supérieur. C'est un défaut qui n'est que trop répandu à l'heure actuelle, dit Charles non sans amertume.

— Mais il *était* astucieux. Et populaire — les gens l'aimaient bien. Tout le monde l'aimait.

— Oh ! oui. Il était astucieux. Mais pas de la bonne manière. Il était rusé. Son enfance l'avait conduit à envier ceux qui possédaient plus que lui, tandis que sa vanité lui faisait souhaiter diriger dans tous les domaines. Il étudia dans une université où il tomba sur un groupe fortuné dont la majorité avait assez d'appuis pour trouver des situations confortables. Hugo n'en avait pas, aussi dut-il se rabattre sur l'armée où il découvrit qu'un homme moyen avec de l'argent et un bon rang social peut dépasser un homme qui lui est supérieur, mais n'a pas ces deux atouts.

— Mais un homme brillant..., commença Sarah.

— Un homme brillant s'élèvera n'importe où, vous ne pouvez l'arrêter. Mais le commandant Creed n'était pas brillant. Seulement rusé et, de son avis “ sans argent ” parce qu'il n'avait guère de revenus personnels. Il a été une ou deux fois victime de passe-droits en faveur d'hommes qu'il considérait comme inférieurs à lui, sauf en argent et en rang social. Il ne l'acceptait pas et il s'est laissé aigrir et détruire lui-même. Il était déjà attiré par le communisme à l'université, mais il entra ensuite corps et âme dans le Parti pour les plus mesquins des motifs : envie, haine, méchanceté. En 1933, il a été muté dans l'armée des Indes et, peu avant que la guerre n'éclatât, il s'était débrouillé pour entrer au Service d'espionnage, imaginez cela !

— Oui, il a dit quelque chose de ce genre. Ce poste lui avait fait connaître des gens et l'avait rendu capable de découvrir l'existence de la cabane de Gulmarg parce qu'ils... mais je n'y croyais pas. Je pensais qu'il était... qu'il inventait seulement. Qu'il mentait encore, je suppose...

— Le pire est qu'il ne mentait pas. Non, Hugo, entre tous les gens possibles, appartenait au Service secret et, ce qui est plus grave, il avait été spécialement sélectionné pour ce travail ; ce qui prouve soit qu'il avait très bien brouillé les pistes, soit que l' “ examen ” n'était guère sérieux à l'époque ! C'était une raison pour laquelle on ne le soupçonnait pas. Et c'est pourquoi aussi l'opposition était si bien au courant de ce qui se passait. Il semble qu'il ait organisé et fait marcher un Service d'espionnage personnel qui fonctionnait en même temps que l'officiel, sans que qui que ce fût le soupçonnât. Oh ! il était vraiment astucieux. Je suppose que tous les traîtres doivent l'être — ceux qui s'en tirent ! Et en apparence, il restait “ ce brave Hugo ”, “ Hugo le farceur ”, “ la vie et l'âme du Parti ”. C'est dommage que personne ne se soit jamais demandé *quel* Parti... ! »

Charles s'arrêta et se mit à arracher des brins d'herbe qu'il coupait de ses doigts minces et brunis. Sarah lui demanda bientôt : « Dites-moi ce qu'il y avait dans le rideau de Janet ?

— Tout. Tout à l'exception d'un nom : celui de Hugo. Elles ne l'avaient pas encore découvert. Vous savez, bien sûr, qu'il va y avoir une transmission de pouvoirs de l'Angleterre à l'Inde ?

— Naturellement, dit Sarah avec l'ombre d'un sourire. On ne parle que de cela pour l'instant.

— C'est exact. Mais ce que vous ne savez pas, c'est que la

transmission n'aura pas lieu l'année prochaine, comme cela avait été tout d'abord prévu, mais au mois d'août de cette année.

— Quoi ? » Sarah se redressa brusquement. Mais... mais...

« Malheureusement, c'est vrai ; vous l'entendrez annoncer très prochainement. En ce qui concerne ce sujet, nous avons trouvé trop tard le rideau de Janet.

— Pourquoi ? Quelle différence cela aurait-il pu faire ? Et pourquoi dites-vous que c'est “ malheureux ” ? Ne voulez-vous pas qu'ils gouvernent leur propre pays ? Comment accepterions-nous... » Voyant que Charles se mettait à rire, elle s'arrêta et se mordit les lèvres : « Excusez-moi. J'aurais dû savoir. Qu'alliez-vous dire ?

— Qu'il est bien dommage que tant de gens ne comprennent pas que la guerre qui vient de se terminer n'est qu'un avant-goût de ce qui va venir. Que cette “ paix ” dont nous jouissons n'est que le citron, un citron très acide, que les deux côtés sucent à moitié. Le grand combat est à venir, et il sera bien pire, car ce sera un combat entre idéologies, et non entre nations.

— Mais qu'est-ce que cela a à faire avec la transmission des pouvoirs ? Tout le monde savait que cela arriverait un jour.

— Bien sûr. Mais il y a des gens qui profitent énormément du chaos et du désastre et qui s'arrangeront pour qu'il y ait les deux lorsque le jour viendra. Pour atteindre ce but, de l'argent a été dépensé. Versé à pleines mains, même !

— Mais que faisait Hugo dans tout ceci ?

— Hugo s'occupait des questions financières, et il s'en occupait d'ici. Quel meilleur endroit pour ce faire ? Ce n'est pas l' “ Inde britannique ”. C'est un protectorat, un État autochtone indépendant, gouverné par un maharajah “ conseillé ” par un résident britannique. Il ne peut être déposé — et encore en tout dernier ressort — que s'il se conduit *vraiment* mal. Et même dans ce cas, il doit être remplacé par son héritier. D'une certaine manière, le Cachemire est territoire national, presque international ; en outre, sa population est largement musulmane et sa classe dirigeante hindoue. Ce qui est déjà un atout. Mais il en a un meilleur : le fait d'être un célèbre lieu de vacances, aussi bien pour les Indiens que pour les Britanniques. De toutes les parties de l'Inde, les gens venaient ici et n'avaient pas besoin de justifier leur présence, puisqu'ils étaient en vacances.

D'énormes sommes d'argent arrivaient au Cachemire : des

dollars américains apportés par des communistes américains sous l'uniforme de l'armée américaine. Oh oui, quelques-uns en étaient aussi ! Des livres anglaises et des bijoux indiens, des lingots d'or et des roupies d'argent. Toutes les variétés de monnaies étaient recueillies ici dont beaucoup provenaient de vols de grande envergure. Cet argent était changé au Cachemire et les dirigeants-conspirateurs, et les agitateurs, y venaient pour prendre ordres et fonds. Beaucoup les aidaient, dont des Anglais et des Anglaises.

— Je sais, dit tranquillement Sarah. Johnnie Warrender en faisait partie, n'est-ce pas ?

— Non, pas Johnnie, Helen.

— Helen ! Alors c'était... mais pourquoi... je veux dire Johnnie est mort. Je pensais... » Sarah devenait incohérente.

« Oh ! oui, Johnnie s'est tué. Ce n'est pas un accident, mais il l'a très bien camouflé. Il venait d'apprendre à quoi se livrait son épouse. En outre, je crois que c'était un homme déjà mort.

— Comment ça ?

— Il était fini. " Fichu en l'air " comme diraient les Américains. Il n'y avait plus rien pour lui. Il vivait depuis des années avec un découvert en banque et n'avait plus d'espoir de le liquider, pas plus que de rembourser ses autres dettes. Ou de rejouer au polo. Avec la transmission des pouvoirs, l'univers des gens tels que Johnnie Warrender n'existera plus. C'était Helen qui travaillait pour Hugo. Je ne pense pas qu'elle savait vraiment ce qu'elle faisait : elle ne le voulait probablement pas ! C'est une femme stupide, aux horizons limités, qui ne pensait qu'à l'argent et à rien d'autre. Un instrument parfait pour Hugo. Vous souvenez-vous du vol des émeraudes de Rajgore ?

— Oui. Les journaux en ont beaucoup parlé ; et vous y avez fait allusion aussi — vous disiez qu'elles étaient ici.

— Elles y sont, en effet. Nous pressentions que ces émeraudes viendraient au Cachemire, comme beaucoup d'autres bijoux volés, et nous montions la garde à cet effet. Mais elles sont passées à travers les mailles du filet. Mrs Warrender les a amenées et les a passées à Hugo sur la route.

— Mais ce n'est pas possible : j'étais là et Fudge aussi. Elle n'a rien remis à Hugo.

— Elle nous l'a dit elle-même. Elle lui a donné les émeraudes.

Elles se trouvaient à l'intérieur d'un fruit — un pamplemousse, une papaye, ou je ne sais quoi.

— Non, dit lentement Sarah. C'était une pastèque. Je m'en souviens maintenant...

— Helen Warrender aurait fait presque n'importe quoi pour de l'argent. Il existe trop de gens comme elle. » Charles tira une longue herbe et se mit à en mâcher l'extrémité pensivement, tout en regardant le lac. Au bout d'un certain temps, Sarah dit : « Vous ne pouvez pas en rester là. Racontez-moi la fin, il y a tant de choses que je voudrais savoir. Le message dans la boîte d'allumettes : comment avaient-ils trouvé ? Je parle du rideau. Et comment l'homme au visage marqué par la variole, Ahamdoo, était-il au courant ? »

D'un air pensif, Charles dit : « Maintenant qu'il est mort, je ne pense pas que nous ayons jamais la réponse à cette question. Nous ne pouvons que deviner.

— Alors, comment savaient-*ils ?*

— Cette question, dit Charles avec un léger sourire, devrait être posée ainsi : “ Pourquoi n'avaient-ils pas trouvé plus tôt ? ” lorsque l'on sait combien la vie privée est difficile sur un *house-boat.*

— A qui le dites-vous ! soupira Sarah. C'est pourquoi je ne peux imaginer comment Janet a réussi à fabriquer ce rideau sans que tous les Cachemiriens à vingt kilomètres à la ronde l'aient su.

— Mais *ils le savaient.* Tout est là. C'est aussi un magnifique exemple de la manière dont la pensée orientale réussit si souvent à déconcerter l'occidentale. Un vieux dicton, originaire de cette partie-ci du monde, dit qu' “ il fait toujours plus sombre sous la lampe ”. Janet Rushton savait que c'était vrai, et comme c'était une fille très intelligente, elle en a fait bon usage. Elle n'ignorait pas que si elle essayait de rédiger secrètement ce rapport — ici, à la nuit tombée, et les rideaux tirés — elle serait sans aucun doute découverte, quelles que soient les précautions prises. Aussi l'a-t-elle fait ouvertement, à la vue de tous ; et lorsque le message a été terminé, elle a suspendu le rideau qui le contenait là où tout le monde pouvait le voir. Par conséquent, puisque chacun était au courant, personne n'a même pensé à le mentionner...

« D'après ce que le *mânji* vient de nous dire, elle avait dû tout combiner avec le plus grand soin. Comme elle avait l'avantage d'être née en Inde et d'y avoir passé une bonne partie de son enfance, elle connaissait très bien la mentalité du pays. Elle savait, par expérience, qu'on peut leurrer cette mentalité plutôt tortueuse par la franchise et elle a joué là-dessus.

— Mais le rideau de perles ?

— Le *mânji* affirme qu'il y en a toujours eu un sur le autrefois. Mais, un jour, à la fin de novembre, Miss *sahib* autrefois. Mais, un jour à la fin de novembre, Miss *sahib* Rushton l'a détruit. Elle avait trébuché et s'était raccrochée au rideau, l'entraînant dans sa chute. Comme il était vieux, les cordons avaient craqué. D'après le *mânji,* la Miss *sahib,* très contrariée, insista pour le remplacer. Lorsqu'elle découvrit qu'on ne fabriquait plus sur place de tels rideaux, elle avait envoyé le *mânji* acheter des cordons au bazar, ainsi qu'un supplément de perles, beaucoup des perles d'origine étant tombées entre les lames de parquet où elles s'étaient perdues.

« Ceci, naturellement, était destiné à venir aux oreilles d'un maximum de personnes. Elle se rendit elle-même au bazar pour y acheter encore des perles ; profitant de la dernière période ensoleillée de la fin du mois, elle s'installa sur le toit de sa péniche pour enfiler les perles au vu et su de tout *shikara* qui passait, tandis que Mrs Matthews faisait des croquis sur le rivage. Elle s'y attela pendant dix jours et, au bout de ce laps de temps, son travail sur le rideau était devenu un spectacle tellement familier qu'il en perdait tout son intérêt. En d'autres termes, elle s'est mise en pleine lumière et a étalé ce qui devait être caché.

— Oui... oui, je vois. C'était une sorte de double défi.

— Exactement. Et cela a trompé tout le monde. Cet état de choses aurait pu continuer si un certain marchand de tapis (maintenant sous les verrous où il nous livre un tas de détails intéressants pour sauver sa tête !) n'avait pas été un amateur de poésie persane. Il faisait partie des nombreuses personnes qui avaient vu Janet Rushton travailler à son rideau lorsqu'il venait en *shikara* dans l'espoir de lui vendre un tapis. Il était également de ceux qui avaient fouillé le *Waterwitch* après la mort de Janet, pour le cas où elle aurait laissé quelque chose d'utile ou de compromettant, et n'avait rien trouvé. C'est seulement récemment, en lisant ce poème, qu'il avait été frappé par le lien entre les mots et les perles, et il avait commencé à se poser des questions

« Comme il ne vit pas à Srinagar — son magasin principal se trouve à Baramulla — il envoya ce vers par un messager sûr (maintenant aussi en prison !) à la boutique de Ghulam Kadir. Le message était caché dans une boîte d'allumettes à l'intérieur d'un étui en papier mâché, et devait être remis au *sahib* Creed dont il savait l'intention de visiter la boutique à une certaine date. Afin de camoufler la transaction, l'homme qui s'en était chargé a eu la brillante idée de présenter des boîtes semblables à tous les clients qui se trouvaient dans le magasin à ce moment-là. A vouloir être trop habile, il a été victime du hasard, car votre étui ressemblait beaucoup à celui de Hugo.

— Je suppose qu'Ahamdoo a vu le message ? demanda lentement Sarah.

— C'est probable. Cela n'a pas dû être trop difficile puisqu'il faisait partie des vendeurs et, comme vous l'avez constaté, la boutique recélait beaucoup de cachettes. Il avait l'ouïe fine et une excellente vue ! Il en avait déjà surpris assez pour nous faire savoir qu'un message devait être passé à un *feringhi,* un étranger, qui viendrait au magasin ce jour-là, ostensiblement, pour acheter du papier mâché. Il soupçonnait soit Lady Candera, soit sa nièce Meril, dont il pensait qu'elle espionnait peut-être pour le compte de sa tante. Il s'est probablement arrangé pour voir le message — un coup d'œil était franchement suffisant. Lorsque vous nous avez interrompus à l'hôtel et qu'il y a aperçu à la fois Lady Candera et Meril, la panique l'a saisi et il a décidé de me rencontrer plutôt sur cette île, pensant qu'il y aurait moins de danger.

« Il avait travaillé avec Mrs Matthews, et lui aussi connaissait le rideau de perles que fabriquait Janet. Après leur mort, il avait fouillé leurs deux bateaux pour notre compte. Aussi, lorsqu'il a lu ce vers en *farsi*, en persan, ce qu'il semble avoir fait — il a dû être intrigué. En partant pour l'île, il a emporté sur lui une perle bleue, probablement pour illustrer une théorie selon laquelle les perles de porcelaine bleue auraient pu constituer un espace entre chaque mot. Mais ceci, évidemment, est encore une hypothèse que nous ne vérifierons jamais...

— Est-ce tout ? Je veux dire tout ce qu'il y avait dans le rideau de Janet ? Simplement... simplement des révélations sur l'argent et les bijoux... qui servaient à payer les agitateurs et les saboteurs ?

— Non, dit lentement Charles. Non, il y avait autre chose.

— Je le pensais bien. Vous n'êtes pas obligé de me le dire si vous ne le voulez pas.

— Si je ne l'ai pas encore fait, c'est parce que je n'arrive pas à y croire moi-même. Voyez-vous, il existait un plan très bien préparé pour prendre possession du Cachemire tout de suite après l'évacuation britannique et le transformer en État communiste.

— Mais pour quoi faire ? Quel intérêt ?

— L'intérêt ? Mais avec un gouvernement communiste en place, le président, ou le dictateur, ou le titre qu'il se donnerait, pourrait, au nom du nouveau gouvernement, appeler la Russie à l'aide si l'Inde ou les tribus musulmanes de la frontière essayaient d'agir contre le Cachemire.

— Mais pour quoi faire ? répéta Sarah.

— Voyons, Sarah, réfléchissez ! Pour avoir une tête de pont, évidemment. Pour posséder une base d'où, si besoin était, les troupes russes pourraient attaquer l'Afghanistan ou la frontière du nord-est, ou éventuellement l'Inde elle-même. Regardez la carte. Tous les territoires voisins pourraient être envahis l'un après l'autre par la puissance qui serait solidement implantée au Cachemire, si le Cachemire lui-même était membre à part entière de l'U.R.S.S.

— Je n'y crois pas. Ce n'est pas possible.

— Vraiment ? Réfléchissez-y bien. Le jour de la transmission de pouvoirs — et probablement quelques semaines auparavant — les haines entre communautés, qui ont été soigneusement attisées par les agitateurs patentés, se donneront libre cours. Et si la partition du pays est *réelle,* il y aura des émeutes, des assassinats et de graves troubles. Sous le couvert de ces agitations, et tandis que les yeux seraient fixés ailleurs, le Cachemire serait coupé du reste du monde. Croyez-moi, cela aurait été chose facile ! Beaucoup plus facile qu'on ne peut le penser. Les voies de communication ne sont pas très nombreuses dans ce pays ; elles passent à travers les montagnes et sont aisées à couper. Il n'y a qu'un seul aérodrome, qui n'est guère fameux. Au moment où les émeutes et les combats auraient fait rage dans toute l'Inde, être sans nouvelles du Cachemire n'aurait pas paru très extraordinaire. Et lorsqu'il aurait été possible d'agir, il aurait été trop tard...

— Mais croyez-vous vraiment à cette possibilité ?

— Oui. La possession de cet État est déjà discutée, ce qui fournirait une merveilleuse façade aux agitateurs pour s'abriter. Le cri de guerre serait : " Nous ne sommes ni indiens ni pakistanais ! Nous sommes cachemiriens ! *Le Cachemire aux cachemiriens !* " Et avec les troubles que le nouveau gouvernement aura sur les bras, il pourrait lui être difficile de discuter en face d'un *fait accompli.*

« Oh ! Croyez-moi, cela peut paraître fantastique et improbable, mais c'était parfaitement possible ! Une poignée d'hommes serait capable de fermer le terrain d'aviation et de couper toutes les routes de ce pays, et de les défendre contre une armée. En outre, possession vaut titre ! Puis, plus tard, lorsque l'Inde serait prête à envisager de reprendre le Cachemire, la nouvelle junte et son chef appelleraient le Kremlin au secours. Ce dernier se précipiterait pour aider un pays à secouer la tyrannie des nations capitalistes et arriverait avec troupes, bombardiers, avions de chasse et tout ce qui s'ensuit. Oui, je pense qu'ils pourraient très bien le faire. »

Sarah n'arrêtait pas de remuer, et ses doigts décapitaient les pâquerettes dont l'herbe était semée. « Mais vous êtes arrivé à temps ?

— Oui, nous sommes arrivés à temps. Nous avons cerné beaucoup de gens dont certains ont parlé, ce qui nous a permis de compléter les manques dans la note de Janet Rushton. Nous avons pu faire des descentes et trouvé des masses de documents et de plans. Ce fut absolument comme un filet que l'on tire de la mer. Au début, on ne sait même pas où se trouve le filet, car les flotteurs sont petits et la mer houleuse. Puis, on tombe sur le premier point de repère et on commence à remonter mètre par mètre le filet. Au début, il n'y a que le filet, l'eau et des morceaux de varech. Mais lorsque l'on arrive au bout du filet, il est lourd de poisson qui ne peut s'échapper. C'est ce qui s'est produit pour nous. »

Sarah se mit à frissonner comme si l'air du soir était devenu froid. « Devaient-ils employer ce gaz ?

— Quel gaz ? Oh ! Vous parlez de cette arme de Hugo ? Non, il ne s'agissait là que d'une des nombreuses petites inventions maléfiques comme en trouvent les savants de tous les pays. Hugo pensait que celle-ci serait utile et obtint de ses amis qu'on lui fabrique ce petit revolver. Il l'employait pour engourdir ses victimes afin de s'en débarrasser ensuite d'une manière qui ressemblerait à un accident. Il est probable que le seul à avoir été tué de cette manière a été Hugo lui-même. Ce gaz avait un inconvénient : son odeur. C'est la raison pour laquelle il ne pouvait garder ses recharges sur son bateau et en avait stocké quelques-unes dans la boutique du Fourth Bridge.

« J'ai tendance à croire qu'Ahamdoo en avait trouvé une et l'avait emportée avec lui pour me la montrer. En effet, la dose utilisée pour l'empêcher de crier et de s'enfuir aurait dû s'évaporer dans l'air nocturne, puisque le meurtre a eu lieu dehors. Mais ses vêtements étaient imprégnés de cette odeur, comme s'il avait porté une recharge cachée dans les plis de son caftan. Ils ont dû la trouver lorsqu'ils ont ôté son revolver, car celui-ci manquait, ainsi que son couteau. Il ne serait pas venu non armé. »

D'une chiquenaude, Charles jeta son mégot dans le lac qui en brisa les reflets avec un léger sifflement, puis il envoya une petite ondulation sur l'eau tranquille.

« Et Mir Khan ? demanda Sarah. Était-il au courant ?

— Au courant de quoi ?

— Du fait que Janet appartenait au Service d'espionnage, ainsi que Mrs Matthews. Et vous-même.

— Pour moi, oui. Les autres, non. Nous ne nous connaissons pas tous : comme je vous l'ai dit, on ne trouve pas cela nécessaire ; et souvent cela augmente les risques. Mir travaillait sur une affaire à Gilgit et ne se trouvait à Gulmarg que par hasard, parce qu'il aime le ski.

— Et Reggie Craddock ?

— Il n'est pas des nôtres. Mais il semble qu'il était plus qu'à moitié amoureux de Janet Rushton et ne croyait pas à sa mort accidentelle. Et aussi, comme elle l'intéressait, il a remarqué ce que personne d'autre n'avait remarqué, et que vous-même n'avez découvert que par hasard : elle avait très peur de quelque chose. Les gens amoureux n'ont pas toujours besoin de mots pour comprendre. Vous devriez savoir cela ! »

Sarah rougit un peu et se concentra à nouveau sur les pâquerettes. Charles dit lentement : « Reggie surveillait Janet Rushton et il savait. C'était lui qui se tenait dans l'ombre au refuge et la regarda partir dans la neige. C'était lui que vous avez entendu fermer la porte.

— Était-ce Reggie qui avait laissé ces empreintes de pas sur la véranda ? l'interrompit Sarah. Je suppose qu'il.. Non, bien sûr, ce n'était pas lui... les empreintes étaient trop petites.

— C'était Helen. Elle nous l'a dit. Les Warrender occupaient la dernière chambre du bâtiment, et la raison de cette petite promenade inquisitrice n'était pas autre chose que de la curiosité. Prise d'une crise d'insomnie, et se rappelant que George McKay était médecin, elle décida — c'est tout à fait Helen — de le réveiller pour lui demander un somnifère. Par pure coïncidence, elle ouvrit la porte au moment même où vous commenciez à frapper à celle de Janet. Elle se retira immédiatement, mais vous surveilla par une fente et vous a vu entrer et la lumière demeurer. Elle resta longtemps allumée, puis disparut soudain, au moment où Janet regarda dehors. Et lorsque revint une fois encore la lumière, Helen ne put résister à son envie de se glisser discrètement pour découvrir ce qui se passait. Seulement, au moment où elle arriva, Janet avait branché la radio, aussi Helen ne put-elle rien entendre et s'en alla, déçue. A laisser ainsi George dormir tout d'une traite, elle avait complètement oublié son insomnie ! »

Sarah se mit à rire et, du coup, se sentit mieux. Elle s'était demandé si elle réussirait à rire encore après le choc de cette effroyable nuit. Se souvenant qu'elle avait interrompu Charles au moment où il allait lui parler de Reggie, elle se hâta de dire : « Revenons-en au commandant Craddock. Qu'avait-il entendu au juste de ce que nous disions Janet et moi devant le refuge ?

— Très peu : il dit que vous murmuriez toutes deux. Mais ce n'était pas ce qui le tourmentait. Vous savez que c'est un grand skieur ; peut-être l'un des meilleurs à être venus au Cachemire. Ce qui fait qu'il n'a pas accepté l'explication donnée à la mort de Janet Rushton parce qu'elle était trop bonne skieuse ; et une bonne skieuse ne serait pas tombée de cette manière-là. Il a suggéré cette idée au commandant McKay mais George, n'étant pas un skieur, n'y a pas prêté attention. Ils ont eu une discussion à ce sujet dont McKay a été fâché.

« Reggie n'est pas très astucieux, mais il est entêté. Le nombre de renseignements qu'un homme obstiné et résolu peut découvrir est tout à fait surprenant s'il y met de l'acharnement. Reggie décida de mener à bien sa petite enquête personnelle. A un moment, il vous a même soupçonnée.

— Moi ! Juste ciel ! » Sarah s'assit toute droite.

« Simplement parce qu'il vous avait vue parler à Janet devant le refuge, cette nuit-là, et que vous ne l'aviez jamais signalé. Plus tard, il se persuada que vous cherchiez quelque chose à bord du bateau de Janet. Lorsqu'il a compris qu'il ne pouvait vous en déloger, il s'est mis à le surveiller.

— Oh ! il a fait cela ! » Sarah était furieuse.

Charles le remarqua et sourit : « Vous lui devez la vie, quand même ! A lui et à votre chien.

— A Reggie ? Comment ? C'était vous...

— Pas uniquement moi, hélas. Je ne soupçonnais pas Hugo. Mais Reggie surveillait le bateau discrètement, et il avait vu Hugo le fouiller. Il avait également vu Hugo déposer très soigneusement un morceau de viande au milieu des racines du chêne d'Inde le soir où Lager a été drogué.

— Hugo a fait cela ?

— Bien sûr. Qui vouliez-vous d'autre ?

— Le salaud ! dit Sarah avec colère. Le salaud ! Et dire qu'il prétendait aimer tellement Lager ! Par moments, j'étais presque triste pour Hugo, mais je ne le serai plus. »

Charles se renversa en arrière et rit de bon cœur : « Oh ! l'illogisme britannique ! Comment cela se fait-il que nous soyons toujours capables de nous sentir *presque tristes* pour un assassin, mais n'ayons aucune pitié pour celui qui maltraite un animal ? Je m'excuse, Sarah, c'est mal élevé de ma part de rire. »

Sarah fut obligée de rire avec lui : « Vous avez tout à fait raison, évidemment. C'est vraiment déconcertant d'avoir des réactions aussi puériles et aussi inattendues. Je suppose que Hugo comptait venir à bord du *Waterwitch* cette nuit-là et ne l'a pas fait à cause de l'orage. Ou bien, il a vu la lumière et pensé que cela signifiait que j'étais éveillée. Pauvre Lager ! Mais revenons à Reggie, si vous le voulez bien.

— Reggie ne comprit pas tout à fait ce qu'il avait vu, mais il n'a jamais aimé Hugo. Vous le saviez ? » demanda Charles en voyant Sarah hocher la tête. Elle dit : « Hugo se montrait toujours amical à l'égard de Reggie, mais j'ai eu parfois l'impression que ce dernier trouvait Hugo énervant. C'est tout.

— Reggie commençait à se demander si Hugo n'avait pas eu

une aventure avec Janet Rushton. Si elle ne s'était pas montrée trop exigeante et n'était pas devenue une menace pour son mariage et sa réputation. Il a été jusqu'à s'interroger : ne l'avait-il pas tuée pour se débarrasser de cette menace ? C'est curieux comme son imagination romantique l'avait mené si près de la vérité ! Il pensait que des lettres étaient peut-être cachées sur le bateau — des lettres d'amour de Hugo à Janet. Il est parti, très tourmenté à ce propos. Vous souvenez-vous ? Lorsque je vous ai quittée cette nuit, j'ai d'abord parlé à l'un des veilleurs.

— Oui. Pourquoi ?

— Je lui ai demandé si quelqu'un s'était approché du bateau ; l'homme m'avait répondu que non, à l'exception du *mânji* qui était retourné au bateau-cuisine où il devait dormir et du grand *sahib* qui avait ramené votre chien. Il n'a pas ajouté : " *et qui est encore sur le bateau* " parce que cela ne lui est pas venu à l'esprit. Pas plus qu'il n'est venu à mon esprit à moi de remarquer le détail suivant : le veilleur avait signalé que le *mânji* était retourné à son bateau-cuisine, il n'avait pas dit que Hugo avait regagné son *house-boat.* Vous voyez, Hugo était au-dessus de tout soupçon. Sachant Hugo à bord, le veilleur a supposé plus tard que vous et moi avions conversé avec lui. Et quoi de plus naturel, si la Miss *sahib* était en danger, que *sahib* Creed reste puisque *sahib* Mallory s'en allait ?

— C'est ce que m'a dit Hugo. Il avait donc raison.

— Oui, il avait raison. J'étais inquiet, cependant. Il me semblait que quelque chose n'était pas tout à fait normal, ne cadrait pas. Une fausse note. Mais je n'arrivais pas à trouver laquelle. Cela me tournait dans la tête à la manière d'un nom ou d'un visage que l'on ne peut pas retrouver. Puis, lorsque je suis arrivé à la grille du Club, j'ai soudain compris : Lager ! Vous m'aviez dit que si vous le laissiez seul, il n'arrêtait pas de geindre et d'aboyer.

— Oui, c'est vrai. Il est terrible dans ce cas-là. Il japperait et hurlerait pendant des heures.

— Mais il ne jappait ni ne gémissait lorsque vous êtes revenue au bateau cette nuit.

— Non, mais c'était parce que... » Sarah s'arrêta brusquement.

« Parce que Hugo était à bord, termina Charles. Exactement. C'est ce qui m'est soudain venu à l'idée. Le chiot n'avait fait aucun bruit. Pourquoi ? Parce que quelqu'un se trouvait avec lui. Quelqu'un qu'il connaissait. Ce fut alors que je me souvins de ce que le veilleur avait dit, ou plutôt *n'avait pas* dit. Il n'avait pas dit que Hugo avait quitté le bateau, seulement qu'il était monté à bord. Dans ce cas, Hugo s'y trouvait toujours. Où ? Pourquoi ne s'était-il pas manifesté ? Avait-il voulu faire un petit somme sur l'un des lits et s'était-il complètement endormi ?

— Oui, c'est ce que j'ai d'abord pensé lorsque je l'ai vu, avoua Sarah qui se mit à frissonner sans pouvoir se contrôler. Alors, qu'est-ce qui vous a fait revenir ?

— Je suis revenu parce que j'ai rencontré Reggie et que Reggie avait parlé avec Mir Khan. La soirée dansante était terminée et Reggie et Mir restèrent à bavarder dans le jardin du Club. Reggie avait probablement trop bu : il se tourmentait, se sentait seul et n'était pas sur ses gardes. Lorsque le nom de Hugo vint dans la conversation, Reggie avoua à Mir qu'il ne lui faisait pas confiance. " Hugo mijotait quelque chose de louche ", c'est ainsi que Reggie s'exprima — et il continua en racontant que lui, Reggie, surveillait votre bateau et ce qu'il avait vu... »

Charles sortit une autre cigarette qu'il alluma. « Heureusement, Mir est indien. Britannique, on peut parier qu'il se serait mis automatiquement du côté d'un compatriote et le renseignement donné par Reggie n'aurait eu que peu de valeur. Dans les circonstances actuelles, il n'avait aucune raison d'être prédisposé pour ou contre Hugo. Mais Mir savait que nous soupçonnions quiconque s'intéressait au *Waterwitch,* et, à l'évidence, Hugo était intéressé ; Mir dit donc à Reggie de venir immédiatement avec lui dans le but de m'éveiller. Il me croyait alors au lit et endormi, mais l'affaire lui semblait trop urgente pour attendre. Ils se rendaient à ma chambre et m'ont rencontré juste au moment où je rentrais. Mir me mit alors au courant de ce que Reggie avait vu.

« Quelques minutes plus tôt, cela aurait pu ne pas signifier grand-chose. Mais à ce moment-là, j'avais compris que Hugo se trouvait déjà sur votre bateau, aussi cela évoqua-t-il pour moi la fin du monde, ou ce qui y ressemble ! » Charles se mit à rire : « Le temps où je gagnais le quatre cents mètres au collège est loin, mais j'ai dû battre mon propre record cette nuit-là ! Le moment n'était pas aux explications. J'ai juste dit : " Il est pour l'instant sur le bateau de Sarah ! " et suis parti en courant, Mir et Reggie galopant derrière moi...

« Nous dûmes ralentir un peu lorsque nous atteignîmes le sentier à travers champs : il était vital d'arriver en silence et je me souvenais de cette saloperie de morceau de tôle ondulée, quelque part sur le chemin. Mir posa même le pied dessus, mais autrement nous ne fîmes aucun bruit. Nous entendîmes des voix, puis le chien aboya, aussi ai-je appelé.

« Hugo ne pouvait espérer expliquer la présence d'un cadavre, ni ces gants et cette odeur. Si quelqu'un d'autre que moi avait appelé, je pense qu'il vous aurait immédiatement tuée, puis aurait concocté une histoire quelconque, que vous étiez endormie par exemple, et il aurait essayé de s'en tirer en bluffant. Mais il savait que je monterais à bord.

— Il avait avec lui cet horrible gaz : il aurait pu nous tuer tous. Pourquoi ne l'a-t-il pas fait ?

— Parce qu'il ne s'en serait pas tiré. Il a sûrement compris en quelques secondes que je n'étais pas seul, et il ne pouvait savoir combien de personnes m'accompagnaient. Mais il devait bien se douter que certains d'entre nous, si ce n'est tous, seraient armés. Et puis, il était dans la lumière et nous dans l'obscurité — la lune n'éclairait plus à ce moment-là — aussi le verrions-nous avant qu'il puisse nous voir. Et, de son point de vue, ce qui était pire que tout : sa saleté d'arme n'était efficace qu'à courte portée et pour une seule cible. Elle se serait révélée inutile contre un nombre inconnu d'hommes dont il ne pouvait repérer la position. Les chances contre lui étaient trop grandes ; il a dû le comprendre et a tourné son arme sur lui-même. »

Un silence tomba entre eux. La fumée de la cigarette de Charles montait en lentes spirales dans l'air calme et, plus loin, le lac étendait une nappe de topaze dans le crépuscule. Le soleil s'était enfoncé derrière la barrière de Gulmarg, et les montagnes au-delà de Shalimar n'étaient plus rose et cyclamen, mais se profilaient en gris ardoise et bleu dur sur un ciel de jade pâle, pommelé de minuscules nuages couleur abricot aussi doux que les plumes tombant de la gorge d'un oiseau blessé. Une fumée de bois venant des feux du soir flottait devant les sombres arbres de l'extrémité du lac et une grenouille solitaire se mit à coasser dans les roseaux.

Charles dit : « Voici Mir qui vient à travers champs. Quelqu'un a dû lui dire où j'étais. » Il se leva pour l'attendre.

« Je suis seulement venu vous faire mes adieux, dit Mir en s'avançant vers eux. Non, ne vous levez pas, Miss Parrish. Je n'ai pas le temps de rester. » Il serra la main de Charles et sourit à Sarah, assise. « J'espère que nous nous reverrons. Je quitte le Cachemire demain.

— Encore... du travail? demanda Sarah qui se leva pour serrer la main de Mir et secouer les pâquerettes restées sur ses genoux.

— Je le crains.

— Pourquoi faites-vous un tel métier ? demanda-t-elle curieusement. Vous n'y êtes pas obligé. »

Mir se mit à rire : « C'est là que vous vous trompez. Nous devons tous faire ce pourquoi nous avons été mis au monde. C'est là mon travail : je ne sais pas pourquoi il en est ainsi, mais je suis sûr qu'il faut que je le fasse. Et j'aide mon pays aussi, c'est là une certaine satisfaction. Au revoir... et... je vous souhaite beaucoup de bonheur. *Khuda hafiz !* »

Il esquissa le gracieux geste d'adieu oriental et, après avoir traversé la rangée de saules, s'éloigna rapidement par le sentier à travers champs.

Sarah aurait aimé apprendre d'autres détails et poser beaucoup de questions. Mais soudain, tout cessa d'avoir de l'importance. Charles seul comptait qui se tenait devant elle sous les saules.

La lune s'était levée et, maintenant, elle flottait, sereine et argentée, dans un ciel qui gardait encore la dernière lueur du coucher de soleil. La lune traçait un chemin brillant sur l'eau calme qui allait se perdre dans les feuilles de nénuphars au bout du lac.

La haute silhouette de Charles semblait gravée en noir sur fond argent, tandis que le visage blanc de Sarah et sa robe claire brillaient sur les ombres des branches de saules, en argent sur fond noir.

Charles tendit les bras et prit les mains de Sarah dans les siennes. Sarah murmura : « Vous m'aviez dit que s'il y avait une troisième fois, vous seriez vraiment sincère.

— C'est la troisième fois et je suis vraiment sincère, répondit gravement Charles.

— Bien », dit Sarah avec contentement.

Les deux silhouettes, la noire et l'argent se rapprochèrent et devinrent partie du clair de lune et des ombres : si calmes qu'un héron se posant sur l'eau peu profonde resta à picorer les feuilles de nénuphars à moins d'un mètre d'eux jusqu'à ce que Lager, de retour d'une expédition au-delà du chêne d'Inde, le fasse envoler à travers le Dâl éclairé par la lune.

# *Postface*

Pour ceux qui aiment les détails, le premier refuge de montagne du Khilanmarg fut détruit, ainsi que les skieurs qui s'y trouvaient, par une avalanche qui descendit en grondant de la crête de l'Apharwat. Elle laissa un sillon qui existe toujours : une longue et large tache gris argent sur la montagne. On m'a dit que le refuge de cette histoire, construit pour remplacer le premier, a été démoli. A sa place, s'élève un hôtel relié à Gulmarg par un remonte-pente.

Le *house-boat* d'origine, *Sunflower* (à l'heure actuelle, il peut en exister un nouveau portant ce nom), où, dans ce livre, j'ai logé les Creed, était notre *house-boat.* Mon père l'avait loué pour plusieurs années avec son mouillage à Chota Nagim (la « petite » Nagim), le *ghat* avec son énorme chêne d'Inde, ses nombreux saules et le sentier à travers champs que l'on suivait pour rejoindre la route de Nagim Bagh, le pont du même nom ou le Club. Cela ne me surprendrait pas d'apprendre que le morceau de tôle rouillée, posé par notre *mânji* pour couvrir un trou où stagnerait l'eau de pluie par temps humide, est toujours là.

Le Club y est certainement. Ainsi que le pont et la petite île connue sous le nom de Char-Chenar, les quatre chênes d'Inde, quoique la gloriette et la petite butte où elle s'élevait aient été aplanies au bulldozer et que les buissons de lilas de Perse n'y soient plus. Hélas, disparue aussi la vieille mosquée de bois de Hazratbal, « le poil de barbe vénéré », ainsi appelée parce qu'elle contenait une précieuse relique : un poil de la barbe du Prophète. Elle a été démolie pour être remplacée par une mosquée de marbre blanc très voyante. La voix d'autrefois, la voix mélodieuse qui vous hantait, cette voix du muezzin appelant les croyants à la prière, a été remplacée par une vocifération métallique provenant d'un groupe de haut-parleurs branchés sur le haut du minaret.

Des marchands en *shikaras* chargés de tous les produits locaux, allant des tapis du Cachemire aux choux et aux fleurs coupées, continuent à importuner tous les *house-boats* occupés en leur offrant leur marchandise. Les vieilles et pittoresques maisons de bois où vivent les fabricants de papier mâché, de bois sculpté et de *pashmina*[1] brodé sont encore collées les unes aux autres sur les deux rives de la Jhelum qui traverse la ville de Srinagar. Ce qui fut la résidence britannique, avec ses pelouses vertes et ses jardins à l'ombre de Takht-i-Suliman, n'a guère changé, mais elle abrite maintenant une série de magasins d'exposition destinés à présenter et à vendre les objets d'artisanat local qui sont une des célébrités du Cachemire.

J'imagine qu'à l'heure actuelle, les deux hôtels Nedou — celui de Srinagar en pierre, et celui en bois de Gulmar, délabré, plein de coins et de recoins, mais tant aimé — ont été modernisés et « réhabilités » au point de n'être plus reconnaissables. Mais en ce qui me concerne, ils seront toujours là, inchangés et immuables dans ma mémoire, telles des mouches coulées dans l'ambre. Au grand complet avec la scène sur laquelle je me suis produite plus d'une fois au cours de séances de bienfaisance. Car c'était moi la fille à laquelle mon personnage imaginaire, Hugo Creed, fait une brève allusion vers la fin du chapitre 16; la « fille appelée Mollie quelque chose » avec laquelle il a une fois chanté un duo. « Une chansonnette de bon aloi à propos d'un banc dans un parc, ou bien d'une promenade sur la pointe des pieds au milieu des tulipes », Hugo ne se rappelait plus au juste. En réalité, c'était les deux, mais en deux occasions séparées toutefois. Mon partenaire sur ce banc ne ressemblait en rien à Henri VIII, car c'était un officier jeune et alerte d'un régiment de cavalerie indien du 6e Lanciers.

Assez bizarrement, il existe un post-scriptum à ce duo. Bien des années plus tard — plus de quarante, je le crains —, années au cours desquelles je l'avais complètement perdu de vue, nous nous sommes rencontrés à l'improviste. Et rencontrés où parmi tous les lieux éventuels ? Au rayon librairie d'un célèbre magasin de San Francisco où je dédicaçais *Pavillons lointains* et *L'Ombre de la lune.* Il était devenu acteur professionnel; marié à une Américaine, il vivait aux environs de cette ville. Ayant lu dans

1. *Pashmina :* tissu de poil de chèvre tissé main. *(N.d.A.)*

un journal local que j'étais à San Francisco pour une séance de signatures, il était venu pour me revoir. Le Cachemire est loin de San Francisco, mais comme aurait probablement dit Hugo : « Le monde est petit ! »

Il l'est, c'est exact. Et il ne fait que rapetisser chaque jour.

*La composition de ce livre*
*a été effectuée par Bussière à Saint-Amand,*
*l'impression et le brochage ont été effectués*
*sur presse CAMERON*
*dans les ateliers de la S.E.P.C. à Saint-Amand-Montrond (Cher)*
*pour les éditions Albin Michel*

*Achevé d'imprimer en janvier 1987.*
*N° d'édition 9568. N° d'impression 3266-2112.*
*Dépôt légal : février 1987.*

*Imprimé en France*